回到那一天

[英]吉利安·麦克阿利斯特————著
王庆钊————译

Wrong Place,
Wrong Time

图书在版编目（CIP）数据

回到那一天 /（英）吉利安·麦克阿利斯特著；王庆钊译. -- 北京：北京联合出版公司，2024.4
ISBN 978-7-5596-7407-4

Ⅰ.①回… Ⅱ.①吉… ②王… Ⅲ.①长篇小说 - 英国 - 现代 Ⅳ.①I561.45

中国国家版本馆CIP数据核字(2024)第038853号

WRONG PLACE WRONG TIME by Gillian McAllister
Copyright © 2022 by Gillian McAllister
This edition arranged with Curtis Brown Group Limited through BIG APPLE AGENCY, INC., LABUAN, MALAYSIA.

北京市版权局著作权合同登记 图字：01-2024-0466

回到那一天

作　　者：（英）吉利安·麦克阿利斯特
译　　者：王庆钊
出 品 人：赵红仕
责任编辑：徐　鹏
特约监制：王秀荣
特约编辑：孙淑慧
装帧设计：宋祥瑜
责任校对：朱学怡
封面插画：宋祥瑜

北京联合出版公司出版
（北京市西城区德外大街83号楼9层 100088）
北京联合天畅文化传播有限公司发行
大厂回族自治县彩虹印刷有限公司印刷　　新华书店经销
字数292千字　880×1230毫米　1/32　12.5印张
2024年4月第1版　2024年4月第1次印刷
ISBN 978-7-5596-7407-4
定价：68.00元

版权所有，侵权必究。
未经书面许可，不得以任何方式转载、复制、翻印本书部分或全部内容。
本书若有质量问题，请与本公司图书销售中心联系调换。电话：（010）64258472-800

目录 CONTENTS

第一部
>> Part One
震惊之后　　　　　　　　　>> 1

　　凯利背对她，而托德面朝着她，他的目光越过父亲的肩膀凝视着她，表情空洞。

　　他或许后悔了，或许没有。她分辨不出。

第二部
>> Part Two
最亲爱的人　　　　　　　>> 65

　　她的眼泪涌了出来，因为知道自己明天就不在这里了，所以她的话里有一种不计后果的宿命感，仿佛病床上的临终遗言，仿佛被劫持的飞机上打来的电话。

第三部
>> Part Three
失踪的汽车和婴儿　　　　　>> 163

　　她感到肩膀受到一记最轻、最柔的触碰，惊得跳了起来。珍开始颤抖，仿佛有一阵刺骨的冷风吹过，然而并没有；那只是她感觉到的他的呼吸，在她耳朵里，在她脑海里，而外面的暴风雨正在肆虐。

第四部
>> Part Four
不是我的错　　　　　>> 231

　　他无言地回望着她，用他从前那种深情的方式。深蓝色的眼睛，扁扁的鼻子，粉色的脸蛋儿，勤奋的表情。她拿起一块积木，他非常认真地从她手里接了过去，然后丢在了地板上。

第五部
>> Part Five
回到那一天　　　　　　　>> 303

　　她看着他,她年轻的眼睛遇上了他的眼睛,她发觉自己不得不掩饰住一种想哭的冲动。她想要说:"我们做到了。有一次,在某一个宇宙里,我们一起顺利地生活到了2022年,而且仍然做爱,仍然约会。我们有一个出色的、有趣的、有些书呆子气的孩子,名叫托德。

　　"但是,首先,你对我撒了谎。"

附录:
另一个失踪者　　　　　>> 375
（节选自作者即将出版的新书）

　　这不可能是真的,但它就是真的:奥莉薇娅进了那条小巷并且没有再离开。没有其他人走进过那里。那两只垃圾桶也没有出来或进去过。凌晨两点钟,有一只狐狸进去又出来了。就这些。没有车,没有人。什么也没有。

写给费利西蒂和露西：

无论在多元宇宙中的哪一个宇宙，
我都想要你们做我的代理人。

第一部
>> Part One
震惊之后

  凯利背对她,而托德面朝着她,他的目光越过父亲的肩膀凝视着她,表情空洞。

  他或许后悔了,或许没有。她分辨不出。

第0天，午夜刚过

珍很高兴今夜时钟要调回来了。①她得到了额外的时间——整整一小时——用来假装她还醒着不睡并不是为了等她儿子。

现在时间已经过了午夜十二点，日期正式变成了十月三十日。马上就是万圣节了。珍跟自己说，托德十八岁了，她那个九月出生的宝宝如今已经成年。他可以做任何他想要做的事。

在今晚大部分的时间里，她都在笨手笨脚地雕刻一只南瓜灯。现在，她把它点燃并放在了景观窗的窗台上，从那扇窗可以俯瞰他们家的私家车道。她雕刻它的原因跟她做其他大多数事情的原因是一样的——因为她觉得她应该这么做——事实上，它还挺漂亮的，那些锯齿状的刻痕给了它一种独特的美。

她听见头顶平台上传来丈夫凯利的脚步声，于是转头去看。他仍然醒着没睡，这还挺少见，因为他一向是早起的百灵鸟，而她是夜行的猫头鹰。他是从他们俩位于房子顶层的卧室走下来的，乱糟糟的头发在一片昏暗中看起来是蓝黑色的。他身上一件衣服也没穿，而嘴角

---

① 根据夏时制，英国在夏季来临前人为地将时间调快一个小时，而在冬季来临前再把这一小时调回来。——译者注（本书脚注如无特殊说明，均为译者注。）

则挂着一丝被逗乐的微笑。

他下了楼梯朝她走过来。他手腕上有一个很显眼的刺青,那是一个日期,他说他知道他爱她的日期:2003年春天。珍看着他的身体。即将过去的这一年,他满四十三周岁了,可他的身体没什么变化,只有少量胸毛变白了。"你一直在忙?"他指了指那只南瓜灯,说。

"每家每户都准备好了,"她牵强地解释说,"咱们周围每一户邻居都有。"

"谁会在意呢?"他说。经典的凯利态度。

"托德还没回来。"

"现在晚间活动才刚开始呢,对他来说。"他说。"晚间活动"这个说法被分成了四个音节,就像他的呼吸跌跌撞撞地翻过一座山峰;这显露出他那不易察觉的威尔士口音。"他的宵禁时间不是夜里一点吗?"

这是他们两人之间一种典型的对话。珍在意的太多,而凯利在意的可能太少了。她正想到这里,他转了个身,于是她看到了他那个让她爱了快要二十年的、完美无瑕的屁股。她回头望向楼下的街道,用目光寻找着托德,接着又转回来看着凯利。

"现在邻居们都看得见你的屁股。"她说。

"他们只会觉得这是另一个南瓜灯吧。"他说。他的机智与幽默就像刀锋划过一样迅速而锐利。玩笑话。它一直是他们之间的硬通货。"来睡觉吗?我真没办法相信梅利洛克斯那边已经结束了。"他一边伸懒腰,一边接着说。他这一个星期都在为梅利洛克斯路上的一间房子修复维多利亚时代的瓷砖地板。独自工作,这正是凯利喜欢的工作方式。他常听播客,一段接着一段,极少与人见面。复杂,又有些不得志,这就是凯利。

"当然，"她说，"再等一小会儿。我只是想知道他已经安全到家了。"

"他现在随时都会出现在家里，手里还拿着中东烤肉，"凯利抬起一只手挥了挥，"你是在等着分他的炸薯条吗？"

"住嘴。"珍微笑着说。

凯利做了个鬼脸，然后回卧室去了。

珍在家里漫无目的地游荡。她想着自己工作中的一桩案子，一对正要离婚的夫妇围绕着一套瓷器盘子而争吵不休，当然，争吵的实际焦点是背叛。她实在不该接下这桩案子，她手上已经有三百多桩案子了。可是，当维查尔夫人在她们第一次会面时看着珍说"如果我不得不把这套盘子也给他，我就失去了我爱的每一件东西"，珍实在是无法抗拒。她希望自己没有那么在意——那些要离婚的陌生人、周围邻居，还有该死的南瓜灯——可她就是会在意。

她泡了一杯茶，端着它回到那扇景观窗前，继续守夜。她会一直守着。育儿期的首尾两个阶段——孩子刚出生那几年和接近成年那几年——都让她缺乏睡眠，其中原因却截然不同。

他们就是因为这扇窗户才买下这栋房子的，窗户位于整个三层建筑的正中央。"我们可以像国王一样透过它向外眺望。"当时珍这样说，而凯利听了大笑。

她对着窗外十月的雾望眼欲穿，而托德终于出现在外面的街上。她看见他的时候，夏时制刚好生效，手机上显示的时间从 01:59 切换成了 01:00。她暗自微笑：多亏时间回调他才没有违反宵禁，他这是故意的。托德就是这样：他觉得就宵禁争辩时，语言和语义上的反转比宵禁的原因更重要。

他正沿着街大步走来。他瘦得皮包骨头，似乎从来就没有长胖过。走路时，膝盖不断地把牛仔裤撑起一个个角。外面的雾没有颜色，树木和人行道黑沉沉的，空气则是半透明的白色。一个黑白灰的世界。

他们这条街——默西塞德郡克罗斯比的尽头——没有路灯。凯利在他们家外面安装了一盏纳尼亚风格的灯。他因此让她吃了一惊，因为灯是锻铁制造的，很昂贵；她不明白他哪儿来的钱去买它。每当感应到移动物体时，它就会亮起来。

但是——等一下。托德看到了什么。他停下脚步，仔细打量。珍顺着他的目光望去，于是她也看到了——街对面有另一个人影正沿路匆匆走来。他年纪比托德大，大得多。她能从他的身体和动作中看出来。珍会注意到这一类事。她总会注意到。正是这一点让她成了一名好律师。

她把一只温热的手掌贴在冰冷的窗玻璃上。

有什么事不太对劲。有什么事即将发生。尽管珍说不出究竟是什么事，但她非常肯定；这是一种感知危险的本能，她此刻的感觉就像身处焰火附近、铁路道口或悬崖边缘时一样。这些想法飞速涌进她的脑海，像相机不断按下快门那样，一个接着一个闪现。

她把手中的马克杯放在窗台上，大声叫凯利，然后光着脚冲下楼梯，一步跨过两级，脚底感觉到条纹地毯的粗糙感。她急急忙忙地穿上鞋，然后手搭在前门的金属门把手上，停顿了一秒钟。

那是——那是什么感觉？她说不清楚。

那是似曾相识的感觉吗？她几乎从没体验过。她眨眨眼，那种感觉消失了，像一阵烟雾那样虚无缥缈。那到底是因为什么？因为她的手放在黄铜的门把手上？因为那盏黄色的灯在门外亮了起来？不，她没办法回想起来。它已经消失了。

"怎么了？"凯利出现在她身后，一边问一边把给身上那件灰色睡袍系好腰带。

"是托德——他——他在外面……旁边还有别人。"

他们赶紧出去。深秋寒冷的空气立刻让她的皮肤感到凉意。珍朝着托德和那个陌生人跑过去。还没等她意识到发生了什么，只听凯利大叫一声："住手！"

托德正在奔跑，几秒钟内就跑过去一把抓住了那个陌生人的连帽外套的前襟。托德挺胸正对着他，双肩猛然向前推，他们的身体贴在了一起。那个陌生人把一只手伸进了自己的口袋里。

凯利正惊慌失措地朝他们跑过去，同时眼睛不断地左右张望，打量着整条街。"托德，不要！"他说。

正在这时，珍看见了那把刀。

当她看着一切在眼前发生时，肾上腺素提升了她的视力。一记快速、利落的刺伤。接着，一切都减速慢了下来：收回手臂的动作，衣料先是阻挡了刀，接着又放开了它。两根白色的羽毛伴随着刀刃出现，像两片雪花一样在冰冷的空气中漫无目地飘荡。

珍眼睁睁地看着血液开始喷出来，大量的血液。她现在一定是跪下来了，因为她感知到路面上那些小石子在自己膝盖上硌出了凹痕。她正环抱着那个人，扒开他的外套；她感觉到血液的热度，因为血正汹涌地流过她的手掌、她的手指、她的手腕。

她解开他的衬衫。他的躯干开始被血液淹没，三个投币孔形状的伤口在视野中忽隐忽现——就像你正在努力去看清一个红色池塘的池底。她整个人如坠冰窟。

"不！"她的叫声粗重，还带着哭腔。

"珍。"凯利用嘶哑的声音说。

血太多了。她把那人放在她家的车道上，俯下身仔细查看。她希望自己是错的，但瞬间就已经非常确信，他已经不在了。那泛黄的灯光映在他眼睛上的样子感觉不太对劲。

夜晚寂静无声，时间一定过去了好几分钟，她才在震惊中眨了眨眼，然后抬头看着她儿子。

凯利已经把托德从受害人身边拉走，而且用双臂环抱着他。凯利背对她，而托德面朝着她，他的目光越过父亲的肩膀凝视着她，表情空洞。他松开了那把刀。金属物撞击冰冻的人行道，发出一记仿佛教堂钟声的响声。他抬起一只手抹了抹脸，留下一片血迹。

珍注视着他的表情。他或许后悔了，或许没有。她分辨不出。珍几乎能看穿任何人的想法，但她从来就都看不穿托德。

第1天，深夜 1:00 刚过

一定有人打了 999，因为这条街忽然就被许多明亮的蓝色灯球照亮了。"什么……"珍对托德说。珍这句"什么……"表达了她所有的疑问：谁，为什么，到底怎么回事？

凯利放了儿子，他震惊得脸色苍白却什么也没说，这符合她丈夫常见的处事方式。

托德没有看她，也没有看他父亲。"妈妈。"他最终开口说。孩子们不都是这样吗？有事了先找妈妈。她向他伸出手，可她无法离开那具身体。她不能松开对伤口的按压。那可能会使情况对每个人来说都更加糟糕。"妈妈。"他又说了一次。他的声音支离破碎，就像干涸的地面完全裂成两半。他咬着嘴唇移走了视线，沿着街望向远处。

"托德。"她说。那个男人的血液像浓稠的洗澡水那样轻轻拍打在她手上。

"我不得不这么做。"他终于望向她，对她这样说。

珍因为震惊而张大了嘴。凯利把头垂到胸前。他睡袍的袖子沾满了托德手上的血。"伙计，"凯利用很轻的声音说，珍甚至都不能肯定他是不是真的开口说话了，"托德。"

"我不得不这么做。"托德加重语气又说了一遍。他朝冰冷的空气呼出一口热气。"别无选择。"他又说,但这次的语调带着青少年的武断。警车上闪烁的蓝色灯光越来越接近了。凯利正盯着托德。他的嘴唇——因失去血色而显得苍白——做出一些口型,或许那是一句无声的咒骂。

她盯着他——她的儿子,这场暴力行为中的凶手;他喜欢电脑、统计学以及——至今都还喜欢——每年一套圣诞睡衣,叠好了放在他的床尾。

凯利双手抓着自己的头发,在私家车道上徒劳地打转。他一次也没去看那个男人。他的眼睛只盯着托德。

珍努力想要堵住自己双手下面那些随脉搏跳动的伤口。她不能离开那个——那个受害人。警察已经来了,但医护人员还没有。

托德还在发抖,她无法确定那是因为寒冷还是因为震惊。"他是谁?"珍问他。她还有其他许多问题想问,可托德耸了耸肩,没有回答。珍想要伸手抓住他,想逼他吐出所有答案,但是护理人员还不来。

"他们会逮捕你。"凯利压低声音说。一名警察正朝他们跑过来。"听着,什么也别说,好吗?我们会——"

"他是谁?"珍说。她喊出这句话的声音很大,划破了寂静无声的夜晚。她祈祷警察们的速度慢一点,请慢一点,再给我们一点点时间吧。

托德把视线再次转回她身上,说:"我——"这一次,他没有像平时那样做出冗长细致的解释,没有摆出以往知识分子的派头。他什么也没说,只有一个拖长的句尾飘在他们之间潮湿的空气中;这是他们最后的时刻,在此之后,这一事件将远远超出他们的家务事范畴。

那名警察来到了他们身边,他高个子,黑色防暴背心,白色衬衫,左手拿着对讲机。"探戈245回复——我已到达现场。救护车正在赶来。"托德向后转头去看那名警察,一次,又一次,然后转回来看着他的母亲。就是此刻,这就是他解释的时刻,赶在他们用手铐和权力完全接管这一切之前。

珍的脸僵住了,她的双手由于那些鲜血而变得滚烫。她仅仅等在那里,一动也不敢动,害怕断开跟儿子的眼神交流。最终是托德打破了它。他咬住嘴唇,注视着自己的双脚。交流就这样结束了。

另一名警察把珍从那个陌生人身边拉走了,她穿着运动鞋和睡衣站在自己家的车道上,双手又湿又黏,只能呆呆看着她儿子,然后看着她身穿睡袍的丈夫,正在努力与司法系统谈判。她本该是那个出面负责的人,毕竟她是一名律师。但她说不出话来,完全不知所措。仿佛刚刚被人丢在了北极一样,她整个人都迷失了。

"你能报出自己的姓名吗?"先到的那名警察对托德说。其他警察正从其他警车里出来,就像蚂蚁们正在涌出巢穴。

珍和凯利同时向前一步,随后,托德做了个动作,只是一个微小的示意。他把一只手伸向一边,阻止了他们。

"托德·布拉泽胡德。"他闷声闷气地说。

"你能告诉我发生了什么吗?"那名警察问。

"等一下,"珍忽然活了过来,她说,"你不能在路边审讯他。"

"咱们都到警察局去吧,"凯利急切地说,"而且——"

"噢,我用刀刺了他。"托德打断了凯利的话,边说边指着躺在地上的男人。他把双手放回自己的口袋,朝那名警察走了几步。"所以我想,你最好是逮捕我。"

"托德,"珍说,"不要再说了。"泪水哽住了她的喉咙。这种事不可能发生。她需要一杯烈酒，好回到过去，好让她呕吐。她的整个身体开始在荒谬的、令人困惑的寒冷中发抖。

"托德·布拉泽胡德，你可以保持沉默，"那名警察说，"但你在受到讯问时所说的一切都有可能成为对你不利的证据……"托德心甘情愿地把两只手腕并在一起，好像他正在演一部该死的电影；随着咔嗒一下金属敲击声，他被铐住了。他一直耸着肩。他很冷，脸上没什么情绪，甚至露出了顺从的表情。珍一直、一直、一直只能注视着他。

"你不能这样！"凯利说，"这是不是一个——"

"等等，"珍惊慌失措地对那名警察说，"我们也一起去？他还只是个孩……"

"我十八岁了。"托德说。

"上车。"那名警察没有理会珍，而是指着警车对托德说。他又对着对讲机说："探戈245回复——请准备空牢房。"

"那么，我们会跟着你的，"她绝望地说，"我是一名律师。"她毫无必要地补上了这后半句，其实她对刑法一无所知。母性的本能在燃烧，即便在此刻、在危机当中，仍然如同那扇窗户里的南瓜灯一样明亮又显眼。他们只需要查明他为什么要那样做，帮他脱罪，然后再找人帮忙。这就是他们需要去做的。这就是他们将要去做的。

"我们会来的，"她说，"我们在警察局会合。"

那名警察终于看着她的眼睛。他颧骨下有几处伤口，长得像一名模特。天哪，这真是一句陈词滥调，但如今这些警察怎么看起来都这么年轻？"克罗斯比警察局。"他对她说，然后就不再开口，带着她儿子一起回到了警车上。另一名警官留在受害人身旁，就在那边。珍几乎不忍心去想到他。她的目光瞥过去，只看了一眼。鲜血，还有那名警官脸上的表情……她确定那个人已经死了。

她转向凯利，而她永远无法忘记她那一向坚忍的丈夫当时给她的眼神。她与他深蓝色的眼睛四目相对。世界似乎有一秒钟停止了转动，在那一秒钟无声的静止中，珍心想：凯利的模样就是所谓心碎的模样。

警察局的门前有一个白色标志，用以向公众宣传自己。默西塞德郡警察局——克罗斯比。标志后面是一座建于20世纪60年代的低矮建筑，四周围着矮矮的砖墙。十月的落叶像涌上来的潮水那样堆在墙角边。

珍在外面停好车，就停在双黄线上，熄了火。他们的儿子用刀刺了别人——一张停车罚单还能有什么大不了的？车还没有停稳，凯利就已经下车了。他往身后伸出一只手——她觉得那是个下意识的动作——去牵她的手。她抓住了他的手，就像抓住一个漂在海上的木筏。

他拉开双开玻璃门的其中一扇，他们一起疾步走了进去，匆匆穿过一个破旧的灰色油毡门厅。里面有一股老旧的气味，就像是学校、医院或疗养院。需要穿制服、提供垃圾食物的那些机构，也正是凯利讨厌的那些场所。"我绝不会，"他们刚在一起的时候他曾经说过，"加入那种无休止的激烈竞争。"

"我会去跟他们说。"凯利简短地对珍说。他在发抖，但那似乎并不是出于恐惧，而是出于愤怒。他整个人怒火中烧。

"没关系，我可以充当律师，来完成最初的——"

"你们长官在哪儿？"凯利冲着前台一名小指上戴着图章戒指的秃头警察狂叫。凯利的身体语言与平日截然不同，他双腿大大地张开，耸着肩膀。就连珍也极少看到他这样卸下防备，袒露情绪。

那名警察用厌烦的语气说，他们需要等着被接见。

"给你们五分钟。"凯利指着钟说，然后冲过去猛地坐在了门厅另一面的椅子上。

珍在凯利身边坐下，拉起他的手。他手指上的结婚戒指松了。他一定很冷。他们坐在那儿，凯利气呼呼地一会儿把两条长腿交叉起来，一会儿又打开；珍什么也没有说。一名警官来到前台，对着自己的手机轻声说话。"这跟两天前那起犯罪案件一样——符合刑法第18条的故意伤害罪。上次的受害人是妮可拉·威廉姆斯，凶手已逃逸。"他的声音压得很低，珍要相当费劲儿才听得清。

她坐在那儿专心地听。符合刑法第18条的故意伤害罪是刺伤。他们说的一定就是托德。两天前还发生过一起类似的案件。

终于，负责抓捕的那名警官出现了，那个颧骨突出的高个子。

珍看了看桌子后面的钟。现在是3:30，也有可能是4:30。她不清楚这里是不是还在使用不列颠夏时制。这叫人觉得无所适从。

"你们的儿子今晚跟我们待在这儿——我们很快就会审讯他。"

"在哪儿？在那里面吗？"凯利说，"让我进去。"

"你们不能见他，"那名警察说，"你们是目击证人。"

珍的心中燃起了怒火。诸如此类的事——就是这些事——构成了人们痛恨司法系统的原因。

"事已至此了，是吗？"凯利用尖刻的语气对那名警官说。他举起了自己的双手。

"不好意思？"那名警官温和地说。

"怎么，所以我们是敌人，对吗？"

"凯利！"珍说。

"没有谁是谁的敌人,"那名警官说,"到了早上,你就能跟你儿子说话。"

"负责的长官在哪儿?"凯利说。

"到了早上,你就能跟你儿子说话。"

凯利留下了一片意味深长又充满危险的沉默。珍只见过少数几个人得到这种待遇,她当然并不羡慕那名警官。凯利的保险丝通常要花很长时间才会熔断,一旦熔断,就会发生大爆炸。

"我要打个电话,"她说,"我认识人。"她掏出自己的手机,开始用颤抖的手翻看通讯录。刑事律师。她认识很多刑事律师。法律行业的第一条准则就是永远不要涉足你不擅长的领域。第二条是,永远不要为你的家人做代理人。

"他已经说过了,他不想要律师。"那名警官说。

"他需要一名诉讼律师——你们不应该……"她说。

那名警官冲着她举起两只手掌。她能感觉到身边的凯利的坏脾气正在发酵。

"我会打电话叫来一个,那么他就能——"她开口说。

"好吧,让我回到那儿去。"凯利一边说,一边指着那扇通往警察局内部的白色的门。

"这无法获得批准。"那名警官说。

"你,去,死。"凯利说。珍惊恐地盯着他看。

那名警官甚至没有对此作出回应,只是冷冷地沉默着,看着凯利。

"那么——现在我们该做什么?"珍说。天哪,凯利刚刚叫一名警察去死。破坏公共秩序的行为并不能化解眼前这种局面。

"我刚才已经告诉你们了,他今晚要留在我们这里过夜,"警官淡淡地对珍说，没有理会凯利，"我建议你们明天再来。"他的目光瞟了一下凯利。"你不能强迫你的儿子请律师。我们已经尽力尝试过了。"

"但他是个孩子。"珍说，尽管她心里明白，从法律上来说他已经成年。"他还只是个孩子啊。"她又轻声重复了一遍，主要是说给自己听。她又想到了他的圣诞睡衣，想到最近他生病呕吐时想要她坐在自己身边的情形。他们在浴室套间里度过了一整夜。当时他们也没聊什么，她用一块湿绒布不断擦他的嘴。

"他们根本不在乎这个，他们什么也不在乎。"凯利的语气充满愤怒和痛苦。

"我们会再来的，明天早上——带着律师来。"珍尝试着改善局面，休战和解。

"请自便。现在，我们需要派一队人跟你们一起回你们的家。"他说。珍沉默着点点头。取证。他们的房子要被搜查。整个地块。

珍和凯利离开了警察局。他们走向车子，上车。一路上珍摩擦着自己的前额。刚一坐下，她就把暖气开到很大。

"咱们真的就这么回家吗？"她说，"眼睁睁地看他们搜查？"

凯利的肩膀紧绷。他凝望着她，满头黑发乱蓬蓬的，眼神像诗人一样哀伤。

"该死，我不知道。"

珍凝望着挡风玻璃窗外，那里有一丛灌木挂满了午夜的秋露，正在闪闪发亮。过了几秒钟，她把车倒了出来开车回家，因为她也不知道除此之外还能做什么。

当她到家停车时，她看见窗台上的那只南瓜灯在迎接他们。她一定是忘了熄灭里面的蜡烛。取证人员已经到了，他们穿着白色工作服，像一群鬼魂那样站在他们家车道上，旁边还有警方设置的黄色警戒带在十月的寒风里颤动。那摊血迹的边缘有几处已经开始变干了。

他们被允许进去，进入自己的该死的家；于是他们坐在楼下，眼看着身穿制服的警察们站在门口，有些正趴在地上对犯罪现场进行彻底搜查。他们俩完全不发一言，只是沉默地握着对方的手。凯利没有脱掉外套。

最终，当负责现场勘查的警察们都离开之后，当那些警察搜查了托德的房间并带走了他的东西之后，珍沉重地挪步到沙发那里，躺下，凝望着天花板。到了这时，眼泪终于流了出来。滚烫、迅速、潮湿。这是为将来流下的泪水，也是为昨天流下的泪水，为那些即将到来而她一无所知的事。

第 -1 天，早上 8：00

珍睁开双眼。

她一定是自己上床了，一定睡着了。这两件事她都完全不记得自己做过，但她在自己的卧室里，不在沙发上；而且现在外面天已经亮了，光线正穿过他们家的板条百叶窗照进来。

她翻了个身。谁来告诉我那不是真的。

她眨眨眼，注视着空荡荡的床。她现在独自一人。凯利应该已经起床了，她非常希望他正在到处打电话。

她的衣服散落在卧室的地板上，看情形仿佛她先前从那堆衣服里凭空消失了。她跨过它们，穿上一条牛仔裤和一件朴素的翻领套头衫，它们让她看起来真的很胖，但她就是喜欢这么穿。

她鼓起勇气走到走廊上，站在托德空荡荡的房间外面。

她的儿子。在警察局的牢房里过了一夜。她无法想象接下来可能还有多少事在等着他。

对，她能够妥善处理这些。珍是一名优秀的救援者，她这一生所从事的正是这项工作，现在是时候帮助自己的儿子了。

她一定能找到解决的办法。

托德为什么那样做？

为什么他身上会带着一把刀？受害人，即这名可能已经被她儿子杀死的成年男子是谁？忽然，珍能看出托德在最近几周和最近几个月暴露出的一些线索：喜怒无常，体重减轻，神神秘秘……那些被她归罪于青春期的事。就在两天前，他在外面花园里接了一个电话。当时珍问过他是谁来的电话，他对她说不关她的事，然后把手机扔到了沙发上。手机弹了一下掉在地板上，他们俩都眼睁睁地看着。他把这件事作为一个玩笑忽略掉了，但那场小小的情绪爆发并不是个玩笑。

珍久久地注视着她儿子卧室的房门。她怎么会养育出一个杀人犯呢？青少年的愤怒，持刀行凶，黑帮犯罪，政治运动……究竟是什么？他们打的究竟是哪一手牌？

她完全听不到凯利的动静。下楼梯走到一半时，她往那扇景观窗外看了一眼；几个小时前，一切发生了改变的那个时刻，她就站在这个窗口。现在外面还是雾蒙蒙的。

她惊讶地发现下方的路上没有留下任何痕迹——一定是雨水和雾气把那些血迹冲刷掉了。警察已经离开，他们设置的警戒带也不见了。

她朝街上看了一眼，街边点缀着树木，树上干枯的秋叶像着了火一样明亮耀眼。但她眼前看到的景色有些不对劲。她想不出究竟哪里不对。一定是因为昨晚的那些记忆。让这里的风景也变得不祥，或多或少吧。稍稍令人不适。

她匆忙下楼，穿过铺着木地板的走廊来到厨房。这里的气味跟昨晚一样，跟那一切发生之前一样。食物、蜡烛，一切正常。

她听见一个人的声音，就来自她上方，一个低沉的男声。凯利。她困惑地看向天花板。他一定是在托德的房间里。可能在里面搜查。她完全理解那种冲动。那种想要找出什么警察没能找到的东西的冲动。

"凯尔?"她一边高声呼喊一边往回跑,跑上楼梯时已经气喘吁吁了,"我们需要做些什么——哪个律师是我们应该——"

"三个二十还有珍! ①"一个声音说。它来自托德的房间,而且毫无疑问就是她儿子的声音。珍向后退了一大步,导致她险些摔下楼梯。

这并不是她的幻想:托德从他的房间里走了出来,身穿印着"科学发烧友"的黑色T恤和慢跑裤。他显然刚刚睡醒,眯着眼向下看着她,他苍白的脸是黑暗中唯一的光亮。"我们还没用过这句,"他边说边笑得露出了酒窝,"我甚至——我必须承认——我甚至上了一个双关语网站。"

珍只能目瞪口呆地瞪着他——她的儿子,杀人凶手。他的手上没有血迹,脸上也没有行凶杀人的表情,可是……

"什么?"她说,"你怎么会在这儿?"

"哈?"他的样子真的跟原先一模一样。珍尽管困惑,却也好奇。一样的蓝眼睛,一样乱蓬蓬的黑色头发,一样又高又瘦的身材。但他犯下了不可饶恕的罪行。在所有人看来都不可原谅,或许只有对她来说例外。

他怎么会在这儿?他怎么会在家?

"什么?"他问。

"你是怎么回来的?"

托德动了一下眉毛,说:"这太古怪了,就算放在你身上也是。"

---

① 这是托德说的一个烂哏,Three score and ten 意思是七十岁,古稀之年,而托德的原话是 Three score and Jen。

"是爸爸把你弄出来的吗？你被保释了吗？"她大叫。

"保释？"他抬起一边的眉毛，这是个新习惯。在过去几个月里，他的样子看起来不一样了。整个身材包括髋部都更加瘦削，脸却肿着。他的脸色是做太多工作、吃太多外卖、不喝水的那种人脸上常见的苍白。关于托德都在做些什么，珍一无所知，可谁又知道呢？然后就出现了这个新习惯，就在他结识了他的新女友克丽奥之后。

"我正要去见康纳。"

康纳。一个跟他同年级的男孩，也是今年夏天刚刚认识的新朋友。珍在多年前就跟他妈妈波琳成了朋友。波琳完全是珍喜欢的那类人：疲惫不堪、满口脏话，不是个天生的母亲；她是那种会默许珍把事情全搞砸的人。珍总是难以自拔地被这类人吸引。她的所有朋友，在做他们想做的事、说他们想说的话时，都能既不炫耀，也不畏惧。就在最近，波琳还这样谈起康纳的弟弟西奥："我爱他，但他只有七岁，所以经常做些非常欠揍的事。"在学校大门口，她们俩会像心里有愧的蠢蛋一样哈哈大笑。

珍向前几步，仔细看着托德。他的身上没有任何邪恶的迹象，他的眼神没有任何改变，他身后的房间里也没有任何武器。实际上，房间看上去像没被人动过一样。

"你是怎么回家来的——到底发生了什么？"

"你是问我从哪儿回家？"

"从警察局吧。"珍直率地说。她发现自己在跟他保持一定距离。仅比平时再远一步的距离。她再也不确定眼前这个人——她的孩子、她的人生挚爱——会做出什么事。

"不好意思，你说警察局？"他说。他显然是被逗乐了。"问号？"托德做了个让脸扭曲变形的表情，就跟他还是个婴儿时那样皱着鼻子。他有两个小小的伤疤,是他青春痘最严重的时候留下的。除此之外,他的脸仍然像个孩子,仿佛长着茸绒毛的粉色桃子那样稚嫩,散发着青春气息。

"你被逮捕了,托德!"

"我被逮捕了?"珍通常可以分辨出来她儿子是不是在撒谎,但在那一刻她意识到他绝对没有撒谎。他用清澈而蒙胧的双眼看着她,脸上写满了困惑。"什么?"她的声音轻如耳语。有一个犹豫未定的可怕认知正沿着她的脊椎骨往上爬。"我……我看见了你干了什么。"说着,她指向楼梯中间平台上的那扇窗户。就在这一刻,她意识到了问题所在。让她感觉不对劲的不是窗外的风景,而是窗户本身。那只南瓜灯不见了,它消失了。

珍的牙齿开始打战。这不可能。

她好不容易才把目光从那扇没有了南瓜灯的窗台上移开。

"我看见了。"她又说了一遍。

"看见什么了?"他的眼睛太像凯利了——她发现她自己又在想这件事,她这辈子起码有上千次这么想过:他们俩真是一模一样。

她只是看着他,这次他的目光终于跟她认真对视了。"昨晚发生了什么,在你回家之后?"

"我昨晚没出去过啊。"俏皮话和装腔作势都不见了。

"什么?我昨晚一直在等你,你回来晚了,但是当时时钟调整……"

他停顿了一下,眼神依然与她对视着,说:"时钟明天才会调回去啊。今天是星期五吧?"

第 -1 天，早上 8:20

珍的胸口仿佛有一部电梯从正中央俯冲而下。她把头发从脸上拨开，一边走向靠近里间的家庭浴室，一边竖起一根手指朝托德比画了一下。当她转身背对他时，她在发抖，仿佛他是一个需要提防的捕食者。

她对着马桶呕吐，她已经很多年没有这样吐过了。没什么可吐的，只有一股黏稠的黄色胃酸沉入了马桶底部。她想到了自己的孕期，当时她告诉医生自己孕吐非常严重，吐出来的只有胆汁，而医生显然认为有必要告诉她说："胆汁是鲜艳的绿色，而且吐胆汁意味着真正严重的问题。你说的那个是胃酸。"

她盯着马桶底部那一摊酸液看了很久。它也许不是胆汁，但她觉得她可能遇到了真正严重的问题。

托德不明白她在说些什么。这已经很清楚了，就连他都不会否认这一点。但是为什么？怎么会？

那只南瓜灯。那只南瓜灯不见了。她的丈夫在哪儿？她无法正常思考。恐慌感在她全身蔓延，一股巨大的压力无处发泄。她又要吐了。

她坐在冰冷的棋盘格地砖上。

她从口袋里掏出手机，紧紧盯着它，打开了日历表。

十月二十八日，星期五。时钟的确要等到明天才会回调。下个星期一是万圣节。珍一直盯着日期看。这怎么可能呢？

她一定是精神失常了。她站起身，徒劳地来回踱步。她感觉自己的身体仿佛爬满了蚂蚁。她必须离开这里。但是离开这里是离开哪里？离开昨天吗？

她找出她跟凯利之间发送的最后一条短信，点击"呼叫"。

他马上就接听了。"听我说。"她急切地说。

"啊——哦。"他的声音听起来无精打采，又总是能被她逗乐。她听见一记关门声。

"你在哪儿？"她问。她知道自己的话听起来很疯狂，但她控制不住。

一个停顿。"我在一个叫作地球的行星上，但是听上去你并不在这儿。"

"认真点儿。"

"我在工作！显而易见啊！你又在哪儿？"

"昨天晚上，托德有没有被逮捕？"

"什么？"她听见他把某些分量很重的东西放在了似乎是空心的地板上，"呃——因为什么？"

"不，现在是我在问你，有没有？"

"没有吧？"凯利困惑地说。珍无法相信。她的胸前瞬间冒出大片汗水，她开始揉搓自己的手臂。

"当时我们——我们坐在警察局里。你还冲着他们大吼。时钟刚刚调回一小时，我当时正在……我当时刚做好那只南瓜灯。"

"听我说——你还好吗?我需要做完梅利洛克斯的工作。"他说。

珍猛吸一口气。昨天他说他已经做完那儿的工作了。难道不是吗?是的,她很肯定他说过。当时他站在楼梯中间的平台上,身上什么也没有,除了刺青和一个微笑。她记得那个场景。她记得。

她用一只手捂住眼睛,仿佛这样就能把整个世界屏蔽在外。

"我不知道到底是怎么回事儿。"她说。她开始哭,话语中也带着哽咽,"我们都做了什么?昨天晚上?"她把头重新靠回到墙上,"我有没有做南瓜灯?"

"你这是在——"

"我觉得自己出了什么问题。"她的声音轻得像耳语。她把睡裤卷到膝盖以上,盯着自己的皮肤。没有她跪在碎石子上留下的痕迹,也没有一丁点泥土。指甲缝里没有血迹。她的手臂迅速地起了一阵鸡皮疙瘩,就像延时摄影那样。

"我有没有雕刻那只南瓜?"她又问了一次,问出这句话的同时,一些深刻的认识开始在她周围逐渐清晰。如果事情并没有发生……她可能是精神错乱了,但她的儿子就不再是杀人凶手了。她感觉自己的肩膀稍稍放松了一些,略感宽慰。

"没有,你——你说你不想找那个麻烦。"他这句话中包含着一些笑意。

"没错。"她有气无力地说,心里清楚地浮现出那只南瓜灯的模样。

她站起来凝视着镜子里的自己,与自己四目相对。那是一个惊慌失措的女人的画像,深色头发、苍白的肤色、惊慌的眼神。

"听我说,我还是挂电话吧,"她说,"我相信那只是一个梦。"她嘴上这么说,心里却想:这怎么可能?

"好吧。"凯利慢吞吞地说。或许他本来打算说些什么,但是决定打住,因为他只是又说了一遍"好吧",然后补充道:"我会早点下班。"而珍很高兴他是个这样的人,一个热爱家庭的男人,而不是那种常跟朋友去酒吧或去运动的男人,这就是她的凯利。

她离开浴室,下楼去了厨房。雾气笼罩着他们家中庭门外的花园,还把树冠的顶部都遮掩得无影无踪。凯利在几年前为他们家建造了这个厨房,因为她之前——喝醉时——说过她想要成为"那种能摆平一切的女人,你懂的,客户满意,孩子开心,还有一个贝尔法斯特水槽"。

一天晚上,他把它送给了珍。"你会摆平一切的,珍,因为你已经有了你梦想中的水槽。"

回忆逐渐散去。珍总是建议精神压力太大的客户深呼吸十次并给自己来一杯咖啡,所以她自己接下来也要这么做。应对压力,她训练有素。在高压下工作二十年的确能让人掌握一些技能。

当她走近厨房中间的料理台时,放慢了脚步。一只完整的、未经雕刻的南瓜放在旁边。

她停下一动不动。那或许也是一个鬼魂。珍觉得她可能又想吐了。"哦。"这不是在对任何人说话;一个微小的单词从嘴边滑落,却是一个代表理解的重大音节。她小心翼翼地接近那只南瓜,小心翼翼地把它转了个圈,仿佛那是一只尚未引爆的炸弹;但她的指尖能感觉到它完整、紧实、未受伤害。天哪,昨晚没有发生过,一切都没有发生。她如释重负。他没杀人。他没杀人。

她听着托德在他房间里的动静。开关抽屉的声音、走来走去的脚步声、拉拉链的声音。

"回到现实世界了吗?"说着,他走下楼梯来到了走廊上。他扬起的声调吓了珍一跳。她盯着他。他的身体。他比几个星期之前更瘦了，不是吗？

"差不多。"她不自觉地回答。她吞了两次口水。她感觉自己后背在颤抖，就像生病了似的，肾上腺素激发出一种狂热的恐慌感。

"哦，那就好……"

"我猜，我是做了一个可怕的噩梦。"

"哦，真糟糕。"托德简单地回应，仿佛她的混乱状态能够被如此轻易地解释。

"是啊，但是——听我说，在我的梦里——你杀了人。"

"哇哦。"他说，但是在他的表情背后，有些东西发生了细微的变化，就像一条鱼游在深海里，你看不见它，只能看见它引起的涟漪。"谁？"他说。珍觉得很奇怪，他最先问出的居然是这个问题。她已经见惯了她的客户们不愿吐露全部实情，眼下的情形在她看来也与之类似。

他伸手把垂到自己前额的头发向后拨开。他的T恤被拉高，露出她曾经习惯于抱在手上的腰——那时他还小，喜欢扭来扭去，正学习如何坐、如何跳、如何走。当时她认为做母亲这件事非常无聊、毫无回报，她奉献了大把大把的时间去反复完成一系列同样的任务，唯一的变化只是它们的排序。但事实并非如此，她现在明白了；那种说法就好比在说，呼吸这件事非常无聊。

"一个成年男子，像是有四十多岁。"

"就凭这细弱的四肢？"托德边说边像在演话剧那样举起一只手臂。

有一次，凯利曾在深夜对她说："咱俩怎么会培养出一个过度自信的极客呢？"然后他们俩忍不住咯咯傻笑，不得不把嘴捂上。凯利的冷幽默是他身上最让珍喜欢的一点。她非常高兴托德也继承了这一点。

"就凭它们。"她说。但她心里想的是：当时你不需要动用肌肉。你有一件武器。

托德把没穿袜子的双脚塞进一双运动鞋。正当他这样做的时候，珍回想起了这一幕在星期五早上发生时的记忆。当时她还惊讶于他怎么感觉不到十月的寒意，还担心他到了学校脚踝会不会冷。同时，她还心怀羞愧地担心人们会不会觉得她是个差劲的母亲，觉得她——具体怎么说来着？反袜子主义？——老天，就是她总在过度关切的那些事。

重要的是，她已经经历过这一幕。她现在还记得。

她的肩膀上掠过一阵战栗。托德抓住门把手，而珍意识到这场景似曾相识。不，她没事，她没事。不要担心这个。忘了它。没有任何证据能证明它发生过。

然而证据出现了。

"放学后我会直接去克丽奥家。如果她让我去的话。我会在那儿吃饭。"他说得简短。他是在告知她，而不是询问她；他最近都是用这种方式对她说话。

就在这时，证据来了。有句话到了珍的唇边，就像泉水涌出地面那样自然而然，而且跟她昨天已经说过的话一字不差。"再来些桶装牡蛎吗？"她说。托德第一次在克丽奥家吃晚餐时，他们吃的就是牡蛎。当时他还给她发了一张牡蛎的照片，壳被撬开了，放在他的指尖上保持着平衡，配文是："你说过我需要再多'打开'一点儿？"

她等着托德的回答，说他基本确定他们会吃些更低调的东西，比如法式鹅肝。

他冲她咧嘴一笑，打破了紧张的气氛。"我基本确定我们会吃些更低调的东西，比如，你懂的，法式鹅肝。"

她做不到。她不知道该怎么办。这太疯狂了。她的心脏狂跳不止，仿佛它打算让自己跳到力竭而死。

托德拿起他的包。那个包打在他肩膀上的动作加重了她的不安。它看起来很重。

正在这时，一个想法产生了，完全成形了。如果那个武器就在包里呢？如果那项罪行即将发生呢？如果那不是一个梦，而是一个预感呢？

珍感觉自己先是发烫，接着发冷。"我刚才听到的声音是不是你的电脑？"她望着天花板说，"它好像发出了什么声音。"

想要让一个青少年去检查他的设备简直易如反掌；当珍看到他匆忙跑去查看时双脚绊在了一起，她有一秒钟感到了痛苦的内疚。这是习惯性的，是她一向对托德的情绪感同身受的那种共鸣——有时这种共鸣太泛滥了，当他在任何社交场合被人排斥在外时，她都会过度卷入学校门口的一出出戏——但是今天，这种共鸣放错了地方。她亲眼看见他杀了人。

不论她有什么感觉，都不足以让她停止寻找。

前方的口袋、侧面的口袋，采取行动是分散注意力的好办法。她听见托德在楼上哼着歌，每当他感到不耐烦时就会这样哼歌。"天哪。"他说。

两本化学教科书、三支散放在包里的钢笔。珍把它们放在走廊地板上，继续搜索。

"没有通知。"他高声叫道。他的语调又变得急躁了。就在最近这段时间，她觉得自己一靠近他就变得像个讨厌鬼。

"对不起。"她大声回答,同时心想,再给我该死的一分钟,就一分钟,就一分钟。"一定是我听错了。"

那只包的底部堆满了来自上千只三明治的碎屑。

但这是什么?内侧这个东西?一个刀鞘,皮质的刀鞘。它像一根大腿骨一样又冷又硬,躺在她儿子的双肩背包的内侧。她还没把它拿出来,就已经知道是什么了。

一个长长的袋子。她长出一口气,然后打开顶端的扣子,一个刀柄滑了出来。

然后——在那里面……是一把刀。那把刀。

第 -1 天，早上 8:30

珍站在那儿呆呆地盯着它，盯着自己手里这个被泄露的秘密。她没想过如果自己发现了什么该怎么做，她从没想过自己真的会有所发现。

她握着那长长的、不祥的黑色刀柄。

恐慌感又开始了，一波又一波焦虑像浪潮一样，虽然会退向大海，但又总是一而再再而三地涌来。她猛地拉开楼梯下方的储藏柜。一大堆鞋子、运动器材和厨房里放不下的罐头食品扑了出来。她笨手笨脚地越过它们，把那把刀往里面推。她能听见托德走到了楼梯平台。她把那把刀斜靠在内侧的墙上，从储藏柜里退出来，再把他的其他东西整理好放回包里。

托德——脸上挂着不满的微笑，五官特征完全就是年轻版的凯利——拿起了那只背包。他似乎没有察觉背包有所不同，没有察觉它变轻了。珍一直盯着他，看着他打开了前门。她的儿子，自认为随身携带武器，而且有所图谋。她的儿子，把那把刀奋力扎进别人的身体，在躯干造成了三个创口。他回头狐疑地瞄了一眼，有一秒钟，珍以为他可能知道她做了什么。

他走了，珍爬上楼梯，从景观窗里望着他的车。在他开车离开时，她确信自己看见他的眼神瞥向后视镜，在镜中与她四目相接。只有最短暂的一瞬间，仿佛一只蝴蝶在你察觉之前轻轻降落又离开，只扇动了一次翅膀。

"我在托德包里找到一把刀。"丈夫刚一到家，珍就马上对他说。她没有解释其他的事，现在还顾不上。她一整天都在恐慌状态与理智状态之间摇摆。那不值得在意，那是一场梦；那值得在意，那是一场活生生的噩梦。她疯了，她疯了，她疯了。

凯利马上沉下了脸，这跟珍预料的一样。

他走近她身边，拿起那把利刃握在手上，仿佛那是一项考古发现。他的瞳孔变大了。"他怎么说？你什么时候发现的？"他的语调像结了霜一样冷淡。

"他还不知道。"

凯利点点头，低头凝视着那把长长的利刃，什么也没有说。珍还记得他昨晚那些狂怒的行为，心想：他此刻看起来只是有些沉默寡言。

"这是一把崭新的刀。"他开口了，并且与她对视了一眼，"我要杀了他。"

"我知道。"

"还没用过。"

珍笑了，她发出一阵生硬的、毫无笑意的笑声。"对。"

"怎么了？"

"只不过——我想说的是，昨天晚上，我看见托德用这个捅了一个人。"

"什么……"他说,这个词不是轻快上扬的,它不是一个疑问,而是在表示不相信。

"昨天我没睡,我在等托德,而他——他在街上拿刀捅了人。你当时也在场。"

"但是……"凯利边说边用一只手揉搓着下巴,"当时我不在啊。你也不在。你说过了,那是个梦。"他给了她一个一闪而过的微笑。"你是去疯人镇了吗?"他说。这是他们俩对神经衰弱的简称。

珍转身从他身边走开。门外,他们的邻居带着散步的狗经过。珍知道他的手机就要响了,她记得这昨天发生过,但还没等她把这告诉凯利,它就已经响了。她需要想出别的即将发生的事来向凯利证明,但是她想不出来,她只能想到自己是怎么在这儿醒来的,在她看来,这儿是某个另类而又可怕的宇宙。

"当时我醒着。"说着,她把目光从那位邻居身上转开,思索着所有能间接证明了昨天没有发生的证据:那只光滑的、没有刀痕的南瓜,她的儿子出现在他自己的卧室,门外大街上没有任何血迹或警方设置的警戒带。紧接着,她想到了那把刀。那把刀是她拥有的唯一一个实实在在的明证。

"听我说,昨天晚上我什么也没有看见。我们就直接问他好了,等他回来以后。"凯利说,"这是刑事犯罪,所以……我们可以这样告诉他。"

珍点点头,什么也没有说。她能说什么呢?

"别在我脚边绕来绕去。"凯利说。他是在对付他们家的猫亨利八世,当初给猫取这么一个名字,是因为从他们救下它那天起,它就一直是只超重的肥猫，正如历史上的亨利八世一样。

正无力地躺在厨房沙发上的珍面部抽搐了一下。在某个星期五的晚上，凯利曾说过一模一样的话。对，就在第一个星期五的晚上。接下来他妥协了，一边给亨利喂食一边说："好吧，但你要知道，我心里在批判你。"

她站起来从凯利身边走了过去。她不能这样。她不能就坐在这儿眼睁睁看着她已经经历过的一天再重演一遍。

"你去哪儿？"凯利问她，看样子被她逗笑了，"你看起来太焦虑了，刚才你经过我身边时居然带起了一阵风。"接着，他又对喵喵叫的猫说："好吧，但你要知道，我心里在批判你。"他打开一袋猫粮。一股热流涌上珍的胸口，她能感觉到自己从脖子到胸前泛起一阵由惊恐引发的红潮。

"这些都发生过，"她说，"这些以前都发生过了。到底怎么回事儿？"她在沙发上坐下，徒劳地撕扯自己的衣服，想要从自己的身体里逃脱，想要表达出某些不可能的事。如果先前她还没有精神错乱的话，显而易见，她现在看上去已经是了。

"那把刀吗？"

"不是那把刀，那把刀是我今天才发现的。"她说的时候心里明白，这话对别人来说都讲不通，只有她自己才明白，"是其他所有的事。其他正在发生的事，我都已经经历过一遍了。现在，我已经把今天过了两遍。"

凯利喂完亨利，叹了口气并打开了冰柜。"这话就算从你嘴里说出来，也实在是太疯狂了。"他用挖苦的语气说。珍歪着头，坐在沙发上望着他。

上次他们俩一起度过这个夜晚时，曾经为了假期的事而争论过。

珍一直都想要出去度假，可凯利拒绝坐飞机。他过去乘坐的一架飞机曾经在气流颠簸中掉落了五千英尺[①]，这是他在他们俩刚交往不久时告诉她的。从那之后，他就再也不坐飞机了。"你根本不是个紧张的人啊。"珍当时说过。"然而，在这件事上我是。"他当时这样回答，然后从冰柜里拿出一根梦龙雪糕。

"我知道你要吃一根梦龙。"她现在说，而凯利的手已经放在冰柜门上了。

"你是怎么猜到的？"他说。"她是个通灵师。"他又对猫说。

凯利离开了厨房，她知道他将会上楼去冲淋浴。

当他走过她身边时，他用手指划过她的后背，那样轻柔的动作引起她一阵颤抖。她望着他的眼睛。"你没事的。"他说。她真希望自己过去不曾这么紧张过。他正要走开，她伸手抓住了他的手，这个动作她以前做过上千次。他的手是她的锚，而她是一个独自漂在海上的女人。然后，他就走开了。他没有说他是不是在为那把刀或她的话感到担忧。那不是他的行事风格。

珍开始播放《实习医生格蕾》，然后独自靠在沙发上，努力放松自己。

珍和凯利是在差不多二十年前相遇的。他走进她父亲的律师事务所，问他们需不需要做些内部装修。牛仔裤低低地挂在他腰上，看见珍的时候，他脸上慢慢地绽放出一个会心的微笑。她父亲拒绝了他，但是珍跟他一起出去吃午饭，这更像是一件偶然发生的事而不是别的。中午十二点，他和她一起走了出去，两人看见街对面一家被雨打湿的酒吧正在举行买一送一的优惠活动。在整个午餐过程中，以及随

---

① 约等于 1.52 千米。

后吃布丁又喝咖啡的过程中，珍一直在说她该回去了，可他们俩似乎和对方都有说不完的话。凯利问了一个又一个让她很感兴趣的问题，他是她所认识的最佳倾听者。

她几乎记得那次约会的所有细节。那时是三月末，出奇地寒冷而潮湿，然而，当珍和凯利一起坐在酒吧角落的小小桌边，太阳从浓厚的云层后面出来了短短一两分钟，照亮了他们。于是，就在那一刻，春天的感觉忽然降临，尽管几分钟后就又下起了雨。

他们共撑一把伞从酒吧回到了事务所。她让他把伞带走，这完全是故意的；等他在接下来的星期一把伞送回事务所时，他又把钥匙忘在了她的办公桌上。

那个日期已经重新定义了珍对时间的感觉。每年到了三月，她就能感觉得到。黄水仙的气味，阳光有时斜照的方式，碧绿而清新的感觉。一扇打开的窗户让她想起了他们俩一起躺在床上的情景，腿纠缠在一起，上半身分开，就像两条快乐的美人鱼。每年春天，她都会回到彼时彼境：春雨绵绵的三月，有他在身边。

现在珍觉得舒服多了，就跟她以前许多次观看《实习医生格蕾》时一样，她因为发生在西雅图圣恩医院心外科病房的故事、因为脱掉胸罩而感到舒适。她心想：或许这是她的错，看着电视却又没有认真看。她一直觉得做母亲很难。这件事一度那么令人震惊。她可以利用的时间大大减少。她什么都做不好，无论工作还是育儿。在这两方面，她都感觉自己付出了整整十年去到处灭火，直到最近才初显成效。但是很可能，负面影响已经产生了。

那是一个梦，到此为止，她对自己这样说。是的。信念的烈焰在她心中熊熊燃起。那当然只是一个梦。

她关掉了《实习医生格蕾》。电视新闻节目的画面自动地替换了刚才的剧集影像。她记得这个片段，是关于 Facebook 的隐私设置接受审查的。下一条新闻则是关于一种治疗癫痫的药物在实验室老鼠身上做测试的。这很难成为时间旅行的证据，但它无论如何还是出现了。

"一项新的药物实验……"

珍关掉电视，离开厨房走到了走廊里。楼上传来淋浴的声响，就跟她先前预知的一样。她肯定能用这些东西说服某人，确定吗？

她把那把刀从楼梯下方的储藏柜里拿出来，仔细查看。还没用过，正如凯利所说。

她坐在楼梯最下面那层台阶上等托德，那把刀就横放在她大腿上。再等他一次。但是这一次，她在等待一个解释。等待事实。

"我找到了这个。"珍说。在她心里有一种细小而恶毒的愉悦，因为她在进行一段崭新的对话，而不是一段她先前经历过的。她把那把刀递给托德，他没有伸手去接。

他身上出现了一百万种不经意间泄密的动作：垂下眉毛，舔了舔嘴唇，把重心在双脚间换来换去。他什么都没有说，却也什么都说了。"那是一个哥们儿的。"最终他这样说。

"这可真是书里记载的最古老的谎言，"珍说，"这句话你知道律师们听过多少遍吗？"她吞下了更多的胃酸。他耍的花招向她证实了那件事。它会发生的，它会在明天发生的。

"你在做什么，怎么那样大口吞咽？"托德一边说一边懒洋洋地耸耸肩。这就是他最近常有的样子，珍发觉自己心里这样想着，同时盯着地板努力忍住呕吐。一个装满秘密的男孩。今晚，此刻，她发觉他耸肩的样子透露着邪恶。

"我来跟他说。"凯利站在楼梯顶上说。

她曾经以为他们能逃过一劫,不用经历这些青春期的烦恼。托德曾经是个乖巧的婴儿,也是个快乐的幼童。在其成长的过程中,他们经历的唯一戏剧性事件是去年夏天一个叫杰玛的女孩因为托德太古怪把他甩了。当时他伤心欲绝地回到家,整整二十四小时不发一言,任凭珍和凯利去猜。第二天晚上凯利外出的时候,他盘腿坐在珍的床上,把事情的原委告诉了她,并问她是否认为那话是真的。"绝对不是。"她当时一边这样回答,一边满怀内疚地思索该怎么开口告诉他……好吧,可能是?不算太古怪,但绝对是个书呆子。他当时给她看了一些他发送出去的短消息。用一个词来形容它们,就是"激烈"。长长的信件、与科学有关的表情包、诗歌、一条接着一条无人回复的消息。杰玛显然已经失去热情——谢谢,明儿见,今天有点儿忙——珍为自己的儿子感到无比遗憾。

但是现在呢:刀、凶杀、逮捕。

凯利默默地审视着他儿子,头微微向后倾斜。珍希望他能大发脾气,把事情升级,但他显然不打算那样做。托德看上去忽然生气了。他咬紧了牙关。

他举起两只手掌,但是没有说话。

"如果我检查你的银行对账单——你从来没购买它?你买刀的花费不会显示在那上面?"凯利问。

托德接受了他的挑衅,平视着楼上。几秒钟后,他打破了跟他父亲的眼神交流,耸耸肩脱掉了外套。他踢掉脚上的运动鞋,光脚站在地板上。"没错。"他说。他背对着珍把外套挂了起来,这是他平常很少做的事。

"我们理解,你明白的——想要感觉……安全有保障,"凯利说,"听我说——跟我过来。咱们去散个步。"

"是吗?我们理解吗?"珍说。她惊讶地抬头看着他。

托德粗暴地转身从她身边走开,跑上楼梯,从凯利身边挤了过去。

"你们以为我要做什么,杀了你们吗?"托德说,声音轻到珍以为自己听错了。她浑身难受。

"除非你告诉我你是从哪儿搞来了那个——还有原因——不然你哪儿也不能去。这几天都不能外出,连学校也不能去。"她说。

"好啊!"托德大叫一声。

他回到了自己的房间,狠狠关上门,力气大到整个房子都被震动了。珍盯着凯利,感觉自己像是被扇了一个耳光。

凯利举起一只手,插进自己的头发。"真该死,"他对她说,"真是一团糟。"他擦了擦楼梯顶端的柜子。一张纸从上面掉了下去,他一边揉搓自己的额头一边把它捡了起来。那张纸是一项大型工作的委托书,凯利拒绝了,因为对方想让他成为他们的雇员而不是自己当老板,他说他永远不会那样做。

"他到底出什么事了?"她说。

"我不知道。"凯利厉声说,他摇摇头,"咱们别费老劲管了。"珍明白,他不是在冲着她发火。这就是他的脾气,一旦发作就会非常突然。有一次,他在酒吧里对一个摸了珍的屁股的男人发火,说很乐意到外面会会他,而珍简直不敢相信。

现在她点点头,喉咙堵得说不出话来,并且由于她恐惧的事情终将发生而感到极度恐慌。

"我们可以——"凯利挥了挥手,"明天再处理。"

珍点点头，很高兴有人告诉自己该怎么做。她把那把刀带到楼上，放在了他们俩的床下。

　　那天晚上，她后来又跟托德偶然相遇过，他下楼去喝水，而她正要上楼睡觉。通常她会为洗衣服或其他琐事忙来忙去，但今晚她没有。她只是隔着厨房看着他，他们身边没有日常生活的忙碌。

　　他从水龙头接了一杯水，一口喝完，然后又接了一杯。他拿出手机，一边看一边小口喝水，不知因为什么事而露出似笑非笑的表情，随后把它放回了口袋里。

　　她假装在忙自己的事。托德大步走过去，手里还拿着一杯水，不过上楼之前他去检查了前门有没有上锁。他上了一级台阶，转过身，然后又去检查了一遍。只是为了确认，看起来像是因为害怕什么而做的检查。她旁观着，皮肤感到一阵凉意。

　　当她快睡着的时候，她察觉到自己在想，托德在这儿，安全地待在家，被禁足了。而且刀在她手上。或许怪事已经被阻止了，无论是什么事。或许她会醒来，发觉时间到了明天、后天，只要不再是今天就好。

第 –2 天，早上 8:30

珍醒来时胸前布满汗水。手机躺在床头柜上，但她没有去看。在她心里有一种任性的冲动，想要为自己保持一份希望。

她穿上凯利的睡袍，上面还有几处被他淋浴后弄湿的地方；然后她走下楼去。木地板被阳光照得闪闪发亮，当她朝前走的时候，那蜜糖色的光线先是温暖了她的脚趾，随后温暖了她的双脚。

拜托，千万不要让这一天又是星期五。除此怎么都行。

她往厨房里张望，希望能看见凯利，但厨房里空无一人，而且非常整洁。厨房的料理台上很干净。她眨了眨眼——那只南瓜——它不在。她走进厨房，然后徒劳地转了个圈，四下打量。但是到处都看不见它。可能现在是星期天，可能怪事已经结束了。

她从睡袍的口袋里掏出手机，屏住呼吸，然后打开看。

现在是十月二十七日。也就是前一天的更前一天。

一股血涌上脑门，感觉又热又涨，就像有人打开了一台电暖器。她一定是疯了——一定是。那只南瓜不在这儿，是因为她还没把它买回来。

很明显，现在是星期四，早上八点三十分。托德应该正在上学路上。凯利应该在梅利洛克斯街。而珍——珍本来应该在上班。她望向外面，自家花园里的草地被清晨的阳光镀了一层金。她做了一杯咖啡大口喝下去，但这只是进一步刺激了她的神经。

如果她想的没错，明天就会是星期三。然后星期二。再然后呢？一直向后倒退吗？她又想吐了，这次吐进了厨房的水槽，甜味的黑咖啡倾泻而出，她感到慌乱和不解。接着，她把头靠在水槽的陶瓷边缘上休息了一下，并做出一个决定。她需要跟一个了解她的人谈一谈：她交往最久的朋友和同事——拉凯什。

珍的工作地点所在的那条街常常狂风大作，那里位于利物浦市中心的一条风洞里。十月的风像一个淫荡的舞者那样掀起她的外套，绕着她的大腿打转。等一会儿会开始下雨，很大的雨，空气也会随之变冷。

珍原本想要住得离市区近一些，但是克罗斯比是凯利说他所能接受的最靠近市区的位置了。他痛恨城市的噪声，不喜欢嘈杂和喧嚣。她带着玩笑的心情想到，他有一次曾经说过"我还讨厌利物浦人，除了你"。凯利在遇见珍之后就离开了家乡。他说他父母双亡，学生时代的朋友都是些废物，他极少回去。他与家乡唯一的联系是每年圣灵降临节跟老朋友们去露营。他曾说他想住在荒野里，但她让他跟她一起搬回到克罗斯比。"但是郊区住满了人。"他说过。他经常这样，黑色幽默中夹带着愤世嫉俗。

她推开温暖的玻璃门，走进阳光灿烂的门厅，然后沿着走廊走向拉凯什的房间。拉凯什·卡普尔，她最重要的盟友，也是她的老朋友；他在成为律师之前曾经是一名医生。相对于他的工作来说，他的资质过于优秀，甚至到了荒谬可笑的地步。珍觉得他就是托德将来可能会成为的那种人。这个想法在她心里激起一股忧伤。

她在厨房里找到了他,他正在往一杯茶里放糖搅拌。这间厨房是一个狭小的、没有灵魂的深紫色空间,墙上挂着一张落日的照片。珍记得三年前租下这个地方时,是她父亲选了这种勃艮第色,那时距离他离世还剩下十八个月。这种颜色的油漆名叫酸葡萄。"对一家律师事务所的门厅来说可真是再合适不过了。"珍当时说,而她一贯严肃的父亲忽然爆发出一阵悦耳的大笑。

拉凯什简单地跟她打了个招呼,也就是说他抬了抬两道浓眉、举了举手里的马克杯。他跟珍一样,也是个不爱早起的人。"你现在有时间吗?"她问,声音因为恐惧而颤抖着。他绝对不会相信她的,他会把她强行带走,关进精神病院。但她还能怎么办呢?

"当然。"她带着他穿过走廊,回到她自己的房间,靠坐在凌乱的办公桌边缘。拉凯什本来在门口徘徊,当他看到她犹豫的样子就关上了门。他对待病人的态度无可挑剔:和蔼而又疲倦。他喜欢穿毛背心和不合身的西装,离开医疗领域是因为他不喜欢压力。他说法律界情况更糟糕,留下来只不过是因为他不愿意再转行第二次。从她雇他那一天起,他们俩就成了朋友,因为他在面试的时候说,自己在职业方面最大的弱点是喜欢办公室甜甜圈。

珍的办公室朝东,此刻正被早晨的阳光照得亮堂堂的。有一面墙边被杂乱无章的粉色、蓝色和绿色的文件夹堆得满满当当,文件夹边缘都被阳光漂白了——这充分说明它们应该被整理归档,而珍认为会见客户可比归档文件有意思得多。

"如果请你做一场医学咨询,你意下如何?"她问拉凯什的时候轻轻笑了一声,随后又深吸一口气。

"我觉得我不具备资质吗?"他语气轻快,回答得跟往常一样迅捷。

"我将为你的免责声明保密。"

拉凯什脱掉西服上衣,把它搭在珍办公室角落那把墨绿色扶手椅的椅背上。这是一种私密的姿态,也是一种恰当的姿态。十年来,珍和拉凯什几乎一起度过了每一个工作日的午休时间。他们从一辆自称"土豆脑袋先生"的货车上买烤土豆。拉凯什还整年都在收集那里发放的常客贴纸——形状就是土豆——到了圣诞节,他能免费得到一大堆。他会把那些贴纸当作圣诞倒计时标记贴在他们的日历上。

"如果你处在一个时间循环里,你有可能是得了什么病?比如,比尔·默瑞在电影《土拨鼠之日》里得了什么病?"她一边发问一边想到,这电影不知是她多久以前看的,"我是说——精神方面的疾病。"

拉凯什起初什么也没有说,仅仅是盯着她看。珍感觉自己脸红了,原因既有羞愧又有恐惧。"我会选择认为是……精神压力,"他终于开口,双手指尖小心翼翼地对在一起,"或是脑瘤。呃,颞叶癫痫、逆行性失忆、创伤性头部损伤……"

"没有好事。"

拉凯什没有再回答,只是隔着办公室给了她一个医生式的、期待下文的停顿。

她犹豫着。如果明天又会是昨天,那这一切又有什么要紧,管他呢?"我相当确信,"她的目光没有直视他,谨慎地说道,"我曾经在十月二十九日醒来,然后重新经历了一遍十月二十八日,现在又回到了十月二十七日。"

"我会说,你需要一本新的日程手账。"他淡淡地说。

"但二十九日那天发生了一件事。托德——他——他犯下了一桩罪行——后天。"

"你认为你已经到过未来?"拉凯什说。

珍的恐惧慢慢酝酿成了一种燃烧的、低水平的恐慌。她感到自己疲惫不堪。"你觉得我疯了?"

"不,"拉凯什冷静地说,"如果你疯了,就不会这样问我。"

"好吧,那么,"珍叹了一口气说,"我很高兴我问了。"

"告诉我具体都发生了什么。"拉凯什穿过她的办公室走过来,站在离她更近的地方,靠近一扇可以俯瞰楼下商业街的窗户。珍很喜欢那扇老式的窗户。当年她选择这间办公室的时候,坚持要求保留它可以打开的状态。夏天,她能感觉到炎热的微风,听到楼下街头艺人的声音。冬天,穿堂风让她觉得冷。能够感知天气,好过待在乏味的十八摄氏度恒温的办公室里。

他抱起双臂,手上的结婚戒指反射着阳光。他正凑近了看着她,用眼睛扫描着她的脸。她在他的凝视下忽然感到难为情,仿佛他即将揭晓某些可怕的事、某些致命的事。

"从头开始讲。"

"那也就是这个星期六。"

他停顿了一下。"那,好吧。"他摊开双手,就像在说"那就顺其自然";他的脸笼罩在尚未升高的太阳投下的阴影里。

他沉默地站在那儿一分多钟,听她全部讲了一遍;她把每一个细节都告诉了他,甚至包括那些让人不自在的内容:那只南瓜、她没穿衣服的丈夫。在焦虑中,她抛开了所有体面,不在乎他会怎么看待自己。

"所以你是在说,今天已经发生过了,现在它又发生了一遍,而且方式基本跟前一次一样？"他的话非常精辟，完全抓住了其中的逻辑——或者是——完全理解了珍的处境。

"是的。"

"那么，我们做什么了，在你第一次经历今天的时候？在第一个二十七日？"

珍向后靠在自己的椅背上。真是个聪明的问题。有几秒钟，她认真地看着他的脸。她需要放松下来才能想到答案。她用力吐出肺里的空气，闭上双眼，仅花费了一秒钟。她想起来了，有件事从她的大脑深处逐渐浮现出来。"你有奇怪的袜子吗？"她说，"我想——可能……当天我们去买土豆时可能嘲笑过你的袜子，粉红色的。"

拉凯什眨眨眼，拉高了自己的裤脚。"我的确有。"他一边大笑一边给她看，一双印着侯相（Usher）字样的樱桃红色袜子。那就对了。上个周末他参加了一场婚礼，得到了这双袜子作为回礼。

"很难完美证明，对吧？"她说。

"听我说。这可能是因为压力太大了，"拉凯什迅速回答，"你的话前后一致，你确实知道日期。我会选择认为是——我也不知道——焦虑，反正你本来就有那种倾向，不是吗？……或者是抑郁症，那会让每一天都感觉是重复的，自己一事无成……这不是精神错乱。"

"谢谢。希望不是。"

"我的意思是——不得不说，"拉凯什的语调带着一些诙谐，"我他妈的完完全全没有概念。"

"我也是。"说着，她感觉无论如何自己心里都轻松了一些，因为总算对人说了出来。

"也许你只是迷糊了。"他说，"我身上也老是发生这种事儿，只不过更不值一提。前几天，我不记得自己是怎么开车来的。我永远也说不清我走了哪条路线。这并不算精神分裂，对吧？这就是人生。得多睡觉，吃些蔬菜。"

"是啊。"珍从他注视的目光中转过身去，猛地向上拉开窗户。不是他理解的那么回事儿，那种情况还可以容忍，但眼下这种不可以。

而且这不是因为压力。当然不是。

她俯瞰着利物浦。她在这里。她在此时、此地。秋季里燃烧木材的烟飘进她的窗口，太阳晒暖了她的手背。

"我有个朋友的博士论文就是关于时间旅行的。"拉凯什说。

"是吗？"

"是的，是一项对于人是否有可能陷入时间循环的研究。我帮他做了校阅。他的专业是——什么来着？"拉凯什靠在墙上，抱着双臂，西装搭在肩上，"理论物理和应用数学。跟我一起上的学——在利物浦。然后他又继续去研究了……老天，一些疯狂的事。现在他在约翰摩尔大学。"

"他叫什么名字？"

"安迪·维特西。"说着，拉凯什把手伸进西服裤子口袋，掏出一盒已经打开的香烟，"不管怎样，请你先把这些从我这儿收走。否则我的生活习惯要开始倒退了。"

"你这样也能叫医生？"珍伸手接过那个盒子，嘴里淡淡地说。当拉凯什转身离开时，她冲他微笑，但心里想的是她是如何真实地、客观地存于在这里：星期四。在跟她信任的人讨论过这件事之后，她更冷静了，更能客观评价它了。

那么，这到底是如何发生的？她是怎么做到的？是在她睡觉的时候吗？

还有，她要怎么做才能摆脱此境？

她低头凝视着那只旧烟盒。答案一定是她必须改变些什么：改变些什么，是为了让这怪事停下来，为了救托德。

"如果我还记得，我会穿别的袜子。等咱们下次见面的时候。"说这话的时候，拉凯什脸上挂着神秘的微笑，一只手搭在门框上。

他走了，她等了一秒钟，然后冲着走廊高喊："好好戒烟！"这也是因为她想要改变些什么——什么都行——往好的方向做出改变。"太不健康了！"

"知道了。"拉凯什背对着她说，没有回头。

珍启动电脑，开始在谷歌检索"时间循环"。为什么不好好研究一下呢？这是任何一名优秀的律师都会做的事。

两位科学家詹姆斯·沃德和奥利弗·约翰逊写了一篇关于引导悖论的论文：在时间旅行中回到过去观察某一事件，结果发现这一事件是由你本人引发的。珍把这点记了下来。

他们写到，为了进入一个时间循环，你需要创造出一个封闭的时间型曲线。他们提供了一个物理公式。但是在下面又把公式分解了，这很有帮助。这似乎是发生于当一种巨大的力被施加于人体的时候。沃德和约翰逊认为，创造一个时间循环所需要的力必须大于重力。

她向下滚动页面。那个力度之大，是她自身重量的一千倍。

她把头埋进双手，这些话她连一个词都搞不懂。而她自身重量的一千倍是……很多。她忽然露出沮丧的微笑，那是个不值得费神去认真计算的数量。

她返回谷歌页面，怀着绝望的心情点击了一篇《逃离时间循环的五个小窍门》的文章。这会不会只是个——这是篇正经文章吗？网络上的内容真的能让每个人各取所需。那五个小窍门分别是：查明原因、告诉一个朋友并让他跟你一起循环（当然）、记录一切、做实验……还有尽量别死。

最后一条让珍坐立难安。她还完全没想到过这一点。伴随她对它的思考，似乎有一种诡异的感觉降临在这个房间里。尽量别死——如果那就是这一切的终点呢？比第一夜更黑暗的地方，母亲的某种牺牲，与神明的交易。

她关闭了显示器。一定有办法让凯利相信她：她最重要的盟友、她的爱人、她的朋友，她和他在一起时就是最傻里傻气、没有伪装的自己。她要努力向他证明，然后他就能来帮她。

珍的实习生娜塔莉亚推着一辆装满活页文件夹的推车经过她的办公室门口，这个场景珍先前已经看过一次了。接下来，她就会推着推车不小心撞上紧闭的电梯门。当第二次听见那声撞击时，珍闭上了双眼。

她必须离开这儿。

十分钟后，她已经站在楼后抽掉了四根拉凯什分给她的香烟。滚一边去的健康。

在内心深处某个说不清的角落，她知道这就是她的任务，不是吗？去阻止那场凶杀。去查清楚它为什么会发生，然后预防它发生。

仿佛宇宙也同意她的想法似的，当她抽完第五根烟时，天开始下雨了。很大的雨，空气也随之变冷。

回到厨房，珍瘫倒在那里的蓝色沙发上。她早早下班了。难道拿走那把刀不是应该已经阻止了凶杀，进而终止时间循环了吗？

是否存在另外一个现实世界，凶杀在其中仍然发生了？是否存在另一个珍，没有回到过去，而是在继续向前？

托德不在家。他说,是跟上次的那些朋友一起。他们之间,越来越多短消息,越来越多距离感。

珍正在谷歌检索安迪·维特西。他的确是利物浦约翰摩尔大学物理学系的一名教授。很容易找到他。在"领英",在大学主页上,还有他自己经营的推特账号 @AndysWorld(安迪的世界),简历里写着他的电子邮箱地址。她可以给他写邮件。

她听见前门传来的声音,坐直了身体。

"停不下来。"托德一边大吼一边冲进厨房,夹带着一阵冷风和青少年的活力,打扰了正在犹豫着怎么写邮件的珍。

"好的。"她说。她上次说的并不是这一句。上一次,她问他是不是有什么原因才总是不愿待在家里。

她惊讶地发现,这种更柔和的态度奏效了。

"刚才去了康纳家,现在去克丽奥家。"托德望着她的眼睛对她解释。他双脚交替着跳来跳去,手里摆弄着一个便携手机充电器,整个人充满活力,充满那种人生真的才刚刚开始的人才有的乐观。这不是一个凶手会有的行为——珍发觉自己在这样想。

康纳——波琳家的老大。他身上有些让珍觉得不确定的因素,一些奇异的特质。他抽烟、骂脏话——这两件事珍自己也经常会做——无论如何,透过那副名叫"母亲"的冷酷滤镜来看,这两件事都令人反感。

她把两只胳膊肘撑在桌面上,坐直了看着托德。上一次,她错过了刚回家的他。当时她在上班。

过去几个星期,有一件案子占据了珍全部的时间,这意味着珍比往常错过了更多的家庭生活。每当一个大型的离婚财产分配案件即将开庭的时候,她常常会这样。客户们的需求与心碎打破了珍本来就很薄弱的边界感，以至于她不停地接听电话，而且几乎都睡在办公室里。

让珍在整个十月忙得不可开交的那位客户叫作吉娜·戴维斯，但她让珍忙碌的原因跟以往的客户不同。夏天的时候，她第一次走进珍的办公室，带着一份一周前刚离开她的丈夫发来的离婚申请书。

"我想要让他以后再也见不到孩子们。"吉娜说。她的金发卷得一丝不苟，穿着一身完美无瑕的西服裙套装。

"为什么？"珍问，"有什么让你担心的理由吗？"

"没有。他是个非常好的父亲。"

"好，那么……？"

"为了惩罚他。"

她三十七岁，当时伤心欲绝又气愤难当。珍立刻对她产生了亲近感，她是那种不会隐藏自己情绪的女人，那种说话百无禁忌的女人。"我只想要伤害他。"她对珍说。"我不能收钱为你做这种事。"珍当时回答，心里想的是，做这种事去赚钱是不对的。很快，吉娜就会恢复理智并停手。

"那你就免费做吧。"吉娜说，而珍真的那样做了。不是因为她过世的父亲留下的事务所不需要这笔钱，而是因为珍知道，最终，吉娜会放弃，会接受离婚判决，接受财产分割，然后放下这一切，继续生活。当时这尚未发生，尽管珍整个夏天都告诉吉娜先离开丈夫并好好考虑，而且秋天又在好多次会议上提出反对建议。她们还聊了各种各样的话题——她们的孩子们、新闻，甚至《爱情岛》[①]。"很恶心，但是引人入胜。"吉娜说过，而珍听了大笑着点头。

[①] 即"Love Island"，一档英国真人秀节目。

现在，珍望着托德，忽然想知道他是否像吉娜一样陷入了爱情。想知道这位克丽奥对他来说究竟是什么人，她意味着什么。考虑到他在两天后的所作所为，初恋的疯狂当然也是不能被忽视的。

珍还没有见过克丽奥。夏天杰玛甩了托德之后，他开始不自觉地对自己的感情生活遮遮掩掩。珍觉得他是因为那段感情没能继续下去而感到尴尬，也因为那天晚上给她看了那些没有得到回复的短消息而感到尴尬。

当他为了再次外出做准备时，他朝前门瞥了一眼，仅仅一眼。那一眼并不迅疾，也不好奇，而是包含着别的情绪。有些谨慎，似乎他在等着某人出现在那儿，似乎他很紧张。如果珍不是正在认真观察他，那就绝不会注意到，因为他的表情几乎马上就复原了。

"那是什么？"托德回头看着她，指着她的显示屏说。

"哦，我刚才正在读这个有意思的东西。关于时间循环的，你知道吗？"

"我很喜欢啊。"托德说。他用发胶把头发向上梳成一种飞机头，身穿一件复古的斯诺克衬衫。他最近对斯诺克很着迷，说他喜欢击球中包含的数学。珍望着他——她帅得要命的儿子。

"要是你被困在一个时间循环里——你会怎么办？"她问他。

"哦，这几乎总是跟那些微小的细节相关。"托德轻松随意地说。

"什么意思？"

"你懂的，蝴蝶效应。一个细节改变未来。"托德弯腰去抚摸他们家的猫，在那一刹那，他看起来又像个孩子了。她的儿子毫不怀疑地相信时间循环。也许她会把事情告诉他。看看他会怎么说。

但是，眼下她不能这么做。如果这正在真实地、客观地发生，珍的任务就是阻止那场凶杀，查明是哪些事件导致了凶杀，并进行干预。然后有一天，等她做到之后，她会醒来，而那将不再是昨天。

因此，她没有告诉托德。

他走了，珍检查了一下，没有人在等他或是跟踪他。然后，珍自己开始跟踪他。

第 -2 天，晚上 19：00

珍隔着两辆车跟在托德后面，她发现托德是个不称职的司机。根据她的判断，他一次都没看过后视镜，也就没有注意到她，这让她放松神经的同时又觉得心情矛盾。

他在一条叫作艾什北路的路上放慢了车速。这条路会被房产中介形容为"绿意盎然"，仿佛植物通常并不生长于住宅小区中似的。有些住宅门前的台阶上摆着点亮的南瓜灯，它们一早就被雕刻好了，像一群奇形怪状的提示符在提醒着人们即将到来的一切。

托德小心地停好车。珍继续向前驶过几栋住宅，开到一条没有亮灯的小路上，以保证自己有很大希望没被看见；然后她下了车，把风衣披在身上。夜间的风有一种初秋独特的鬼魅感，潮湿的蜘蛛网在摇晃。一种你还没有真正准备好离开某件东西而它即将终结的感觉。

托德显然知道自己的目的地，他沿街走去，白色运动鞋踢起了地上的落叶。珍在一旁目睹这些可太奇怪了：这些事发生时她原本在扮演律师角色，正在忙于过度关注工作而——显然——不够关心家庭。

她站在那条小路与艾什北路交叉的路口，直到托德突然消失，进入了一栋住宅。那栋住宅很大，远离马路，有一条宽阔的门廊和一个改建的阁楼。这种地方现在仍然能把珍吓住，因为她是在一间有两张床的排屋里长大的，那里的窗户全都是一副快要散架的样子，到了晚上就会有微风吹过她的头发。她丧偶的父亲没有注意到那股穿堂风，即便他注意到了也没有时间去修理，因为他承担着太多的法律援助工作。

她缩起肩膀来御寒；一个女人穿着过于单薄的外套站在下雨的街上，望着笼罩在橙色烛光中的树木苦苦思索。关于托德，关于她父亲，关于今天、明天和昨天。

她沿街向前迈步。托德进的是 32 号。她一边等待一边在谷歌检索这个地址，手指太冷了，她在手机上打字都有些困难。这栋住宅被登记为"裁剪与缝纫有限公司"的办公地址，公司所有人是以斯拉·迈克尔斯和约瑟夫·琼斯。公司是新近成立的，尚未提交任何账目。

托德进入那栋住宅消失不见时，另一个人从里面走了出来。

她刚好挡住了去路。

正当她让路时，那个人影穿过花园的门，突然，她跟一个死人面对面了。不，这个说法不对，是一个即将在两天之内死去的人——那个受害人。

第 -2 天，晚上 19：20

珍不论在哪儿都能把他认出来，尽管他——此刻的他——眼里有光，面带红润。这个活得好好的男人，尽管命不久矣，但看起来似乎曾经是个有魅力的人。他大约四十五岁左右，也可能年纪更大一些。他长着浓密的黑色胡须，有两只耳尖朝外的精灵耳。

"你好啊。"珍不由自主地开口对他说。

"有什么事吗？"他谨慎地说。他的身体完全静止了，只有一双黑眼睛快速打量着珍的脸。她努力思考。她需要信息，越多越好。一直以来，诚实不都是最好的策略吗？对客户也好，对工作上的竞争对手也好，对你儿子的敌人也一样。

"托德是我儿子，"她简要地说，"我是珍。"

"哦。你是珍。珍·布拉泽胡德。"他回答。他似乎认识她。"我是约瑟夫。"他的声音低沉沙哑，但说话的方式像个政治家在发号施令。

约瑟夫·琼斯。一定是他，那个把公司注册在这里的男人。

"托德是个好孩子。他在跟以斯拉的外甥女约会呢，是吧？"

"以斯拉是……？"

"我的朋友。也是生意上的伙伴。"

珍吞了口口水，尝试消化这一信息。"听我说，我就是有点儿担心。有点儿担心他——托德。不好意思我就这么——来了。"她勉强地说。

"你担心？"他歪歪头。

"是啊——你知道吗，担心他跟一些坏——"

"托德很安全，被可靠的人们妥善地照看着。现在没事了吧？"他说。来自专业人士的即刻驱逐，他向她做出一种询问"你要去哪个方向"的姿势。毫无疑问，他的意思是：选吧，因为你要离开，不管你想不想。

她什么也没做，于是他跟她擦肩而过，剩下她独自一人站在迷雾中，思索着究竟发生了什么。没有她，未来是不是也在继续。某个地方是不是存在另一个珍，睡着了，还是吓得动弹不得？在那个世界里，托德现在可能正被羁押、逮捕、起诉、定罪。独自一人。

她决定去按门铃。没有明天，这让人沮丧，也让她变得相信宿命。而想到托德被警察逮捕让她绝望。

"我只是想要知道他没事。"珍对来开门的陌生人说。他一定是以斯拉，比约瑟夫稍微年轻一点儿。身材粗壮，歪鼻子。

"妈？"房子深处传来托德的声音。他渐渐出现在昏暗的走廊里。他脸色苍白，神情烦躁。

珍觉得这栋住宅从前应该很漂亮，但现在则是"破旧时髦风"中"破旧"二字的写照。老旧的维多利亚时代风格地砖，几块旧地毯的残片像废报纸一样叠放在走廊上。"怎么……"托德一边穿过这些东西走过来，一边对她说。他用不自然的微笑向她表达了自己的困惑。

走廊尽头是起居室，一个美丽的年轻女子用髋部打开门出现在那里。她一定就是克丽奥了。从她向托德移动而来的方式，珍看得出他们是一对儿。

她是高鼻梁，留着非常酷的短刘海儿；身穿褪色牛仔裤，膝盖处有破洞；皮肤晒得黝黑，没穿袜子。粉色T恤上有镂空设计。就连她的肩膀都很迷人，像两只桃子。她个子很高，几乎和托德一样高。珍觉得自己像个一百岁的大傻瓜。

"怎么了？"托德说，"出什么事儿了？"他的声音是那么坚定自信，又那么恼火。他在居高临下地对她说话。她以前怎么会没发现呢？

"没什么，"她勉强地回答，"我只是——呃……我收到了你发来的一条短消息。你发的是——你的所在地？"她撒谎了。她再次越过他朝里张望，望向这栋住宅其余的部分。克丽奥和托德晒黑的皮肤和洁白的牙齿与他们背后的墙壁——几乎是光秃秃的灰泥墙——和起居室的门——门把手松了，还脏兮兮的——极不相称。珍皱起眉头。

托德把手机从口袋里拿了出来。"我没有给你发过短消息啊？"

"哦——对不起。我还以为你是要我来找你。"

托德眯眼看着她，晃了晃自己的手机说："没有，我什么也没发过。你为什么不先打电话？"当他用手臂做出那样的动作时，这场景让她想起了他当时精准的刺击动作：强劲有力，干净利落，而且是有意为之。她哆嗦了一下。

"你是珍。"以斯拉说。珍眨眨眼。她意识到，他说得跟约瑟夫说出她名字的方式一样。托德一定对以斯拉提起过她。

"对，"她告诉他，"对不起——我不会养成顺路就进来拜访的习惯的……"

珍在努力收集信息，在她即刻要被托德赶走之前收集得越多越好。她四处张望，寻找证据。她不知道自己在找什么；她猜，在她找到之前她都不会知道。

以斯拉背靠着一个储藏柜站在那儿。

"妈？"托德说。他脸上挂着微笑，眼神却在下达紧急驱逐令。

这栋住宅里的气味不像个家。没错——没有做饭的气味，没有洗衣的气味。什么都没有。

"对不起——走之前，你是否介意我用一下洗手间？"珍说。她就是想进去，打量一番，看看这栋房子可能藏着什么样的秘密。

"哦，天哪，妈！"托德全身都在翻白眼，青少年那种白眼。

珍举起双手说："我知道！我知道！真的很抱歉。我会很快的。"她冲着以斯拉露出灿烂的笑脸，问："洗手间在哪儿？"

"你离家只有五分钟路程。"

"人到中年啊，托德。"

托德表演起了"当场去世"，但是以斯拉沉默地指了指起居室的门。是的，她进来了。

珍从托德和克丽奥身边挤了过去，走进这栋住宅最里面的一个房间，那是一间包含休息室的组合式厨房。它是正方形的，右手边有另一扇门可以出去，墙上没有挂照片。更多光秃秃的灰泥墙。对面的墙上挂着一大块印花的布料，上面绣着太阳和月亮。她往布后面看，寻找——找什么？一个隐秘的柜子？——她当然没有找到。

珍打开楼梯下方洗手间的门，拧开水龙头，然后慢慢地在厨房里走了一圈。这里几乎什么也没有，光秃秃的，脚下是破破烂烂的地砖，厨房料理台上全是碎屑。一股霉味儿，那种又老旧又空荡的居所里的气味。水果盘里没有水果，冰箱上没有提示帖。即便这位以斯拉真的住在这儿，那么看样子他应该很少在家。

左手边的墙上安装着一台大电视，电视下面有一台 Xbox 游戏机。电视柜顶上放着一部苹果手机，屏幕亮着，万幸没有锁定。珍拿起它，直奔短消息功能。在那儿，她找到了她推测是托德发给克丽奥的内容：

托德：你对我的吸引力就像共价键一样，你知道吗？
克丽奥：你把我逗笑了，哈哈哈。你真是个书呆子。
托德：我是你的书呆子，对吗？
克丽奥：你是我的，永远爱你。

珍盯着它们。她继续向上滚动屏幕，同时心里对自己正在做的事感到内疚，但程度又不足以让她停手。

克丽奥：这是早上的现状报告：一杯咖啡、两个羊角面包，还有一千份想你。
托德：只有一千份？
克丽奥：现在是一千零一份了。
托德：我吃了一千个羊角面包，只想到几个念头。
克丽奥：老实说，听上去棒极了。
托德：我能说句真心话吗？
克丽奥：等会儿，你刚才不是认真的？你是不是吃了两千个羊角面包？
托德：我真的可以为了你去做任何事。KISS[①]。

---

① 英语"吻"之意。——编者注

克丽奥：我也一样。KISS。

任何事。珍不喜欢这个词。任何事意味着各种各样的事，包括犯罪，包括杀人。

她还想继续读，但听见了脚步声，就停了下来，把手机放回电视柜上。克丽奥真的喜欢他，可能她爱着他。珍叹了口气打量着房间，但别的什么也没有了。

她冲了马桶，关掉水龙头，然后离开了。

珍在车里用手机找到安迪·维特西的详细资料。她需要帮助，在被自己尴尬的儿子赶出来之后，她一时冲动发出了邮件。

安迪先生：

您不认识我，我是拉凯什·拉普尔的同事，我真的非常希望能跟您讲一讲我眼下正在经历的事，我相信这曾经是您的研究课题。我先不多说了，以免您觉得我精神失常，但请您务必回复……

祝好。

珍

"工作顺利吗？"她走进门的时候，凯利问她。他正在打磨一张长凳，是他为了他们而修复的。这是凯利喜欢的那种可以独处的活动。珍知道这张长凳完工后是什么样子——他在未来两天之内把它喷涂成了浅灰绿色。

"糟透了。"珍说。这有一半是真话，她需要尝试再告诉他一次。

凯利走过来，漫不经心地帮她脱掉外套；她永远不会对这类事习以为常，她太爱它了：他给他们的婚姻带来简单的关心与关注。他吻了她，他尝起来是薄荷口香糖的味道。他们的髋部碰在一起，双腿互相交叉。亲密无间。珍感觉到自己的呼吸自动放缓了，她的丈夫总能对她产生这样的效果。

"你的客户都是疯子。"他面无表情地说，嘴唇仍然停留在她的嘴唇旁边。

"我很担心托德。"她说。凯利后退了一步。"他不太对劲。"

"为什么？"暖气咔嗒一声开了，锅炉散发出柔和的火光。

"我担心他正跟一群坏人混在一起。"

"托德？你说的是哪种坏人，《战锤》①爱好者吗？"

珍忍不住被这句话逗笑了。珍希望凯利能把自己的这一面展示给外面的世界。

"若要担心这些，人生未免太长。"他又说。这是他们俩二十年来常说的一句口头禅。她确定是他先说的，而他确定是她。

"这个克丽奥。我对她不太放心。"

"他还在跟克丽奥见面？"

"什么意思？"

"我还以为听他说过他们已经不见面了。随便吧，我有东西要给你。"他说。

"别把钱花在我身上。"她柔声说。凯利总是以现金的方式收取酬劳，然后经常用这些钱买礼物给她。

"我愿意啊。"他说。"是个南瓜。"他又补充了一句。

这句话完全转移了珍的注意力。"什么？"她说。

---

① 一款游戏。

"是啊——你说过你想要一个的?"

"我本来要在明天去买。"她低声说。

"是吗?你看——它在这儿。"

珍的目光绕过他往厨房里望去。果然,它在那儿,但不是同一只南瓜。这只很大,是灰色的。看到它让她汗毛直竖。万一她做的改变太多了呢?万一她改变了与凶杀无关的事呢?电影里的情节不都是这样吗?主角们改变了太多事;他们无法抗拒,他们变得贪婪,玩彩票,杀死希特勒。

"本来应该是我去买南瓜。"

"嘿?"

"凯利。昨天,我告诉过你我在经历时间的倒退。"

惊讶的表情在他的五官上突然显现,仿佛一场日出。"嘿?"

她解释了一遍,用她先前向拉凯什解释的方式,也是她一直以来向凯利解释的方式。第一个晚上,他包里的刀,一切的一切。

"这把刀现在在哪里?"

"我不知道——在他包里,可能吧。"她不耐烦地说。她实在不愿意重复他们已经进行过的对话。

"听着,这可太扯淡。"他说。她不能说自己对他的这个反应感到惊讶,"你觉不觉得你应该——比如——看看医生?"

"也许吧,"她低声说,"我不知道。但这是真的,我说的都是真的。"

凯利只是盯着她看,又盯着那只南瓜看,然后目光又回到她身上。他到走廊上找到了托德上学用的书包,用戏剧化的方式把包里的东西全部倒在走廊的地板上。没有刀掉出来。

珍叹了口气。托德可能还没买它。

"就当我没说过吧,"她说,"如果你不相信我的话。"她转身走开了。即便跟他在一起,这也毫无意义。上楼时她在心里承认,换作她,也不会相信他的。谁会信呢?

"我不是……"她听见他站在楼下说,但说到这儿就停下了。珍对这种说了一半的句子最失望了。在很多时刻,凯利喜欢生活简单轻松,此刻显然就是其中之一。

她怒气冲冲地洗了个淋浴。那么,好吧。如果是睡觉这件事让她醒来就回到昨天,那她就不睡。这就是她的下一步策略。

凯利马上就睡着了,跟往常一样。但是珍坐着不睡。她看着钟表走到十一点,然后走到十一点三十分,这时托德回来了。午夜时分,她紧紧盯着自己手机上显示的时间从 00:00 变成 00:01,日期转换,就那样,按照理所应当的方式从二十七日变成了二十八日。

她走下楼去,观看滚动播放的 BBC 新闻;切换到播报本地新闻时,里面报道了一件昨晚十一点钟发生在附近两条路交叉口的道路交通事故。一辆汽车侧翻,车主逃了出来,毫发无损。她看着时钟走到了一点,然后是两点、三点。她的双眼开始酸涩,体内的肾上腺素和她对凯利的怒气都慢慢消失了。她在客厅里转了几圈。她做了两杯咖啡,然后,一秒钟之后,她坐在沙发上,只过了一秒钟,新闻仍然在播放着。事故,天气,明天的报纸。她闭上双眼,只闭了一秒钟,只有一秒种,然后——

第二部
>> Part Two
最亲爱的人

她的眼泪涌了出来,因为知道自己明天就不在这里了,所以她的话里有一种不计后果的宿命感,仿佛病床上的临终遗言,仿佛被劫持的飞机上打来的电话。

瑞恩

瑞恩·海尔斯，二十三岁，他将要改变世界。

今天是他第一天上班，第一天当警员。他经历了申请与面试程序的折磨，忍受了警察地区培训中心的日子——在沉闷的曼彻斯特度过了整整十二个星期。他跟其他警员一起在人字形装饰的、打蜡抛光过的地板上列队，并被授予了属于他的制服，白衬衫、黑背心——装在透明塑料袋里。他的警号——2648——写在肩上。

终于，他来到了这儿，门厅。他的头发被无情的雨打湿了，除此之外万事俱备。经过长久的盼望之后，他昨晚在自己家的浴室里穿上了制服。他站在马桶上，好从镜子里看见自己全身的模样。瞧瞧他吧：一名警察。不可否认，他站在马桶上——那他也是一名警察。

比制服更重要的是，瑞恩现在拥有了他一直想要的东西：能力。具体说来，就是做出改变的能力。而他——就是现在，就在眼下这一刻——正在警察局里等着见他的辅导员警官。

"你被分配给了卢克·布拉德福德警员。"前台问讯处的警官用厌倦的口气对他说。她可能有五十多岁，不过瑞恩一向不擅长猜人的年纪。她头发的颜色像一块石板。

她指了指一排用螺栓固定在一起的淡蓝色椅子，于是他在一个男人旁边坐了下来——一个扎马尾辫的年轻小伙子，盯着自己的双手。他猜，那个人要么是个罪犯，要么是个证人。

外面的雨猛烈敲打着警察局。瑞恩能听见雨水从窗台上滴落的声音。最近老是下大雨，这事甚至上了新闻——有记载以来雨水最多的十月。火车停运，公园和庭院都被雨浸透了，乱糟糟的满是树叶和水。

卢克·布拉德福德警员在二十分钟后到达了。当他走过来时，瑞恩刻意呼吸了三次。这就是开端。

握手时，布拉德福德快把瑞恩的手挤压变形了。他可能比瑞恩大五岁左右——他还只是个警员，所以一定很年轻，却皮肤黯淡，眼袋下垂，还有一身咖啡气味。他有一头黑发，太阳穴附近和耳朵上方的头发用盐水打理过。瑞恩是个运动健将——如果真要他形容自己的话——而他看到布拉德福德吞了口口水，把自己黑裤子上方明显微微突出的肚子收了进去。

"好了，欢迎你。真见鬼了，还下着雨呢？"布拉德福德瞥了一眼外面的停车场。"先跟我来，检阅，然后接999来的活儿。"他转身离开，带着瑞恩往这地方的深处走去，那里被他称为工作地点。

检阅。布拉德福德用词很老派。这是他参加的第一次情况通报会。瑞恩感到一阵兴奋，胃里就像有许多针在扎。

"准备茶水。"布拉德福德对他说。

"哦，好啊。"瑞恩希望自己的语气听起来很乐意效劳。

"新人负责大家的茶水，"他指了指开会的房间，"去问清楚每个人要喝什么。"他拍了拍他的肩，走开了。

"那么,好的。"

没关系,瑞恩跟自己说。他会泡茶。

事实证明,茶水这事很复杂。不一样的浓度,不一样的甜度,加多少奶也活见鬼的不一样。零卡路里甜味剂,适当的糖——所有细节。等到瑞恩把最后几个马克杯端出来的时候,他的双手在颤抖,指关节在燃烧。当他赶到情况通报会议室时,检阅开始了,他这才意识到他没能给自己泡一杯茶。

警司乔安妮·扎莫(大约将近五十岁年纪,是那种笑容满面的人。她开始根据清单简要介绍目前正在处理的工作,而瑞恩一个也听不懂。他是在场的唯一的新警员,其余新人已经被分配到了北方各地。他环视了一下房间,看着十五名警察和他们的十五杯茶。他希望能在这儿找到一个伙伴,一个跟他年龄相仿的人。

瑞恩十八岁离开了学校,过去几年里跟朋友一起做了些办公室里的工作,他是负责订购文具的临时工。那里没有谁真正期待他做什么有成效的事,但仍然愿意付钱给他。有那么一段时间,他曾经认为那样很棒;逐渐地,事实证明订购尺子和A4纸不能让瑞恩满足。六个月前,他在一个星期一的早晨醒来,心想:我的生活就这样了吗?

然后,他申请了加入警察系统。

扎莫正在分发电话工作的清单。"对了,"她又说,"听我说,谁是我们这儿新来的?你。"她棕色的眼睛注视着瑞恩。"你的辅导员是布拉德福德?"

"没错。"还没等瑞恩开口,布拉德福德说。

"好的——你是'回声(Echo)',"她直视着瑞恩说,"还有'麦克(Mike)'。"

"麦克?"瑞恩说,"不好意思,不是的,我是瑞恩,瑞恩·海尔斯。"

布拉德福德眨了一下眼睫毛。一种瑞恩无法理解的战栗，一拍停顿。接着，满屋子人都大笑起来。

"回声麦克。"布拉德福德一边大笑一边说，仿佛这是一句爆哏。他一手扶着门框，一手按着自己的肚子。"是你在曼彻斯特学院没学语音字母表①，还是现在已经不教这些了？"

"哦是啊，是的。"瑞恩脸颊发烫，"不，我学了，我只是——对不起，我还以为……刚才麦克这名字让我混乱了那么一秒钟。"

"好了。"警司说。她显然对周围放肆的笑声无动于衷。笑声刚刚停止，又在刑警们聚集的地方②再次爆发。

"回声麦克245。"这样说的布拉德福德显然想结束这个话题。他朝瑞恩走过来。"我来应答第一个呼叫，然后让你接第二个。"他一边补充一边急忙带着瑞恩走出会议室。瑞恩没有问他的话是什么意思。

他们走过一道铺着绿色地毯的走廊，里面弥漫着吸尘器清扫的气味。他们来到一个更衣柜前，布拉德福德递给瑞恩一部对讲机。"好了。这是你的。有呼叫进来的时候是这样的：回声麦克，你的车号。你就用你的警号应答——你的是2648，你肩上有，对吧？"

"好的，"瑞恩说，"好的。"每个警员工作的头两年都是在响应999电话。任何事都可能呼叫进来：一场入室盗窃、一场凶杀。

"对，好极了，"布拉德福德说，"咱们走吧。"

他做出一个姿势，包含了两种含义：一种是"请走这边"，另一

---

① 在无线电环境中为了防止报字母时出现错听的情况，用来固定代表26个英文字母的26个单词列表，其中 Echo 代表 E、Mike 代表 M。
② 原文说的是 CID（Criminal Investigation Department of Scotland Yard，苏格兰场刑事调查部）。

种是"天哪，希望你不是个该死的白痴"。瑞恩走回前台，穿过那里出门，进入雨中。

"这是EM245，刚才扎莫说的，明白了？"布拉德福德指着警车说。那些条纹、那些车灯。瑞恩忍不住一直看它。

"好的，"他说，"当然。"他打开副驾驶那一侧的车门上了车。车里有陈年香烟的气味。

"EM245，呼叫EM245。"对讲机说。

"这里是EM245，请讲。"布拉德福德用毫无起伏的语气回答说。他还没有启动引擎，还在摇动变速杆。接着他又检查了车灯是否正常；他按下仪表盘上一个巨大的按钮，他们立刻被蓝光笼罩了。瑞恩双腿交叉放在座椅前方放脚的空间，听着对讲机。

"好的，谢谢。我们收到报告，一名年长的男性似乎喝醉了，并对路人表现出攻击性。"

瑞恩看看自己的手表。现在是早上八点五分。

"这里是EM245，收到，马上出发。"布拉德福德终于发动了汽车引擎，并且开始变挡。"一定是老桑迪。"他说。

瑞恩怕这句话里又暗藏着一个警察字母表上的词，所以他没有说话。

"是个流浪汉，人挺不错的，"布拉德福德说着，一边观察后视镜一边倒车，"我们很可能会再给他一次警告。要是他的状态实在糟糕，就叫救护车。伏特加是他的最爱。一品脱又一品脱地喝。惊人的体质，真的。"

当他们等在一组交通灯前时，瑞恩望着外面的车流。这跟他驾驶私家车时的体验完全不同。如果你以为人人都是模范司机，那也是可以理解的；这有些像是"楚门的世界"，人人都在表演。双手端正地握住方向盘,两眼正视前方。

"每个人都表现良好,真不可思议。"瑞恩说,而布拉德福德没有说话。瑞恩一直想着老桑迪和他的伏特加。当然,还想着他自己的哥哥。"他过去发生过什么?"瑞恩问,"老桑迪?"

"不知道。"

"我好奇咱们能不能问问。"

"哈,"布拉德福德双眼直视着前方说,"是啊——如果咱们为每个人都那样做,就他妈的成英雄了,对吗?"

"对。"瑞恩轻声说。雨水使窗外景色的线条变得模糊不清,街道的路面反射着刹车灯和白色的天空。

"这份差事的第一条规律是:几乎所有的999呼叫都很无聊,或是跟白痴有关。经常是两点都占。"布拉德福德断然表态,"你可救不了白痴。"

"好的,棒极了。"瑞恩用讽刺的语气说。

"第二条规律:新人总是心肠太软。"

他们到达了海滩,布拉德福德把车利落端正地停进了一个停车位。瑞恩没有为了逢迎他的见解而说些什么。

"那么来吧,麦克。"布拉德福德一边下车一边说。瑞恩脸又红了。这个外号会延续下去,他知道会的。事情总会这样发展。他曾经参加过一次单身男性聚会,其中一人只因为跟其他人住在酒店的不同楼层,那一整个星期都被叫作"一楼傻蛋"。瑞恩甚至从没机会知道他真正的名字叫什么。

老桑迪并不是那么老。他有一张酗酒者常有的泛红的、有瘀青的脸,身体却很轻盈。他们走过去的时候,他正在大吼大叫一些关于上帝的话,波涛汹涌的海洋在他身后构成了世界末日般的背景,淡季的海滨有种阴森的气氛。

"好了，老桑迪。"布拉德福德说。桑迪停止吼叫，把挡在前额的粗硬的头发向后撩，想认清谁在说话。

"是你啊，"他真诚地对布拉德福德说，"我本就希望来的是你。"

后来才知道，他的名字是丹尼尔，不是桑迪。警察们管他叫桑迪是因为他睡在海滩上（因而常常一身沙子①）。

在去往下一个任务地点的路上，瑞恩抬头望着雨，叹了口气。

后来又发生了六起事件。一起家庭暴力——这是那位妻子打的第十四个报警电话了，可她从来都无法提起诉讼。这是最令人沮丧的一点，然而——说句不恰当的话——也是最有意思的一点。其他的……好吧。一个男人往殡仪馆的信箱里撒尿。两个狗主人为了乱扔垃圾的事打了起来。一台自动提款机吞掉了一张十英镑的纸币。真的，用"平凡单调"来形容这一天再合适不过了。

六点钟，瑞恩和布拉德福德一起回到了警察局，他的警察制服湿透了，整个人像彻夜未眠那样疲惫不堪。

"明早见了，麦克。"他们往里走的时候，布拉德福德一边自己咯咯笑一边说。但是瑞恩还不能打卡下班：他必须在回家之前填写一份培训记录，写清每一项呼叫任务的情况。事实上，他也的确渴望去一间小会议室里清静清静，反思一下，整理整理自己的思绪。终于他妈的可以喝上一杯茶了。他的大脑就像一只被摇晃过的雪花玻璃球。他原以为会是……他原以为会是另一种感觉。

他走进门厅，经过问讯处的警官身边——不是早上那位，但厌倦

---

① "桑迪"在原书中的英文名是 Sandy，直译为"沙子的""带沙的"。——编者注

的表情跟那位是一模一样的——穿过一道旁边有提示线的安静的走廊。他希望沿途能瞥见正在受审的嫌疑人或是牢房,或是任何东西,真的。除了999电话,什么都行。一天六个呼叫。每个星期做四休三。一年四十八个星期。两年。瑞恩懒得去计算那是多少个呼叫,但他知道数量庞大。或许今天只是异常情况,是个糟糕的日子。或许布拉德福德只是太累了。或许明天会很有意思。或许。或许。

他推门走进一间空会议室。会议室有两道门,是为了隔音。他拉开椅子,坐在一张廉价的金属桌子旁边,就是在乡下村委会里常见的那种桌子。他从自己的背心口袋里掏出一个笔记本,从桌角的红色塑料笔筒里抽出一支笔,在纸头潦草地写下了日期。他本来应该当时就记下这些笔记,但布拉德福德告诉他说那都是培训中心的胡说八道。

他开始写桑迪的事,然后停下笔,开始思考。他想要思考自己如何能做出改变。

现在回想起来,他哥哥就像母亲常说的那样,是从快二十岁时开始变得任性妄为的。一开始是偷车,后来升级到贩毒。从抽烟到吸毒,就跟赛车从零加速到每小时60英里[①]一样快。如果让布拉德福德对此发表见解,他会怎么说呢?他很可能认为他哥哥也是在浪费警察的时间。一系列可以预见的事件——没有男性榜样,没有未来前景。他们的母亲已经尽了最大努力,但她并不总在他们身边,她有两份工作。他哥哥呢,以一种可笑的方式,想要在经济上给家里帮忙。就这样。而且有一段时间,他确实做到了,他确实往家里拿钱,不过他们都想知道钱是从哪儿来的。

瑞恩把笔倒放在笔记本上。或许他正在为像他哥哥那样的人做有

---

① 约96.56千米。

益的事。老桑迪当时很高兴看见他们——起码看上去跟布拉德福德很熟。或许他们在帮助他,只不过方式不同于瑞恩原先的期待。

去他的,瑞恩心想。明天他再写笔记吧。他现在没那个心情。

他打开会议室的门。一个大块头刚好经过。那人穿着制服,可能是个刑警。瑞恩感觉自己心中又开始绽放出一些乐观的想法。是的,是的,是的。这里还是有很多机遇的。做有意思的事、做有益的事的机遇。那就是瑞恩唯一想做的,那不也是每个人都想做的吗?

"你好啊。"瑞恩对那个人说。那人很高,超过六英尺[1],而且身材也很壮实,看起来有点儿像电子游戏里的反派。

"第一天?"

瑞恩点点头。"是啊——响应呼叫。"

"开心,开心啊。"那个男人大笑起来。他伸出一只温暖的手。"我叫皮特,但是人人都叫我肌肉男。"

"很高兴认识你,"瑞恩说,"你是刑警?"

"是啊,算我自作自受。"他靠在画着玉兰花图案的墙上。他拿出一包口香糖,递给瑞恩一块,瑞恩接了过来。薄荷味充满了他的口腔。"今天遇上什么好差事了吗?你的辅导员是谁?"

"布拉德福德。"

"哎哟。"

"对,"瑞恩露出微笑,"还没遇上什么不错的任务。"

"是啊,我打赌没有。你不是本地人吧?你的口音……"

"对,我每天从曼彻斯特赶来上班。"他说。

"是吗?那是什么把你吸引到这儿来的——没完没了的、迷人的

---

[1] 约1.83米。

999 电话吗?"

"差不多吧,"瑞恩说,"还有,你知道,想做有益的事。"他用双手在半空中打出引号。

"你很快就会后悔的。"肌肉男一挺身离开了墙壁,然后沿着走廊慢慢走去。瑞恩跟着他走了出去。就在他们快要走到通往问讯处的那扇门时,肌肉男转过身来。

"你知道,不懂行话可能是件好事,"他说,"你会了解原因的。"

"你听说麦克那件事了。"瑞恩说。

"正是如此。"肌肉男几乎没有掩饰自己的笑脸。

"嗯,没错——我还不太熟悉行话,但我会熟悉起来的。"他说。

"嗯,别太擅长那个,瑞恩,"肌肉男神神秘秘地说,他嚼着口香糖,盯着地板沉思了几秒钟,"不是所有好警察都像他们那样说话。"

第 -3 天，早上 8:00

珍睁开双眼。她在床上，而日期是二十六日。

时间已经倒退三天。

她走到景观窗前，外面在下雨。这一切会在哪里终结呢？向过去循环——怎么，这会永远持续吗？直到她不存在？

她需要了解其中的规则，这是任何一个律师都会去做的事：理解成文法令、运作框架，然后你就能参与游戏。目前她所知的只有一点，就是一切都没有奏效。她只能从时间的不断倒退中推断出，她还没能阻止那场犯罪。当然，阻止犯罪，才能让时间循环停止。这一定是关键所在。

她匆忙地刷新自己的邮箱，寻找安迪·维特西的回复，但是没找到。她走下楼，发现托德正在四处翻找什么。

"在电视柜上。"珍说。她知道他是在找他的物理文件夹。她知道是因为她是他的母亲，但也是因为这已经发生过了。

"啊，谢谢，"他难为情地冲她咧嘴一笑，"今天讲量子。"天哪，他的身高远远超过她。他曾经比她要矮好几十厘米，接送他上下学的时候，他总会把手臂垂直地向上伸，用他温暖的手找到她的手。如果她不能牵他的手，比如她正在包里翻找什么或伸手去按交通信号灯按钮的时候，他就会很沮丧。每次她都会心生愧疚。母亲们会为了一些匪夷所思的事而心生愧疚。

而现在呢，他比她高出三十厘米，而且拒绝跟她眼神交流。

她无助地想，或许她当时心生愧疚是对的，或许她就应该一直牵住他的手，别的什么也不要做。她能想出一千种自己在履行母职时犯下的罪行：让他看了太多电视，对他进行睡眠训练——太多太多了，她痛苦地想。

"你知道约瑟夫·琼斯是谁吗？"她平静地说，同时仔细地观察着他。不是要看他会不会告诉自己，而是要看他会不会对此撒谎——她觉得会。母亲的直觉好过任何一名律师的直觉。

托德用空气鼓起两腮，然后把他的手机插在厨房料理台上的充电器上。"不知道啊。"说着，他故意皱起了额头。他从来没有在上学前在那儿给手机充过电。他总是夜间充电。"怎么了？"他问。

珍掂量着他的反应。有意思。他本来可以简简单单地回答"克丽奥舅舅的朋友"，但他选择不回答。正如她所料。

她犹豫了，不想做什么大动作，而想要计划好时机。"没什么。"她说。

"好吧。神神道道的珍。与其说是个公理，不如说是个问题。该冲澡了。"托德把手机留在那儿充电。珍站在厨房里，没有办法，没有指望，只有一个可能帮助她的人，却在对她说谎。

她朝楼梯瞟了一眼。她现在有五到二十分钟的时间。托德有时冲澡要很久，在里面沉思冥想；有时又冲得很快，冲完又匆匆忙忙地穿衣服，以至于衣服都贴在他没擦干的皮肤上。她尝试打开他的手机，却输错了两次密码。

她急忙跑上楼梯。她要去搜查他的房间,她必须找出一些有用的东西。

托德的房间是一个黑暗的洞穴,墙壁漆成了深绿色。窗帘紧闭,窗户下面的双人床上铺着格子呢床单,一台电视机正对着床,角落里有一张书桌,这书桌就在通往她和凯利房间的楼梯下面。房间整洁但并不舒适:很多男性都把自己的空间搞成这样。书桌上有一盏黑色的台灯和一台苹果笔记本电脑,其余空无一物;一辆健身自行车靠在最里面的墙上。

她打开他的笔记本电脑,又输错了两次密码。她一边环视他的房间,一边思考着怎样才能最好地利用这些时间。

她发了疯似的拉开他的书桌抽屉、床头柜抽屉,又看了看床下。她把羽绒被拉回去,又摸索了一遍衣柜的底部。她只知道她会找到某样东西,她能感觉得到它:某样该死的东西、某样她永远也忘不了的东西。

她把房间翻了个底朝天。她再也没办法把它恢复原样了,但她不在乎。

她已经浪费了六分钟。一个法定时间单位:一小时被划分为十个六分钟。她的目光停留在他的 XBox 游戏机上。他总是在玩在线游戏,那么一定会同时和人聊天。值得一试。

她启动了游戏机,听着外面冲澡的声音,然后找到发送信息的功能区。那里是个黑暗的世界,留有与不少陌生人的聊天记录,关于恐怖游戏的、关于格斗游戏的.在那些游戏里,你能赚到足够的积分去买刀刺杀别的玩家……

她找到最新发送的聊天记录,有两条。一条发给用户 78630,另一条发给康纳 18。第一条内容是:"好的。"发给康纳的那一条是:

"晚上 11 点我送过去？"

她要问问波琳关于康纳的情况，看看他有没有被卷进什么事。自从开始经常和康纳一起打发时间以来，托德的行为逐渐脱离正轨，这似乎不仅仅是个巧合。还有，晚上 11 点，送东西……听起来不像好事。

她关掉游戏机，离开了托德的房间。几秒钟后，他打开了浴室的门。

他们在楼梯平台碰上了。他只在腰上围了一条浴巾。

她看着他的眼睛，但他没有长时间与她对视。她无法判断他的情绪。她回想起凶杀案发生那天晚上他的面部表情。当时他脸上看不到任何悔恨，丝毫都没有。

既然她明天醒来就又回到昨天，那么去上班还有什么意义呢？在珍成年之后这么长时间里，这还是第一次发觉工作毫无意义。她一边喂亨利八世，一边为此陷入沉思。

她试着拨打了一个标注为安迪·维特西的电话，然而无人接听。她再次用谷歌搜索他。昨天他凭借一篇关于黑洞的论文赢得了某项科学奖。她给另外两个写过关于时间旅行的论文的人发了电子邮件。

她思索着要如何向她丈夫证明正在发生的这一切。

珍叹了口气，最终找出一本便笺簿；便笺上写满了关于一件案子的笔记，而那案子如今看来根本无关紧要。她只能听见暖气发出的轻柔的嗡嗡声。

她在那个本子上写下"第 –3 天"。

"已知，"她在下面写道，"约瑟夫·琼斯的名字，他的完整住址；可能与克丽奥有关；给康纳送东西？"

已知的信息并不多。

几年以来,珍第一次到学校去接孩子。绿色的学校大门前挤满了家长。有的成群结队,有的独来独往,有的盛装打扮,有的随意穿搭——全体在场。珍等在学校大门外的时候常常犯疑心病,担心人人都在议论她;但是今天,她真希望自己从前多来接孩子。对于刚开始接孩子的家长来说,这件事很有意思。

她马上就从人群中找到了波琳。她独自一人,最近她坚持要来学校接康纳,以便确认他来上学了——前不久他因为逃学而被训斥了——然后再去接他家最小的儿子西奥。她穿着一件牛仔夹克,围着一条巨大的披肩,低头盯着自己的手机,双腿在脚踝处交叉。

"我觉得我要试试这些围着学校转的事。"珍对她说。

"我由衷地感到荣幸,"波琳抬起头笑着说,"这儿每个人都是浑蛋。我是说真的——马里奥的妈妈为了来接孩子,还特意拿着一个玛珀利的手袋。"

波琳是珍最随和亲切的朋友之一。三年前,珍帮她办了离婚案子,让她彻底摆脱了她那个出轨的丈夫埃里克。当初波琳到珍的事务所来进行初步咨询,手里握着有关埃里克出轨的视频截图。珍是在学校认识她的,但从没跟她说过话。珍给波琳沏了一杯茶,然后非常专业地看着那些见鬼的短消息,都是埃里克发给他的情人的,然后她说她要接下波琳的案子。

"真抱歉让你不得不看见这些。"那会儿,在珍的办公室里,波琳这样说,然后一边把手机收进口袋一边小口喝茶。

"是啊,不过,掌握——呃——证据是件好事。"珍当时回答。尽管她穿着笔挺的西服、身处工作环境中,她还是感觉自己的表达有些支支吾吾。"不过——呃……图片。"

波琳跟她对视了一秒钟。"所以你会把'丁丁'的照片附在起诉书里吗?"她说完这句话,她们俩就在珍的办公室里爆发出一阵大笑。"自从我发现它们以后,这还是我第一次笑得出来。"后来,波琳真诚地这样说。然后,就这样,一份友谊从悲剧与幽默中诞生了——友谊常常诞生于此。当初康纳和托德也成了朋友的时候,珍一度非常开心,但现在不一样了。

"不过现在有我在了,我连脸都没洗。"珍说。

波琳微笑着,在地上摩擦着一只匡威球鞋。"你今天不上班吗?"

托德从远处出现了,正跟康纳一起大步慢跑;康纳是少有的几个比他高的学生之一,身材也比他粗壮。

"对。"

"工作顺利吗?你那些关于丈夫的谜题进展如何?"

"听着。"珍跳过了这些闲聊。

"啊、哦,"波琳说,"我不喜欢这句律师味儿的'听着'。"

"不是什么令人担心的事,"她轻描淡写地说,"我觉得,托德——可能——惹上了什么麻烦……"

"什么麻烦?"波琳忽然严肃起来。尽管她为人幽默,轮到要紧的事情,却是个叫人敬畏的母亲。珍觉得,波琳可以容忍孩子抽烟和骂脏话,但再过分就不行了。瞧她现在正在这里做什么:检查康纳有没有去上学。

"我不知道——我只是……托德最近行为古怪。我只是想问问——康纳呢?"

波琳把头稍稍向后仰了一下。"明白了。"

"就这样。"

在她们周围,更多的家长开始聚集到学校大门前。十一岁大的孩子们和十五岁大的孩子们跟父母打招呼,珍想到自己只来过屈指可数的几次,而多数情况下她选择了在办公室里筛选信息、评估实习生、制作成捆的文件、赚钱。现在她很想知道,这一切究竟是为了什么。

"他似乎没问题……"波琳慢慢地说。这时,珍忽然非常感激她的朋友,因为她听懂了自己的潜台词,而且选择不生气。"我再调查一下。"她赶在康纳和托德就要来到她们面前时说。

"你好啊。"康纳对珍说。他有一处像项链一样的刺青,可能文的是念珠,图案隐没在他的T恤领口里。刺青是个人选择,珍对自己说。不要以貌取人。

他从口袋里掏出香烟,珍发现波琳看见后表情抽搐了一下,这让她心情轻松不少。他点着了打火机,眼睛仍然盯着珍。火光把他的脸照亮了那么一瞬间。他飞快地冲她眨了下眼,如果不留神,会很容易错过那个表情。

这个晚上过得很艰难。托德一到家就又走了,说"我要去克丽奥家"。他因为珍去学校大门接他而被激怒了,也被凯利惹恼了。"你们俩就不能培养些爱好吗?"当他们俩在下午四点都已经在家里时,托德这样说。

等他走后,珍在脸书查找克丽奥。她比托德年长几岁,仍然在读书,是附近的一所艺术学院的学生。她的脸书页面经营得很用心。有许许多多仿若模特般的照片;政治流行眼多得出奇,还有大量花束,都是些无伤大雅的青少年风格的内容。珍决定要去见见她,马上就去。跟她谈一谈。

她收拾整理了一番,想着波琳不知会找到些什么。当她擦洗厨房料理台、往洗碗机里放餐具的时候,意识到做清洁是没有用的。等她醒来,又会变回昨天,这一切都将恢复原样;然而这不也正是家务事一贯给人的感觉吗?

二十分钟后,波琳给她打了电话。"我跟康纳谈过了。"她说。她总是这样开门见山,没有任何开场白,"而且我做了些调查。"

"说吧。"当她拉上中庭门前挂的窗帘时,她的手臂感到一阵寒意。

"我检查了康纳的手机。没什么可疑的,有几张令人遗憾的照片。跟他父亲类似。"

"老天。"

"托德怎么了?"

"他似乎认识这些比他年纪大的男人——他新交的女朋友的舅舅,还有他朋友。他们家的气氛感觉怪怪的。而且,他们拥有一家叫作'裁剪与缝纫有限公司'的公司。是新成立的,没有营业额,没有账户。我觉得那就是个幌子。两个男的开一家缝纫公司可太少见了,对吧?"

"对。就……这些?"

珍叹了口气。显然不是,但其他的话令人太难以置信。一个黑暗的地下世界终结于一件凶杀案,而她必须破解那次凶杀。她心里一惊,转身离开了中庭的门。

正在这时,她想起来了。就这样。她昨天看到的新闻里的事故,那起道路交通事故。它发生在今晚,将出现在明天的新闻里。她可以利用它,她可以利用它去说服她最需要倾诉的对象。如果她能说服凯利,或许就会打破闭环,打破时间循环,而她就能在明天醒来了。

"我会随时保持联系,"她对波琳说,"别担心。其实没什么——可能吧。"她一边补充这句话,一边想问自己为什么总是感觉有必要这样做。要随和，不要让别人担心，要做个好人。

"希望如此。"波琳说。

很久之后，凯利慢慢地走进了厨房，已经过了晚上十点。

"怎么了？"凯利好奇地说，观察着她的表情，"发生什么事了？"

"你能跟我去一个地方吗？"她说。

"现在吗？"他问。他看着她，停顿了一拍。"你现在是在疯人镇吗？"说着，他微微露出苦笑。在初次相遇之后，他们一起开着一辆小小的露营车周游英国，然后在兰开夏郡的乡下住了几年。就他们一家三口，住在一处山谷底部的一所小房子里，有灰色石板的屋顶。到了冬天，那里就云雾缭绕，像戴着一顶棉花糖帽子。那是珍最喜欢的房子。当时，她经常一回家就把自己一整天的工作一股脑儿说给他听，于是凯利创造了这个词。她从来不需要任何人，除了凯利。

"完全正确。"她说。

"那就来吧。咱们可以散散步。"

他们的视线相遇了，而珍想要知道自己即将启动的会是什么，也想要知道现在和未来是否已经变得不同。她想知道如果两人合力，会不会把事情变得更糟；想知道当她静止不动地站在这里、在她家厨房里，是否有另一种未来正在展开，比如托德自己被人杀死了，比如他逃跑了，又比如他袭击了不止一个人。

珍推开了前门。她为之感到兴奋。她要向他呈现真实的、可感知的证明。

夜晚的空气阴冷而潮湿，就跟第一天的夜晚一样。能闻见秋季发霉的气味。

"我有事要对你说，而且我知道你会有什么反应，因为我已经告诉过你了。"她说。凯利温暖的手被她握在手里，路面因雨变得湿滑。

珍越来越擅长做这番解释了。

"是工作上的事吗？"凯利已经习惯于珍向他询问工作上的事，在他面前进行理论分析，尽管多数情况下他所做的只是听她说。就在上周，她还问过他马奥尼先生的事，那位先生想要把自己的退休金给前妻，只是为了挽回局面。凯利耸了耸肩说，对有些人来说能避开痛苦就是至为可贵的。

"不是。"接下来，在黑暗中，她把事情原原本本地讲给他听，包括所有的细节。再一次。她告诉他第一次，然后是那之前的一天，然后是再之前的一天。他听着，眼睛一直望着她，就和往常一样。

等她说完之后，他有好一会儿没有开口。他只是斜靠在那儿，看样子陷入了沉思；他靠着一根路标，距离即将发生事故的地点不远。最后他似乎得出了结论，开口说道："换作你，你会相信吗？"

"不会。"

他大笑一声。"对啊。"

"我保证，"她说，"凭借我们所代表的一切，我们所有的过去——我保证我说的都是事实。这个星期六——深夜，托德杀了人。而我止沿着时间倒退去阻止它发生。"

凯利沉默了一分钟。又开始下小雨了。他捋了捋前额被打湿的头发。"咱们为什么来这儿？"

"为了让我证明给你看。很快，一辆汽车会经过这里，"她指着黑暗而沉寂的街道说，"它会失去控制并向一侧翻倒。这事儿上了昨晚（也就是我的明天）的新闻。车主安全脱身，毫发无伤。是一辆黑色奥迪车。它是在那儿翻倒的，不会靠近咱们。"

凯利用手摸了摸下巴。"好的。"他说了两遍，语气轻蔑而困惑。他们俩一起靠在那根路标上，肩并着肩。

正在她开始觉得那辆车不会来的时候，它来了。珍先是听到了它的声音，一种远远传来的、高速的轰鸣声。"来了。"

凯利看着她。雨势变大了，他的头发开始滴水。

接着，它转过了街角。一辆黑色奥迪车，速度很快，失去了控制。司机显然非常粗心，或是喝醉了，或是两者皆有。经过他们身边时，汽车引擎的声音像炮火声一样。凯利看着它，他的双眼一直牢牢盯着它，一脸不可思议的表情。

凯利用一只手拉起自己帽衫上的兜帽去抵挡倾盆大雨，正在这时，汽车翻倒了。一记金属的压碎声和打滑声。汽车喇叭响了。

然后是一片死寂。汽车在冒烟，在片刻安静之后，车主出现了，双眼瞪得大大的。他大约五十岁，穿过马路慢慢朝他们走来。

"能从那里面出来，你可太幸运了。"珍说。凯利的目光回到了她身上。凯利身上散发着怀疑的气息，同时也有一种奇怪的恐慌。

"我知道。"那个男人对珍说。他拍拍自己的双腿，仿佛无法相信自己真的没事。

凯利摇摇头，说："我不明白这是怎么回事儿。"

"一位邻居就要来了，是起来帮忙的。"珍在一旁解释说。

凯利等着，没有说话，一只脚抵在那根路标的杆子上，双臂抱在胸前。某处传来砰的一记关门声。

"我已经打电话叫救护车了。"几栋房子开外有个声音说。

"你现在相信我了吗？"她对凯利说。

"我想不出别的解释，"他过了几秒钟才说，"但是这——这不正常。"

"我明白。我当然明白，"她站在他对面，以便直视他的眼睛，"但是我保证，我保证，歪鼻子，我保证这是真的。"

凯利指了指沿街向前的方向，然后他们开始走，但不是往家的方向。在雨中，他们两人一起漫无目地地散步。珍觉得凯利可能相信她。真的。如果托德的另一名家长也相信，难道不是理所当然地会改变些什么吗？或许凯利也会跟她一起醒来，回到昨天。她没什么把握，但必须试一试。

"这完完全全是在发疯。"他说。他的眼睛捕捉到头顶移动的灯光。"你根本没有任何方法能事先知道那辆车的事。对吗？"她看得出，他正在努力解决问题。

"对。我的意思是——按照字面意义来说，没有。"

"我不明白怎么……"他的呼吸让他面前的空气起了雾，"我只是不……"

"我了解。"

他们向左转，然后沿着一条小巷往前走，路过了他们最爱的印度菜外卖店，然后开始慢慢绕着圈往家走。

最终，他把她的手握在自己手里。"如果是真的，那这一定非常可怕。"他说。

那个"如果"，珍好喜欢。它是小小的一步，是丈夫对妻子的小小妥协。"这的确非常可怕。"她含混地说。当她想到过去几天里的恐慌与无助，她的双眼湿润了，泪水顺着脸颊淌了下来。她盯着他俩的脚，看它们步调一致地走在路上。凯利一定在望着她，因为他停了下来，用大拇指擦去了她的泪水。

"我会试试，"他简单地、轻柔地对她说"我会试着相信你。"

等他们进了家门，他在早餐吧台拉开张凳子坐下，双膝张开，手肘放在台面上，双眼望着她，扬起眉毛。

"你有什么想法吗？关于这个——约瑟夫？"凯利说。

亨利八世跳上了厨房料理台，珍把它揽向自己怀里。它的皮毛那么柔软，胖乎乎的身体那么乖顺。她用双手环抱着它，就像捧着一只碗。她真高兴自己此刻在这儿，跟凯利在一起，和他共享宇宙中的同一个节点，向他倾诉。

"我的意思是——没有。但是那天晚上，托德用刀刺了他。就好像托德看见了这个约瑟夫，然后就——就慌了。然后就动手了。"

"所以，托德害怕约瑟夫。"

"是的！"珍说，"就是这样。"她看着她的丈夫。"所以你相信我了？"

"也许我不过是迁就你。"他无精打采地说，但她觉得不是。

"看——我做了这些笔记。"说着，她跳起身抓住那本便笺簿。凯利和她一起坐在厨房的沙发上。"这些笔记很——我是说，它们有些不足。"

凯利看着那页纸，然后笑了，发出些微呼气声。"天哪、天哪。它们是非常不足啊。"

"闭嘴，不然我不会告诉你福利彩票的中奖号码。"珍说，这太好了，能为这件事发笑太好了。回到这里太好了，回到他们轻松的互动中。

"哦是啊——好吧。你看。我们来写出他这么做的每一条可能的理由吧。即便是很疯狂的理由。"

"自卫、失控、阴谋，"珍说，"或者他是——我也不知道，一名职业杀手？"

"这可不是 007 电影。"

"好吧，把这一条划掉。"

凯利一边笑一边给职业杀手画上一条横线。"外星人？"

"闭嘴。"珍一边说一边忍不住笑出了声。

夜渐渐深了，他们列下了越来越多的清单。他所有的朋友，他认识的每一个她能说得上话的人。

在灯光昏暗的沙发上，珍的身体一软。她靠向凯利，凯利的手臂立刻搂住了她。

"你什么时候——怎么说，走？"

"我睡着的时候。"

"那我们就不睡。"

"这我试过了。"

她待在那儿，听着他缓慢的呼吸。她能感觉到自己的呼吸也慢了下来。但是今天，她可以高兴地离开。她很高兴她得到了今天这段时间，能跟他在一起。

"你会怎么做？"她转过去望着他，问道。

凯利噘起嘴唇，珍看不懂他脸上的表情。"你确定你真的想知道？"

"我当然想知道。"她说，尽管有那么一秒钟，她不知道自己是不是真的想。凯利的幽默感可以非常黑暗，但是——仅仅是有些时候——他的内心深处似乎也有那样的一面。如果逼着珍去描述，她会说她总是相信人性本善，而他认为人性本恶。

"我会杀了他。"他轻声说。

"约瑟夫？"珍说，她的下巴松开了。

"对，"他把目光从他原本在看的方向拉回来，与她四目相对，"对，我会亲手杀了他，这个约瑟夫，如果我能逃脱惩罚的话。"

"那托德就不能再杀他了。"她的声音轻得仿佛耳语。

"没错。"

她打了个冷战,被这个激烈的念头、被她丈夫偶尔展现出来的锋利的一面吓得浑身冰凉。"可是,你能做到吗?"

凯利耸耸肩,望向外面一片漆黑的花园。珍看得出来,他不打算回答这个问题。

"那么明天,"他一边嘟哝一边把她的后背拉近自己,让她的背部贴在他胸前,"你会回到昨天,而我会去到明天?"

"对。"她难过地说,但是心里又暗自觉得不一定会是那样,通过告诉他,可能已经以某种方法改变了那个命运。

又过了好一阵。凯利很安静,他已经睡着了。珍眨眼的动作越来越长。

即便明天他们又要再次分离,仿佛两列相向行驶的列车上的两名乘客,今晚他们也在这里,在一起。

第 -4 天，早上 9:00

倒退了四天。

更糟糕的是，便笺簿是空白的。

珍在厨房里发出一声懊恼的尖叫。它当然是空白的，真该死，当然是！因为她还没有在上面写字。因为她身在过去。

凯利一边咬苹果一边走进厨房。"天哪，"他皱着脸说，"太酸了。给你——尝尝吧，简直像在吃柠檬！"

他向她递出苹果，伸直了手臂，眼里洋溢着快乐，五官挤作一团。"你还记得昨晚咱俩说的那些话吗？"她绝望地问他。

"啥？"他嘴里还含着苹果，"什么？"

他明显不记得了。把事情告诉他，并没有取得任何效果。就在十二个小时之前，他们俩一起坐在这儿，还制订了一个计划。那场车祸，他转向她时脸上确信的表情。全都消失了，没有留在过去，而是发送去了未来。

"没什么。"

"你还好吧？你的脸色糟透了。"他说。

"啊，婚姻生活，多么浪漫。"

但是，表面之下，她的思绪正在高速运转。如果便笺簿是空白的，那么——当然——那些打给安迪·维特西的电话和发给他的邮件也都还没发生。她查看了自己的已发送邮件：空空如也。当然了！他没有回复一点儿也不奇怪。要去习惯倒序的生活实在太难了。即便她以为自己已经理解了它，其实她并没有。它让她栽了跟头。

她需要离开，远离这个对明天、后天，以及即将发生的一切一无所知的凯利。她需要远离便笺簿上消失的笔记、装在书包里的刀，远离默默等待一切发生的罪案现场。

她需要去上班。去找拉凯什，还有安迪·维特西。

上午十点。一杯加糖的黑咖啡，珍的办公桌，还有拉凯什。多年来，他曾经成千上万次地站在这儿，经常是一早晃晃悠悠地走进来，抱怨他不想开始工作。这就是他们俩友谊的基石：发牢骚。

"你能帮我试着联系一下安迪吗？"珍正在对拉凯什说。

珍刚刚再一次跟拉凯什讲了她身上发生的事。她飞快地向拉凯什解释了一番，显得既随意又不真实。她已经讲过太多次了，以至于厌倦了它的悲剧色彩，就像见证过太多死亡与毁灭的人会对人间至痛之事免疫一样。

跟上次一样，拉凯什这次似乎也相信了——她的确认为这是真实发生在自己身上的事。被动地、严肃地，也许他内心在对她做出什么诊断，但他没有说出口。

"我需要联系上他，但我做不到。"珍的语气真诚而又急迫。她需要今天就跟安迪谈一谈：她所拥有的只有今天。

拉凯什把双手指尖对在一起，就像他常常做的那样。"我确定我没有跟你说起过安迪。"他微笑着说。

"你说了——就在未来几天之内。"

"明白。"拉凯什直视着她说,那双棕色的眼睛与她四目相接。他今天穿着一件毛线马甲,紫色的,手里端着一杯咖啡。在他裤子口袋的位置能看出一个烟盒的长方形轮廓。有些事是不会改变的。

珍忍不住也对他露出微笑,说:"请给他打个电话。他就在附近,对吗?约翰摩尔大学?我可以去他的办公室——怎么都行。"

"这么做能换来什么好处?"拉凯什靠在门框上说。

"哦,我们这是在谈判吗?"

"一向如此。"

"我帮你做布莱克摩尔的成本明细表。"

"老天爷,成交,"他马上说,"你太好说话了。我本来为了一个烤土豆就愿意干。"

"我还要拿走你的烟,这样你就可以从头来过了。"她指了指他的口袋。他眨眨眼,然后把烟掏了出来。

"哇哦。好的。明白。"他向后退到了走廊上,"我这就给他打电话,"他举起一只手做出离别的姿势,"然后跟你说。"

"谢谢你,谢谢你。"珍说,尽管她知道他已经走远了,听不见了。她把手肘放在她已经用了二十年的办公桌上,由于聘请到了一名专业人士而感到暂时放松。

阳光晒暖了她的后背。她都忘记这个小小的温暖咒语了。十月里的几天,有那么一瞬间,感觉仿佛夏天。

安迪说,两个小时之内他会到利物浦市中心来。而珍呢,像个傻瓜一样为拉凯什做完了他的成本明细表。

珍和安迪约好在一家珍喜欢的咖啡馆见面。那里朴素低调,价格便宜，咖啡也浓郁好喝。她在它复古的品质中发掘出了浪漫：标价几便士而不是几英镑的茶，菜单上有火腿三明治，还可以坐在破旧的塑料长凳上。

当她往那儿走的时候，她穿梭于购物者和歌声跑调的街头艺人中间，脑海中浮现出所有她在养育托德时使用过的徒劳无益的方法。为了让他睡得更久而喂他吃得太多，一边观看白天的电视节目一边倒拿着奶瓶，心情厌倦，没有眼神交流。有一次她因为他不睡午觉而深感挫败，大吼大叫。因为她父亲向她施压，所以她很早就返回了职场；托德被送去了托儿所，当时他还那么小，太小了。她是不是在那时已经种下了这些种子？她是一个糟糕的母亲吗？或者，她只是个普通人？她不知道。

安迪已经到了，坐在一张胶木桌面的桌子旁边：珍立刻凭借他放在脸书的照片认出了他。他跟拉凯什年纪相仿，有些花白的头发乱蓬蓬的。他的 T 恤上写着"弗兰妮和祖伊"①。是 J.D. 塞林格的书吗？

"谢谢你来见我。"珍飞快地说，并坐在了他对面。他已经点了两杯黑咖啡。桌面上放着一只小小的银色牛奶罐，他默默地指了指它。他们俩都没有用它。

"很荣幸。"他说，而他的语气里完全听不出荣幸。他的语气是厌倦的，就跟她在聚会上不得不给人提供免费的法律建议时的语气一样。这很公平。

"这一定——我想说，这一定很另类吧。"说着，她往自己的那杯咖啡里加糖。

"你明白吧。"他一边说一边向后坐，并微微耸了下肩。他说话时

---

① *Franny and Zooey*，是知名作家 J.D. 塞林格的小说。

带有一丁点美国口音。"是的。"他十指交叉,把脸靠在手上,静静看着她。"但拉凯什是我的好朋友。"

"好吧,我不会占用你太长时间的。"她说,但她心里不是这么想的。她想要他跟自己坐在这儿一整天:理想的情况是,直到昨天。

安迪扬起了眉毛,没有说话。

他呷了一小口咖啡,又把它放回桌上,一双冷静的浅褐色眼睛看着她。他无言地做了个手势,就是那种通常用来示意别人穿过一道门的手势。

"开始讲吧。"他干脆地说。

珍开始说。她把一切都告诉了他,包括每一个微小的碎片。她语速很快,伴随着手势,絮絮叨叨地讲述了大量细节。每一个细枝末节。南瓜灯、裸体的丈夫、裁剪与缝纫有限公司、那把刀、她如何尝试不要入睡、那起车祸、克丽奥。全部。

一名女服务员用一只热气腾腾的咖啡壶无言地帮他们添满了咖啡,安迪感谢了她,但只用了他的眼神和微微一笑。他一次也没有打断过珍。

"我觉得这就是事情的全部了。"当她讲完时,她说。蒸汽飘荡在头顶的荧光灯周围。这家咖啡馆在上午十点前后几乎是空的——不光今天是,哪天都是。珍忽然感觉好累,现在她身边有一个暂时负责思考这件事的人,她觉得自己可以趴在桌子上睡着。她好奇的是,如果自己真睡着了会发生什么。

"我不需要问你是否相信自己对我讲的都是事实。"安迪看似思索了片刻,然后说。

那句有些被动攻击性的"你是否相信"让珍慌张起来。常用这种说法的是医生、对方律师、被动攻击型亲戚、"瘦身世界"的领导者们……

"我相信，"她说，"无论如何。"

她揉着自己的眼睛努力想了一分钟。快，她对自己说，你是个聪明女人。这不是那么难。这就是你所了解的时间，只不过时间在倒退。

"你在两天之内会赢得一个奖项，"她想到了他还没回复她时她读到的那条新闻，"奖励你那项关于黑洞的研究工作。"

当她睁开眼睛，看见安迪愣住了，他正要送去嘴边的咖啡停在半空，一次性塑料杯被他一用力握成了椭圆形。他张着嘴巴，看着她的眼睛。"潘尼詹姆森奖？"

"应该是吧？我是在谷歌搜索你的时候看见的。"

"我获奖了？"

珍感觉内心爆开了一朵胜利小火花。你瞧。"是的。"

"关于那个奖项的消息都是被封锁的。我知道我入围最终候选名单了，但没有别人知道。这不是……"他拿出手机静静地打字，一秒钟后又把它放下，屏幕向下扣在桌上，"那条消息不属于公开的范畴。"

"哦，我很高兴。"

"那么好吧，珍，"他说，"你现在引起了我的注意。"

"很好。"

"真有意思。"安迪把自己的下嘴唇吸进嘴巴，手指不断敲击着手机的背面。

"所以——这在科学上是可能的吗？"她问他。

他摊开双手，然后重新捧住杯子。"不知道，"他说，"科学比你以为的更像是一门艺术。你所说的违反了爱因斯坦广义相对论——可谁又能说他的理论就该控制我们的生活呢？时间旅行并没有被证明是不可能的，如果你能达到超过光速的速度……"

"是的，是的，一个相当于我自身重量一千倍的引力，对吗？"

"完全正确。"

"但是——我没有体验到任何那样的感觉。我能不能请问——在你看来，我是不是也去过未来？所以，在某个地方，我正在经历托德被捕的那种人生？"

"你觉得世上可能不止一个你？"

"我猜是这样。"

"等一下。"他从他们旁边放餐具的小桶里抽出一把餐刀，"你可以用一下这个吗？"

"用它？"

"一个小小的切口。"他含蓄地没有把话说完。

珍吞了一口口水。"我明白了，好的。"她拿起那把刀，老老实实地在自己手指侧面切了一道最可怜的浅口子，几乎只是擦过。

"深一点。"他说。

珍拿刀又划过刚才那道伤口。一滴血珠冒了出来。"好的。"说着，她用纸巾把血擦干了。"好了吗？"她低头看着伤口，有一厘米长。

"如果明天那个伤口不见了……我会说，你是在昨天的身体里醒来，每一天都是。你从星期一到星期天再到星期六。"

"并不是时间旅行？"

"对。告诉我，"他向前坐了坐，"每次这样的事发生时，你有没有体验过任何——被挤压的感觉？还是只有似曾经历的感觉？"

"只有似曾经历的感觉。"

"太稀奇了。你因为儿子引发的恐慌……你觉得是它引发了那种感觉吗?"

"我不知道,"珍的声音轻得几乎是在自言自语,"这真荒唐。这太荒唐了。我不明白。我还没有给你打过电话。我打了——就在这个星期后面几天。我留下了好多留言。"

"在我看来,"安迪边说边喝完了自己的咖啡,"实际上你已经非常明白这个宇宙的规则,尽管你不是自愿进来的。"

"感觉不像。"她说,而他再次露出了微笑。

"从理论上来说,你有可能以某种方式创造一个力,使你被困在一个封闭的时间型曲线中。"

"从理论上来说有可能,好的。那么——我怎么才能——从里面出来?"

"抛开物理学不谈,显而易见的答案是你要到达那场犯罪最初始的开端,不是吗?回去找到托德犯罪的原因?"

"然后呢,如果硬要你猜的话?"她举起双手做出一个无意对抗的手势,"无关任何利害,只是猜一下。你认为会发生什么?"

安迪咬着下嘴唇,眼睛先是望着桌子,然后又望着她。"你将会阻止犯罪发生。"

"老天,我真希望会是这样。"珍说。她的眼睛湿润了。

"我能不能问一个稍显滑稽的问题?"安迪说。当他的目光与她相遇时,他们周围的空气似乎沉静了下来。

"你觉得这为什么会发生在你身上?"

珍犹豫了,几乎就要开口说——的确,这很滑稽——她不知道,正因为这样她才逼着他来跟自己见面。但有什么东西阻止了她。

她思考着时间循环,思考着蝴蝶效应,改变一件微不足道的事。

"我好奇是不是我——只有我——知道某些可以阻止那场凶杀的事,"珍说,"在我潜意识的深处。"

"信息。"安迪一边点头一边说,"这不是时间旅行,不是科学,也不是数学。这难道不就是——你掌握信息——还有爱——不就是为了阻止那场犯罪吗?"

珍想到了她在托德书包里发现的那把刀,想到了艾什北路。"似乎,到目前为止,在我重新度过的每一天,我都因为做了跟前一次不同的事而了解到了什么信息……比如跟踪了某个人,或见证了某件事,甚至只是对一些小事更加留意。"

安迪不断地摆弄着放在桌上的空杯子,嘴角向下撇,仍然在思考,双眼望向珍身后的窗户。"那么,是不是可以说,你所到达的每一天都在某些方面对那场犯罪有特殊的意义?"

"可能吧。是的。"

"所以当你倒退时——可能你会跳过一天,可能你会跳过一个星期。"

"也许吧。那么,我应该在每一天寻找线索了?"

"是的,有可能。"他简单地回答。

"我希望你能——你明白吗,给我一个工具,好让我从里面出来。我也说不清,两管炸药加上一串密码,或是什么东西。"

"炸药。"安迪大笑着说。他站起身,伸出手来跟她握手。握手时她闭上了双眼,只有一秒种。这是真实的:他的手是真实的,她是真实的。

"等咱们下次再见。"说着,她睁开双眼。

"到时候再见。"安迪说。

珍在他之后离开了那家咖啡馆,深深地、深深地思索着这有可能意味着什么。她给托德打电话，想知道他在哪儿。她想知道他是不是在做什么事，是她第一次经历今天时忽略掉的；她感觉到一种新的活力，她要想办法做出改变，去拯救他。

"怎么了？"他接电话了，背景音是一片安静。而珍被困在一个利物浦风洞里，转身避开一阵强风。

"只是想知道你在哪儿。"她对他说。

"在网上。"他说，珍忍不住露出微笑。只对他微笑，可爱的他。

"在网上——咱家的网？"她说。

"我有一个自由的时段。所以我在咱们家，在咱们的虚拟专网上，在我位于英国默西塞德郡克罗斯比地区的床上。"他的声音里透着笑意。

她看着天空心想，好吧，我来看看。在见到十一月之前，她可能会先见到八月。但是她会一直追溯到问题的源头，不论那是什么时候。

月亮出来了，一轮在午餐时间就早早现身的月亮，挂在他们俩的头上，不论他们是哪个版本的自己。她在过去，而托德，正在经历种种变化，这些变化导致他在四天之内杀了人。

"我很快到家。"她说。

"你在哪儿？"

"宇宙里。"她说，而他笑了，那笑声对她来说是那么完美，说是仙乐也不为过。

珍又来到了艾什北路，希望能找到克丽奥。她推测她不跟舅舅住在一起，但是他也许能告诉她克丽奥的住址。

珍相信关键在于克丽奥。托德是在几个月前认识了她——据珍了解是这样，但考虑到青少年的保密习性，时间可以再追加几个星期。

从那时候开始，再考虑到他跟康纳之间的友谊，这一定不是巧合。那是无形之中、难以名状的改变。情绪低落，爱保密，还有他时常会出现的奇怪的苍白脸色。

于是她来到这儿，抬手敲门。一个女性的轮廓几乎立刻就出现在毛玻璃后面。珍的心提了起来。

门开了，珍忍不住暗自赞叹克丽奥的美貌。短短的、时髦的刘海儿，两只眼睛距离很近。她的头发乱成一团，没有打理，但那样子又很好看；如果珍也尝试同样的发型，只会让人觉得她精神错乱了。

"嗨。"珍说。

克丽奥朝她身后瞟了一眼，那是个一闪而过的、下意识的动作，但是被珍捕捉到了，而且她很好奇那意味着什么。

"我是托德的妈妈。"珍说。因为在一秒钟的迟疑之后，她意识到尽管她见过克丽奥，克丽奥却没有见过她。

"哦。"克丽奥说，她美丽动人的五官松弛下来，变作惊讶的表情。

"我只是想知道……"珍说。她向下瞟了一眼。克丽奥稍稍后退了一步。不是要让珍进去，反而像是要把门关上。珍想起了她第一次看见克丽奥时，对方脸上放松而好奇的表情；当时她穿着破洞牛仔裤，站在这道走廊的尽头。现在托德不在，克丽奥脸上的表情与上次完全不同。"我只是想知道我们能不能稍微聊一下？"她向克丽奥示意，"这跟你——这跟你没关系，真的。我完全不介意你们的——你们的友谊。我能不能进去……就一下？这是你住的地方吗？"她说得急促且口齿不清。

"听我说——我不能……"克丽奥说。珍打量着那道走廊。克丽奥的外套随意挂在以斯拉关上的那个橱柜的门上。外套上还有一只香奈儿手袋,珍觉得那是个真货。那种手袋起码价值五千英镑以上,不是吗?她怎么买得起?除非那是个假的?

"我要聊的不是什么不好的事。"说这话的时候,珍的眼睛还停在那只手袋上。

克丽奥的眉毛皱在一起。她的嘴巴开始弯曲,呈现出一种柔和的歉意。"我真的……"她说。她的双手绞在一起,再次向后退了一步。"我真的非常、非常抱歉。我真的——我真的不能……"

"你不能什么?"珍一头雾水地说。

"我真的不能跟你说那件事。"

"说什么事?"说着,珍忽然想起凯利以为他们俩已经分手了,"你们没有吵架?"

似乎有某种情绪从克丽奥的脸上掠过,但珍说不清那是什么。克丽奥似乎明白了什么,但珍却不知道。"请解释一下。"她可怜兮兮地补充道。

"我们分手了,但是昨天又复合了——事情很复杂……"

"怎么复杂呢?"

克丽奥在珍面前向后缩了回去,双臂交叠搂着自己的肚子,就像一个身体虚弱或生了病的人。"对不起,"她用几乎听不见的声音说,同时又往后退了一步,"我很快会再跟你见面的,好吗?"她关上了门,把珍一个人留在原地。

门轻轻地咔嗒一声锁上了,透过毛玻璃,珍看着克丽奥的身影渐渐远离。

她转身离开。正在这时,一辆警车刚好绕行经过,开得非常非常慢。正是它的速度吸引了珍抬头去看。车窗开着,司机直视着前方,而坐在副驾驶位的人——珍确定就是这位英俊的警官逮捕了托德——

则直视着她。当她走向自己的车,内心因为克丽奥的反应而困惑,为眼前的谜团迷茫时,那辆车绕行回来,开上了另一条路。

珍在开车离开的路上想到了安迪说过的话。关于她的潜意识,关于她所知道的信息,关于她先前可能看到过却以为不重要而忽略的事,关于她在这里应该做什么。开车离开时她心想:没有别的办法了,她得去问问儿子。

"我有些事想问问你的意见。"跟托德一起走向街角的商店时,珍跟他攀谈。他将要买一包士力架。上一次,她买了一瓶葡萄酒,但是今晚她没有那种心情。他们经常像这样散步。托德是因为青春期无法满足的食欲而——好吧,其实珍也一样。

街角的商店会有个人戴着切尔比毡帽,这顶毡帽就是珍的制胜法宝。不可预测,生动,真实。她很高兴自己记得它。她可以用它来向托德证实,并且——至少可以——问清楚在这种情况下他会做什么。她的天才儿子。

"说吧。"托德随意地说。

他们转弯走进一条小巷。夜晚的空气中飘散着别人家的晚饭的香味,珍总是觉得这种气味引人怀旧,让她想起小时候跟父母一起去露营地度假的时光。她永远都会记得远处静止的房车发出的橙色灯光,餐具碰撞的叮当声响,烧烤架上缭绕的炊烟。天哪,她好想念她的父亲。也想念她的母亲吧,她猜,尽管自己已经不太记得她了。

"如果你能穿越时间旅行,你会做什么?你要去未来,还是回到过去?"珍说完,他惊讶地看着她。

"为什么这么问?"他问。

不出所料,还没等她回答,他先回答了她:"我会回到过去。"说话时，他呼出的气化成白烟在夜晚的空气中缭绕。

"为什么？"

"那样我就能把一些话告诉过去的自己了。"他露出微笑，那是个对着人行道的私密的微笑。珍发出轻轻的笑声。神秘莫测的 Z 世代人类。

"然后，"他说，"我会给自己发电子邮件。过去的我发给未来的我。设定定时发送。通过有些网站可以办得到。"

"给自己发邮件？""是啊。搞清楚哪家公司的股价和股份会暴涨，然后回到过去，发送一封定时邮件，自己发给自己，说：在 2006 年 9 月，或随便什么时候，买入苹果股票。"

我会给自己发电子邮件。

嗯，这值得试试看。一封电子邮件，定时发送，在事件发生当天夜里一点被接收，在二十九日要变成三十日的时候。她要写下来，那么邮件里就会包含指令。去外面，阻止一场凶杀。如果她得到事先警告，她靠自己的体力确定能阻止托德吗？

"你真是聪明。"

"怎么了，谢啦。"

"你可能会好奇我为什么问这个。"她说。

"倒也没有。"他欢快地说。

她开始解释自己正在回到过去的事，不过暂时省略了那件犯罪。

他们边走边谈，她一直时不时地看他。如果要她预测他的反应，她会觉得他不需要得到证实。她了解他，她了解他。他——在很多方面都还是个孩子——毫不怀疑地相信时间循环，相信时间旅行，相信科学、哲学、很酷的数学以及各种罕见的事发生在他的生活中。在他年轻的头脑中，他认为这些是非凡而卓越的。

有几秒钟，托德没有说话。他们一起在寒冷中走着，托德的眼睛一直盯着自己的运动鞋，五官皱在一起。他朝她扬起一边的眉毛。"你是认真的吗？"他问。

"完全认真。绝对认真。"

"你见过未来了？"

"我见过。"

"好吧，母亲。那么发生了什么呢？"他的语气很欢快，而她相当确定他以为自己在开玩笑。"流星、下一次大流行病，还是什么？"

珍没有说话，她在斟酌要说多少实话。

他看着她，捕捉到了她的表情。"其实你不是认真的吧？"

"我真的真的非常认真。接下来你会买一包士力架。街角的商店里会有一个戴着切尔比毡帽的人。"

"……好。"他只点了一下头，"时间循环，切尔比毡帽。我接招了。"珍对他微笑，她毫不惊讶他单独考虑了未来的元素中不受他控制的、属于别人的那一项：那顶帽子。

这正是她原本就认为他会做的事。比起凯利，他是一个更容易被证据说服的人。

"你知道为什么吗？"他说。

"四天之内发生了某件事。我认为我必须阻止它发生。"

"什么事？"他又问。

"我——我……那不是一件好事，托德。在四天之后，你杀了个人。"她说。这次，她仿佛引燃了一堆篝火。先是一颗火星，紧接着就是一团烈火。托德猛然抬头看着她。珍浑身发烫，仿佛身处篝火近旁。如果正是因为她告诉了他才让凶杀案发生的呢？"你能杀人"这项认知对任何人来说都是有害的吧？

不。她已经决定了要这样做,那她就要坚持到底。他能接受,她的儿子。他喜欢事实,他喜欢别人对他直言不讳。

他有超过一分钟时间没有说话。"谁?"他说,这跟上次他问的问题一样。

"对我来说,他是个陌生人。你似乎认识他。"

他没有反应。他们来到了亮着灯的商店,就在中餐外卖店隔壁,他们俩站在店外。最终,他跟她四目相接。她惊讶地发现他眼睛湿润了。只是一层微微的潮气,也可能没什么,可能只是因为商店的灯光或是寒冷的空气。"我永远也不会杀人。"说话时,他没有跟她眼神接触。她张开了双臂。

"可是你杀人了。那个人的名字是约瑟夫·琼斯。"现在,她的眼睛也湿润了。托德的视线在她脸上扫了一下,举起一根手指,然后走进了那家商店。他说得对,当然,他不会杀人,除非他别无选择。她了解他:他会改过自新,会坦白悔过。在杀人之前,他会做一长串的事。这可能是珍得到的最有用的一条信息。

几秒钟后,他出来了,而且他的肢体语言完全改变了。那个改变极其微小,就像有人给他的动作按下了暂停键,然后又重新启动了他,只是卡顿了一下。

"切尔比毡帽。"他说,然后停顿了一拍,"正确无误。"

"那你现在相信我了?"

"我估计,你是刚才从街那头看见那顶毡帽的。"

"我没有——托德,你知道我没有。"

"我绝不会杀人。绝不,绝不,绝不。"他向上看,望着天空,而珍确定——要多确定就有多确定——她在他脸上既看到了失望,也看到了理解。仿佛有人被告知了某件事,仿佛有人处于开端却被告知了结局。他的反应让她傻了眼。让她感到智商不足的不是时间旅行，而是为人父母。

他转身离她而去。珍了解他。她一告诉他细节，他就又靠了过来。"你为什么要跟克丽奥分手？"

"不关你的事。反正我们已经再次复合了。"

珍叹了口气。他们在一片冷冰冰的沉默中走回家去。

珍还没拿出钥匙，凯利就来开门了。托德从他身边硬挤了进去，没有跟他说话，上楼去了。有意思的是，他没有把刚才珍对他说的话告诉凯利。通常来说，她确定他们俩会一起拿这事儿开玩笑胡闹。

凯利正在做一个派。当她在厨房里的早餐吧台坐下时，他把酱汁倒进了铺着派皮的盘子，然后打开了烤箱。烤箱里冒出来的热气和蒸汽非常猛烈，让他像是在她面前当场消失了一样。

那天晚上，珍用谷歌搜索了如何发送定时邮件，然后满怀希望地把邮件送进了数字世界。当她睡着时，她祈祷这封邮件有用。她祈祷在某一处未来，她阻止了犯罪并打破了时间循环。

第-8天，早上8:00

电子邮件没起作用。她用餐刀留下的切口消失了。

而且，珍第一次向后倒退了不止一天。她移动了四天。现在是二十一日。她在床上坐起来，想到安迪。看来他说对了。

或者也有可能她在加速倒退，不久之后她就会一次跳过好几年，然后完全消失、不复存在。

不，不要这样想。把注意力集中在托德身上。

恰好在这个时候，她听见他砰的一声关上了他自己的房门。"你在干吗？"她高声喊他。

她听见他走上楼梯来到顶层，也就是珍和凯利的房间所在的楼层，然后他出现在眼前，脸上挂着一个大大的微笑。用他的话来说，他看起来浑身写满了哈哈哈。"爸爸要我去跑步，"他说，"为我祈祷吧。"

"你一直在我心里。"她一边说一边听着他们离开。她很高兴看见他这副样子，脸色红润，兴高采烈。

几分钟之后，尽管身上还穿着睡袍，但她人已经在托德的房间里了。她再一次搜查着托德的书桌抽屉、床头柜抽屉和床垫下面。还有床下。

她一边搜查，一边在心里列举自己已知的事。"托德是去年夏天认识克丽奥的。在犯罪发生的前几天。凯利说过，'他还在跟克丽奥见面？我还以为听他说过他们已经不见面了'。再早几天，托德确认了他们俩一度分手，然后又复合了。"

盘子，杯子，一沓又一沓从网上打印来的学校里用的资料。衣柜后面有一张纸，上面的内容涉及天体物理学。

"跟我说话时，克丽奥受到了惊吓，"她追加了这条她认为一定有意义的信息，"再加上——那辆奇怪的绕行而过的警车。"

终于，终于，终于，二十分钟后，她找到了一样感觉起来比听自己的胡言乱语实在得多的东西。

它在他的衣柜顶上，非常靠后，但上面没有灰尘，所以并不陈旧。

那是一个被橡皮筋绑在一起的、小小的灰色长方形包裹。珍从托德的书桌座椅上爬下来，把它捧在自己的手掌心。毒品——她觉得这有可能是毒品。她双手颤抖着打开橡皮筋，然后剥开了防撞包装纸。

不是毒品。

包裹里有三样东西。

她首先看到一枚默西塞德郡警察的警徽。不是完整的身份证件，只是一只带有默西塞德郡徽章的皮夹。皮夹上还绣着一个号码和一个名字：瑞恩·海尔斯，2648。

珍用手指抚摸着它。它在她手里感觉凉凉的。她举起它对着光。一个十几岁的男孩是怎么得到一枚警徽的？她没有沿着这条思路细想下去，沉入它可能指向的谷底；很明显的是，那里绝没有什么好事。

下一样物品是一张折叠成四折的破旧 A4 海报，海报上刊登着一张婴儿的照片,照片上的宝宝大约有四个月大。在他的上方用红色加粗字体写着:失踪。海报一角还留着一个图钉留下的孔。

珍吃惊得直眨眼。失踪……失踪的婴儿?警察的身份证件?托德到底跌入了怎样一个黑暗的世界?

最后一样看起来像是一部即用即付的手机。关机了。珍用一根颤抖的手指按下开机键,看着它启动,屏幕上呈现出荧光绿色。没有密码。这是一部老式的翻盖手机,不是智能机。显然,它本来应该永远不会被人发现。她看了看通讯录。有三项:约瑟夫·琼斯、以斯拉·迈克尔斯,还有一个名叫妮可拉·威廉姆斯的人。

她打开短消息,同时留意着托德和凯利的动静。

跟约瑟夫和以斯拉开会的时间。晚上 11 点,在这里。上午 9 点,在那里。

但是,跟妮可拉之间的短消息就不一样了。

简易手机 15/10:很高兴跟你联系。16 号见面?

妮可拉·W 15/10:我可以去。

简易手机 15/10:明天乐意帮忙吗?

妮可拉·W 15/10:乐意帮忙。

简易手机 17/10:打电话给我。

妮可拉·W 17/10:另,一切就绪,不过今晚见。

妮可拉·W 17/10:很高兴跟你见面。我很乐意做,但你得为之努力。考虑到已经发生的事。

简易手机 17/10:是。明白了。

妮可拉 W 17/10:回到那儿去。

简易手机 17/10:有没有婴儿。

妮可拉 W 18/10：一切就绪。等我们有了足够的，我们就能进去。

珍盯着这些短消息。仿佛一个金矿——这些切实的、有日期标记的短消息在安排什么事。她一定能搞清楚究竟是什么事，她一定能在这些日期跟踪她儿子，让自己参与到这一连串事件中。

她把剩下的东西翻过来，想再找到别的，然而什么也没有了。

她坐回到托德的书桌座椅上。各种灾祸涌进珍的脑海：死去的警察、死去的孩童、绑架、赎金。他是被派去执行黑帮命令的一个喽啰、一名手下吗？

她站上椅子，把那个包裹放了回去，精确地放回原处，然后坐在她儿子被洗劫过后的卧室里。她的膝盖战栗不止。她看着自己的膝盖微微抖动，心想：这全都是自己的错。一定是。

妮可拉·威廉姆斯。这个名字为什么让她觉得耳熟呢？

她在脸书上查找约瑟夫、克丽奥、以斯拉和妮可拉。除了妮可拉，其他人都找到了，而且他们三个互为脸书好友。约瑟夫的简介是新的，但他看上去完完全全就是一个普通人。对赛马感兴趣，对英国脱欧有一些自己的见解。以斯拉的脸书创建得更早，他的简介里的照片标注着十年前的日期，其余内容都是上锁的。

她整理了一下，然后铺好托德的床，她的手抚平他的枕头，但枕头凹凸不平，下面有什么东西。她从没检查过那儿，只检查过床垫下面，就跟电影里演的那样。她去摸那块凸起，希望能找到什么信息，然而她只找到了科学熊。那是托德从两岁起就有的一只泰迪熊，它手里拿着一只毛茸茸的本生灯和一根试管。他一定还抱着它睡觉。此时此刻，在他的卧室里，她为他心碎；她想到他感染诺如病毒的那个夜晚，她用热绒布给他擦嘴；又想到另一个夜晚，发生凶杀案的那个夜晚。她的儿子，一半是孩子、一半是男人。

克罗斯比警察局的门厅看起来一如既往，跟第一个夜晚时一样，无精打采，弥散着食堂饭菜和咖啡的气味。珍六点到达这里，来找瑞恩·海尔斯。在她看来，这是符合逻辑的下一步骤。托德和凯利以为她在超市。

她被告知需要等候，于是在那些金属椅子中的一把上坐下，眼睛盯着问讯台左边那道白色的门。在门后那道长长的走廊尽头，她能看见一名高高瘦瘦的警官在一边来回走动一边打着电话，因为什么事笑了起来，同时慢慢地踱过来又踱过去。

前台接待员是个金发女郎。她嘴唇干裂，脸部皮肤与嘴唇之间的界限模糊不清，就像习惯于舔嘴唇的人常见的那样，让人看了觉得应该挺疼的。

自动门开了，但没有人进来。

前台接待员没有理会自动门。她正在飞速地打字，视线没有离开过电脑屏幕。

外面暮色沉沉。对其他任何人来说，这看起来都只不过是十月里正常的一天，晚上六点。燃烧木材的烟随着微风飘了进来，因为那道有故障的自动门再次开启又关闭，尽管并没有人来。珍把双手叠放在腿上，想着正常的生活、一天接着另一天的连续性。她注视着那道门再次打开，踌躇了一会儿，又重新关闭。她努力不再去想托德是不是正在去往某处，在未来的时空中，在没有她的情况下，面临牢狱生活，即便最好的律师也没办法帮他脱罪。

"可以告诉我你的名字吗？"前台接待员说。她似乎很乐意隔着整个门厅进行这段对话。

"艾莉森。"珍说,在她知晓瑞恩·海尔斯身在何处以及托德为什么持有他的警徽之前,珍还不打算揭露自己的真实身份。她最不愿意做的就是会导致未来的托德情况更加不利的事。"艾莉森·布兰德。"她编了个名字。

"好的。那么请问你……"

"我在找一名警官。我有他的姓名和警徽号码。"

"你想要见他的理由是?"前台接待员用桌子上的电话拨打了一个号码。

珍没有说她手里就有那枚警徽——她不想把证据交出去,让托德的指纹牵扯到某件令人发指的恶性事件。又一件令人发指的恶性事件。

"我只是有话要跟他说。"

"抱歉,我们不能允许普通市民进来,报出名字,然后就要求跟警员说话。"前台接待员说。

"这不是——这不是什么坏事。我只是要跟他说几句话。"

"我们真的不能这样做。你需要报案吗?"

"我的意思是……"她本来要说不是,随后却犹豫了。或许警察可以帮她。凶杀案尚未发生,但这并不意味着不存在其他罪行。那把刀……购买刀具也是犯罪。这是一场赌博——他有可能还没购买它——但她愿意赌这一把。如果托德因为某些较轻的罪行受到调查,也许就能阻止更严重的犯罪发生了?

珍的内心有什么东西燃烧起来。她唯一需要的就是改变。在一整排火柴中,吹熄其中一根。在一连串多米诺骨牌中,保持其中一块不要倒下。那么然后,或许,她会醒来,到达明天。

"是的，"她说，前台接待员显然很惊讶，"是的，我想要报案。"

二十五分钟后，珍和一名警官在一间会议室里。他很年轻，长着一双狼一样的浅蓝色眼睛。每次那双眼睛与她对视时，她都会被它们的与众不同所震撼：深蓝色的边缘，中间有一汪浅蓝色的水池，还有小小的瞳孔。这些色彩的搭配使这双眼睛看起来很空洞。他刚刮完胡子不久，身上的制服有些偏大。

"好了，告诉我吧。"他说。他们俩面前放着两只装着水的白色塑料杯。房间里弥漫着复印机墨粉和陈年咖啡的气味。相对于珍想要引起的反应来说，这个场景似乎未免太平凡了。

"我会记个笔录。"他又补充说。她不想要这样。一名年轻警官，笔录一丝不苟，不会回答任何问题。珍想要一个特立独行的人、一个不记笔录的人、一个死了老婆而且酒精成瘾的人：一个能帮她的人。

"我相当确定，我儿子卷入了某些事件。"她简洁地说。她掠过自己刚才说出的化名，暗暗希望他不要怀疑这一点，然后直奔问题核心："他的名字是托德·布拉泽胡德。"

就在这时，发生了一件事。他认出了这个名字：珍很确定。那个表情像一只幽灵那样掠过他的脸庞。

"是什么让你认为他卷入了某些事件？"

她对那个警官讲了裁剪与缝纫有限公司，讲了她儿子跟约瑟夫·琼斯见面，讲了那把刀。她希望，如果托德已经把自己武装起来了，他们能找到那件武器，逮捕他，阻止凶杀。

当她提到那把刀时，警官手里的笔微微顿了一下。他那双结了冰似的眼睛快速看向她，颜色就跟煤气灶开小火时的火焰一样，然后视线又收了回去。珍能在空气中感觉到它——改变——甚至就在这里。

她已经点燃了导火索，蝴蝶已经扇动了它的翅膀。

"好的——那把刀在哪儿？你是如何得知他买了一把刀的？"

"此刻我并不确定，但我曾经在他的书包里看见过一次。"她没有提到这其实发生在未来。

"他有没有带着它离开过家？"

"我认为有。"

"那么好吧……"警官说着，把笔颠倒了过来，"看样子我们需要跟你儿子谈谈。"

"今天吗？"珍问。

警官写完了，看着她。他瞥了一眼挂在墙上的钟。

"我们会找托德问话的。"

在那间温暖的警方谈话室里，她哆嗦了一下。如果她刚刚采取的这个行动导致了某些计划外的后果怎么办？或许约瑟夫·琼斯本就该死，如果他跟某些可怕的事件有关联的话；而她，只需要帮助托德逃离惩罚就可以了。她又怎么知道哪个才是真相？

"好吧——那么，我可以去把托德给你们带来。"她说。她不知道自己会给人怎样的印象，这话听起来是多么奇怪！即便是现在，身处如此混乱的情形中，珍仍然担心自己作为家长会被别人如何评判。

"提供你的住址就够了。"那位警官说。他站起身，将自己的一只手掌摊平并向门的方向示意。这是当即就打发她走。只要逮捕他就行，请逮捕他吧，那样他就不能再做什么别的事了。珍心想。

"今天你们什么也不做吗？"她再次打探。她需要他今天就被抓进去，在她入睡之前，如果她能有哪怕一个机会阻止犯罪的话。明天是不存在的，反正对她来说是不存在的。

那位警官顿住了，看着自己的脚，那只手掌仍然保持着伸向门的姿势。"我会尽最大努力。你知道——通常来说,年轻男性持有刀具是因为黑帮活动。"

"我知道。"珍轻声说。

"我们会跟你儿子谈话,为了让孩子们从这种事里抽身,你得查清楚原因。"

"我正在努力查。"珍说。她停在那儿,停在会议室的门口,然后决定开口询问,"这一带有没有婴儿失踪?就最近?"

"什么?"那位警官说,"失踪婴儿?"

"是的。最近。"

"我不能谈论其他案件。"他没有透露任何信息。

随后她离开了,当她穿过刻有细线网格的玻璃门走出去时,闻到了那种气味。不是她本来以为会闻到的下雨时的尘土味。雨水落在人行道上,夏天又回来了。那种气味,那种难以捉摸的气味——正在割草的草坪、峨参、炙热而紧实的土地——总能让她想起他们从前在山谷里的那个家,那间白色的小平房。他们当年在那里是多么幸福啊,远离城市。从前。

在回家的路上,她想着瑞恩·海尔斯和那个失踪的婴儿。她眼前还看得见那张海报。她在那个婴儿身上认出了什么。一种直觉上的熟悉感,仿佛他们有可能是远房亲戚,她可能认识那个婴儿现在已经长大成人的样子……她可能见过,但她想不起来。珍从来就不擅长照顾婴儿。

她是意外怀上托德的,当时她认识凯利才不过八个月时间。这令人震惊,但他曾经开玩笑说,那一年时间里他们享受了十年份的性生活,而这是真事。她关于那段时光的唯一记忆是那辆小露营车和他们俩散落一地的衣服。他的髋贴着她的髋。当时他们才二十出头。她定期服用避孕药，而且大多数时候他们都用避孕套。怀孕几乎是不可能的，她偏偏因此有了孩子。这个，以及凯利那句简单的话"希望这孩子眼睛像你"。跟她之前的数百万个女人一样，她当时立刻心想，但我希望他像你。精子与卵子结合，而他们的每一个想法都彼此契合，于是她觉得自己立刻就准备好了。仿佛她在一根两分钟验孕棒验孕的空间里长大了，她关注着未来的下一代，而不再关注自己。

但是她并没有准备好，完全没有。

没人警告过她，分娩就像一场车祸。她一度认为自己就要死了，而且这个念头再也没有真正离开过她，即便在她康复之后。她也无法相信女人们要有那种经历。而且她们选择经历一遍又一遍。她无法相信那样的疼痛是真实存在的。

她做母亲的征途是伴随着疼痛启程的，也是伴随着害怕启程的：害怕健康访问员①、医生和其他母亲的评价。

那时的托德不会被任何人称作一个难带的婴儿。他一直睡得很好。但是，一个随和的婴儿仍然很难带，而珍——她无论如何总喜欢自我批评——被推入了一种在其他条件下可以被形容为折磨的情况。然而这样形容它是个禁忌。一天晚上，她低头望着他，心想：我怎么知道自己是否爱你？

珍看得出来，自己很容易会变得什么都想要。她是一个职场女

---

① 健康访问员（Health Visitor）：英国一种受过训练的护士或助产士，主要支持父母亲照顾婴儿和年幼孩子。他们会监察孩子的发展情况、因孩子的发展阶段提供意见，例如协助喂奶、加固或戒尿片训练。如果孩子的发展有特殊情况，家庭可与健康访问员商讨，以获得支持。每位健康访问员会被指定跟进哪个家庭，家庭亦会有健康访问员的联系方式，有问题可随时求助。如果父母遇到情绪困扰都可找他们支持。健康访问员亦可按需要和家庭的意愿去家访。——编者注

性，而且那个职场要求你付出你的全部。她有一个压抑的父亲，容易被人们的评价伤害，容易从人们说的那些小事中解读出巨量信息。这些贯穿她全身的弱点让她答应各种平庸的社交活动，而承接超出她实际可承受数量的案子让她在做母亲的道路上陷入痛苦。

她曾经想要跟托德睡在同一个房间里，好让他听见她的呼吸；她曾经想要亲自母乳喂养，天哪，她曾经想要、想要、想要做到完美，那可能是她对自己本该感受到却没有感受到的东西的补偿。

她曾经试图把这一切告诉一位健康访问员，但他只是露出不舒服的表情，并问她是否想要自杀。

"不想。"她无精打采地回答。她并不想要自杀。她想要将覆水收回。她开车去上班，去见她父亲，像一具僵尸一样在办公室里走来走去。在门厅里，父亲格外用力地紧紧拥抱了她，却什么也没有说。准确地说，什么也没能说出来：说她工作做得很好，问她是否需要帮助。他的作风在他们那一代人中是典型的，但这仍然让人伤心。

像所有灾难一样，它渐渐衰退，而爱意开始绽放，巨大而美好，因为托德开始做一些事情：坐起来，说话，用巧克力夹心饼干弄脏自己整个脑袋。而且直到最近，他的朋友们都开始陷入青春期的消沉情绪，他却没有。仍然有许多双关语、欢笑、事实，只为了她。一开始，她对他的爱意被早期那些艰辛消磨光了，而艰辛都过去了。仅此而已。这样一个解释，可大可小。

由于太害怕了，她不能再生更多的孩子。现在，她望着眼前展开的路，觉得海报里的那个婴儿是个女孩。她发现自己肚子里有一个小小的硬块叫作后悔，因为她没有再生一个孩子。一个托德的同胞手足，一个他可以信赖的人，一个此刻比她更能帮助他的人。

她不能让凶杀发生,她不能让这幕恐怖的剧情上演。她不能让他失去一切,她那个随和的小宝宝,曾经在不知情的状况下见证他母亲那么频繁地哭泣,她无法接受这就是他的终局。她不能接受他变坏。让他、让他、让他——还有她——做个好人吧。

第 -8 天，晚上 19:30

"准备好了吗？"珍到家的时候，凯利对他说。他站在他们家厨房里，穿好了运动鞋和派克大衣，脸上挂着微笑。他没有注意到她泪眼婆娑。

"为了……"

"家长之夜？"他的声音里含着疑问。亨利八世正在凯利脚边绕来绕去。

家长之夜。

可能就是这个。可能这就是她往回倒退不止一天的原因。就像安迪说过的那样。这一定是一个良机，这种或那种良机。她记得她畏惧过这件事，但是今晚，她感觉自己被它点燃了。放马过来吧，让我注意到，让我弄清楚，然后让它结束。

"当然，"她语调明快，"是啊，我忘了。"

"我希望，"他说，"咱们别去了吧。"凯利也讨厌这种事，只是跟她理由不同，他的理由跟权势集团有关。上一次她自拍了一张他们在车里的照片，想把它放在脸书上，而他阻止了她。

现在他正替她扶着门。"上班顺利吗？"

珍低头看了看自己身上的牛仔裤和T恤。她在他们一同离开时流利地说："啊——跟一个老客户开了个会，第二次离婚。"仿佛她有很多回头客似的。凯利似乎不太在意，没有追问。

学校大厅摆满了桌子，排列得均匀而整齐，简直像是军事设施。每张桌子旁边坐着一位教师，前面摆放着两把空的塑料椅。珍想到托德，他现在独自在家，玩着电子游戏，对于自己即将因为持有刀具而被逮捕毫不知情，而那把刀他甚至可能都还没买到手。

她第一次经历这个夜晚的时候，每份报告都大放光彩，这让她松了口气。物理老师亚当斯先生当时将托德形容为一个令人愉快的孩子。而珍因为工作而分心，她记得自己当时在考虑如何处理吉娜的离婚案，如何说服她允许那个即将成为她前夫的男人接触他们的孩子，但那个词穿透了忙碌的笼罩，她咧嘴笑了，因为凯利干巴巴地说"就跟他的父母一样"。

珍现在坐在这儿，面对着同一个人。大厅里非常明亮，地板在闪光。

珍和凯利把托德送到这儿来，进入了一所优秀的综合中学。他们不想按常规做法让托德去私立学校。他们选定了这里，伯利中学，这里到处是满怀善意的老师，但教室糟糕而过时，卫生间也奇形怪状。有时候，尤其是今天，珍希望他们选了别的地方，某个能在家长之夜提供雀巢咖啡和舒适座椅的地方。但是，正如凯利有一次说过的那样："如果他的成长关键期那几年是在唱诗班里跟许多呆子一起度过的，那他后来的人生一定会栽跟头。"

"是的，聪明敏锐，从不无所事事。"亚当斯先生正在说。珍的注意力牢牢安放在他身上。他是那种老伯伯一样慈祥的人，一双大耳朵，一头白发，亲切友好的脸。他感冒了，闻起来有种独特的甜味：那是一块手帕上奥尔巴斯精油的香味。上次她忽略了这一点。这不要紧，但她还是忽略了它。同时还忽略了什么呢？

"有没有什么我们应该知晓的事？"

亚当斯先生吃惊地抬起头："比如什么？"

"他有没有——你知道，比如跟什么新朋友混在一起，学习不如以前用功，或是做了什么不像他会做的事？"

"也许他有时在实验室里会表现得有些缺乏常识。"

凯利发出一阵轻轻的笑声，这还是他来到这里之后发出的第一个声响，她内向的丈夫。他伸手握住珍的手，玩弄着她的结婚戒指。结束这场跟亚当斯先生的谈话之后，他会走到提供咖啡茶水的桌边，给他们俩端来两杯茶，但把其中一杯失手掉落了。知道这些是很荒谬的。

"哦，但是那些最聪明的大脑都是这样的，"亚当斯先生说，"说心里话，他是个令人愉快的孩子。"珍的心里充满了阳光，这是第二次了。那些关于你的孩子如何优秀的话，你永远也听不腻。尤其是现在。

他们向后推开椅子，走到了大厅后方的那排长条桌边。珍斟酌着要在凯利失手掉落杯子之前把茶从他手里接过来。她观察着他的手。

"活见鬼，这些事情真浪费时间，"他一边忙着用茶包泡茶一边低声对她说，"反面乌托邦，就像进入了某种愚蠢的评价体系。"

"我知道，"说着，珍把牛奶递给他，"评判大会。"

凯利冲她露出一个痛苦的微笑：还有多久才能走？

"咱们还有多久才能走？"

"没多久了。"她向他保证。"你认为他是个好孩子吗？"她问，

"说心里话？"

"哈？"

"你认为我们已经脱离险境了吗？你知道的——青少年容易误入歧途。"

"托德可不会误入歧途吧？"珍的身后有个声音说。

她转过身看见了波琳，身穿一条鲜艳的紫色裙子，带来一阵浓郁的香水味。"谁知道呢？"珍说着叹了口气。她原先忘记了这段互动，完全忘记了她们在这儿碰过面。

凯利朝着洗手间的方向慢慢走开了。波琳扬起眉毛。"真好奇你老公是不是讨厌我，"她说，"他总是马上消失。"

"他讨厌每一个人。"

波琳大笑起来。"那，托德情况怎么样？"

"我不知道，"珍对波琳说，"我觉得我们即将面临一些——一些叛逆。"

"康纳的老师只是说，他从来不交任何家庭作业。"波琳说。

"完全不交？"说着，珍心里在想：这是有关联的吗？这一则短小的信息，小到几天后珍问起的时候波琳已经明显忘记了提起过它。

"谁知道呢？这些十几岁的男孩子，简直无法无天，"波琳说，"西奥是唯一一个毫无瑕疵的。好了——地理老师在呼叫。为我祈祷吧。"

珍拍了拍她的肩膀，她走开了。凯利回来重新开始泡茶。当他把茶递给珍的时候，茶杯径直掉到了地板上，迸发出浅褐色的液体、茶包和所有一切。珍眼睁睁地看着茶水那儿冒着泡泡。

他们接下来见了桑普森先生——托德的班主任。他看起来比托德大不了几岁。深色头发梳成偏分，脸上堆着那种急于取悦对方的表情。

"一切都很好。"他说得迅速而干脆，珍还在小口喝着自己的茶。她忽然惊恐地想到，在将来，桑普森先生会说什么呢？犯罪发生后的第 1 天、第 2 天、第 +1 天、第 +2 天。每一天都是对第 –1 天、第 –2 天的等价而相反的反应。"好孩子，我从不知道他还有这一面。"他会悲伤地说。珍仿佛现在就能看见这一画面，"他一定是遇到什么不开心的事了。"

"你没有注意到什么吗？"现在，珍在问桑普森先生。

"也许他比以前稍微孤僻了那么一点点？"

"是吗？他没有——他没有被卷入什么事件里，对吗？"她问，"任何事——我不知道……有时我会好奇，他是不是有点偏离正常的轨道。"

凯利惊讶地转头看着她，但珍的注意力并不在他身上。桑普森先生在犹豫，只有一点点。"没有。"他说，但是这句话中包含着一个看不见的省略号，在他说完之后，那个省略号流入了空气中。他喝了一小口咖啡。他吞咽的时候畏缩了一下。"没有。"他又说了一次，这次语气更坚定了，但他没有直视珍的眼睛。

瑞恩

今天是瑞恩上班的第五天，星期五。五分钟之前，一切都改变了。他来到警察局，而这个男人，这个利奥，告诉他说他今天的工作不是响应呼叫。他带着瑞恩走到警察局最里面的大会议室，或者应该叫作会议厅，瑞恩还好奇地看到他在他们俩进门之后锁上了门。

利奥大约四十多岁，快五十岁，身材纤细却长着双下巴，发际线在后退。他讲话的方式简短到令人厌倦，仿佛他从来都是在跟白痴说话。跟布拉德福德相似，但并不针对瑞恩。或者说，起码现在还没有。利奥的名声跟布拉德福德不一样，瑞恩现在已经了解到后者被看作一名满腔愤恨的后辈，而利奥通常被大家认为是一位疯狂的天才。他在很多方面比布拉德福德更糟糕，但也更有意思。

杰米刚刚加入了他们，他大约三十岁，这两个人不仅没穿制服，而且穿着真的很随便：杰米穿着慢跑裤和脏兮兮的T恤，头戴一顶黑色棒球帽。利奥的样子像是马上要去指导一支足球队。

瑞恩坐在这两个人对面，中间隔着巨大的桌子，此时感到相当局促不安。"不好意思——请问这是……"他开始发问。

"我们接下来会讨论那个问题。"利奥说。他是伦敦口音，左手小指戴着一枚图章戒指，碰到桌面时当当作响。"你说过你是从哪儿来的来着，瑞恩？"

"曼彻斯特……"瑞恩说。他心里开始怀疑自己是不是要被开除了，"我能不能问一下——"

他旁边的杰米拿掉棒球帽揉着自己的头发。他把帽子放在桌上，盖住了录音设备——在瑞恩看来这似乎是故意的。瑞恩的眼神跟随着它。"应答999电话可太无聊了，是吗？"利奥问。

"的确。"

"你看，你愿不愿意做些更有意思的事？我们可以把它叫作调查工作。"

"调查工作？"

"我们需要收集一个在利物浦地区实施有组织犯罪的黑帮的情报。"

第 -9 天，下午 15:00

今天是第 -9 天，这在珍看来是有道理的。

她来到了学校。她在家长之夜的前一天来到这儿，想要看看私下里能不能了解到桑普森先生昨晚的犹豫背后藏着什么。在私下里，人们总会更坦诚一些。

"他提到过一次争吵，我隐约记得。"他正在对珍说。

桑普森先生教地理。在他身后有一面墙，似乎是在致敬世界上他最喜欢的那些地貌——埃及的白色沙漠、墨西哥的水晶洞。他向后靠在自己的办公桌上，面对着珍。

"什么时候？跟谁？"珍说。她四下打量着这间教室，它一定每天早晨都会迎接托德，可她从来没有亲眼看过它，总是因为工作而没时间来。有绿色斑点的地毯、供两个学生使用的书桌、蓝色塑料椅。她发觉当年母亲去世的时候，她就是在这样一间教室里。被校长叫了出去。随后好几天，她都没有再回到教室。她父亲几乎从不说起这件事。"已经发生的事无法改变。"他曾经这样说过。心情压抑，有时不高兴，一名非常典型的律师。珍曾经下了很大决心要做跟他不一样的家长：坦率，诚实，富有人情味；但她可能也搞砸了，不比他强到哪儿去。拉金①不就是这么说的吗?

她的手机响了,在她放在椅子上的手袋里。桑普森先生的眼神漫不经心地看过去。珍看了一下。"只是个工作电话。"说着,她挂断了电话。它马上又开始响。

"去接电话吧。"他边说边挥了挥手。

珍不情愿地拿起手机,这不是她来这儿要做的事。"有人要见你。"珍的秘书塞兹说。桑普森先生正在办公桌上给自己找事做。

"我晚点儿到。"珍说。

"是吉娜。我该怎么跟她说?"

珍眨了眨眼。吉娜。那个不愿意让她丈夫接触到他们家孩子的委托人。珍脑中泛起一些记忆,一些关于吉娜的生活细节。"啊。"她停顿住,努力去想。想到了:珍上次见到吉娜时,她站在珍的办公室门口转身对珍说:"我早就应该预料到了。这完全就是我的谋生之道。私家侦探。我的原罪。"珍缓缓地点头,表示认可。

这一定不是巧合——珍偏偏在这一天醒来,在吉娜到她办公室去的这一天。可能原因根本就不是要她来见桑普森先生。"我会来的,"她说,"让她等着我。"她挂掉电话,重新回到跟桑普森先生的谈话中。"抱歉,抱歉,"她急急忙忙地说,"这次争吵发生在什么时候?"

"一个星期之前。他说他经历了一起家庭纠纷。那就是……"

"跟谁?"

"他没有说。当时他在跟别人说话——我只是无意中听见了。"

"当时他在跟谁说话?"

---

① 拉金(Philip Larkin, 1922—1985):英国诗人,诗句中曾提到"They fuck you up, your mum and dad. They may not mean to, but they do."(他们折腾你,你的爸爸妈妈。他们也许不是故意的,但的确这么做了。)

"康纳。"

同样的名字。这些同样的名字一直不断地反复出现。康纳、以斯拉、克丽奥、约瑟夫本人。

"那他有没有说起过一个婴儿？"

"什么？"

"我不确定——我只是忽然想到。关于一个婴儿的事。"

"好的。要是能早点儿知道该多好。"珍说，这还是她头一次对这样既不是她的直系亲属也不是她同事的外人说出自己内心真实所想。这感觉多么自我释放啊。接下来，她就要跟她的客户们说滚一边去了。

"好的。"桑普森先生笨拙地说。

她凝视着窗外。外面有雾，但还算温暖。夏天似乎还未走远，触手可及。她望着薄薄的雾在操场上像潮汐一样飘来荡去。

她耸了耸肩，表示友好而又无奈，什么也没有说，一种凯利式的冷淡的沉默。不必处理自己的行为产生的后果，这让人觉得轻松治愈。这次见面没有前因后果，仿佛一场梦，仿佛跟一个喝醉酒的人之间发生的对话，他酒醒后就会忘记。

"我明天会找他问问。"桑普森先生说。而珍希望这会在未来的某时某处有所帮助。

珍走向自己的车时，雾逐渐变成了毛毛雨，又变成了大雨。她茫然地用目光寻找托德的车，然后立刻就认出它了。她正在看看，康纳也到了。他迟到了。她一只手放在自己的车门上，站在那儿看，希望能看见些什么。

但是什么也没发生。他锁好车，往校舍走的路上还抽了支烟。今天，他的刺青被身上的圆领套头衫隐藏住了。到了门口，他转身朝珍举起一只手示意。珍也朝他挥了挥手,但心里很惊讶:她原先不知道他看见自己了。

珍刚刚回到了家,而那枚警徽、那张失踪婴儿海报和那部手机不在托德的衣柜上。她一遍遍地搜索,但它们就是不见了。她最初推断,他还没有得到那些东西;但是,那部手机上的短消息是从十月十五日开始的。不过,她到处都找不到它们,也就没有东西能拿去给吉娜看了;现在她去见吉娜已经迟到一个多小时了。

吉娜坐在珍办公室角落的椅子上,穿着米色风衣,一副缄默的表情。

"真对不起——真对不起,"珍说,"我家出事儿了,一场闹剧。"

她放下雨伞,在地毯上留下许多湿痕。"没关系,不用担心。"吉娜诚恳地说。珍通常非常警惕,轻易不会跨越职业的界限跟客户成为朋友,但最近几个星期她跟吉娜已经成了朋友。她们甚至互相发过一些短消息。这没关系——毕竟珍是事务所的老板——但是珍现在好奇这一切的发生是否都出于某个原因。

她努力回想上次经历这次会面时她都说了些什么。"我能不能请问一下,"她脱掉外套、打开电脑,努力变回那个职业的法律顾问珍,"如果你成功阻止了你的前夫接近你们的孩子,你接下来的计划是什么?"

"他会回到我身边的,不是吗?"吉娜说,"那他就能见到孩子们了。"

珍咬住嘴唇。"但是——吉娜,那样做是没有用的。"

吉娜用一双惊慌失措的眼睛四下打量着珍的办公室。"我知道我这是在发疯,"她垂下了头,"你已经帮我认清了这一点。"

珍不由自主地感到哽咽。天哪,现在,她理解这种情绪了。这种绝望、这种否定。这种迫切地想要施加某种疯狂控制的冲动。

"所以才需要我在这儿，"珍的声音含混不清，"但是——你知道。更好的选择是让生活继续，不是吗？继续向前。"

"天哪，我又开始焦虑了。"说着，吉娜用双手拂过自己的眼睛。

"我免费做这些事的原因，"珍温柔地说，"说真的，就是因为我不打算真的那样做。"

"对。"吉娜说。她坐在椅子上，跷起二郎腿又把腿放平。她穿的是皱巴巴的衣服。"我知道，我知道，那个时候我就知道——"她擦了擦自己的眼睛，"我们聊到该死的《爱情岛》的时候。我当时想——这些女孩永远也不会向人乞求什么。多悲催啊，还要从见鬼的电视节目里学到经验教训？"

"信息量很大啊。"珍干巴巴地说。

吉娜低头看着自己的膝盖。"我只是需要去……我不知道。我只是需要一点点时间。好吗？"

"好的——很好，"珍说，"很好。"这已经比上一次好多了。

"想不想用你的家庭闹剧来分散一下我的注意力？"吉娜无精打采地说。

"也许吧。"说着，珍自己也露出紧张的微笑。她一边在椅子上坐直身体，一边瞟了一眼吉娜。

"让我震撼一回。"吉娜说。

珍犹豫着。这不但不符合职业道德，而且可能带来危险。然而……这太有用了。她来到了这儿，来到了这一天，这次会面。当然，当然，是有原因的。

她已经下定决心要向吉娜咨询那张海报、那个警徽和那部手机里的短消息。有没有婴儿——那句话到底是什么意思？她本不该知道吉娜的职业——她还没有被告知——但她轻巧地忽略了这一点，而吉娜似乎也没注意到。

珍解释了托德最近行为有些古怪，于是她找到了那个装着警徽和海报的包裹。

"而你现在没有把它们带来？"吉娜问。她的眼神现在已经变得警醒，看着珍。

"是的，对不起。我儿子原先有那些东西，但现在没了，"珍舔了舔自己的嘴唇，"我相当确定他卷入了一些黑暗的事。我需要有人帮我查清那究竟是什么。"

吉娜的眼神与她对视，眨了一下眼。她的手机响了起来，但她没有理会。"好的。我。"

"是的。"

"所以——为了确认清楚——你想要我尽力调查出关于那名警察，瑞恩，以及那名婴儿的信息？还有妮可拉·威廉姆斯？"

"完全正确。"珍说。她对吉娜笔直的身体语言感到大为惊讶，她们的工作状态和内心感受是多么不一样啊。

"交给我吧。"她说，而珍简直想亲吻她。终于，她得到一些帮助。吉娜的眼神与珍对视。"还有，谢谢你。因为——你懂的，因为《爱情岛》。"

"没问题。"珍说，她的眼眶湿了。

"你需要尽快拿到这些信息？"

"最好是今天，"珍说，"可以吗？只要今晚之前可以拿到，你需要我付多少钱都可以。"

吉娜挥了挥一只手。"你是怎么说的来着……专业无偿志愿服务？"

- 133 -

"对,"珍说,"是的,专业无偿志愿服务。为了公共利益。"毕竟,阻止一场凶杀案不也是为了公共利益吗?

珍留在办公室里,穷尽自己所掌握的各种方法去搜集信息。

她发邮件给事务所的资料管理员,请她找到利物浦地区最近所有失踪婴儿的细节信息。她发回了一些文章:一些庭审大战;一些人撒谎说,自己家的孩子被人绑架了;一个女人的婴儿在超市外面被人抢走,随后又被送回一位医生的诊所。

珍有条不紊地浏览这些信息,没有一个看起来像那个失踪婴儿。她对那个婴儿有一种基本的认识和熟悉的感觉。一定是母亲的天性使然。

接下来她搜索了妮可拉·威廉姆斯,但这个名字实在太常见了,她也没有别的可查。她应该记下那个电话号码的。把它背下来。

妮可拉。妮可拉·威廉姆斯。

等一下。那个第一夜。在警察局。妮可拉·威廉姆斯是不是托德被逮捕那天晚上,她在警察局听过的名字?从当时算起两天前的晚上,被人用刀刺伤的人的名字?

珍把头埋进放在办公桌上的双手中。是这件事吗?她感觉自己能确定是它,但是她不能向前……只能倒退。在谷歌搜索它也没有用,它还没有发生。

即便受伤的人就是妮可拉……这个念头让珍脊背发凉。托德当时在哪儿?他在第 -2 天都做了什么?他跟这件事有关联吗?她不记得了,都是一团模糊的回忆。

她不知道,她就是不知道啊。

珍离开办公室,漫无目的地开着车。雨势增强了。她不想回家,不想回到那起犯罪的现场,不想一事无成地呆坐在那个家里。她开车慢慢地驶向海边。珍知道冒雨到海滩去是疯狂的,但觉得自己的确感觉要发疯了。她想要站在那儿,感受它,感受每一滴冰冷的雨水砸在皮肤上。她想要提醒自己:她还在这里,她还活着,只是活着的方式不是她往常习惯的那一种。

她把车停在克罗斯比海滩。这里空无一人,雨水汇成了一条条溪流,已经有几英寸深了,沿着前往大海的小路蜿蜒蛇行。不过几秒钟,珍的头发就全部贴在了头皮上,气味像冰冷的浓盐水。风卷起沙粒打在她脸上。

她走过一个坐在停车计价器旁的流浪汉身边。他浑身已经完全湿透了,而珍觉得非常内疚,于是递给他一张打湿的五英镑纸币。

海滩上有安东尼·葛姆雷[①]的展览。另一个地方,数十座铜像面朝大海。珍经过它们,周围瓢泼大雨的噪声大得像一列火车发出的那样。她是海滩上唯一的人类。

她的双脚陷进了像积雪一样密实的苍白沙子里。

她站在其中一尊金属人像旁边,跟它肩并肩眺望着风雨中模糊不清的地平线,跟一尊塑像而不是另一个人一起度过她的时间。只要、只要有人能跟她一起解决这一切,她会更容易地解决,她确定,如果她不是一直孤身一人的话。那尊塑像的身体贴在她的手掌中,冷得像冰一样,它的嘴一言不发。珍和它一起看着周围每一尊金属人像,每个都在不同的时间、不同的地点,孤身一人,望着大海寻找答案。

---

① 安东尼·葛姆雷(Antony Gormley,1950—):雕塑艺术家,在德国库克斯港和英国皇家艺术学院均有大规模的作品。他多次参加集体作品展,如威尼斯双年展和第 8 届文献展,并在白教堂美术馆、色本特美术馆和白色立体美术馆举办过个人作品展。葛姆雷于 1994 年获得特纳奖,1999 年获得南岸奖。——编者注

那天晚上，晚些时候，珍又去了艾什北路，只因为抱着一丝希望，想要观察到什么。坏事、犯罪只发生在夜里，所以她不妨坐着监视那所房子。

她还没有得到吉娜的消息。

十点一刻，以斯拉离开了那所房子，上了车，身上还穿着某种制服——深绿色裤子、绿色夹克、工服马甲。

珍跟着他，离得相当远，开着前车灯，仅仅是个正常驾驶者，仅仅是个巧合。他们像这样开了一会儿，沿着一条小路穿过了一个道路交错的交叉口。

她跟着他一路来到了别根海特港。他下了车，从别人手里接过一块带夹子的写字板，一只手往自己脖子上挂了一个证件，另一只手摸索着找一支香烟。他找了个位置检查车辆，站在那儿，除了抽烟什么也不干。

珍失望地垂下了肩膀。所以他只是在这里工作而已。

她让发动机空转着，看到一辆特斯拉出现了。码头狂风大作，树叶在风中飞舞。码头也很忙碌，汽车进进出出，但是那辆特斯拉不一样：它闪着灯，慢慢地隐入了一条偏巷里。以斯拉徒步跟了上去。她把车挂上挡，而且刚好在他们后面。她随意地把车停在一条车道上，希望自己看上去像个普通居民，然后关掉了车灯。

一个男孩——只有托德那么大，但比他矮小，金色头发——从特斯拉上下来，胳膊下面夹着一个长方形的包裹。以斯拉朝他打招呼，跟他握手，然后他们俩一起蹲在特斯拉车前。珍花了好几分钟才弄明白他们在做什么：他们正从那辆特斯拉上拆掉车牌，换上别的车牌。

那孩子走了，以斯拉把那辆特斯拉往回开，穿过停车场的栅栏，然后把它留在那儿，等着被装上船。

这么看来，以斯拉是个不守规矩的码头工人。接收偷来的车辆，换掉车牌，再把它们用船运到别处卖掉，他毫无疑问会从中获取现金。她推测那个金发男孩是某种手下，拿着微薄的报酬，听信在黑帮里晋升的许诺，从别人家的车道上偷车。如果托德也是在为以斯拉和约瑟夫工作呢？其中出了某些差错，结果约瑟夫死了。珍不愿意相信，但并不代表这不是事实。

她等了一分钟才离开。她路过那个男孩身边，他正沿着路边走。她仔细地打量他。他的眼神牢牢直视前方。他一定不超过十六岁，一个青少年，一个小宝宝，明亮地燃烧着，完全不明白自己正在做的事将带给他母亲怎样的伤害；而母亲正在家里等他，守着一扇窗户望眼欲穿。

时间接近午夜，吉娜已经发来了去年在英格兰境内失踪的十二名婴儿的照片。没有一名是来自默西塞德郡周边的，也没有一个婴儿看起来跟那张海报上的婴儿非常相似。有的头发颜色更浅，有的眼睛更大，他们肯定跟海报上的婴儿是不同的。珍忽然被一个可怕的想法击中了：那个婴儿或许还没有失踪。

她翻了翻吉娜发来的短消息。当她被码头发生那些事分心的时候，错过了它们。

"没有妮可拉的情报——这名字太常见了。我查到了瑞恩的一些情报，不过——他已经死了。"

恐慌感掠过珍的全身，她仿佛被浸到了热油里。她马上给吉娜打电话，但没有人应答。她打了一遍又一遍、一遍又一遍。但是吉娜今天不会接电话，前一天已经结束了。他们必须从头再来，明天、明天、明天、昨天。

第 -12 天，早上 8:00

倒退十二天，珍睁开双眼，刚好回到了妮可拉·威廉姆斯给托德的简易手机发短消息说"一切就绪，不过今晚见"的那一天。于是珍决心今天要跟踪托德，不让他离开自己的视线。让私家侦探见鬼去吧，这应该是更好的办法。珍今天不能跟吉娜从头再来一遍了。每当她睡着就会失去一切，这真令人沮丧。

她跟着托德到了学校，打算一整天都等在外面的停车场里。不管要等多久，她根本没有更好的选择。今天唯一的要求是，绝对不能让托德有机会单独跟妮可拉见面。

她一边等一边发了一些工作邮件，而她的视线有时盯着托德的车，有时盯着校门。她调查了本地区的失踪婴儿，并深入到遗嘱登记表去寻找瑞恩，可她什么也没能发现。

十一点左右，天开始下雨，大颗雨滴像硬币一样砸在她的挡风玻璃上，然后消失无踪。她望着窗外，见证了停车场慢慢变成一条潺潺流动的河。她原先把这事忘了——十月中旬总是特别多雨。

珍抬头凝望着雨水敲打自己的挡风玻璃，心里想着天气和儿子，想着一滴雨滴可能带来的涟漪效应。

她想着自己今天做出的这些改变将会带来哪些影响，她希望自己能想明白。

或许她可以。它只是需要先经过一番冗长单调的解释。

她打电话到安迪的办公室，令她惊讶的是，他立刻就接听了电话。

"你不认识我。"她犹豫地开口说。

"是的，很明显。"他的声音毫无波澜。

她尽可能简短地解释了自己身处的困境，而他在电话中报以疑惑而带有批判性的沉默。

"就是这些。"她说完了。

一个停顿。"好吧，"他说，"我的确会不时地接到这样的电话，所以我并不感到惊讶。"

"是的。通常是恶作剧的人，对吗？"她也看过那样的人。今天早上她在Reddit上看到一篇帖子，有人声称自己从2031年穿越到了2022年。她不相信，尽管她自己正在经历同样的事。这家伙根本不能证明它：说2031年会发生核战争，反正也没有人能证伪它。

"是的，没错。很难知道该相信谁，不是吗？"他说，她觉得难以忍受。她再也无法忍受别人——即便是这个几乎陌生的人——认为她在发疯，在寻求关注或是在用装病来逃避现实，认为她打电话给学者们只是为了胡说八道。

"是啊。听我说——到了十月下旬，你会在一个奖项的评选中进入最终候选名单——并最终获奖，"她说，"潘尼詹姆森奖。这条信息在今天并不会给我多大帮助，但是——算了吧。就是这样。你获奖了。"

"那个奖项是——"

"被封锁消息的。我知道。"

"我不知道我进入了最终候选名单,但是我确实知道我被提名了。而你不应该知道。"

"是的,"她说,"这是我仅有的证据。"

"我喜欢你的证据,"他简洁地说,"我很高兴接受它。"科学家的清晰思路。"我刚刚在谷歌上搜索了这个奖项,它在网上没有任何消息。"

"下次你也是这么说的。"

又一个停顿,安迪似乎在思考什么。"在哪儿?我们见面了吗?"他的语调明显亲切了一些。

"在利物浦市中心的一家咖啡馆。是我提议的。你穿了一件T恤,上面印着《弗兰妮和祖伊》。"

"我的J.D.塞林格。"他惊讶地说,"告诉我,你现在是不是就在我办公室窗户的外面?"

"不是。"珍笑着说。

"这肯定很令人恼火吧。每次都要跟我过一遍这些——呃——安全问题。"

"是的,的确是。"珍老老实实地回答。

"我可以为你做些什么?"

"在不到一个星期之后,我们在利物浦见面的时候,你说到我潜意识的力量让我到达一些特定的日子。"

"……是的。"安迪说。珍妮坐在她那辆被大雨包围的小车里,忽然意识到:重要的不是他的专业知识,而是电话的另一端有一个富有同理心的人在认真倾听,给她一些安全的空间,让她可以把自己的想法敞开了说。总之,这不正是每个人都需要的吗?吉娜,甚至包括托德?

"而你这话跟现在确实发生的情况完全吻合。现在我倒退时跳过了好几天,我认为,我醒来的那些日子都是有重要意义的——在某些方面。"

"好,很好。我很高兴你正借助那个框架,逐渐解决问题。"她听见一阵杂音,一只手捋过胡子的声音。"那么……你还有其他问题吗?"

"是的。我想问……假设在几天之内,或几个星期之内,我把事情解决了。"

"嗯。"

"我真的很想知道,我已经做的那些事会在多大程度上'保留'下来,这么说对吗?比如,在其中一天,我告诉了托德,他未来会杀人。但现在我又倒退回了那场对话发生之前?所以——它发生了吗?"

安迪顿住了,这让珍很高兴。她需要有人思考,不需要有人说话只是为了填满沉默,或是胡乱猜测。最终,他开口了。"这是蝴蝶效应,对吗?让我们来假设你在第 –10 天中了彩票,然后沿着时间继续倒退,到了第 –11 天、第 –12 天,等等。如果在某个时间点上,你解决了那件罪案,然后回到第 0 天醒来,那你还是第 –10 天的彩票赢家吗?"

"完全没错,这就是我想问的。"

"我觉得不是。我认为你现在做的这些事不会保留下来。我认为一切会以你解决它的那天为起点继续下去,只有那一天之后发生的改变才会保留下来。这只是我的感觉。"

嗒嗒嗒,雨水持续敲打。珍看着它们落下,看着它们散开,然后形成一条条小溪。她打开一扇车窗把手伸出去，只为了感觉它——真实的雨，她从前已经经历过一次的、同样的雨，再次落在她的皮肤上。"安迪——假如说我没能解决它。"

"我认为一切会逐渐明朗。要有信心，珍。凡事都有规律，只是有时我们甚至都不知道。"

这个男人，电话那一端的这个善意、聪明的男人，成了珍的心灵导师。就像睿智的老教授、甘道夫、邓布利多。"但是——比如……要是我一直倒退到四十年前，我不存在了，然后一切就结束了呢？"她问。这也许是她此刻最大的恐惧所在。她一想到这个可怕的、灾难性的想法，不由得吞了一口口水。哦，真想拥有一个不会自我折磨的大脑。

"哦，那也是我们每个人都正在做的，只不过是朝着相反的方向。"他说。但这话丝毫也没能缓解珍的焦虑。

"你是否介意我把我知道的一切都告诉你？只是为了……看看你是不是能从中发现些什么？"

"敞开说吧，我甚至连纸笔都备好了。而且我可是很快就会被加冕为大不列颠最伟人的物理学家之一的人，如果你的预言准确的话。"

"哦，当然准确，"她说，"好，那我开始讲了。"

于是她全部告诉了他。她给他讲了失踪婴儿的海报、死去的警察、简易手机和发给妮可拉·威廉姆斯的短消息。她给他讲了码头工人和她如何推断那是一项有组织的犯罪。她给他讲了妮可拉·威廉姆斯可能也被人用刀刺杀了。她给他讲了自己所知的每一个日期、每一个时间。她一边讲，一边听见了打开笔帽的声音。那可能是一支水笔，它发出了一声独特的、有力的"咔嗒"。"讲完了。"然后，她因为一股脑儿倾诉了所有有些喘不上气。

"那么,把它们按照发生的时间顺序排列的话……"他说。

"对,好的。八月,托德认识了克丽奥。她的舅舅经营着某种——我不知道,犯罪团伙吧。"

"好的,那么——到了十月,"她听见他翻页的声音,"你说托德似乎请某个人打电话向妮可拉求助。也许安排了跟她——见面,然后她就遇刺了?"

"是的。而且在这个时间点,十月十七日,那个婴儿可能已经失踪了,那个警察可能也已经死亡,他的警徽被人拿走了。"

珍在座椅上向后靠。曾经波涛汹涌的大海如今变得如此清澈见底,她甚至能看到海底的基岩。"就是这样。"

"好,那么,似乎妮可拉就是缺失的那块拼图了。她是你所知最少的那个人。她跟托德有直接的联系,而且她也受了伤,在那起凶杀案发生两天前的晚上。"

"好的,没错,我需要找到妮可拉。"珍表示同意。

三点三十分,珍跟踪着托德回到了家,然后比他晚两分钟进了家门。

他转向她,脸色也许有点苍白,此外看起来相当愉快。他说:"你知道吗?跳蚤的加速度能比火箭更快。"

"我很好,谢谢,上了半天班。"她用讽刺的口吻说。

"好吧,妈妈,看看这个。"他把包放下,开始在里面一通翻找,脸上是一副清澈而明亮的表情。他身上没有一丝气息是跟有组织的犯罪、黑帮、暴力、死去的警察,或任何这类事情相关的。"看。"他递给她一篇小论文,得分是 A+。他的手指擦过她的手指,轻得像一根羽毛。

珍低头盯着它,一篇生物小论文。她大致记得这件事。上一次是在晚上,她敷衍地说了一句"干得漂亮"。托德得 A+ 是常规而非例外。这一次,她认真地把小论文读了一遍。"太精彩了!"过了几分钟,她说。托德惊讶地眨了眨眼,他的这个动作——把她的心撞开了一点点。她已经非常努力了,但看看他震惊的表情吧。"写这个东西花了你多长时间?"她问。

"哦,你知道的,没多久。"

"好吧,我可做不到。我甚至不知道什么是光合作用。"

"啊,"他发出一点轻轻的笑声,"是植物学相关啊,妈妈。"

他的视线停留在自己的小论文上,正在重读它,面带着微笑。他是这么自信。起码,她过去做对了一件事。希望托德将来不会在深夜醒来,怀疑他自己的育儿方式,怀疑他的智商,怀疑他的自我。

"今天晚上,你打算怎么庆祝?"她问。

他看着她。

"什么也不做吗?"

"你什么计划都没有吗?"她又问。

"我现在是在法庭接受审问吗?"说着,托德举起了自己的双手。

"你不去跟人见面?克丽奥?康纳?"

"哦,好奇心在作祟,对吗?我还好奇过你什么时候会打听克丽奥的事呢。"

"那就是今天了。"珍无力地说。

托德转身离开,朝厨房走去。"咩。"

"咩?"

"我也不知道该不该跟你说。"

"什么?她原来可是你的——你的正式女友。"

"现在不是了。"说这话的时候,托德咬紧了牙关,低头盯着手机。

凯利来到了厨房。他的视线跟随着托德,样子看上去正在深思些什么,但他没怎么说。"我要开工了。"他说。他正在穿外套。

"好啊。"珍心不在焉地回答他,接着继续问托德:"你跟克丽奥怎么了?"

"这个话题是禁区。"托德语气生硬地说。凯利晃了晃储藏柜里的几个易拉罐,然后骂了句脏话。"那些是我的可乐。"托德对他说。

"好吧,那,等会儿,"凯利说,"我会买我自己的可乐。"

"不送。"托德对凯利说,语气有些尖锐,"我想我要用打游戏打到吐的方式来庆祝我的小论文。"他对珍说。

他大笑一声,从水果碗里抓起一个橙子丢给她,他的笑声那么响亮,仿佛低音鼓一样敲打着她的心。我爱你,我爱你,我爱你,她接住橙子的时候在想。"它现在正在进行光合作用吗?"她举着那个橙子说。

"别乱用你自己不懂的词。"说着,托德走过来揉乱了她的头发。不论你做了什么,珍心想:我永远都不会不爱你。

整个晚上,他都没有离开过家。珍在午夜时分去查看过,他在睡觉。为了保险起见,她醒着熬到了四点,然后自己也睡觉了。今天一天,他不可能见过妮可拉·威廉姆斯。绝对不可能。

瑞恩

瑞恩在曼彻斯特接受的休闲娱乐式训练中,最棒的一件事就是让他看到了许多可能,预见到自己在即将展开的有趣、漫长、充满变化的职业生涯中都会碰到什么。营救人质的谈判、预防恐怖分子的训练、卧底工作……一名警官有那么多种职业发展路径。他们听过一名在合法前提下实施武力训练的警官的讲课:他站在那里,在大讲堂的最前面。那名警官说了一句话,是瑞恩认为自己平生听过的最有意思的话之一:"到了关键时刻,警察可以相当简单清晰地划分为两类:必要时能做到动手杀人的警察,和做不到的警察。"

当时,瑞恩手臂上的汗毛都立了起来。他自己是哪一类?如果受形势所迫,他能做得到吗?他会扣动扳机吗?

所以,今天,回忆起那堂有意思的课,眼前的情形加倍让人失望:杰米告诉他,他不仅被从应答呼叫的岗位调来做研究,而且没有多余的办公室给他用——他们在清洁工的储物间里给他摆了一张桌子,这样可以吗?瑞恩很乐意在储物间里工作,但是做什么?

他看了看周围。阴寒,没有暖气,而外面天气很冷。地上铺着灰色油毡。一排排架子,一张临时搬来的桌子,上面放着文件架。墙上有一块软木公告板，还靠着一只放拖把的水桶。就这些。公平一点说，他们的确还是移走了其他清洁用具。

利奥来到了储物间，样子疲惫不堪。"天哪，这个房间怎么这么小？"他说，"一间空余的牢房都没有了吗？"他漫不经心地抓起放在文件架上的一张纸。那是一张有横格线的纸，他把它翻到完全空白的那一面。"好了，关门。"他对从门边走开的杰米说。

终于，瑞恩要得到一个解释了。"所以——"他开口说。

"这些是我们已知的情况。"利奥打断了他，这是他一贯的风格，"有两个不同的有组织的犯罪集团在本地区实施交易，对吧？两者有所重叠，大致上说，一个偷车，一个贩毒。两边的钱随后汇集。"他用一支圆珠笔在纸上点了些点，然后画了一个向上的箭头。"我们通过监视三个供应商掌握了一些人名，目前还没逮捕他们，但是我们正在寻找分销商——比他们高一级。"

瑞恩热切地点着头，说："嗯，这些我都明白。"

"好，那么，接下来，"利奥接着说，"黑帮有两条左膀右臂——毒品和盗窃。毒品进来，但是同一批码头工人对出港的货物也睁一只眼闭一只眼，也就是另一条臂膀：偷来的车。另一些人，我们认为——"说着，他在那些箭头旁边又画了一个方框，笔在纸上拖着——"在偷车。他们在夜间把车偷走，送到码头，然后可能还没等车主醒来，车就被送到中东去了。接下来他们洗钱。这两项业务从来都不会发生交集。"

"很明显。"瑞恩说。

"这——很明显吗？"

"我哥哥……"

"对，你那位哥哥，"利奥说，"给我们多讲讲你哥哥。"他倾身向前，眼睛里闪烁着古怪的光。

"我确实已经向人力资源部报备过他的情况，而且接受了彻底审查。"瑞恩慌了。

利奥做了一个不耐烦的手势。"我知道，是我审批的，我不怀疑你。这对我们是有帮助的——你哥哥。有谁能比一个亲眼见过黑帮怎么运作的人更能分得清黑帮里谁是谁呢？"

"我明白了……"瑞恩慢慢地说。

"所以——他的业务也都是分开的？"

"是的，一直都是。比如，你绝对不会用偷来的车去运送毒品。你立马就会被逮捕。"

"对，"利奥说，"对。你能告诉我们更多关于他的事吗？他年纪比你大得多——对吗？是同一个父亲？"一个问题接着一个问题。

"别介意利奥，"杰米干巴巴地说，"他认真做事的时候总是一根筋。"

"请回答。"利奥说。

"是的，"瑞恩说，"好的，嗯……他比我大一点，是的。他卷入了一些事。我不知道，我们很……我想我们都很生气。他总是——我们俩都——有那种野心。但他有些走偏了。他需要钱，然后他就开始贩毒。"

"什么毒品？这样我们才能聊——你知道。技能决定剧情。"

"嗯——他只是……呃，他只是按照一种完全老套的方式升级。'笑气''可乐'，然后是可卡因。"

"他有没有把可卡因带回过家？"利奥专注地看着瑞恩问。

"有时候会。"

"你见过吗？"

"我想说我，嗯，见过。"瑞恩眨眨眼。

"如果我现在手上有一些可卡因，你会怎么打开它？"

"像薄脆饼干那样。"瑞恩不假思索地回答。

"完全正确！"利奥宣布，并猛地捶了一下桌子。这吓到了瑞恩。利奥可能的确是那些疯狂天才中的一员，又或者，他可能只是疯了。

"我给他帮过不少忙。它会侵入你的生活，可卡因，不是吗？当时我很好奇。最后……"瑞恩发出一声苦笑，"我他妈的还跟他一起分割它呢。"

"很好。拥有这些知识很好。"

瑞恩什么也没有说，心里一如既往地困惑。

利奥瞥了杰米一眼，然后开口说："我们有个工作交给你，在你做完研究之后。"他端起自己的茶，响亮地三大口就把它喝光了。他把杯子放在桌上，"如果你有兴趣的话。"

"非常有兴趣。"瑞恩直直地看着利奥说。

"我们需要一个有脑子的人。知道为什么吗？这个黑帮里可能有一个技术宅，明白吗？一个帮他们解决问题的人，某种手下。"

"明白。"

"所以我们也需要我们自己的技术宅，"说着，利奥把手伸过来轻轻碰了碰瑞恩的肩膀，"来分析那些情报。不只那些，我们需要一个实际了解那些破事儿怎么运转的技术宅。我们知道三个毒品贩子，但是一个偷车贼也不知道。我们需要他们的名字、长相，还有他们彼此怎么联系。一个巨大古老的犯罪族谱。你准备好了吗？"他向软木公告板做了个手势。"所以你的任务是看每一分钟的监控录像，看看谁把车带来。好吗？"

"哦好啊，是。"瑞恩说。他开始能觉察到自己的心跳。他胸腔里持续着强烈、规则、兴奋的怦怦声。

"然后,等我们掌握了他们的身份和行动,我们会把他们当场抓捕。你知道——在合法范围内,用最接近诱捕的方式。"他轻松自如地说。

瑞恩觉得就连手臂和腿都兴奋起来,仿佛他可以站起身来一个手脚张开的海星跳。终于,有一件该死的有意义的事。他可能会擅长的事。他可以借此改变世界的事。

利奥抓住软木公告板,把它摆在桌上。瑞恩喜欢这个行为中的戏剧性。执法的激烈战斗。他在这儿如鱼得水。利奥用图钉把那张纸钉在软木公告板上,然后在上面写了个名字。"这家伙在码头上工作。他不是个正派人,睁一只眼闭一只眼,允许偷来的车上船。我们在监视画面的角落发现了他。还没逮捕他,是因为我们想看看他在整个机器中扮演什么角色。明白吗?"

瑞恩看着钉在那儿的那张纸:以斯拉·迈克尔斯。

"看是谁把车带来给以斯拉。好吗?"利奥说。

"然后……"瑞恩满怀希望地抬头看着利奥说,"只要我们对他们了解得更多一点……我是想说——"他指了指利奥脏兮兮的衣服,又指了指杰米的帽子——"我知道你们是什么部门了,对吗?秘密行动?"

"是的,"利奥简单地回答,说出了直至此刻还没有被提到过的那个词,"卧底。"

第 -13 天，晚上 19:00

今天有一辆警车跟着托德回家来了。珍很确定。她想起了那辆两次经过克丽奥家的车。

现在是晚上，托德和凯利面对面坐着。早餐吧台上方的灯开着，门外的天空是一种发亮的青灰色。

外面的树上多出了许多叶子。就在几天前，他们家的中庭里还堆了厚厚一层落叶，现在它们却成了一簇鲜艳的小红旗，重新长回了树上。

"晚上好，侍卫，"托德跟她打招呼，"我们正在聊薛定谔的猫。"

珍上午去上班了，假装一切正常。她跟一位新客户进行了第一次会面。珍知道这位客户在几次会面之后会告诉她，自己终究还是不想离开丈夫。珍这次做的笔记比上一次少得多。

托德正在吃盒装的中餐外卖，就像一个美国人那样，唯一的不同在于外卖不是装在有筷子的俗气纸盒里，而是装在特百惠塑料盒里。上天保佑他的心脏。

凯利瞪大了眼睛，隔着早餐吧看着珍。"我们没有，"他大笑着说，"你才是。我在吃鸡翅。"

"我不确定你爸是不是你的最佳听众。"珍说,然后她听见了一阵完美的轻轻呼气声,也就是她丈夫被逗得忍不住在笑。

"金星与火星项目怎么样了?"凯利问。

托德从口袋里掏出手机递给凯利。珍上一次经历这一天的时候,她在上班。对这个项目一无所知。

凯利读了几秒托德手机上的内容,接着说:"啊——A!天体物理学神童得了 A。"

"是亚历山大·库泽姆斯基得了 A。"托德说。

"你能说英语吗?"珍问。

"他是一位伟大的物理学家,"托德说,"这个作业。"他把自己的手机递给她。

"干得漂亮。"她发自内心地说。她开始饶有兴致地读那篇作业,一部分是因为好奇其中会不会包含一些能够帮到自己的科学知识,可是托德把手机拿走了。

"真的,不用费心读它。"

"我很感兴趣!"

"你一向不怎么感兴趣。"托德反唇相讥说。

愧疚感沉沉地压在她胃里。身为母亲感到的愧疚,是她一生中绝大多数时间都在努力对抗的东西,但那份情绪总是——总是——无论如何都在。"你一向不怎么感兴趣。"

"你还好吗?"凯利大笑着说,"你看上去就像是拿着镰刀的死神。"

托德大口吃着外卖,而珍把自己的那份端了出来。

凯利离开了厨房料理台,他的手机在响。她盯着走廊发呆,心里想着托德。

"你的话是什么意思?"她问他。

"我的意思是——你通常不太关注我这些事。"

"你这些事?"珍说。她感觉世界仿佛忽然静止了。托德没说什么,拿起一个鸡肉丸子,一口吃了下去。"你觉得我不听你说话吗?"

一种朦朦胧胧的意识朝她笼罩过来,很像被一片云包裹着。如果你身在云里,你不可能看得清它,但你能感觉到它。

托德似乎在积极地思考着答案,他低头望着自己的盘子,眉毛紧皱。最终他说:"可能吧。"

他还在注视着她,眼睛和凯利的一样,但其他部分都像她。桀骜不驯的深色头发、苍白的皮肤、让人受不了的大胃口。她制造了他。可是你看:他认为她不听他说话。他说这话的语气就像他只是在说一个显而易见的事实。

"这对你来说没什么意思。"他又补充说。

"哦。"她轻声说。

"我关心物理学,"他说,"所以我关心亚历山大·库泽姆斯基不是什么可笑的事。我确实关心他。"

珍体验到了在一场争论中成了错误一方的怪异感觉,错得这么彻底。她的思绪像在做体操。这些话不是关于行星的,这是关于他们之间的关系。

托德,掌握许多有意思的科学事实,有许多天马行空的想法。珍,无法理解他的话并因此而揶揄他。这就是她一直以来对他们俩之间关系的看法。她和凯利无法相信他们俩制造出了这样高智商的孩子,他的聪明跟他们俩完全不在一个领域;他们俩都很接地气,而托德是如此……不同。但他不是什么被制造出来的东西,他不是一个物体。他就在这儿,站在她面前,正在告诉她他是谁。是她用她对于自身愚昧的不安全感，把他的智商变成了被一笑了之的对象。让他受到嘲笑。

"天哪，"她把头埋进双手中，"好的，我明白了，很抱歉。这不是——我真的非常抱歉。"她笨嘴拙舌地说。

"没关系啦。"他说。

"你所做的一切对我来说都非常有意思。"她说。她的眼泪涌了出来，因为知道自己明天就不在这里了，所以她的话里有一种不计后果的宿命感，仿佛病床上的临终遗言，仿佛被劫持的飞机上打来的电话。一个女人一遍又一遍地跟她儿子交流，但是没有用，她说的话不会留存下来。"我从来没有像爱你这样爱过任何人。以后也不会，"她双眼湿润，坦白地说，"我做错了。如果我没能让你看到这一点的话。因为这是真的——世上最真实的事。"

他眨眨眼。他的表情一点点变化，就像一颗石子掉进池塘后涟漪徐徐泛开那样，渐渐演变成了悲伤。"谢谢你，"他说，"我只是——你知道的。"

"我知道，"珍说，"我知道。"

"谢谢你。"他又说了一遍。

"不用谢。"她轻声说。刚好这时凯利大步走了进来。

"我吃了所有的肉丸子，因为这最后一个也是我的了。"托德微笑着说。这句玩笑是为了转移话题，以防家里的另一名成员目睹刚才的私密时刻；反正珍也笑了，尽管她心里想哭。

"电话是一个客户打来的。"凯利毫无必要地解释说。珍又回头瞟了托德一眼。他把最后一个鸡肉丸子放进自己嘴里，眼神正对她微笑。她伸手揉乱了他的头发，而他把头靠了过来，就像一只被人疏于照顾的小动物。

托德把特百惠塑料盒直接扔进了垃圾桶里，这在平时是会招来珍的抱怨的，但她今天选择闭嘴。

"你今晚去哪儿？"她问他。

"斯诺克。"他把手放在嘴边，对着空气做了个飞吻。

珍快速点头，说："啊，玩得开心。"接着她又补充说："我也要出门，去跟波琳喝一杯。"

"是吗？"凯利吃惊地说。

"是啊，我告诉过你了。"一个谎言。"你去哪条街？"她问托德，暗自希望自己的语气听起来只是单纯的好奇。

"克罗斯比。"

她对他微微一笑。因为，真实的情况是，不论他要去哪儿，她也会到那儿去。

克罗斯比运动酒吧的入口是商业街上一扇不起眼的小小黑门。门上有一盏复古的霓虹灯，霓虹灯上方又有一面英格兰旗帜。这是一栋20世纪20年代的建筑，有直棂窗，红砖砌成，屋顶上还立着三根烟囱。

珍把车停在了两家餐馆背后的停车场里，一家是运动酒吧，另一家是连锁旅馆。下车时，她闻到了烤肉烧焦的气味，是从某个通风口被推进秋天的空气中的。老天，她已经吃了一顿中餐，但她完全还能再吃一个汉堡。

她试着推了推运动酒吧的后门，尽管它看样子应该是防火门。它被卡住了，还上了锁。她来到前门，透过玻璃朝里面张望，双手拢在头的两侧。里面很暗。她根本什么也看不见。她可以等在原地，她心想，玻璃冷却了她的额头。她觉得好累，她实在太累了，就让她停在这儿吧，就此消失。让她变成斯诺克俱乐部的一部分，成为一个点缀，而不是一个备受折磨的、活生生的、呼吸着的人类。

有一盏灯在里面闪烁，灯光是红色调，很昏暗，照亮了她眼前的东西：漆成黑色的楼梯，破烂、肮脏、陈旧，更重要的是，没有人。

她推开了门，尽可能放轻脚步上楼。楼梯通向了一个空荡荡的平台，平台两边各有一扇紧闭的房门。是个坐下来倾听的好地方，也是个冒险赌一把的好地方。

她屏住呼吸。过了几秒钟，她听见了台球碰撞的声音，还有球杆尾端撞击地面的声音。

她身后有一扇全长的艺术装饰窗户，街灯的光芒透过它照了进来。地板漆成黑色，摇摇欲坠的木质地板在她走动时咯吱作响。

"下个星期，肯定。"托德说。咔嗒一声，他一定是击球了。珍靠在门的铰链上朝里面张望，暗自希望没有人会注意到这里——在黑暗中，有一只眼睛。

"或许我们明年夏天可以离开这儿。"克丽奥说。绝对是克丽奥，是她那轻柔美妙的声音。

托德在她的视野中前后移动。他像拿着一根手杖那样拿着自己的斯诺克球杆，很像他喜欢的电子游戏里巫师拿手杖的样子，把体重靠在球杆上，另一只手扶在自己的髋部。珍凝视着他——她的儿子，她的心脏在胸腔里翻腾不已。他在做戏。她很确定这一点。

他的头发梳得整整齐齐，运动鞋白得发亮，绕着斯诺克台球桌慢慢踱步，在她视野中进进出出。他完全是在虚张声势。

"如果你们俩还在一起的话。"一个男性的声音说。珍相当肯定那是约瑟夫，尽管她看不见他。

"我们当然还在一起。"托德说。他的声音中跳动着紧张感。珍听得出来，也只有她才能察觉，那就像一个钢琴键被按下后颤抖的余韵。

"好球。"另一个声音说。可能是以斯拉。

"希望我没有打扰你们。"这次是一个女性的声音。珍换了个位置，好让自己看得见。一个女人从这个斯诺克房间另一侧的暗门走了进来。她的年纪跟珍差不多，或许再年长一些。花白的头发在脑后梳成一个整齐的马尾。她的外表看起来很随意，慢跑裤加上T恤。她走路时精神抖擞，充满活力，就像一名运动员。

"妮可拉，"约瑟夫说，"真是个惊喜。"

妮可拉。珍几乎忍不住要倒抽一口冷气。

"好久不见。""确实。"约瑟夫走进了她的视野，靠在一根球杆上。妮可拉跟上他。"这是托德，还有克丽奥。以斯拉你已经认识了。妮可拉过去曾经为我们工作。"

"妮可拉·威廉姆斯，还是老样子。"以斯拉说。

珍皱起眉，坐在楼梯上，听着这一幕上演。托德正在被介绍给妮可拉，但是托德已经跟妮可拉互相发过短消息了。不是吗？她核对了一遍短消息的日期。是的，他发过。他在十五号给她发过短消息，说很高兴跟你联系。今天是十六号。但他是十七号跟她见面的。不是吗？

珍尽可能悄无声息地移动着，用力睁开双眼，张望着浅绿色台球桌对面以及更远的地方。在远处靠墙的红色绒布沙发上坐着克丽奥。金色的双腿，短刘海儿，全部。珍眨眨眼，只是看着，等待着那一小段谈话结束。

"有没有地方容得下小个子？"妮可拉说。她从坐着的托德手里拿过球杆。这看起来是一个完全正常的场合。托德的女朋友，她的家人。但是妮可拉的出现引发了某种反应，或许是因为珍知道托德是在撒谎，或许不是。眼前有一股险恶的暗流，就像隐身水中的鲨鱼。

珍又换了个位置，好看得见跟克丽奥一起坐在长凳上的托德。他跟她不像那天晚上那么亲密。但是，无论如何，他跟她在一起。所以——怎么，他是在今晚分手的吗？

音乐不知从何而来。巨大的、以贝斯为主导的说唱音乐淹没了他们说话的声音。珍张望了一下，发现音乐来自一台她先前没有注意到的自动点唱机，一台红色的、看起来很复古的自动点唱机，显示屏周围还有一圈白色的灯。

她坐在那儿等着那首歌放完，希望它能停下来，但是另一首歌马上又响起了。托德正在跟约瑟夫谈话，克丽奥也和妮可拉一起站起来加入了他们，但是珍一句也听不见。她只能眼睁睁看着那一幕发生。看上去像是随意聊天，但是托德看起来很不自在，她看得出来。她能从他绕着台球桌走路的姿态看出来，他就像只踱步的狮子一样。

忽然，珍意识到音乐声不是偶然开始的。那是为了盖过其他人的声音。任何像她这样的窃听者——还有其他人，她心想，因为她记起了盘旋在周围的警察。

过了一小时，约瑟夫穿上了外套。托德在收拾残局，独自把球毫不费力地击入袋中。约瑟夫跟妮可拉一起离开时，珍一头钻进了自己左手边的那扇门，发现那里原来是通往厕所的。她独自站在那间装饰成怀旧风格的洗手间里，听着脚步声。

那间洗手间里贴着老式壁纸，上面有粉色的贝壳，织物的纹理由于时间推移而变得模糊了。两个洗手台中间放着两个装洗漱用品的木盒，也是粉色的，墙上还挂着一面镀金边的穿衣镜。

她靠在洗手台上，思考着自己已知的信息：

八月，托德认识了克丽奥。他们现在仍然在一起，但是，到了明天，他就已经跟她分手了。而到了凶杀案发生的五天前，他们俩又复合了。

昨天，他联系妮可拉，向她寻求某种帮助。

今天，妮可拉出现在了斯诺克俱乐部。他假装不认识她。她显然认识克丽奥的舅舅，过去曾经为他工作。

几天后，一个金发男孩为以斯拉偷了一辆车。克丽奥的家人显然是些犯罪分子。那只香奈儿手袋。然后，再过几天，妮可拉被人刺伤。再后来，托德变成了杀人凶手。

她凝视着外面，思考这一系列的事件。窗户开着，一股稳定而凉爽的晚风不断吹来。她至少等了十分钟才考虑要离开，却听见外面传来一个低沉的声音，是笑声。她不假思索地爬上了那两个洗手池所在的架子，膝盖在坚硬的表面上硌得生疼，然后她从裂缝向外瞄。是托德。他在打电话。他已经走到他停在后院的车旁边。他把手肘靠在车顶上——他个子好高——正在滔滔不绝地说话。

她侧耳倾听。外面很安静，她应该听得见。她伸手把灯关掉，于是就能再次坐在窗边，不被人看见，只是这次对着另一扇不同的窗户。

"我差点儿打给你的秘密手机。我正在努力慢慢疏远克丽奥，"他正在说，"别担心。我会为你的那些脏活儿保密的。"他的语调酸酸的，就像柠檬。

一个停顿。珍屏住了呼吸。"是啊——我是说，谁知道呢。"他又补充说。她完全不知道他在跟谁说话，也无法判断。那人不是他的伙伴，不是地位跟他对等的人。

托德又发出了笑声，那是一种包含着痛苦与嘲讽的苦笑。"不。

那正是我想要说的。我们已经来到了终点,不是吗?"他向后仰头,遥望着天空。月亮出来了,那是一个挂在天上的苍白的全息影像。气温在迅速下降。珍很冷,她跪在洗手台上,听她儿子说话,他似乎认为他们已经来到了终点。他脸上那个奇怪的成年人似的表情是什么意思?这就是他在两周内即将杀人的原因吗?

他把视线下移,仿佛在看着一只球慢慢下落,然后直直地看着珍所在的那扇窗户。当他们四目相对时,她无法转开视线,但他很快把视线转开了。他不可能看见她。玻璃上有雾,灯也关了。

"是啊,好。"托德说。

又一个停顿。

"问妮可拉吧,回家见。"托德对着手机说。

世界仿佛停止了运转,仅仅停了一秒钟。回家见。回家见。回家见。

那只可能是一个人:她的丈夫。

第 -13 天，晚上 20:40

托德上了自己的车，发动引擎开走了，只留下珍一个人在那间没有灯光的洗手间里，她的膝盖被旁边的水打湿了。

回家见。

电话另一端的人是凯利。

问妮可拉吧。

是凯利认识妮可拉，不是托德。托德被介绍给她的时候并没有撒谎。

"我差点儿打给你的秘密手机。"

那部简易手机是属于凯利的，给妮可拉发短消息的人是凯利。

珍像一阵风那样冲进前门，然后马上说："你刚才跟托德打过电话。"托德还没有到家，也许他又去追克丽奥了，而珍等不了了。谁在乎呢？她没有明天，她必须现在就问他。

凯利穿着褪色的牛仔裤和白 T 恤，坐在他们家那张天鹅绒沙发上。那张沙发放在起居室的飘窗那里。它的大小刚刚好，没有留下一厘米可供腾挪的空间。当时，他们一边努力把它塞进那个空间，一边笑得厉害。凯利建议说要用润滑油，而珍一直在咯咯傻笑。

她把手袋丢在木地板上。家里很静，灯光昏暗。

凯利显然需要思考片刻。那三秒钟彻底伤透了珍的心。

"我知道他参与了某些不光彩的勾当——而且你也是。"她说。

很明显，凯利决定直接否认。"他在女人方面遇见了麻烦。"凯利的眼神没有一丝改变，他说着这些话，这些谎言。"珍？"他朝她伸出手。

"我听见了。"她说。

"我们聊了聊克丽奥。"

"妮可拉是谁？"

"什么？我不认识叫妮可拉的。"

"凯利！"这个词像爆炸一样从她体内破口而出，"我知道你认识他们。约瑟夫·琼斯是谁？"

"不知道。"凯利迅速回答，完全没有停顿。他给自己找事做，站起身去开顶灯，她这个莫测的丈夫，神神秘秘——或是谎话连篇？"抱歉——我不知道你的话是什么意思。"说着，他又转身面对她。

当他转身的时候，她看见他发际的汗水映着灯光闪了一下，仅仅一瞬间。"我知道你在说谎。"他再次逃避，她对着他的后背这样说。现在他在穿鞋，还有外套。

"这没什么可讨论的。"他打开前门离开了家，随后用力把门关上，门框在震动。

第三部
>> Part Three
失踪的汽车和婴儿

她感到肩膀受到一记最轻、最柔的触碰,惊得跳了起来。珍开始颤抖,仿佛有一阵刺骨的冷风吹过,然而并没有。那只是她感觉到的他的呼吸,在她耳朵里,在她脑海里,而外面的暴风雨正在肆虐。

瑞恩

瑞恩如鱼得水,他终于有了自己擅长的事可做。

他面前有一块比先前更大的软木公告板,就跟电影里一样,这是他三天前向后勤部要求的。它有四英尺[①]长、三英尺[②]高(他现在还没有权限把它挂起来)。它靠在墙上,而瑞恩跷着二郎腿坐在它对面。

他已经花了两个月的时间收集监视情报。刚开始,他先是把一台电视机推进了他的储物间。他睁着蒙眬的眼睛,几个小时几个小时地检查码头监控录像。一盘又一盘录像带,一个个夜晚和周末。他看得很仔细,记下每一个来过不止一次的人、每一个跟以斯拉说话的人或是跟他一起消失的人。瑞恩把笔记写在便利贴上,然后把它们钉在公告板上。

到了月底,他得到了一张常客清单。

"你能把这些脸在系统里做一下匹配吗?"在一个星期五的晚上,他问一名路过的分析师。他指着那些被他定格并打印出来的脸。

"马上。"那名分析师说。

---

① 约 1.22 米。
② 约 0.91 米。

于是现在他查到了他们：以斯拉的手下们。

卧底小组现在也已经向他提供了那几个毒品供应商的名字。一名卧底警察已经潜入了那个黑帮，是以尝试性购买者的身份混进去的。按照利奥的说法，就是穿得破破烂烂去讨要可卡因。在利奥团队的监视下，交易发生了，然后他报告了毒品贩子的名字，那个名字现在上了瑞恩的公告板。

他又重复了五次，又进行了五次尝试性购买。然后他说他要搬家了，他认识一些想买的人，他想要试着做分销。毒品贩子把他介绍给了供应商，这些人的名字也上了瑞恩的公告板。

"瑞恩，"利奥大步走进他的储物间，对他说，"你是名副其实的天才。"

这是瑞恩曾做过的最好的工作，也是最有意思的，最让他满足的，也是最有自主权的。他感到自己心里有个骄傲的气泡在往上冒，那是因为他自己和他的公告板。

"这只是个开始，"他对利奥说，"这才只是整张图的一部分。最上面的老大经营着大约十种不同的业务。"

他们一起默默地看着公告板。

利奥有一分钟没说话，也可能更久。另一名警官路过这个储物间。"有时间吗？"他探头进来对利奥说。

"没有！"利奥大吼一声关上了门。当你身处利奥的阳光下，生活就会很美好；如果你身处他的阴影中，生活就会很糟糕。很多掌权的人都这样。

"在我们前一次工作中，"利奥若有所思地说，仿佛刚才的对话不曾发生过那样，"最上面的老大太低调了。太正常，就是普普通通的，躲在雷达之外。你知道，没有正式的工作——而是自己创业，躲在纳税门槛以下,也不出门旅行。"

"似乎不可能。"瑞恩说。

"对啊,不过,请看看这个吧,"他说,"我们正在创造一个传说中的人物。"当瑞恩从公告板上取下各种各样的小喽啰并把他们移过去的时候,他嘎吱嘎吱地在椅子上坐了下来。"也许我们该给你一间更好的办公室。"他大笑着说。

"那就太好了……"

"好的,那么,说到传说中的人物。准备好上一课了吗?"

"准备好了。"

"警察们去做卧底的时候,他们是要进入一个我们很久之前就创造好的角色,对吧?"

"对。"

"所以如果有人在购买可卡因,犯罪分子总会怀疑是DS,也就是扫毒小队。因此,我们事先创造一个传说中的人物。他住在这儿,他开这辆车,他在这里工作,他做这个。我们有个人履历,对吧?它会被放到我们能够得着的任何地方——网上,所有地方。然后他进入其中。那么,我们现在也正在努力创造一个。"

他揉了揉自己的下巴,喝了一小口瑞恩的茶,这冒犯到了瑞恩,但瑞恩没说什么。利奥思考的时候就会做出这类事,而利奥思考的时候是十分出色的,所以大家都忍了。

"利奥,"杰米一边叫,一边推开了门。他看起来疲惫而焦虑,头发都竖了起来。"出事儿了。"

"什么事儿?"利奥正在摆弄瑞恩的一个图钉,他把它重新插回了公告板上,"你们这些人能不能别他妈打扰……"

"昨晚有两个小喽啰在沃拉西的豪华住宅区偷走了一辆车,"杰米说，"我们收到了一份报告。"

"好吧……"

"有传言说，他们以为那是他们瞄准的那种空宅的其中一栋，但事实并非如此……"

瑞恩转过头去看着杰米。

"车的后排座上有一名婴儿。他们把那孩子带走了。那辆车朝码头方向开走了——婴儿还在后排座上。"

第 -22 天,晚上 18:30

珍在她的避难所——办公室里。她想要待在这里,处于工作状态,这里稳定有序的环境是她可以完全掌控的——或者她起码可以假装一切尽在掌握。她一再意识到,凯利也与此事有关。她感觉自己仿佛在一艘小船上,脚下的地面既动荡又湿滑。凯利,她的凯利,让她可以无话不谈的人。但是事实表明,他们彼此并不是无话不谈。在他相信了她的话的那个晚上,他是怎么做到假装跟她一起解决那些问题的呢?

楼下的街上散布着出门购物的人,他们在享受着夏日最后的温暖。十月初与十月末的观感完全不同。挂在外面的姜饼灯。蜜糖色的叶子。夏日的最后一缕气息。她打开窗户。空气中只有一点零星的寒意:就像一滴颜料落入水中,很快就会扩散开去。

她叹了口气,慢慢沿着走廊走去。去年春天父亲死后,她把这里翻新装修过。这里曾经是他的办公室——照他的愿望,牌匾上写着"任事股东"——现在成了小厨房;是她做了这个决定,这样就不用老是看着他以前的那扇门,更不用在他的办公室里工作。

她父亲过去是个优秀的律师,敏锐、谨慎,能够接受并面对坏消息，不会自欺欺人。她会把他形容为"坚强"——他能直面坏事发生后的悲痛，能坚忍克己。有一次，在工作周即将结束时，她发现他已经在那儿睡了两个晚上，只为了完成工作，而他对此只字未提。

她现在比她原先预想的倒退了更多日子。珍认为自己最大的恐惧是她会越过罪行的开端。她真希望能问问父亲该怎么做。珍的父亲名叫肯尼斯·查理斯·伊格尔斯（Kenneth Charles Eagles），平时使用的名字是KC。如果珍和凯利生了个女儿，他们会给她取名叫凯西（Kacie）——KC。他应该会喜欢的。

十八个月前，他是独自一人死去的，在晚上的某个时间，因为动脉瘤。就那样，他坐在自己的椅子上，身边有一包花生和一瓶喝了一半的啤酒。父亲刚去世的那段日子，珍不得不像努力驾驶一条习惯于偏航的船那样，努力让自己不去想他的临终时刻。现在她越发能够正视它了，也更有能力站在他曾经站立过的地方。但是今天，她比往常更加想念他。他对时间旅行的那些理论一定不会有任何同理心——她一定会因为太害怕而不敢告诉他，怕被他批评——但是她仍然想念他，就像孩子们总会想念父母为自己引路的手，想念他们是如何帮你把问题挡开，哪怕只是暂时的。

她泡了一杯茶，随后离开了小厨房。拉凯什和另一名律师萨拉一起经过了她的办公室。

"她丈夫要求我们把她的赡养费减半，因为她事实上从来都只穿运动裤。他划掉了所有置装费，还有理发费用、买胸罩的钱。他在旁边附注说，她平时都穿灰色的旧胸罩。"萨拉正在说。

拉凯什表示难以置信的笑声响起，像教堂的钟声那样。

珍弱弱地微笑了一下。她在这里总能感到跟在家一样自在，这里有很多工作狂，还有黑色幽默。

她发送了几封电子邮件,高高兴兴地传递了信息,给出了建议。这些事她闭着眼睛也能做,她已经做了二十年。

珍的一位客户即将与之离婚的丈夫在晚上七点钟给她送来了超过二十五箱文件,都是他的银行账目。珍从一个疲惫不堪、身上有T恤晒痕的德普达快递司机手中接收了这些文件。上一次,她接收这些东西的时候,留下来翻阅了它们,给里面的内容做了索引,并把那些箱子整齐地堆放在她办公室里。拉凯什曾经从门边探头进来,问她是不是在建造堡垒。

现在他刚好经过,在完全相同的时间。今天,她不想整理这些箱子,但也不想回家,于是问他想不想去喝一杯。

"当然,"他嚼着口香糖说,"这都是些什么?你在建造堡垒吗?"

珍对自己微微一笑。她倒退的时间越久,要记住每一天就变得越困难。从某个可笑的角度来看,听见自己的预言成真还挺令人愉快的。

"我星期一会做的。"她说,"对手方披露的文件——丈夫那边的银行账目。"

"他是做什么的,给英格兰银行打工吗?"

"经典策略,"珍说着,一边移动一只箱子,只为找出一条路可以走向他,"送来这么多箱子,他希望没有人会真的去看。"

"到了星期一,我来确保你不会被它们活埋。我需要好好灌自己几杯酒。"说着,拉凯什帮她一把抓来了她的外套。

"今天倒霉了?"

"今天我给我的客户发了一封申请书,她只要签名就行了——没别的。结果在第四条'不合理行为'旁边她写下了——而且是用钢笔——'他总是用袜子撸管',就跟这是什么紧急追加内容似的。我现在得重新给她发一遍,我们不能把这种东西提交给法庭。"

"一个合理的抱怨。"珍说,"关于袜子的细节很出色。"

"不得不在法庭上见到他的人又不是你。"

"别跟着他进洗手间哦。"

下班时,他们的外套挂在手臂上,因为如今正是刚刚入秋的时节。回到这里真是太好了,这里是职场,人们在这里度过了人生中某些最亲密的时刻。她跟拉凯什共事的时间已经超过了十年。她知道他大多数时候用土豆做午餐,以及他到了下午三点困倦时会沉迷于每日邮报网站。她知道他在每次手机铃响时都会骂娘,以及他曾经在某次特别棘手的听证会上被自己的汗水湿透了裤子,据说在椅子上都留下了印记。

所以今晚,能从家庭生活的一团糟中走出来,她真的感觉很好。把谜团抛到脑后,单纯地跟老朋友喝一杯酒,聊聊他们的客户为谁先干了别人而争吵,喝两杯酒——不,三杯——并在啤酒园里抽烟,然后为那些事大笑。假装一切照常的感觉真是太好了。

珍因为喝了太多酒而不能开车,于是她走路回家。时间刚过九点。她沿着人行道蹒跚着前行,遥望着前方她亮着灯的家,想着她丈夫——她告诉过他,她要工作到很晚。

她忧郁地想到,她自己是一名离婚律师,却没能看出自己遭遇的背叛。她丝毫没有看出背叛向她逼近,一丁点也没有。

她尝试把自己现在已知的事件重新组装成型。酒帮助她放松了头脑,让她在凉爽的夜晚感到思维灵活而自由。这次她总算感觉到思路广阔而开放,不再是神经质而闭塞。

那部简易手机属于凯利,所以那张失踪婴儿的海报和那份警察身份证明一定也是属于他的。但是，它们为什么又会在托德房间里呢？

当她接近自己家时，听见有人说话的声音。这些声音是从室外的某处传来的。声音很大，不可能来自室内。她在凯利的车旁边停下来。车还在散发出一些热量。她把一只手放在发动机罩上：这车刚熄火不久。

那些声音来自她的丈夫和儿子，他们正是她思考的主题，而且他们俩正在大吼大叫，语气迫切。

他们在后花园里。珍尽可能静悄悄地快步走到花园门边。她停在那儿，一根手指放在冰冷的黑色门闩上，立刻就完全清醒了。

"你为什么要告诉我这个？"托德说。珍听出他的声音带着慌乱的哭腔，心一下就被搅乱了。

"因为我要求你做件事，"凯利说，"明白吗？不然我不会告诉你的。"

"什么事？"

"你必须跟克丽奥分手。"

"什么？"

"你必须分，"凯利说，"我可以让妮可拉帮忙，但你不能继续跟克丽奥见面了。无论如何。"

珍的胃翻腾起来。她突然觉得恶心想吐，而且这种感觉跟酒精无关。

"那只会引起更多的猜疑，"托德说，"更不用说还他妈的会伤透我的心。"

珍觉得自己的膝盖要支撑不住了。那份痛苦、那份痛苦，她宝贝儿子的声音里蕴含的那份痛苦。

"对不起，"凯利说，"对不起——对不起，对不起。我还能说多少次对不起？"

"这是我所遇见过的最混账的事。"托德说。只不过他几乎不是把这句话说出来的，而是号叫出来的。一阵极度痛苦的哀号。

有什么东西咚咚作响，可能是拳头砸在桌面上的声音。"我已经尽力了！"凯利说。他声音嘶哑，由于情绪激动而破了音。珍听过他用这种声音说话的次数一只手就数得过来。一次是在警察局，托德被逮捕之后。也难怪。他在努力阻止。而且——很明显——没能成功。"我已经非常尽力地尝试过了。约瑟夫要么已经知道，要么就快发觉了。托德，我们得把他摆脱掉。而且不能让他知道为什么。"

"附属品就该死，对吗？"托德说，"我。"珍想到了克丽奥当时如何不愿跟自己谈论她跟托德分手的事，她怀疑托德是不是在某种程度上向克丽奥透露了这场对话。他不该那么做的。

"对。"凯利柔声说。站在花园门边的珍又寒冷又孤独，她想从自己此刻的位置上走开，走过去摇晃她的丈夫。她要说，那只是些花言巧语，托德可没真的为你么做，你这个十足的白痴。

"没有任何迹象表明他已经知道了。"托德说。

"只要他知道了，他立刻就会来这儿，然后他就会……"

"那只是个假设。我真不敢相信你把我卷进这种事。谎言？被绑架的孩子？"

珍的整个身体静止，而且起满了鸡皮疙瘩。那个婴儿。

"要么这样，要么更糟。糟得多。"凯利说话的声音里有种黑漆漆的氛围。

"哦是啊，不惜一切代价保守那个秘密。让我和我的初恋女友逆流而上！"托德大声吼叫着。后门被人用力关上，有人踏上了里面的台阶。

珍还呆立在门口，正在努力呼吸。

问他们俩也是没有意义的。很明显，他们会撒谎。还有一件事也很明显，那就是在他们俩关系的中心，有一个他们会不顾一切去保守的秘密。他们什么都可以做，除了告诉珍。

在这个凉爽的夜晚，在她儿子变成杀人凶手的三个星期之前，在他们家花园里，珍听见她丈夫开始哭。他啜泣的声音越来越低、越来越低，仿佛一只受了伤的动物正在慢慢死去。

第 –47 天，早上 8:30

三个星期中可以发生很多事，这是目前最大的一次跨越。

早上八点半，第 –47 天，总计倒退了将近七个星期。

下楼时，珍在景观窗前停住了。外面的街看起来完全不同了。一片夏末的棕黑色，草由于缺水而被烤干了。吹到她手臂上的微风是温暖的。她想知道安迪会怎么解释这次跨越。

昨晚，她是跟凯利一起去上床睡觉的。他的言行举止一切正常，令人钦佩。若不是你已经偷听到了，你不会知道发生过什么。

当时他躺在他们俩的床上，双手放在脑后，手肘朝向两侧。这就像一幅幽默漫画，描绘的是一名身心完全放松的丈夫。他还说："工作顺利吗？"

"一直在应付各种文件。你都做了什么？"

"哦，你知道的，"他当时回答，"淋浴、晚餐，一些有意思又能显得我很有创意的事。"

她记得这段对话在上一次也发生了。当时她以为这只是凯利的冷幽默，但是昨晚，他这句话背后隐藏着愤怒的颤抖。一个对局面失去控制的男人。她走过去躺在他旁边，她的丈夫，这个背叛者，只因为她不知道还能怎么做。他像往常一样把她搂在怀里,他的身体很温暖。他一睡着,她看着他手臂上的皮肤。他的——像她的一样——看不出任何异样,但他的内在跟她原先以为的截然不同。

而现在,她倒退了四十七天。她再次感觉自己与周围彻底地格格不入,就像最初几天那样。她的脚趾上涂着粉色的指甲油,她记得那是她八月中旬去做的,用来陪她度过最后一段温暖的、穿人字拖的日子。

现在是九月中旬。她都知道些什么?凯利认为约瑟夫即将发觉某件事,所以他要托德别再跟克丽奥见面,他照做了,但随后又跟她复合了。凯利请妮可拉·威廉姆斯帮忙。妮可拉受了伤,后来约瑟夫出现了,托德杀了他。

珍现在知道的比过去更多,但是从多个角度来看,她都感觉自己知道的更少了,这太令人困惑了。门铃响了,打断了她的思绪。

她又查看了一遍日期。对——今天是开学的第一天,托德读十三年级的第一天。她努力让自己重新行动起来。

"是谁啊?"她高声问。

"克丽奥!"托德说。珍从窗边冲回到自己的卧室。上次也发生这一幕了吗?八点三十分……她已经离开家了。西服革履,一个典型的工作日,手里拿着拿铁咖啡,准备去处理离婚案。但是这里,在家庭生活的中心,却隐藏着秘密。只要他知道了,他立刻就会来这儿。凯利这样说过。

"我去开!"珍高声说。尽管她穿着一条又破又旧的孕妇短裤——真见鬼,难道九月的她就不能穿得好看点儿再上床睡觉吗?——还有一件T恤,你绝对能透过它看见她的胸,尽管如此,她还是要去开门。她披上一条睡袍,一步两级台阶地冲下楼。

"嗨。"克丽奥说。这就是她——他儿子爱上的女人。他们分手又复合,他被他父亲逼着离开她。这个女人——当然——是这一切的核心。

珍不知道该先问什么。

"你是珍,对吗?"克丽奥说。她——非常迷人地——伸出手来跟珍握手。她的手指修长,被夏日的阳光晒黑了;她握手的力度不大,皮肤干燥,但是柔软,还像孩子一样。除此之外,她的样子跟十月时一样。那副刘海儿,那双大眼睛,眼白的部分闪耀着健康的光彩。

"是的,很高兴见到你。"珍说。

"我明天才开学,但我跟托德说好了陪他走到学校。"克丽奥解释说。

"那就够了。"托德说。他的背包挂在肩膀上,就跟他五岁、八岁或十二岁时一样。他也被晒黑了,看起来比十月时更健康,没那么心事重重。珍忍不住一直看着他,想着昨晚他的眼泪、他的愤怒。一场爆炸性的争论,而现在呢:她向后跨越了一大段。这究竟是什么意思?

凯利从厨房里走了出来,他看见珍时停住了。"你今天不上班吗?"他对她说,"我刚才不想吵醒你……"

"我觉得我病了,"她不由自主地说,"我把闹钟关了。喉咙疼得像吞了刀片。"

"回床上去。让律师们去见鬼。"凯利说。

"这位父亲惊人地缺乏职业道德。"托德发表评论说。

凯利把目光转向托德。"只要你学习够努力,那么有一天你也可以回床上偷懒。"他说。

珍停了下来,她希望能按下暂停键来专注于这一刻,但那并不是因为凯利这句话,而是凯利和托德之间交换的表情。纯粹的情感,表情背后没有任何带刺的东西,他们的眼睛闪闪发光。

她上次看见他们俩像这样互动是什么时候?她不记得了。

托德伸手想要推他一把,做做样子。珍的目光落在他们身上。

在她的整个职业生涯中,她一直在辨别已存在和已缺失的,并找寻缺失的部分。证据往往在于人们不说的话。他们去掉的部分。比如那个搞乱自己银行账户的男人,他企图把巨额个人收入埋在二十五箱信息披露文件中,暗自希望律师们不会费心去翻阅。

但是在家里,她错过了它。像这种轻松的玩笑话的缺失,本身就是一条线索。

这就是她来到今天的原因了,她心想,来观察对比。她在门口偷听到的争吵,对他们俩来说改变了些什么,打破了些什么。然后她又来到了这儿,那场争吵之前。一切不都看起来完全不同了吗?

"总之,很高兴见到你。"克丽奥被托德领着出去的时候对珍说。

"很高兴再次见到你。"她又看着凯利说。这句话把珍的注意力从克丽奥身上转移到了凯利身上。

托德离开家并关上门的同时,她与她丈夫四目相对。她没听见他发动汽车的声音:他们俩一定是一起在阳光下散步呢。"很高兴再次见到你?"她问他。

"啊?"他转身从她身边走开,往厨房走去。她向他伸出手。这是合理的。问这个问题完全是合理的,为什么克丽奥会对他说那句话?她告诉自己。但是为什么她感觉自己需要这样想呢?她顿了一下。因为她丈夫会逃避——这个答案从她内心深处浮现了出来。

"你以前见过克丽奥吗?"

"是啊,有一天她来找托德一起吃午饭。"

"她来过?"

"只有大约五分钟。我想我审问了她。"他说话的时候,脸上挂着一个迷人的微笑。她能看得出,他正在飞速思考。

"你从没说过。你从没说过你见过她。"

凯利做了一个简洁的耸肩动作。"我不觉得这事儿重要。"

"但是你知道这对我来说可能是重要的。"她说。她几乎从来没有用这种方式质疑过她丈夫。她总是想要显得……说不好。随和,好相处。"你知道我一直好奇她是什么样的人。"她几乎就要再加上一句:她知道他认识克丽奥舅舅的朋友;她还知道过一段时间,他要求托德不要再跟她见面——但她忍住了。他只会撒谎。

"她人很好。"他说。她越是主动推进,他越是回避躲闪。她以前从未注意到过他的这种闪转腾挪。回答另一个问题,回答原先的问题。他走进厨房,打开一罐可乐。拉开易拉罐的声音像一记枪响,吓得她跳了起来。

珍思考着该做什么,然后她换好衣服,穿上运动鞋。"我去买点让喉咙舒服的药。"她高声说。

"我去吧!"凯利一贯地体贴周到,"等一下,咱们家不是有那个——"

"没关系。"她说,然后赶在他表示反对之前关上了身后的门。

她开车去了学校,然后等在附近的小巷里,看托德和克丽奥何时出现。过了五分钟他们就来了,就像电影《楚门的世界》里一样,他们手牵着手,修长的四肢映着阳光。克丽奥穿着一件卡其绿色的连体工装,那件衣服要是穿在珍身上,会让她像一个胖墩墩的看门人。托德穿着紧身牛仔裤，没穿袜子，再加上运动鞋和白T恤。他们俩看起来就像是在给维生素片之类有益健康的商品做广告。

珍要向克丽奥提议顺路载她回家，并且要努力假装她不是有意跟踪他们到这儿来的。

她等着克丽奥目送托德进去。首先，当然，他们要接吻。她不应该看，那会像一个躲在车里的变态，但是她忍不住要看。他们俩的身体紧紧地贴在一起，从双脚一路到嘴唇，就像有人把他们俩封住了似的。她看了一秒钟，想到了凯利。她和凯利现在仍然会像这样接吻——有的时候。他很擅长这件事：维持他们之间的激情，抓住她的兴趣。无论如何，那跟这是不一样的。

等他们俩终于分开之后，托德得意地傻笑着，神气十足地大步走开了。而珍离开了那条小巷，把车停在克丽奥身边。

"我刚好路过。"她说，"你想要搭车吗？"

克丽奥满脸困惑。"你不是在上班路上吗？"她说。她一只脚踩在人行道上，另一只脚悬在马路牙子外面，犹豫不决地望着珍。天哪，珍觉得自己就像某种邪恶的罪犯，要接走儿子的女朋友，但是……在车里五分钟，她能问她任何问题。这个诱惑太大了，她无法放过。

"不，不是。我来给托德送些东西，现在正要回家。"

"哦，那好啊。"克丽奥开心地说。珍觉得有些高兴，因为她发觉克丽奥就跟她自己一样是个乐于妥协、息事宁人的人。克丽奥很容易就能在此处跟她划清界限，却没那么做。相反，她上车坐在了珍的身边。她身上有牙膏的气味——也许是托德的牙膏，珍暗暗地想——还有除臭剂的气味。一种健康清新的气息。她把连体工装的裤管卷了起来，露出光滑、纤细、晒黑了的脚踝。珍看着她的脚踝，心里涌现出一股不知对过去何时的怀旧情绪。当年她常常去酒吧，当年她亲吻不同的男孩们，当年她很苗条（其实从来没有）。当年她拥有一切。

"你去哪儿？"珍问。她没有进一步解释自己出现在学校门口的原因。在某种程度上，珍是从她丈夫身上得到了启迪，他真的非常擅长撒谎，他的秘密就藏在众目睽睽之下。没有过度解释，事实上也没有任何细节。完全彻底的缺失。最好的那种骗子，最聪明的那种。

"阿普尔比路。"克丽奥说。那条路在艾什北路后门，这说得通。

"哦，那么你不住在艾什路了？"珍一边语气轻快地发问，一边打转向灯开车上路。

"不，不。"克丽奥说，她看起来似乎很惊讶于珍知道她的地址。那就对了，珍从来没去过那儿。她应该是从来都没去过那儿的。"只有我和妈妈住在阿普尔比。"跟上次一样，克丽奥没有详细说明。

车在一个环形交叉路口停下来的时候，珍迅速地瞟了她一眼。她们俩的眼神相遇了一秒钟。

克丽奥打断了眼神交流，从牛仔裤口袋里拿出手机，翘起髋部想把它滑出来。"凯利一定以为我住在艾什路。"克丽奥哈哈笑着说。

珍努力不动声色。"为什么？"

"我总在那儿，不是吗？"她停顿了一下，"凯利、以斯拉还有约瑟夫——他们又恢复从前的关系了，不是吗？"

"对，对，是的，"珍说，"抱歉——所以是他……是凯利把你介绍给托德的？"

"是啊，就是他，"她说，"哦——当时我跟乔一起去给凯利送东西，是托德开的门……后来就……他从来都没提过吗？"

"那你知不知道——凯利的朋友太多了，"珍这句话跟事实刚好完全相反，"我完全忘记了。"

克丽奥把视线转向左边，望向副驾驶位的窗外，对于自己透露了多么重大的信息一无所知。

珍感觉不知所措，于是车程剩下的时间里都保持沉默。她把克丽奥送到她母亲的家，她母亲还到车道上来跟珍挥手打招呼。她的样子跟克丽奥一点儿也不像。克丽奥一定长得像她父亲，就跟托德一样。

两个小时后，珍在做她人生中的第一次瑜伽，她在凯利的车里摆出一个怪诞可笑的下犬式，头插到座椅下面，屁股则感觉快要贴到邻居窗户上去了。

珍需要再次找到那部简易手机，她现在认为它是属于凯利的。她想用这部手机给妮可拉打电话。

所以她才趁着他外出跑步，在这里做这个。

但是他车里什么也没有，除了几只旧咖啡杯、一个千斤顶、一瓶没打开的雪碧。可笑的是，她居然在某种程度上为此感到高兴，因为他没有把那部手机藏在汽车座椅底下或后备厢的备用轮胎里。凯利从来不会沉迷于那些陈词滥调，而她喜欢他这一点：他跟其他不诚实的男人的行为模式并不完全相同。这感觉就好像在眼前这一片混乱的背后，她还是了解他的。

她摇了摇头走回屋里，然后在那儿继续搜查。工具箱、晾衣柜、旧外套。任何地方。

后来他回来了，她突然停下手来并试图稍微整理一下她制造的混乱场面。他去淋浴的时候，她抓起他日常使用的手机，开启了"寻找我的iPhone"功能来追踪他。她今后每个早上都得这么做，因为她在时间里倒退，就这样吧。她会不惜一切代价。

现在是晚上七点五十五分，凯利和珍还没吃饭。珍在等待时机跟凯利对质，关于——嗯，其实，是关于每一件事。她现在正在盘算从哪里开始。

托德在楼上玩他的电子游戏。珍能听见他的游戏发出的噪声，就像头顶正在电闪雷鸣。

"你有没有觉得他正变得有那么点——孤僻？"珍说。她坐在一把吧台椅上，而凯利用两只手肘撑着厨房吧台，看着她。

"没，不会的，"他说，"我在他这个年纪也这样。"

"电子游戏？"

"哦——你要知道。我真不愿意跟你戳破，但他很快会开始看色情片网站。"凯利举起双手，掌心对着珍。这太轻松了。以这种方式跟他互动，两人总能共享同样的幽默，怎么会如此轻松呢？回想那家咖啡馆，他们俩的第一次约会，当初凯利那么安静，那么充满防备，但是到了夜晚的尾声，他已经哈哈大笑着跟她一起上了床。

"什么——当战火正在《使命召唤》中肆虐的时候？"

"当然，耳机里是色情片，《使命召唤》的声音是掩护。"他站起身走向储藏柜，懒洋洋地把柜子开开关关翻腾了一阵。"咱们没吃的了。"

"你刚刚说的话已经让我失去了所有胃口。"

"哦，得了吧。对男孩子来说，这完全是合乎自然的，珍妮弗。"

"什么，观赏装着假奶的女人假装高潮吗？"

"我从中学会了很多。"凯利转过身来冲她扬起一道眉毛，然而无论如何，无论如何，无论如何，珍还是感觉肚子里在翻江倒海。那个阴暗的小表情，只为她一人。他一直都是个好丈夫，或者说她一直都是这么认为的。不那么雄心勃勃，有时会有些不满足，但是有意思、有层次、性感。这不正是她始终想要的吗？

"我可以去买咖喱。"他又说。事实证明,当她在头脑中解构他们的婚姻时,他在思考食物。

她听见有一部手机在振动。她通常不会理会这种噪声,噪声在他们家简直无处不在。凯利下意识地把手放在了衣服前侧的口袋上,当他转过身去,她看见他的苹果手机在他身后的口袋里。她紧紧盯着他。两部手机,都在他身上。她以前从来都不会注意到的。她为什么要去注意这个?那部简易手机小得像一块鹅卵石。他总是穿着宽松的低腰牛仔裤,一直都是。

珍向后仰头,反向点了点头,打量着他。"当然。"她说。提供外卖的印度餐馆离他们家有三条街。他们非常爱它,即便它很贵(也许正因为它很贵)。那家餐馆整体是由木头外墙构成的,就跟从连锁度假村"中央公园"[①]里搬来的一样,此外灯光也很美。珍和凯利说,他们永远也不会去店里就餐,因为那里的服务员们见过太多次他们穿着居家服(睡衣)去拿外卖了。

"我去吧。"他说。

是啊,这很合理,不是吗?他出门去,然后带着香气浓郁的印度菜回家来。他是不是有过回家比她预期时间晚的情况?她觉得没有。天哪,也不是每件事情都得成为线索,对吧?

"我来吧。"

"不,不,我去。你放轻松,看点儿色情片吧。"他出发时还回头对她这样说。她能听见他打开前门时在哈哈大笑,仿佛没有任何事出了任何差错。

---

① "中央公园"(Center Parcs):位于欧洲各大中心城市附近的大型度假场所,拥有森林、农庄、动物元素等,亲近自然。——编者注

他要么是去打个电话，要么是去见某个人。珍是这样推断的。因此，他刚一出发，她就走到景观窗边目送他离开。她没有开灯，隐身在那儿，只是站着目送他走远。

几栋房子开外，有人等在那儿。凯利朝他举起一只手。为了仍然能看得见他，她移动了一下，贴近窗户，以至于玻璃因为她的呼吸而起了层雾。她眯起眼睛，想要看清那人是谁。

太阳刚刚落山，珍比前一天更接近夏时制了。天空仍然是银色的，笼罩着那几栋昏暗的、阴影重重的房子。天光帮忙照亮了他们。珍看见凯利紧紧抱住那个男人的肩膀。那个姿势像是一个老师，一个精神导师、一个心理治疗师。

或者，是一个多年老友。

这个夜晚近乎完美复制了一切开始的那个夜晚；那两人转过身来，珍看见凯利正在问候的那个人，是约瑟夫。

他们沿着路往前走了几米，然后约瑟夫说了句什么。他们停下脚步，约瑟夫递给凯利一只小包——棕色，跟凯利的手掌差不多大。他没有打开它，也没有查看里面有什么。他把它放进自己牛仔裤的口袋，再次碰了碰约瑟夫的肩膀，然后举起一只手送他离开。约瑟夫掉头往回走，经过了他们家。珍缩到一边，以免被看见。约瑟夫路过时，抬眼看了看他们家的窗户。

托德从自己房间里出来时，珍正在专注地思考：所以那段关于没有食物的对话都是在铺垫，就像建筑师打地基那样小心仔细。当时凯利在等着那部电话发出振动，发出约瑟夫到来的信号。这感觉多么险恶：按照倒序重新体验一遍你的生活；看见你上次没看见的事物；认识到周遭正在上演，而你当时对那些事件的可怕意义一无所知；看穿你丈夫的谎言。珍总说，凯利是最直率的那个人。但是，每个出色的骗子不都是这样吗?

"这里出现了什么食品危机吗,还是我应该打电话给社会福利机构?"说着,托德从身后朝她走来。

"你认识那是谁吗?"珍指着外面的街问。这样做当然比直接去问凯利更好。托德跟约瑟夫之间的关联比她原以为的要浅,而且离他杀掉他还有两个月时间,所以他可能不会撒谎。

托德眯着眼瞧了瞧。"那是克丽奥的舅舅的哥们儿的车。"

"你爸怎么会认识他?他们俩刚才在说话。"

托德在她身后向后退了一步。珍盯着他。他的脑海中发生了什么意义重大的事,但珍不明白那是什么。

"他们俩认识吗?"珍又问了一次。两人都低头看着外面的街道,夜色渐浓。她丈夫刚刚进行了某种交易,就在那里,那么厚脸皮。珍感受到了这件事的重要意义,也感受到了凯利和托德将要发生的那场争吵的重要意义。大量信息向她涌来,或许终局就在眼前。

"我需要知道。"她对托德说。

"听我说——我……我可不想挑起任何婚姻问题。"

"托德,你不是在演情景喜剧!"珍厉声说。

"好极了,这我知道。对,爸爸认识克丽奥的舅舅和他哥们儿。他让我别告诉你。"托德把自己的光脚在地毯上蹭来蹭去。

"什么?为什么?"

"他说他们是他的老朋友,而你以前觉得他们太烦人。如果他跟他们又恢复了联系,你会不高兴的。"

"他让你对我撒谎?"

"你不觉得他们烦人吗?"

"我根本就不知道他们是谁。"珍完全糊涂了。在几周之后,凯利会告诉托德不能再跟克丽奥见面，不能再跟他们任何人有关联。然而——看看：在街灯下传递物品，用简易手机自愿地安排交易。

凯利跟约瑟夫有某种关联。克丽奥和托德在一起，这让一切更复杂了。而凯利……凯利认为这最终会失败，他本来以为他能把它掩盖得足够久，当他发现自己做不到时，他就让托德结束那段关系。还有原因。

那个原因就是缺失的一块拼图。而珍相当确定，今天，托德还不知道那个原因是什么。只有凯利知道。

托德举起了双手。"其他我就什么也不知道了。"

"约瑟夫这人有问题吗？"珍好奇地问，而她脑海里正在冒出一连串的问题。

"他可能是个精明的商人，我不知道。他还有点儿狡猾。"

"怎么会呢？"

托德往下撇了撇嘴角。"我猜的。他不工作，但他有钱。我真的不知道。"

"克丽奥还知道别的吗？"

"不。"

"我去问问你爸。"

珍抓起一件夹克，把脚塞进运动鞋，走到了外面温和、潮湿的夜里，这是夏天的尾巴。她很高兴能避开托德做这件事。显然，他知道的已经太多了。

她沿着街急匆匆地走向那家餐馆，同时心里为刚才盘问了托德而感到内疚，为可能让他担忧、让他觉得自己是伤害她的共犯之一而感到内疚。他才只是个孩子啊。他当然会为了保住自己迷人的女朋友而撒谎。

珍在街上半走半跑，脚步声沿街回荡着。空气闷热，落日在云的遮挡下呈现出单调的黑白灰色。九月的一片落叶落在了地上。棕色，掌形，像孩子们描绘的那样。越来越多、越来越多的落叶会聚集并落下，而她一片也不会见到。

珍转过街角来到那家餐馆所在的街，看见了凯利，于是停下脚步。他背对着她，靠在一根路标上。他的双腿在身前交叉。他在打电话，用她十月份在托德房间里发现的那部简易手机。她注意到那是在他们的争吵发生之后，所以……手机为什么会出现在托德房间里？是托德从凯利那儿拿走的吗？

"我已经做完了，"他说，"所以你也该加入了。"

珍在那儿等着，什么也没有说。她悄无声息地向后走了几步，藏在一个街角后面，仍然能听见他打电话。

"我会带去给你。是一把备用钥匙，在曼陀林大道上，不远。我现在得挂了，得回家露个脸。"

第二句话对珍的杀伤力比第一句更大。

她瞠目结舌，呆立在原地，双手平贴在墙上，她的整个世界仿佛都在她周围旋转。她正要朝他扑过去，突袭他，大喊大叫，却只听他说："谢谢。谢谢，妮可。"

撒谎的丈夫拿着外卖出现时，珍让自己镇定下来。她需要思考。比起跟他当面对质，她更想要做的是确保自己收集到尽可能多的信息。

看见她时，他放慢了脚步。

"嘿？"他的微笑很轻松，却透着戒备。他不是笨蛋。他知道她知道了某些事。

"刚才是什么事？"

他马上就听懂了珍的意思,而且他知道那些问题是一个怎样的警报。"那个电话吗,妮可?不……"他做出一个合情合理的猜测,"你不会以为……"

"给我看看你的口袋里有什么。"

他低头看了看路面,又回头看了看那家印度餐馆。然后看着自己的双脚。他咬咬嘴唇,然后把手里的外卖放在地上,照她的话做了。她朝他走过去。

两部手机和那只装着钥匙的棕色小包滚落到珍的双手中。

她什么也没说,仅仅是等着听一个解释。

"我——这是我客户妮可拉的手机。还有她的车。"

"别再撒谎了!"珍大喊。这句话在街上回荡,又扭曲地反弹回来。凯利震惊得脸都垮了下来。"你在对我撒谎。"说这话时,她忍不住哽咽了。尽管她意图明确,事态还是朝着她原本想要回避的方向演变,逐渐成了家庭纠纷。面对他,她无法自控,变得情绪化。

他用手向后捋了一把自己的头发,然后在原地转了个身。他生气了。

"简易手机和非法交易,凯利。"

他没说话,只是咬着自己的嘴唇,看着她。

"好吧——没错。那个包裹,那不是客户的车钥匙。"

"那它是什么?"

他再次沉默。凯利经常让停顿延长,他选择不说话,于是其他人就会说话。总会有别人先开口。但是,这一次,珍也等着,隔着安静而昏暗的街,只是看着他。

他的目光打量着她的脸。他在努力弄清她都知道了些什么。他在努力思索该怎么出下一张牌。"车是偷来的,但这不是——你以为的那回事。"他终于说。

"那这是哪回事？"

"我不能说。"

"为什么？"

他又不说话了，低头盯着自己的双脚，显然是在思考。

"是什么？告诉我，不然——咱们俩就有麻烦了，凯利，"她举起一只手，"我不是在开玩笑。"

"我非常清楚你不是在开玩笑，"他语气紧绷，"而且我也不是。"

"告诉我这该死的到底是怎么回事，不然我走了。"

"我……"他又开始移动脚步，又转了一个圈，似乎只是为了发泄怒气，"珍——我……"他的脸涨红了。她正在接近他，她看得出来。她丈夫或许很冷静，即便是他也有个限度。看看最开始的那天晚上，他在警察局都做了些什么吧。

"你只要告诉我那把钥匙要给谁，只要告诉我刚刚跟你碰面的那家伙是谁。"

"那是……要是我能告诉你，我一定说。"

"你不想告诉我你被卷进什么事里了。不就是这么简单吗？你在这儿跟我表演无可奉告呢，凯尔。"

"没这么简单，远远没有。"

"我不能眼睁睁看着违法的烂事儿就发生在自己家门外，还袖手旁观。"

"我知道，我知道。"

"失踪婴儿、失窃车辆。"

"失踪婴儿？"他说。他的眼神闪烁了一下，然后跟她四目相对，他脸上的表情从恼怒变成了惊慌。

"那个失踪婴儿。"

他停顿了一下，沉重地呼吸，然后看着她。"如果我说了什么——你会相信我的话吗？"

珍张开自己的双臂，就在大街上。"当然。"

凯利走过来，急切地抓住她的肩膀。"不要调查那个婴儿。"

没有什么能比这句话更让珍震惊了。"什么？"

"不管你找到了什么，住手吧。"

"谁是约瑟夫·琼斯？"

"也不要调查约瑟夫·琼斯。"他说。他的声音像一条蛇的嘶叫，凶狠而刺耳。

他们沉默地在那儿站了几秒钟，珍还被他搂在怀里。

"凯利——我……你是要我——"

"你只需要——住手。不管你正在做什么。住手。"

珍厌恶他这种语调。它在她心里唤起了一种原始的情绪。她的身体想要逃跑，她想要挣脱——那是恐惧。

"为什么？"她的声音轻得像耳语。

凯利的导火索终于燃尽了。"你有危险，珍。"她震惊地后退了几步。她的肩膀上起了一层鸡皮疙瘩，她开始发抖，感觉自己如此孤独。她能信任谁？

凯利看着她。在悲伤背后，她确信自己还能从他脸上看出另一种情绪，可她以前从没在他身上见过它，所以她无法辨别出那是什么。

她叫他不要跟她一起回家，如果他不打算告诉她其他事的话，于是他没有回来。他走了。她不知道他去了哪儿，也不怎么在乎。外卖打包盒还留在原地，棕色的外包装在风中轻轻地啪啪作响。她把外卖拿起来带回了家，给托德吃。这一次，她没了食欲。

瑞恩

警司乔安妮·扎莫即将召开一次紧急情况通报会,而瑞恩在警察局里游荡。

利奥、杰米和瑞恩沿着情况通报会议室的后墙站在一起。"教你个词,"扎莫正要开始说话,杰米说,"OCG 的意思是有组织的犯罪团伙。"

"谢了,"瑞恩说,"这我知道。"

"好了。"扎莫说。她穿着一身西服和西裤,黑色平底鞋,手里拿着一杯咖啡。她的重心放在一条腿上,显然是在思考,眼睛盯着地面,或者其实什么也没看,垂着眉毛。"监控系统现在给我们提供了一些情报。大家准备好了吗?"

通报会议室里充斥着肾上腺素,气氛与平日里不同。一名瑞恩叫不出名字的警察正在竖起一块公告板,然后把各种东西用图钉固定在上面。另外两名警察正在打电话,而且声音越来越大。

"好,"扎莫说,"监控录像告诉我们,那个 OCG 当时的目标是一间空宅。接着,他们看见隔壁家的车道上停着一辆宝马车,钥匙插在点火装置上，发动机没有关，所以他们就偷走了它。"她把自己的嘴唇收进嘴里，嘴巴两边各出现一个酒窝。"他们不知道，这车是一位新手妈妈的，她当时正打算在夜间开车出去兜个风，好把她女儿哄睡着。她把她固定在了安全座椅上，然后离开了几秒钟，只为冲回屋里拿手机……"

瑞恩的胸口在翻江倒海。他能看到那一切：恐慌，害怕，那个女人看到车开始移动，跟着车冲出去，打999电话……

"现在已经过了五个小时。还没有人目击到那辆车，但我们在码头有眼线，它当时正往码头方向去。"

瑞恩想着那个婴儿，跟犯罪分子们在一起。或是上了船，到了公海，在一辆汽车后排的安全座椅上，孤身一人。

"我们正在通过监视自动车牌识别来寻找它，但怀疑他们可能已经更换了车牌。我们已经叫停了所有的轮渡。现在就来找到失踪婴儿小伊芙吧。"

利奥给了瑞恩一个眼神，可瑞恩没有读懂。

瑞恩断定，现在，自己的任务就是去把公告板上那些名字拿来，然后他们会派出更多的监视人员去监视所有人，看看能否找到那辆车，还有那个婴儿。

瑞恩盯着钉在公告板上的那张失踪海报。他伸出一只手指摸了摸它。纸张摸起来又软又薄。

那个婴儿很漂亮。瑞恩一直很想要孩子，两个，一个男孩、一个女孩。他知道这太贪心了，但他一直都是这么想的。两个孩子，还有一个能让他大笑的女人。从他成长的废墟中，重新建立起他自己的小家庭。如果你离开的那些人不在了，那就在自己面前创造新的人吧。

她才四个月大。她有一双世上最漂亮的眼睛，像一只含情脉脉的小狮子。找到她，这项工作是他的。"好了，瑞恩，"一小时后，利奥说，"抱歉延迟了一会儿。我刚刚在申请更多的秘密行动权限。"说完，他喝了一小口咖啡。

瑞恩真的很想要那杯饮料。他太累了。他担心他已经开始偏爱警察局里的咖啡，接下来他在家也要开始用塑料杯喝咖啡了。

"他们会把那个婴儿带到哪儿去？"利奥问瑞恩，"在你看来。"

"那些最容易的地方。他们才不关心她会怎么样，我是说那个婴儿。"

"没错。所以……码头？"

"他们会执行命令，无论是什么样的命令。这是他们最看重的。他们可能会在半路把婴儿丢下。为了躲避自动车牌识别系统，他们不会选择A级道路或高速公路，而是会去乡下。反正我哥哥会这么做。"说着，瑞恩感到这句话仿佛对哥哥的一个背叛——他的大哥。他总是在某种程度上保护着瑞恩，但是现在你看。"'联邦调查局一直在监视。'他以前老是这么说。"

"你是一笔财富，"利奥说，"因为你哥哥的关系。你知道吗？"

瑞恩耸了耸肩，觉得有些尴尬。"我想说的是——"

"没必要谦虚，"说着，利奥从椅子上站起来，"我的意思是：你了解那些事，可你人在这儿。你在那里长大——"他把左手伸出去，远离自己，"然后你来到了这里。"

"谢谢你，"瑞恩含混地说，"我想说……在某些方面，凯利教会了我很多。我猜，最出色的犯罪分子都是这样。"

第 -60 天，早上 8:00

"早啊，美人。"凯利说。他走进了卧室，身上只穿着四角裤。珍吓了一跳。

她本来可能尖叫出声的，在她跟他一起度过的前一天，她把这个男人留在了大街上。一场家庭纠纷，一个邪恶、阴暗的街角，背叛、犯罪。在这儿呢——来到十三天以前——他正一脸困意地跟她打招呼，表情跟外面的八月阳光一样友善。

"早。"她喃喃地说，因为她不知道还能说什么。失窃车辆，失踪婴儿，死去的警察，不要调查约瑟夫·琼斯，不要去找那个婴儿。她儿子在他们家后花园发出的极度痛苦的呐喊。

而现在是这样的场景。凯利，在她面前，光着上身，咧嘴冲着她笑。

他不会错过任何细节，停下正在穿衣服的动作，牛仔裤挂在大腿一半的地方。"出什么事儿了吗？"

"不，没什么。我得早点儿去办公室。今天是实习生轮换的日子。"她说。这件事是她直到说出口时才意识到的。潜意识的力量。凭借在法律界工作二十年的经验，在看到日期的那一秒，她立刻就知道今天是实习生轮换的日子。

那么,除此她还知道些什么?

托德也走进了他们的卧室,而——天哪。当你跟一个正在成长的人生活在一起时,有些小事你是永远也不会注意到的。他大约比十月时矮了一英寸,胸围也没有那么宽阔。他从珍的五斗柜抽屉里拿出一瓶香水闻了闻。凯利穿上了一件T恤。

"你看起来精神不正常,"托德淡定地对珍说,"你的实习生真可怜。"

珍把他甩到了一边,但那并不是出于真心。她可以永远和他一起待在这儿。还有,她羞于承认的是,还可以加上她丈夫。她可以暂停这一切。托德闻着那瓶香水。凯利正把脑袋从T恤领口钻出来。把他们当作雕塑一样,绕着他们走来走去。爱他们,单单是爱他们,永远不要走进正在未来等着他们的黑暗与谎言,就留在眼下幸福的无知里。

凯利在淋浴,珍检查了他的手机,并再次打开了位置追踪功能,就像她吃早饭那样敷衍了事。

有些律师在他们的职业生涯中偶尔会有天才般的时刻。大部分实践性的法律工作都是很平凡的:填表、做预算,努力在伤害最小化的前提下尽量榨取每个人的精华,有时也会有真正灵光乍现的时刻,而珍今天就迎来了这一时刻。事实表明,今天是实习生轮换日这件事是很有意义的。因为现在在珍的办公室里有一名全新的实习生,她不知道珍的丈夫叫什么名字。

而在"寻找我的iPhone"中,凯利似乎并不是在附近清理烟囱,而是在利物浦市中心的那家格罗夫纳酒店。

珍原本想试着自己去监视他。但是现在，她可以派一名实习生去替她做。

分派给珍的实习生名叫娜塔莉亚，是一名典型的实习律师：做事有条理，十分开朗，无论在工作上还是外表上都显得精致利落。她的头发向后梳，完美地扎进一条松紧带。在阳光灿烂的办公室里，珍花了一秒钟去为它惊叹——那束头发好像一条马尾巴。

珍知道娜塔莉亚的生活将在十月初陷入崩溃。她会在回到家时发现男朋友不见了，行李也收拾好了。他不愿为了这件事跟她正面交锋，所以差不多算是甩了她。经过以泪洗面和没有结果的几天之后，她会把这件事告诉珍。

"我有个任务交给你。"珍说。她的语气或许有些太熟了。但是她已经跟娜塔莉亚一起工作了八个星期，她们俩还在娜塔莉亚一边哭一边说她恨西蒙的同时，分享过一张多米诺意式辣香肠比萨。即便这个语气让娜塔莉亚觉得惊讶，她也掩饰得很好。

珍在电脑中调出一张她丈夫的照片，她手头他的照片少得惊人。"好吧，这事儿可能有些不太正统。"她说。

"好极了。我愿意做任何事。"娜塔莉亚兴高采烈地说。

"这个男人，此刻正在格罗夫纳酒店，"她指着电脑显示器说，"有可能是跟某人在一起。我们需要知道他们在讨论些什么。"

娜塔莉亚眨了眨眼，就连她的眼皮都是完美无瑕的。珍知道注意到这样一件事很奇怪，但它们的确完美：非常光滑，涂着一种比她自己的肤色稍微浅一点儿的颜色，足以让她显得机敏而清醒。"哇哦，好的。所以，就像是监视出轨的配偶？"娜塔莉亚说。

"当然，"珍淡淡地说，"是的。"她巩固了那个谎言。"如果我们能证明他有通奸行为，法庭就会对妻子一方宽容得多。"这在法律层面是完全正确的,只是珍通常不会采取这些手段。

"好极了。"娜塔莉亚拿上便笺本和笔就出发了。

"如果你找不到他,给我打电话。"珍说。

娜塔莉亚不在的时候,珍挣扎着努力完成一些工作,然而内心又觉得它们并不重要。于是,她一边等待一边做着无用的文件归档和填写工时表的工作。

娜塔莉亚是在一点钟回来的,在珍把她派出去两个多小时之后。她手里拿着一个蓝色便笺本和一支伊格尔斯事务所的笔,上面的标志是珍的爸爸在多年前设计的。她的头发仍然绝对、完全地完美无瑕。"我买了一瓶可乐,希望这没关系吧?"娜塔莉亚说。

珍感到一丝内疚。天哪,对于第一天来报到的实习生来说,这是一份肮脏的任务,自己甚至都没有向她介绍支出方面的规定。"哦,我的天哪,当然。"珍说。她从钱包里拿出一张十英镑的钞票,递给娜塔莉亚。

"我不是应该把它记入——系统吗?"

"我就是系统,"珍干脆地说,"别担心。"

"好的。"珍忽然觉得自己像个神经病,派一名刚来的新实习生去监视自己的丈夫。这是一个精神错乱的人才会做出的绝望之举,是在滥用权力。她把这些念头都赶走。这都是为了大局。

"好,"娜塔莉亚接着说,"他——凯利——见了一个女人。他叫她妮可。但我觉得,他们俩之间并不是外遇的关系。"

妮可拉·威廉姆斯。一而再,再而三。即便她已经知道了她长什么样子,她仍然无法在网上找到她。

"不是吗?"

"看起来不是那么回事儿。那是一次工作会面。"

珍吞了一口口水。"好的,"她说,"说吧。"

"他们似乎要再次开始某种安排?很难讲到底是什么事。可能是为一个叫乔的人工作——我不知道。凯利不想做。妮可想要他做,她似乎——大概是认为他欠她些什么。听起来话里有话。我不知道……"

"好的。那么,乔不在场?"

"是的——他们一直说他在里面。但我真的不太明白,因为他们在里面?"娜塔莉亚停了下来,她的笔悬在便笺本上方,她一页页翻动便笺本,快速浏览那些完美无缺的笔记。见鬼,珍心想,娜塔莉亚上过牛津大学,之前是马尔堡大学。可是呢?"里面",她不知道这个词是什么意思。这些孩子,这些天真的孩子。

"我认为就这些了。围绕着他们要为乔做哪些工作,他们谈了很多,但是没有提到什么细节。"娜塔莉亚说完了。

里面。

珍举起一根手指,在谷歌搜索"约瑟夫·琼斯监狱"。关于他的信息一直都在,只是藏在他那常见的姓名背后。他上个星期从阿尔特考斯皇家监狱获释,二十年前被定罪,那次审判是所有同类型审判中规模最大的一次。

持有并意图供应 A 类毒品,合谋抢劫,合谋制造假币,符合刑法第 18 条的故意伤害罪。他被指控的罪行层出不穷:毒品、洗钱、抢劫、偷车、入室盗窃、暴力行为……就像托德杀掉他那一晚,室外毛毛雨的雨滴那么多。珍一条条读下去,而娜塔莉亚还沉默着站在那儿。她逐渐对这些罪行麻木了,不知道这对她丈夫、她儿子可能意味着什么。

"谢谢,"过了一秒钟,她温柔地对娜塔莉亚说,"做得非常好。"

"可惜他不是在出轨,"娜塔莉亚说,"如果能帮上忙的话。其实他还提到了,他有多爱自己老婆。"

珍转了个身,不再面对电脑,也不再面对娜塔莉亚,而是盯着窗外,望着下面的街,双眼湿润。"是吗?"她轻声说。

"是啊,他只是说爱老婆。真的毫无上下文,在一大堆关于乔的谈话中间。"

珍点点头,转身背对娜塔莉亚,心里好奇如果自己此刻向她传授一些智慧会怎么样,因为她知道娜塔莉亚未来将会面临什么事。

但知道未来比不知道更糟糕,不是吗?

第 -65 天，晚上 17:05

在工作日，珍发觉去上班是令人感觉舒适的。承担起——一件一件，各个击破——在那一天等着她完成的任务，随便什么任务都好。九月，她在跟娜塔莉亚一起为一件案子做受审前的金融调查。回到八月，她在起草一份关于保护儿童的建议书——这件事有点儿超出她的职权范围，但仍然让人享受其中，即便每过一天它的内容就会再消失一些。现在她有一个名叫钱斯的实习生，九月份离职去了竞争对手的事务所，珍正在尽全力忘掉这件事。

五点五分，她办公桌上的电话响了。

"是我，"他们的前台人员瓦莱莉说，"前台有人找你。我知道，我知道，我知道你现在煎熬得很。"

珍眨眨眼。"我？"她一点儿也不觉得煎熬。保护儿童的建议书写了一半，办公桌上放着一杯热茶。她正盼着回家并见到托德，他在烤曲奇饼干，还给她发来了每种口味的饼干照片。她记得它们很好吃，所以现在格外兴奋。这是她在她一片混乱、时间倒退的世界里能稍作停靠的一个小小避风港。

"拉凯什说，你昨天和今天一直在忙着写保护儿童建议书——我知道……"

"是的。"珍虚弱地说,她记得这个。她在那份建议书上花费的时间多到令人尴尬——几个星期。客户追了她两次,第二次问她是否看不懂一张简单的便条。在法律界,想找出时间完成大型工作实在太难了。电话、电子邮件、Outlook 日历上出乎意料的可怕约见……最终,她屏蔽了所有电话才完成。她甚至锁上了办公室的门!天哪,真是个喜怒无常的女人。

"谁?"珍说,"是谁在前台?"

"他说,别人都叫他琼斯先生。"

珍的嘴巴变干了。她用舌头舔了舔嘴唇。看哪,看看她上次错过了什么。

今天是八月二十五日。约瑟夫·琼斯出狱了,而且来找她。

在铺着浅色地毯的门厅里,约瑟夫一看见她就转过身来。前台桌子后面用黑体字写着事务所的名号:EAGLES。灯——有定时功能——都已经熄灭了,只剩下一盏,光正好打在他身上。

"我在找凯利。"他说。

珍顿了一下,放慢脚步穿过门厅朝他走过去。

"凯利·布拉泽胡德?"她说。当他跟她视线相接时,他脸上似乎出现了某种变化,但珍不确定是什么变化。跟她先前以为的相比,也就是比起第一夜和她在艾什北路遇见他的那一夜,他的年纪更大一些,可能不止五十岁。指关节上布满刺青,眼神坚定。不知怎的,他的身体语言自信而优雅,就像一只准备发动袭击的猫。他的脚步很轻快。

"是的,"他把两只手都举了起来,"他是我的老朋友了。"知晓这件事对她来说是一种身体反应，一阵全身的颤抖。约瑟夫的刑期是二十年，所以他一定是在那之前就认识凯利了。

"哪种朋友？"珍忍不住问。但是她心里在想，约瑟夫也认识她。他知道来律师事务所找凯利。

约瑟夫回她一个微笑，那个笑快到让人觉得不真诚。"重要的朋友。"

"我很惊讶你怎么会到这儿来找？"她说。

"我一直在到处游走，不打紧，只是想重新开始一些事。"他转身从她身边走开。他穿着一件白色T恤，布料薄而廉价；在T恤下面，珍能辨认出一个跟他整个后背一样宽的刺青：一对天使的翅膀，刚好横跨他的两块肩胛骨。

"重新开始什么？"她问，但他没有理她就走了，门厅的门在他身后轻轻关上。珍把双手撑在前台桌子上，努力呼吸，努力去思考。

约瑟夫几天前才刚被放出来，看看，他已经到这儿来了，几乎是马上就来了。在她这个拥有第二次机会的奇怪人生中只会出现一次的这一天，珍很清楚，约瑟夫·琼斯的刑满释放启动了某个事件。在未来的某一刻，那是她在当下所无法企及的，无论她怎么努力都做不到。那个事件几乎波及了她所认识的每一个人。托德、凯利，现在再加上她自己：他究竟为什么到伊格尔斯事务所来？一群令人毛骨悚然的登场人物、一份写满背叛者的杀人名单。

第 -105 天，早上 8∶55

七月中旬的一个星期六。外面天气绝好，天空蓝得像美丽而易碎的装饰品。现在是八点五十五分，珍正在阿尔特考斯皇家监狱外面停车。

她刚一意识到今天的日期、意识到约瑟夫应该还被关在里面，就立刻找了个借口——说她要跟一位客户吃早午餐——告诉正在吐槽《星期六厨房》的凯利和托德，然后离开了家。令她感到沮丧的是，没有人惊讶。珍这一辈子一直在为了别人而忙碌：想要看托德上游泳课的时候，偏偏要去见难以满足的客户。想要拿上一本书躺平的时候，偏偏要看托德上游泳课。身为母亲一生的习惯，就是无论选哪边都会感到内疚。

托德还没认识克丽奥，也还没开始跟康纳来往。所以，怎么，他们都跟核心问题毫不相干，只是转移了她的注意力吗？现在，她已经倒退到他们登场之前了。

阿尔特考斯皇家监狱看起来像一个工业园区，一座奇怪的自我封闭的村落。珍以前只来过一次，那是她接受的培训的一部分。除此之外，她就再也没有从事过跟刑法相关的工作。她父亲觉得反复与犯罪分子们打交道非常不符合他的口味，所以他们从来不做那方面业务。珍也觉得靠打离婚官司赚钱不太符合自己的口味，但就这么做了下来。每个人都得工作赚钱，而心碎比犯罪更加无处不在。

珍走进监狱的门厅，想着这有多么偶然而幸运：约瑟夫回到了监狱里，而探监时间在工作日是有重重限制的，但是在周末不受限制，也没那么正式——在星期六，任何未经授权的来访者都能要求探望任何一名囚犯。今天就是。

就好像她早就知道一样。

外面在下雨，仲夏的雨，媒体已经把这种天气命名为理查德风暴。每次有人走进接待处，湿润草地的气息就会跟着涌进来。来访者们的鞋子在地板上到处都留下了湿漉漉的脚印，一名疲惫不堪的清洁工偶尔会来擦一擦。他一手扶在腰上，设下一个又一个写着"小心地滑"的黄色锥形标。

接待处很有现代风格，像一家私立医院。一张宽大的弧形办公桌占据了主要的空间。桌边有一个男人在不断按动鼠标，并轻声地接打电话。

接待处后面有一块白板，上面写着许多时间。透过一扇写着"食堂（安全2）"的门，珍能听见一场争吵正在逐渐升级。"你说过我可以点烟熏培根味的，不是盐醋味的！"一个男人说。

"我知道——但是连姆……"

"本来说得一清二楚！"那个男人大吼，珍吓得哆嗦了一下。一包薯片的力量。

有一秒钟，仅仅一秒钟，她想要坦白一切，就在这间门厅里。大吼大叫，供认罪行，自暴自弃。告诉他们她正在进行时间旅行，然后被人注射镇静剂关起来，有人送饭，她能掌控的范围只有点什么薯片。

"在这里填写申请。"接待员突然说。他站起来，递给珍一张表格，她把它填好。

"他很愿意跟你见面。"在打了两个电话，又过了几分钟后，接待员说。"访客中心往那边走。"他指向里面，示意珍穿过一组双开门进入大楼内部，然后递给珍一张既没有挂绳也没有安全别针的临时通行证。

她推动门上冰冷的金属门把手，进入了一条由两名安保人员把守的走廊。这里有消毒剂和汗水的气味。塑胶地板的边缘包着橡胶，多重门上挂着多把锁。

一名带着名牌的安保人员接待了她，名牌上写的名字是劳埃德。有人用圆珠笔在那名字下面写了"格罗斯曼！"。他要求看看她的手袋，伸入一只灵巧的手检查，仿佛一名医生在进行某些怪异的内部操作，然后又把它送进一个像机场行李扫描仪那样的仪器里。他示意她张开双臂，她照做了，于是他从上到下拍打她的身体，同时避免与她眼神接触。

"手机放在这里。"他说，于是珍把手机按照他的指示放进了蓝色的带锁储物柜。

他们又穿过了另一组双开门，是他用遥控钥匙打开的。安装在门上方的暖气短暂地温暖了她的头顶和肩膀，然后他们就进去了。

访客中心是一个破旧的房间，很大，正方形，铺着公共部门那种褪色的红蓝两色地毯，摆放着一些黑色塑料椅和小小的桌子。尽头的那面墙仅仅是由从地板延伸到天花板的几扇落地窗组成的。粗大的雨珠不断地敲打在那些落地窗上和屋顶上，震得天窗嘎嘎作响。房间里人已经满了。

要区分囚犯和访客不像珍原本设想的那么容易。这里的景象就跟其他繁忙的会议室没什么两样。一对夫妇分坐在桌子两边，他们的手在桌子中央若即若离，坚决不触碰，但尽可能地靠近规则的边界。在另一张桌子边，一个小孩把双手伸向她父亲。她的手指用力张开，就像遥远夜空闪烁的星星，但是母亲阻止了她，把她拉回自己怀里。

珍想到了自己的父亲，她是在太平间跟他道别的。她到得太迟了，死去的父亲独自躺在那里已有六个小时，这幅画面一直留在她心里。在太平间，她手上的温度最终温暖了他的手，她还低下头把自己的前额放在他手里，假装他还在，但已无济于事。

珍轻易就辨认出了约瑟夫·琼斯。他独自坐在整个房间正中央的一张桌子旁边。那双精灵似的尖耳朵、黑头发、山羊胡。他的皮肤真的有那种她曾读到过的囚犯式的苍白。不光是因为缺乏阳光照射，还有别的原因。那是人们得了流感时、睡眠不足，或异常悲痛时才会出现的肤色。

她去过这个男人的家。她见过他死去。而现在，她来到这儿，终于要搞明白他究竟是谁了。

"嗨。"她一边坐下一边打招呼，声音在颤抖。他所有的罪行：抢劫、贩毒、伤人。她的手臂和双腿开始感到刺痛。

椅子在她身下移动，是那种可以折叠成一条直线、靠在墙上排成一排的塑料椅。

"凯利的老婆。"他说。他把身上那件深蓝色运动套衫的螺纹袖口拉下来套在手上，拖延着时间。所以说他认识她，尽管他们俩根本没见过面。

珍看到他有一颗金牙，在口腔深处。他的视线对上了她的。

"珍。"说出这个字之后，他的舌头在门牙后面逗留着，拖长了尾音。

她浑身都凉透了，也完全冷静下来了。由于神秘和预期而产生的疯狂焦虑已经蒸发殆尽。保险丝已经断开，现在她什么也感觉不到。整个房间在他们周围静止了，仿佛一张褪了色的照片，安静而又模糊。即将发生些什么，她能感觉得到。

"我……"她说。

"珍，凯利一生的挚爱。"

她什么也没有说，努力让自己镇定下来，但她想到了自己是多么厚颜无耻。搜查、跟踪、躲藏、偷听，但是看看这一切把她带到了哪儿。这里，监狱，充斥着各种罪犯，警车驶过，还有一个失踪婴儿。她的皮肤由于恐惧而灼烧起来，仿佛有一千只老虎的眼睛正盯着她：她是猎物。

"你是怎么认识他的？"珍说，然后吞了一口口水。

"我们是老相识了。"除此之外，约瑟夫没有再多说什么。他在桌子下面把双腿交叉并向前伸直，他的双脚在她椅子下面。这是个故意为之的亲密姿势。珍想要向后挪，然而没有。

外面天色渐渐变暗，云层呈现出蓝灰色，仿佛有人按下了调低亮度的开关。约瑟夫注意到她在看外面。"理查德风暴，"说着，他用大拇指向自己背后指了指，"会是一场大暴雨。"

"是吗？"珍声音虚弱地说。

"哦，是啊。这里的杀人犯们热爱风暴，"他朝着周围指了一大圈，"能让他们兴奋起来。"

他居然想把他自己跟其他囚犯区分开，这多奇怪啊——珍察觉到自己在这样想，她不能不注意到这一点。"告诉我，你们是怎么变成老相识的？"

约瑟夫隔着桌子向她靠过来。"知道吗，等我从这儿出去你就明白了。我正指望着能让我们的友情重新开始呢。"他说。这跟他在事务所门厅里说的一样。他又做了另一种手势,用大拇指擦过其他手指,那代表金钱,也可能只是一阵抽搐。珍没有办法分辨,也许是她想象出那个细微的动作。他身体的其他部分全都保持着一种可怕的静止。

"你们是什么时候认识的?"

"我觉得这个问题你该去问凯利,"约瑟夫说,"不是吗?"

约瑟夫摩挲着他手上的一处刺青,他的头完全不动,只是盯着她看。外面起风了。一只塑料袋像气球一样飘过。

"珍,"约瑟夫在重复着她的名字,就像有人在逗着她玩,"珍。"

"什么?"

"在我走之前,我有一个问题。"

"你说?"

"那个问题就是——珍……你怎么可能不知道呢?"约瑟夫把头歪向一边,这动作像一只鸟。他疯了——珍发觉自己在想。他彻底疯了,这个知道她身份的男人。"就连我都以为你早就知道了。"

分叉的闪电照亮了外面的天空,一瞬间的闪电。一眨眼就会错过。

"知道什么?"

珍紧紧盯着约瑟夫,而访客中心似乎正在他们周围逐渐缩小。当天上有雷声滚过时,他向前探身靠近她,并且示意她也这样做;他的左手放在桌上,像一只仰面朝天的甲虫,手指向自己身体方向做出拉扯的动作。她不情愿地向前探身。

"问我我们以前都做过什么。"

"什么?"

"抢劫、贩毒、伤人……这些我们都做过。"

约瑟夫被指控的罪名清单。

珍眨眨眼，头向后一甩。"可你被关在这儿，而他没有？"

"啊，"约瑟夫用嘶哑的声音说，"欢迎来到黑帮的世界。"

恐惧、领悟和震惊像外面的强风那样猛烈地刮过珍的脑海。这是她所知道的吗？在她内心深处某个隐秘的角落里？

凯利。

一个热爱家庭的男人。

朋友不多。

独来独往。

很难了解。

有时黑暗。

不去旅游。

不爱聚会。

没有工资单，过着低调的生活。

在家长之夜对她的朋友们敬而远之。

似乎总是不缺钱。

那个黑暗的边缘。他身上那个黑暗的边缘，那种阻碍了亲密关系的、像柠檬的酸味一样凌厉的幽默感。这不就是书里最古老的那种故事吗？幽默、玩笑，成了一种防御机制。

他那种处事风格，有时他既不愿妥协也不愿细说。不愿、不愿、不愿。不愿搬回利物浦，不愿为一个固定的雇主工作，不愿去旅行，不愿坐飞机。

约瑟夫朝下撇着嘴角。"听着，我不告密。"他说，"我不是告密者。问问你老公吧。"说着他站起身，对话结束了。珍盯着他离开后留下的空位,任凭眼泪在眼眶中会集,完全不在乎有谁在看。

当她坐在那儿努力让自己镇定下来时,她感到肩膀受到一记最轻、最柔的触碰,惊得跳了起来。约瑟夫的嘴巴就贴在她耳边。"我敢肯定你会发现那有多严重。"他低声说完这句话,就被带走了。

珍开始颤抖,仿佛有一阵刺骨的冷风吹过,然而并没有;那只是她感觉到的他的呼吸,在她耳朵里,在她脑海里,而外面的暴风雨正在肆虐。

第 -144 天, 晚上 18:30

"哦,真是一团糟。"托德正活力十足地对珍说,他说的每个词都互相打架,出口时磕磕绊绊。珍坐在飘窗窗台那张双人小沙发上,想着自己的丈夫涉足了有组织的犯罪的事。"分馏根本就没有实现。我们为它做好了所有的准备——我们以为它会是主要问题,结果它完全不是。"他坐在沙发上,不停摆弄着亨利八世的项圈,而那只猫心满意足地躺在他的大腿上。"事情永远不会如你所愿,你知道吗?"他动来动去,无法保持静止,于是猫跳了下去落在地板上。窗台上点着三根蜡烛。

珍微笑着,对她儿子点点头。

今天早上她注意到的第一件事情就是,她的手机变了。她用手笨拙地握住了它。它比她七月初买的那部手机粗大。该死该死该死,她心想。在查看日期之前,她就已经知道自己又向过去跳跃了很多。

现在是六月。当她望向卧室窗外时,看见对面邻居家前院花园里的玫瑰花丛开得正艳,一大把一大把的花朵香气满溢,紧紧挨在一起,几乎要落到地上去了。怎么会是六月呢?这到底会在哪儿结束?直到虚无吗?直到出生,直到死亡?而且——另一个更阴暗的想法——现在想要像许多天前凯利说过的那样亲手杀了他，已经太晚了。他在牢里。

珍换上不同的衣服，这些衣服在几个月后已经被她扔掉了。她想到的第一件事情是，凯利对约瑟夫来说是什么人。还有事情可能是怎么发展的：约瑟夫出了监狱，来到律师事务所找他的老朋友凯利，托德跟克丽奥牵扯在一起，发现了约瑟夫和凯利在做什么，他很不喜欢所以杀了约瑟夫？她的结论是，这是合理的，但不太可能。这个理由似乎不足以构成杀人动机。而且还有很多事是解释不了的：瑞恩·海尔斯、失踪婴儿、妮可拉·威廉姆斯、凯利与托德之间遮遮掩掩的对话。约瑟夫知道的关于凯利的事。

现在她看着托德，他坐在灯光下，裤子上沾满了猫毛。"你会成功的。"她含混地说。

"好吧，我的确还挺乐在其中的！耶德说我脑子有病。"他有些轻浮。这与放松有关，与压力之后释放的内啡肽有关，也许还与别的什么东西有关。某种到了秋天就已经消失不见的东西、某种轻盈感。"我想说——我是不是某种虐待狂？……什么？"说着，他停了下来，隔着房间看向她。

"你不是虐待狂。"她说，但就连她自己都听得出她的声音里饱含着悲伤。她好想念这一切。仅仅是正常的生活，而不是断裂的日子，一切都在倒退。她甚至都不知道自己为什么在这一天醒来：六月七日。托德还没有遇见克丽奥、约瑟夫在牢里。所以是什么理由？她把脸贴进手掌。"我好奇我能不能得 A，"托德沉思着说，"可能只是个 B。"

他得了 A。

就在最近，托德回到家兴高采烈地谈论着聚合物弹跳球。"聚合物什么？"凯利当时问。托德犹豫了一下，然后从双肩背包里拿出了一个。"我给你拿了一个。"他轻描淡写地说。他自信到可以从学校偷东西了。他们没有介意，觉得这很有意思。他对于化学的兴趣太浓烈了，那么其实他不该被允许拿那个球呢？也许就是这类事让托德变得任性妄为的。珍从来没有好好想过她会成为哪种家长，她也许太放松了，喜欢开玩笑，而不是立规矩。被他的高智商所愚弄，以为他永远不会叛逆。但是所有孩子都会叛逆的，即便是那些好孩子：他们只是叛逆的方式有所不同。

珍看着她帅气的儿子，想到未来的那个托德将会错过的一切。上大学、结婚，与其他天才一起筹备的毕业计划。与此相反，他将要面临些什么？还押、审判、监狱。到了三十五岁出狱。永远记得自己夺走过一条人命，不论是出于什么被误导的原因。"你要点菜吗，还是我来？"说着，托德朝她晃了晃自己的手机，上面显示着多米诺比萨的页面。

他们一定是已经决定要点一份外卖。"啊——咱们还是等等爸爸吧。"亨利八世静悄悄地走过来，跳上了珍的膝盖。而且托德更瘦了，她懊悔地想到。

托德露出一副夸张的困惑表情，就像动画片里的人物那样。"哦——好吧，"他说，"爸爸不在家，但是没关系。你来吧，珍。"

"是吗？"她语调尖锐地问，"冒着被人说上了年纪的风险，"她咧开嘴换上一副笑脸说，"提醒我一下，他去哪儿了？"

"今天是圣灵降临节啊。"

"哦！"珍说。她能感觉到自己的嘴巴做出了一个圆圆的、意味深长的O。每逢圣灵降临节的周末，凯利都会离家去跟学校的老朋友们一起露营。这是一个长期的约定。她从来没见过他们，她一度对此好奇，但是凯利的解释轻描淡写。"哦，他们都不是本地人，我只在那一个周末跟他们见面。说实话，能把你无聊到哭。"

"那就点两人份的比萨吧。"她对托德说。实际上，她心里在想：那就是理由。那就是她来到今天的理由，在过去所有的日子里。

感谢上帝。感谢上帝她今天早上打开了凯利手机里的"寻找我的 iPhone"功能，现在她每天早上都会这样做。先前她检查的时候，他还在利物浦，但她要再看一次。

"让我想想。"说着，珍拿出手机，表面上是在点比萨，其实是在看"寻找我的 iPhone"。凯利是到湖区去露营，温德米尔湖。每年都是同一个地点。

但是你看，他的小蓝点在这儿，根本不是湖区，在索尔福德的一栋住宅里。

珍重新抬头看着她儿子，他正看着自己的手机，脸上一副专注的表情。

"托德。"她一边说一边在心里哀叹。她的宝贝儿子，刚考完试，盼着跟妈妈一起吃比萨，他本该得到更好的对待。他惊讶地抬头看着她。"要是我不得不马上去趟办公室，是不是很糟糕？就去一下——然后我们再吃比萨。"

托德惊讶地扬起了眉毛，随后他挥了挥手。"好啊，没关系，"他说，"别担心，我要去把自己浸泡在 H_2O 里面，也被凡人们称作泡澡。"

珍暗自轻轻地笑了一下，然后揉着自己的眼睛，而他站起来离开了起居室。这样做是正确的吗？在寻找答案的过程中更多地忽视了托德，而不是更少？但是，她得去确定清楚才行。

她决定叫出租车，这样她到达时就不会被认出来了。

"不会很久的。"她高声向托德说。她听见往浴缸里放水的声音，却没有听见托德的回答。她在楼梯下面犹豫了一会儿，在不同的责任之间左右为难，但这一切都是为了他。当优步应用程序用振动告诉她车辆即将到达时，她下了决心。这一切都是为了拯救他、美好的他。

"给我的饼多加一份培根。"托德高声说。

"没问题。"

她在街上等出租车。

现在是盛夏。邻居家的花园里种着天竺葵、甜豌豆和玫瑰，闻起来像一种香水。空气温润，下着一点小雨，温暖的毛毛雨，珍并不介意。环境又湿又热，像桑拿房一样。

她伸手摘下一朵牡丹的花瓣。牡丹就长在她家车道的拐角，那是唯一一小块他们愿意费心去打理的土地。它曾经是白色的，现在边缘已经变成了棕色，像一张旧报纸；不过它仍然散发着甜美、辛辣的香草气息。

她抬头望着他们沉睡的家，朦胧的浴室窗户里亮着一盏灯。她想着儿子和他的比萨。有一天他会明白的。

当优步的车停下来的时候，她忽然在想她有多么信任她丈夫。她过去太信任他了——跟她从没见过的人们去露营。她从没想过会有什么蹊跷，一次也没想过。

她拉了拉优步车上凉凉的塑料把手，迎接她的是一个蓄着胡须、戴着棒球帽的中年男子，名叫艾里。车里弥漫着人造空气清新剂和口香糖的气味。

她把刚才从厨房的应急抽屉里拿出来的一大沓二十英镑的纸钞递给他，这些纸钞的手感就像刚才的牡丹花瓣一样柔软而干燥。"我在跟踪某个人。"她说。

"噢。"艾里打量着那沓纸钞,考虑了一下,最终接了过去。

"应用程序上产生的费用我都会照单支付。我们需要盯着这个,"她把手机给他看,"如果这个小蓝点移动了,我们可能就需要……修改目的地。"

"那好吧,"他说,"跟电影里一样。"说着,他的目光在后视镜里跟她对视了一下。

"嗯。"珍坐在后排,把头靠在凉凉的车窗玻璃上,望着自己住的那条街飞逝而过。一个女人乘坐一辆黑色出租车跟踪自己的丈夫。书里最老套的那种故事,还有复杂的行动计划。"跟电影里一样。"她重复了他的话。

"《使命召唤》在等你。"托德发短消息给珍。

天哪,这可太搞笑了,珍心想。默西塞德郡的灯光像散落的彩色星星那样从窗外闪过,你居然能整段整段地忘记你过去的生活。PS5阶段,《使命召唤》,两只游戏手柄都要一直保持充电状态。他们花了很多时间玩这个游戏,在家里的各个角落里互相射击。"这里是黑色行动。"托德会一边走进厨房一边对她说,手里还拿着一部想象中的对讲机。

他们正在高速路上飞驰,头顶有亮灯的蓝色标志经过,仿佛他们是在飞行。珍现在很怀疑,她无视"充斥暴力的电子游戏"之类警告、让她儿子玩那个游戏是不是不负责任的行为。她曾经以为,那样的事不会发生在他们家。她过去太松懈了,一定是的。她自己是被一名严厉的律师养大的,她原本想要教孩子如何放松并享受乐趣——但她做得是不是太过头了?

凯利的小蓝点在一条小路的尽头,就在高速路的索尔福德出口不远处。艾里尽职尽责地开着车，什么话也没说过。

当珍正在思考这是不是个好主意的时候，他说："你看起来不大高兴。"

"是的，我不高兴。"

艾里完全关掉了广播。空气很温暖，汽车像一个被点燃的茧。"你是在跟踪你老公吗？"

"你怎么知道？"

艾里在镜子里对上了她的视线，然后又给自己拿了一块箭牌口香糖。他拿起一块递给她，她拒绝了。"通常都是啊。"他说。

她向下撇着嘴角，拒绝回答。通常她都会跟出租车司机聊几句，尝试让对方感觉聒噪一点儿也没什么，但是今天她没有。

他们在一个环行路口下了高速路，走第二个出口，然后朝乡下开。那条小路上没有亮灯，乡下夏日的气息通过空调系统渐渐飘了进来。干草垛的气味，雨落在一场大旱后发烫的人行道上激起的气味。

"或许我可以在那些电影里得到一个角色，"艾里语调欢快地说，"跟踪丈夫的那种。"

"或许。"

他们开到一条像是私家车道的地方，谷歌地图上没有标记名称的一条头发丝似的裂缝。

"要开过去吗？"艾里问。他摘掉了他的棒球帽。他从前可能头发浓密，现在头顶已经稀薄了，一缕缕纤细的头发仍然打着卷，像刚洗完澡的婴儿那样。

珍没有回答，艾里把车停住了。他们距离凯利的小蓝点大约有三百英尺①远。珍应该下车,但是她在犹豫。她想要享受这最后的时刻,直到……直到某事发生。

现在艾里关掉了车头灯,珍的眼睛逐渐适应了昏暗的车道。它蜿蜒向左,然后向右。快到夏至了,天空呈现出明亮的贝母色。树木茂盛,叶子密密麻麻地连成一片。

两道车头灯像激光射线一样扫过半空。"他在开车。"艾里说。他迅速倒车,开到了主路上。珍瞥了一眼自己的手机,那个小蓝点开始移动了。

凯利的车从他们旁边经过并渐渐走远,似乎并没有注意到他们。"要跟上去吗?"艾里问。

"不。我们……我想去看看他刚才去了哪儿,这条车道的尽头有什么。"

艾里一言不发,开到了路的尽头。车道一路蜿蜒,弯道遮掩住了路尽头的东西。珍原以为会看到一个婚礼场地、一座城堡或一座富丽堂皇的豪宅,实际上只看到一片小而破旧的住宅开发项目,那些住宅一栋接一栋地进入她的视野。七栋住宅围绕着一条由木板条铺设的车道。艾里把车停好。那些住宅是陈旧的石头房子,其中四栋里面亮着灯,其余的一片黑暗。

有一栋房子比其他房子更加破败。屋顶的瓦片不见了。前门是一扇老式的木门,摇摇欲坠,近乎腐朽。一楼的一扇飘窗被木板封住,上面还有粉色喷漆涂鸦 QAnon②。艾里沉默地坐着,而珍在凝视着它。就是那栋房子。她非常肯定,那是唯一一栋外面没有停车的房子。

---

① 约91.44米。
② 即匿名者Q,一个匿名人士或组织,其支持者们相信特朗普正发起秘密行动打击"深层政府"(deep state)。

"我完全不明白这是什么。"她说。

"看起来很有问题。"

珍的大脑在不停旋转,一个交易场所、一个藏身之处、一个切割毒品的地方、一个杀人的地方、一个藏匿失踪儿童和死去警察的地方……什么都有可能,没有任何好的可能性。

但她没有把这些说出口,而是低声对艾里说:"他说他是去露营的。"

"可能是啊,这里看起来也相当户外了。"他哈哈笑着补上了后一句。

"在湖区。"

"噢。"

"你可以在这儿等一下吗?"她一边问一边推开了车门,"我得去看看。"

"当然。"他说,但面部表情变得更加警惕了。这位优步司机,她交往短暂的朋友,她向他坦白了最多。她下车走远时,回头瞥了他一眼。他被车内的灯光照亮,像昏暗中的玻璃雪花球。

她试探着走过灰色的木板条。室外的空气闻起来有假日的味道,夏日气息,蟋蟀幽鸣。

忽然,她希望自己回到那个摆着南瓜灯的窗台,眼看托德杀了一个人。她会坐视一切发生,接受它。他会去服刑。刑满释放后,他就能继续自己的人生。这是她第一次想要重新掩盖自己发现的这个伤口,不再继续挖掘它,让生活继续。

她穿过黑暗走向那栋房子,试着打开前门,但上了锁。那栋房子的位置跟其他房子有些距离。每一栋房子都没有边界,没有栅栏,没有前院或后院。邻居把自家草坪修剪成了一条随意的直线。直线后面紧接着就是这个荒芜的院子——荨麻、野草，还有两株巨大的粉色羽扇豆花在微风中点头摇摆。

珍推开了投递邮件的小门，它让她想起了自己小时候家里那扇。她的手指碰到门，感觉又硬又冷。她想起了父亲和他死的那一天，还有她是如何没能及时赶到。

透过那扇小门，她可以看见一道老式的走廊，地砖不大平整。她推测，凯利已经从地板上捡起了邮件并堆放在走廊里的那张桌子上。

门边灰泥上的标志写着"檀香木"。旁边的小屋上写着"贝"。里边很小，只有两间房的纵深。珍绕着它顺时针走了一圈。屋后有两扇老式的滑动式的通往院子的门，门上的玻璃长了一抹青苔。

房子里面有一个铺着青绿色地毯的房间，摆着一张深色木质的餐桌，像人偶的家。没有椅子。左边有一间空的小厨房，料理台上空无一物，连水壶都没有。她把双手拢在额头周围，靠在门上向里面张望，这让她的手指染上了青苔的绿色。这里疏于打理，但并没有被废弃，可能是最近才被清空的。

她又绕回了房子正面。起居室的几扇窗户都是直棂窗，每隔一格就是一个由吹制玻璃制成的变形的圆圈。起居室维持着原样，像一间博物馆或是一处布景。房间中央有一组粉色的三件套沙发，扶手上盖着的东西从前应该是白色蕾丝吧。一个遥控器沿对角线放在一张空茶几上。一个满满的书柜，但她从中分辨不出什么。顶上有两只蒙着灰尘的香槟酒杯。她刚打算不再看下去的时候，忽然注意到视野正前方的一样东西：那是一个能放两张照片的相框，背面是独特的黑色天鹅绒，它就摆放在散落着几只死苍蝇的窗台上。变形的玻璃导致她差点儿错过它。她朝窗户移动，想要靠近些看。

当它成为她目光的焦点时，空气仿佛变得柔软而静止了，宇宙中的分子沉淀在她周围。这不是一场徒劳无功的追逐,这不是在发疯。

她找到了。

那是一张凯利的照片——显然是凯利——那样拘谨的、小心翼翼的微笑。他比现在年轻得多,大概二十岁,站在另一个人旁边。一个剃了光头的男人。他们的手臂拥抱着对方。相框上积了厚厚的灰尘,而且她离它有一英尺[①]远,但她能看出他们俩长得很像。他们的眼睛,还有一些无形的东西。家族成员之间的相似之处有时并不明显。他们骨架的结构、前额的形状,以及站立的姿势:他们身体中似乎正在蓄力,就像站在起跑线的跑步运动员。

那么,他是谁呢?这个长得像她丈夫的陌生人?凯利说,他没有在世的亲属:这是另一件她一直以来都相信的事。她一边盯着照片里的两个人看,一边思考着。为自己认识的人坐过牢而撒谎是一回事,为你的家庭、你的背景而撒谎就是另一回事了。

而且,如果这栋房子有什么可疑的地方,她丈夫为什么要在这里放一张自己的照片呢?他当然不会。他并不蠢。

她走回了那辆优步出租车。那个人的眼睛跟凯利的一样,跟托德的一样。这就是她大脑中一直在想的事。三双深蓝色的眼睛。她丈夫、她儿子,还有另一个人,一个她不认识也找不到的人。即便她破门而入、拿走那张照片,到了明天,它也不在她手上了。

艾里正在手机上玩某种平台游戏,他双手横握着手机,每当细小的音乐声响起就点击屏幕。"不好意思。"见她过来,他锁了手机屏。珍从前排上车,坐在他身边。

"什么……"他用一种觉得不得不问的语调说。

[①] 约0.3米。

"我不知道,里面是空的。"

珍打开手机,又去查看"寻找我的 iPhone"。凯利现在看起来似乎正开往湖区,也就是他以往一直说他露营要去的地方。但要先经过这里,这一处被废弃的住宅。

"它是谁的?"

"等一下。"珍说。你可以花三英镑在土地登记处查到任何一处房地产是属于谁的。

她下载了产权凭证,滚动到注册信息。产权所有者是兰开斯特公爵,也就是国王。无人认领的房地产都归国王所有,这是任何一名产权律师学到的第一件事。珍把亮着屏幕的手机放在大腿上,盯着那栋房子看。

"介意我抽烟吗?"艾里一边打开自己那一边的车窗,一边问。

"抽吧。"她这么说之后,他噼地点着了打火机,两次闪光,车内被短暂地照亮了。他在抽烟,而她在思考。香烟的气味令人怀旧:葡萄酒吧外面的夏日傍晚,站在火车站,深夜的月台。

"我们该走了。"珍说。

"你要去跟他当面对质吗?"艾里一边说一边吸了一口烟,脸上的颧骨凸了出来。

"不。那样他只会撒谎。"

汽车行驶中,两人都沉默着,珍在想照片里的那两个男人。她丈夫,还有另一个人。一个长得像他的人。这一切意味着什么?

等珍到家时,厨房吧台上放着两个比萨盒子。一个是空的,一个装着比萨。托德没等她就先吃了。他一定是自己点了外卖,在孤身一人的时候。

瑞恩

瑞恩正在肮脏的起居室地板上做俯卧撑,许多绒毛和污垢不断地粘到他的手掌上。他现在健身有两个原因:一,他不能再去健身房了;二,他无法、无法、无法把那个失踪婴儿赶出脑海。

除了健身房,瑞恩也几乎不能做任何他以往经常做的那些事了。他不能回家见家人,他不能跟朋友出去玩,他甚至不能回他原来的住所……

事情发生得太快了。

他是昨晚搬来的,这里是位于沃拉西的一间小公寓。他要住在这里,吃在这里,睡在这里。这里有两个房间:一间是浴室,另一间包括了其他所有功能。他觉得这真的很经济。有一张可以打开变成床的沙发,靠里的墙边有一排橱柜、一台电视、一部座机。他还需要什么呢?他不介意。这很令人兴奋,更棒的是,这是暂时的。

他是夜里一点来到这儿的,确认自己没有被跟踪,用在警察局时分配的钥匙进了这间小公寓。当他把双肩背包从肩膀上甩下来丢在廉价的地毯上时,长出了一口气,心想:我来了。

几天前,在那个储物间里,利奥终于把话说清楚了。"我们想要你在这个小组里做卧底,瑞,就现在,"利奥说,"今天。"他直视着瑞恩的眼睛,连一毫秒也没有断开过他们的眼神交流,没有眨眼,什么也没有。"我们创造的那个传说中的人物就是……好吧。就是你。"

"好啊。"瑞恩深吸了一口气说。一切都变得清楚了,就像那样,那块软木公告板。那块公告板是一个入门的途径。所有的提问:关于他的背景、他的兄弟、他知道些什么……

他本来就想要这个,他努力这样告诉自己。他本来就想要一个有意思的职业。但是——哇哦——做卧底,截获一个黑帮。他忽然想要知道卧底警察的死亡率、发生的概率、他的机会。

"你知道,你说话不像个警察。"利奥说。接着他又澄清道:"那就是我们一直想要的。"

"我明白了。"说着,瑞恩心里不知道该笑还是该哭。天哪,他成了卧底候选人是因为他根本不像个警察?他甚至记不清该死的警察字母表。瑞恩咬着嘴唇,一种悲伤而柔软的感受涌上他心头,仿佛他吞下了一杯忧郁的热饮。

"不——我的意思是,一个警察会说:'这位男士能让我获得一些高等级的可卡因吗?'而你会说:'有"比克"吗,哥们儿?'"

瑞恩爆发出一声大笑。

"你知道的,我夸张是为了达到喜剧效果。尽管你在情报方面做得太他妈出彩了。那块软木公告板,金子般的价值。"利奥亲切地说。

"谢谢。"

而现在,瑞恩将要被介绍给那个OCG,介绍人是一个已经潜入其内部的同事,他们的内线。

他的电话响了。

"安顿好了?"利奥说。

"是啊，我想是的。"他望着外面一片寒冷的住宅区。现在已经到了冬季的尾声。树木全都光秃秃的，只剩下树枝。天空阴冷而苍白，没有任何颜色。天气乏善可陈，人完全懒得做任何事。没有太阳，没有雨，什么也没有。

"记住：三条建议。"

"你说？"瑞恩转过身，面对着起居室。

"一、无论任何时候都要绝对坚持你的角色设定，哪怕你认为自己已经暴露了。就算别人怀疑你是个条子，也比你自己去证实这件事要好。"

"没错。"瑞恩吞了一口口水。他在紧张，他可以承认这一点。这工作可能很酷很特别，但是——要是他们怀疑会怎样？如果他们准备好了一场大诱捕，可他搞砸了又会怎样？

"二、每一次情况有变，犯罪分子都会怀疑扫毒小队。你也应该这样。如果你被人指控是DS，你应该表现得非常气愤，然后也去指控别人。"

"我会的，这些我都没问题。"瑞恩诚恳地说。他们要派他去潜入高层，去试探和渗透那些向黑帮泄密的人，是他们告诉黑帮哪些房子即将空置的。不是去贩毒的黑帮，而是去盗窃的黑帮。

"三、永远不要告诉任何人。"

"记下了。我想说——那才应该是第一条，真的。"瑞恩说。

利奥哈哈大笑，这让瑞恩感到自己的心中充实而快乐。

瑞恩手里拿着他自己的手机，里面有一条短消息，他看了又看：十字街2号。按照指示，他穿了一身黑。

收到短消息的方式跟瑞恩的内线安吉拉说过的一样，来自一个被屏蔽的号码。而这就是他们正努力想要查明白的：是谁拿到的那些地址，又是怎么拿到的？

瑞恩以前没有见过安吉拉，这是警队内部的规定——没人会跟正在执行卧底任务的警察见面。安吉拉参与了一个为期四个月的项目，去了解黑帮里面与盗窃有关的分支，而且到目前为止她干得不错。她偷过四辆车，在码头认识了以斯拉。在这段时间里，她从未踏入过警察局一步，以防被人看见。

瑞恩在几天前的晚上见到了安吉拉，是由利奥远程安排的。他们俩在一个一站式服务点外面交谈了几句。安吉拉很有条理，也很严肃，抵触他那些玩笑话，就像那些话给她造成了不便。昨天，她把瑞恩作为她的"表亲"和"经验老到的盗贼"介绍给了黑帮，这是为了提升她自己的价值，也是为了尝试让瑞恩升入更高的位置。去了解情报背后的人，而不是只认识些小喽啰。

而瑞恩领到的第一个用来证明自己的任务是：到手机上写的这个地址去把车抢走。

这有多么简单，就有多么困难。

现在是凌晨两点多。月亮升上来了，如同一只明亮的球被扔到了天上，只待一个晚上，然后再落下去。

他面前的这户人家在沉睡。主人们都不在家，去了湖区。门廊灯是唯一亮着的灯，是一个明显的计时器。如果这还不够清楚，草坪也显得桀骜不驯：这清楚地表明人们去度假了。

瑞恩没有多想，只要动手做就行了——打开信箱的门。他真走运：这一单很容易，钥匙唾手可得。他拿出长长的黑杆子，把钥匙钓出来装进口袋。他用戴着手套的手开了车锁，溜进车里，没发动引擎就把车倒出了车道。如果警察找到这辆车并对它进行取证，卧底小组就会揭开他的身份：其实这是瑞恩。他属于好人阵营，可以免于起诉。

在附近一条没有灯光的路上，他开始执行下一个任务。他的双手在发抖。他还从来没有给汽车换过车牌。警方以为他知道怎么做，但他在机械、自己动手等等所有这类事情上一直很垃圾。他弄不明白东西是怎么组装到一起去的。他掉了两根小螺丝钉，它们在人行道上滚动，轻易地就混进了柏油碎石路面里。"真他妈见鬼。"他跪在地上，尝试用指尖摸索着寻找它们。

他花了四十分钟才给那辆车换好车牌，而且被车牌锋利的边缘割破了手，伤口就在手掌心。但事情做完了，又一桩罪行完成了。

瑞恩把车开往码头，在那儿他按照指示等着，等到以斯拉有空的时候就开到他身边，下车把钥匙给他。

"完美。"以斯拉说。就在那里，在那个寒冷的码头，瑞恩丧失了勇气。想象一下，想象一下，想象一下吧，他脑子里只有这个声音。想象一下如果以斯拉认出了他是谁。瑞恩或许没有被逮捕的风险，但他绝对有他妈的直接被杀掉的危险啊。

"好极了。"瑞恩说。当他伸手去拍以斯拉的肩膀的时候，手在颤抖。他掩饰了一下，下巴故意晃了晃，这是吸食可卡因的人常见的症状，让以斯拉以为他嗑药了，就跟他哥哥的那些同伙一样。

瑞恩的目光越过以斯拉，望着那些货船，还有那些在夜空映衬下色彩鲜艳的起重机。

以斯拉的目光跟他的相遇了。他们俩之间似乎传递了一些什么，尽管瑞恩不懂那到底是什么。他的膝盖开始发软，他为了掩饰就用两脚交替着跳来跳去。

"第一次？"以斯拉小心翼翼地问。

"是啊,万事开头难。"瑞恩重新用脚跟站好。他们会杀了他。不管有什么警方保护,或是他身份一旦暴露就可以去安全屋:这些人只要发现瑞恩就会杀了他。不要再想这些了。快停下来。

"我们这个星期已经干了四十次了。"以斯拉说。

"四十辆车?"

"嗯。"

哇哦。瑞恩用嘴巴吹了一口气。这事儿的规模比他原来以为的要更大。

"你伤着手了?"以斯拉问。

"是啊,没什么大事儿,"瑞恩说,"就是被车牌划了。"

"我以前自己动手的时候也有过同样的遭遇!"以斯拉一边说,一边给瑞恩看他自己的手掌。

"哈。"瑞恩说。他的大脑转起来了。

"你应该涂点儿沙威隆药膏。"以斯拉随意地说,仿佛他们是两个孩子,不是有组织犯罪的黑帮成员。去他的沙威隆。

第四部
>> Part Four
不是我的错

> 他无言地回望着她,用他从前那种深情的方式。深蓝色的眼睛,扁扁的鼻子,粉色的脸蛋儿,勤奋的表情。她拿起一块积木,他非常认真地从她手里接了过去,然后丢在了地板上。

第 -531 天,早上 8:40

现在是五月,却是前一年的五月。这不对劲,她到底倒退了多远?她得跟安迪谈一谈,问问他该怎么做。为了让这种倒退停下来、慢下来。

珍一走下楼,就从家里的灯光和声音判断——凯利在做饭,托德在闲聊——今天是周末。她在倒数第二级台阶上停了下来,只为听她丈夫和她儿子轻松的玩笑话。

"那应该是'不感兴趣(uninterested)'这个词,"托德正在说,"而'不偏不倚(disinterested)'的意思是公正无私。"

"何必呢,谢谢你啊大词典,"凯利说,"其实我想说的就是公正无私。"

"才不是呢!"托德说,然后他们俩一起爆发出一阵朗声大笑。

珍走进厨房。"早啊,美人儿。"凯利随意地说,他给甜煎饼翻了个面。这个场景多么普通,但是……那张照片。他有某个亲戚,他却从来没告诉过她。

看着他让她感到痛苦,就像在目睹一场日食,太阳渐渐消失。珍感觉到自己在眯着眼瞧他。"怎么了?"他问。

她的视线又回到了托德身上。他是个孩子，一个小朋友，一名青少年。巨大的手和脚，一对大耳朵，一口还未经固定和矫正的傻傻的牙。脸颊上长着四个疱疹。完全没开始长胡子。他个子很矮。

她缓慢地移动到凯利正在翻动甜煎饼的地方。

"所以你刚才是在说，你对我的电子游戏是公正无私的？"托德对凯利说。

凯利正在往不粘锅里倒入更多做煎饼的面糊，他的黑头发反射着阳光，闪闪发亮。"是啊——我就是那个意思。"

"我闻见了胡扯的气味。"

"好吧，好吧，"凯利举起了双手，"谢谢你给我上课。我想说的是'不感兴趣'。你这个臭孩子。"

托德冲他父亲咯咯地坏笑，是那种孩子气的笑。"你就想象一下吧——你本来可能有两个我，如果你们再要一个孩子的话。双倍的痛苦。"托德说。

"是啊。"说着，凯利脸上闪过某种苍老的、突发奇想的表情，但只出现了一秒种。他的确一直想再要一个孩子。

"有你就足够了。"珍对托德说。

"嘿，我们都只是孩子。"托德边说边伸手拿了一根香蕉开始剥皮，"我以前可没这么想过。"珍紧紧地打量着凯利。是因为这段对话吗？这就是她来到这里的原因吗？

他什么也没说，正在厨房里忙得不可开交。"我们的确是啊。"过了一两秒钟，他才漫不经心地说。

珍望着外面的花园。五月，2021年的五月。她简直不敢相信。清晨的阳光一束一束倾洒下来，仿佛来自天堂的一根根长矛。他们的旧棚屋还在那儿，是在他们建好蓝色小屋之前曾经拥有的那间。珍在好奇有没有人能分得清两个不同的五月，仅凭阳光打在草地上的方式。

"对了，我得去洗个澡。"她说。

她去了他们家最顶层，坐在他们俩的双人床中间，用她很早之前用的手机，用谷歌搜索安迪的电话号码，并且打给他。

"安迪·维特西。"

珍急促地把往常那段话絮絮叨叨地讲了一遍。那些日期，他们已经进行过的那些对话。安迪保持着一如既往的风格，他的沉默有时显得拒人于千里之外，但珍觉得他很热心。她告诉他未来获得潘尼詹姆森奖的事，他说他已经被推荐参与评奖了。

他似乎相信她。"好的，珍，说吧。你想要问什么？"

"我只是——现在我已经回到了十八个月之前。"说着，她在努力让自己的注意力回到手头的任务上来。

"你到达过的那些日子有什么共同点吗？"

"有的时候……我总能了解到一些事。但是……"她把手机夹在肩膀和耳朵之间，两只手则在腿上搓来搓去。她快冻僵了。她手上涂着很旧的指甲油，是一种她一度非常喜欢但现在已经开始讨厌的杏色渐变。"有好多事，我本来以为能有效地阻止这怪事继续下去，但是却没有。"

"可能问题不在于阻止。"

"哈？"

"你说了他是个坏人，对吗？这个约瑟夫？也许问题并不是要阻止他被杀。"

"接着说。"

"嗯，如果你阻止了他被杀，似乎你又会遇到别的问题。"

"哈？"

"可能问题不在于阻止，而在于理解。那么你就能防范它了。你知道吗？如果你知道了原因，那你就能把那些原因告诉法庭。"

他说完之后，珍的耳朵开始颤抖。也许，也许，也许。毕竟，她是一名律师。"是啊！就比如，那是自我防卫行为，或是一起挑衅性事件。"

"完全正确。"

珍真希望能回到第 0 天，只要一次就好，带着她现在所知的一切，去再看一次。

"我不知道我在未来是不是已经告诉过你，但我总会告诉每个自称时间旅行者来找我的人同一件事：如果你在过去找到我，请告诉我你知道我学生时代想象中的朋友名叫乔治，没有人知道那件事。好吧——除了那些已经听我说过的时间旅行者。到目前为止，还没有人来跟我说过这件事。"

"我会跟你说的。"珍说。她的心被触动了，因为这条隐私。它也是一个提示、一条捷径、一个非正常入口。

她感谢了他，然后道别。

"随时欢迎，"他说，"咱们昨天再见。"

珍露出一个淡淡的、哀伤的微笑，挂掉电话，然后想着今天。毕竟，今天就是她所拥有的一切。

今天，2021 年五月。

2021 年五月。有什么东西正在慢慢地爬上她意识的平台，就像远处的地平线上正在逐渐聚集的薄雾。

它就像有时会突然袭来的那种念头一样。

它毫无预警地到来了。她查看了自己的手机。是的，她是对的。

今天是2021年五月十六日。

正是那件事发生的时间。

就像冷不防地挨了一记重拳，重得把她瞬间击倒在地：今天是她父亲去世的日子。

珍假装忍住了去做那件事的冲动。她一边整理头发一边对自己说：她在时间中倒退不是为了来见她的父亲，不是为了来纠正她人生中的一次重大过错。她做这些不是为了来这儿跟他告别。她来到这儿是为了拯救她的儿子。

但是她整个上午都在想着太平间里的那场告别，只有她和他的遗体，她把他冰冷干燥的手握在手里，而他的灵魂已经不在了。

她看着托德玩赛车游戏——他们在现阶段着迷的游戏——同时疯狂地做各种小动作，不断把双腿交叉、打开、再交叉。终于，托德开口问她"怎么了？"。她走开了，留他一个人玩游戏。

她站在走廊上，用谷歌搜索凯利。什么也没有，网上完全没有留下痕迹。她把他的姓氏放到一个寻祖网站上检索，可它一下显示出了遍布英国各地的数百条结果。她找出一张凯利的照片进行图片搜索，但还是一无所获。

她恍恍惚惚地走到楼上。凯利正在记账。"我得到了微软公司的特别关照。"他对她说。杯垫上放着一杯咖啡，他脸上挂着微微的笑容。当她走近时，他非常轻微地调整了电脑的角度，好避开她的视线。这次她注意到了。上次肯定没有。

可能他还有另外一份收入来源，例如毒品、死去的警察、犯罪行为。他是不是比一个正常的粉刷匠/装修工人更有钱？倒也不是。她不这么认为。她从来不曾注意到什么——难道从来没有吗？记忆不知从哪里冒了出来。几年前，凯利曾经向慈善机构捐款，好几百英镑。他本来没有告诉她，等她问起时他解释说，那是一笔匿名的捐赠，因为到手了一份好工作。这件事曾经让珍感到一种难以名状的困扰，就是那种发现丈夫对你撒谎时的感觉，即便他是为了做善事。那个谎言本身没什么大不了的。无论如何，那的确是一个谎言。

"嘿，这个问题可能很怪，"她语气轻松地问，"不过，你有没有任何还在世的亲属？比如一个表亲，一度搬了家……"

凯利皱起眉。"没有啊？我父母都是独生子女。"他迅速回答。

"就连远房亲戚也没有吗？隔了好几代人那种？"

"……没有啊。为什么这么问？"

"我忽然想到我还从没问过你所属的大家族的事。而且我有一个——一个怪怪的印象，觉得我好像见过你的一张老照片。照片里是你跟一个眼睛跟你一模一样的男人，他身材比你粗壮，眼睛却和你的一模一样，头发颜色比你浅。"

凯利似乎全身都对这句话产生了反应，因为他忽然站了起来，以自我掩饰。"不知道，"他说，"我不觉得——难道我会有什么老照片吗？你了解我的，我没那么容易动感情。"

珍望着他点点头，心想：这与事实是多么不符。他根本就不是不动感情的人。

"一定是我在想象中编造出来的。"她说。他们只有眼睛相像。也许照片里的人只是个朋友。

珍看着那对蓝色的虹膜，忽然感觉到人生中从未有过的孤独。她本来应该是四十三岁，但是，在这儿，她是四十二岁。她本来应该在秋天，但她是在春天，十八个月之前。而且不论她是在哪个时区，她丈夫都不是他自己嘴里说的那个他。

而她父亲还活着。

她的父亲无条件地爱她,尽管是用他自己独特的方式。正如珍感觉到她为了拯救儿子必须检查自己做家长的方式那样,现在,她想要去向那个养育了她的人求助。

"我要去看看爸爸。"她说。她无法抗拒,她需要把他温暖的手握在自己手里,她需要看着他拿出他离世时摆在身边的啤酒和花生。她不会留在那儿的。她只会——她只会告诉他,她爱他,然后就离开。

"噢,好啊。"凯利说,"希望你们开心,"当她一路跑下楼梯时,他又高声说,"替我问好。"

凯利和她父亲一直保持着友好的关系,但从来都不亲密。珍原以为凯利有可能会寻找一个父亲的形象,然后欣然接受她父亲,然而事实上正相反,他一直与肯尼斯保持着一定距离,就像他跟大多数人的交往方式那样。

她上了车后给她父亲打电话,她的大脑仍然有一部分认为他不会接电话的。

当然,他接了电话。这比其他任何事情都更能向珍证明,这一切是真实发生的。都是真的。

"真是个惊喜。"珍的父亲对她说。他就在那儿,在电话的另一端。起死回生。他的声音——文雅、克制,随着年龄增长而变得亲切乃至幽默了。珍沦陷在他的声音里,就像一只被囚禁的动物在过了太久太久之后又感受到了那久违的清风。

"你好吗?我想着要不要去看看你。"珍说,她的声音有些粗重。

"当然。我把水烧上,准备泡茶。"

听到这句她曾听过成千上万次、却又有十八个月不曾听过的话,她闭上了眼睛。

"好啊。"她说。

"太棒了。"听起来他很开心。他现在孤独、衰老,而且就快要死了,只是他自己还不知道。

珍所知道的一切知识都在告诉她:她不应该来这儿。所有那些该死的电影都会赞同。她应该只去改变那些可能阻止那起犯罪的事,对吗?不要太贪心,自私到居然还想要试图去改变别的事,去扮演上帝。

但她无法抗拒。

他住在一栋维多利亚时代风格的住宅里,包括阁楼在内有三层楼高。前门两边各有一对上下推拉窗,深色木制窗框。老派,却又很有魅力。就像他一样。

她惊奇地盯着他看,看着他退后一步并示意她进屋。那条手臂。健康强壮,血液温热,真实地连接在她父亲活生生的身体上。"什么……?"他问,脸上显出一种不明所以的表情。

"噢,没什么,"她说,"我……我只是今天一直不顺。"

在她母亲死后,她父亲一直住在他们结婚时的家里。他坚持这样做,而她也找不到人可以帮忙一起说服他。独生子女的人生。他告诉她家里有楼梯也没关系,而且他还能亲自清理排水沟。最终,杀死他的既不是排水沟,也不是楼梯。

"发生什么事了?"

"没什么大不了的。"珍一边说一边摇头,跟着他穿过走廊。现在她长大成人了,走廊似乎也显得比从前小了。珍来到这儿之后,有一种非常特别的感觉笼罩着她。一种触不可及的怀旧感,蒙着一层薄薄的灰尘,仿佛她只要足够努力,她就有可能把过去抓在手里。现在她就在这儿,在她儿子成为一名杀人犯的前一年的春天,在她父亲死去的这一天，但感觉并不真实。

"你确定吗？"他对她说。在他们走过那间陈旧的客厅时，他回头瞥了她一眼。灰绿色的地毯被仔细地用吸尘器打扫过，但每块地毯的边缘处仍然是灰黑色。她以前从没注意到过这件事，也许她对家务事的鄙夷就是从他那儿遗传来的。

一块上面有几何图案的灰色圆垫子。在壁炉和散热器的上方有各式各样的深色木制架子，里面摆放着那些他收藏了几十年的装饰品。

尽管是正午时分，他还是打开了厨房的灯，一盏长条形的灯。它嗡的一声亮了起来。"莫里斯 vs（和）莫里斯的那桩案子庭外和解了吗？"他扬起眉毛问。他把 vs 读作"和"，所有律师都是这样。

"我……"她犹豫不决。显然，她完全不记得了。

"珍，你说过会和解的！"

她歪着头，仰视着他。这个话题。她原先忘记了。最终，难道不是所有的家庭冲突都会被悲伤所掩盖吗？这种对话当时可能会惹恼她，但今天不会。她只为自己人在这里感到高兴，她在这幕戏的现场，没有被死亡从演员名单中驱逐出去。

"对不起——我累了。"

"在他们放弃谈判之前，你有四天时间。"他说。忽然，凭借事后复盘的智慧，她能精准地看见自己的某些不安全感来自何处：这里。成年后，她远离了像她父亲这样的人，跟那些不爱跟人打交道的人交朋友，比如拉凯什，比如波琳。跟凯利结了婚。他们让她做真正的自己、真实的自己。

"我知道——没关系的，我们到星期一就解决它。"她说。

"客户对报价怎么看？"

"噢，我不记得了。"她挥了挥手，想要结束这段对话。一起工作并不是田园牧歌,不是吗?那有时很艰难,就像现在这样。她父亲,干劲十足,十分敬业,对细节一丝不苟。珍,也很有干劲,但更多的是为了帮助别人而不是别的。

她清晰地记得有一次,她跟她父亲一起参加一场重要的财产交割联合会议,她父亲因为她忘了带一张表格什么的大发雷霆。于是她一遍又一遍地给波琳发短消息说"我爸是个讨厌鬼",而波琳回复她各种表情包。现在,她几乎要笑出声了,这回忆是那么苦乐参半。在父母身边时,我们都是孩子。

"对不起——我没睡好,"她望着他的眼睛说,"到了星期一我会好起来的。我保证。"

"你看起来像是——我也不知道。对了——你看起来像托德还很小的时候,当时你总是不能休息。"

珍微微一笑。"我记得那些日子。"

"养育一个婴儿的时候,你随时随地都能睡着,因为太累了。"他若有所思地说。就这样,像举起一只棱镜对着光,他展示出了自己的另外一面。他总是争强好胜、压抑克制,但到了他死前的这几年,变得温和了许多,开始允许自己去感受、去展露一个柔软的自己;他做外公比当年做父亲的时候好多了。他们当年在一起的时间太少了。

"你还小的时候,我曾经在等红绿灯的时候睡着过。"

"这我可从来都不知道。"她说。

一种诡异的感觉掠过珍的后背,仿佛哪里打开了一扇窗户,放进一阵冷风。她在做什么?她不应该这么做。查到那些她永远也无法再忘记的事。

"我从来没说过,"他解释说,"我绝不会想要让我的孩子觉得,她过去是个沉重的负担。"说出后半句话的时候,他明显觉得为难,说完后则咬住嘴唇看着她。他们正站在他的餐厅里，在他的起居室和厨房之间。外面的光线很美，一束光打在通往院子的门前面，灰尘在光里飘荡。

"是的，我对托德的心情也一样。"

"养育婴儿很难，没有人把这话说出来。"她父亲耸耸肩，看来很高兴跟他女儿一起度过这在他看来平平无奇的一天。

"当时我也在车里吗？"

"没有。没有！"他哈哈大笑着说，"当时我在上班路上。天哪，那真是——另一回事，家里有小宝宝的日子里。有时我真想给那些专家打电话，说，你知不知道养一个新生儿到底有多难？"

"我原以为都是妈妈在做。"

他向下撇着嘴角，摇摇头。"我恐怕得说，小小的珍用尖叫声占领了整个家。"

她眨眨眼，看着他走进厨房，在那里按照他一贯的方式费力地加热炉子上的水壶。水壶装得满满的——真该死——一只颤抖的手给它盖上了盖子。她已经很久没有见过这只水壶了。他们在一年前卖掉了这栋房子，她几乎没有保留下里面的任何东西。

厨房里有一股陈旧的气味。单宁、麝香，一种像拖车里的气味。

"你为什么睡眠不足？"他问。

"跟凯利吵架了。"她说，觉得这也算事实。泪水充满了眼眶，她挥了挥手。她还在想着红绿灯的事儿。天哪，我们为自己的孩子做的那些事。

她父亲什么也没有说，只是让珍一直讲，就站在那些破旧的地砖上。她看到了他的眼睛，跟她自己的眼睛一模一样。托德甚至没有一双这样的眼睛，褐色的眼睛。托德的眼睛像凯利。当你跟别人生孩子的时候，就会发生这样的交换。

"发生了什么？"她父亲说。放到二十年前，他是不会说出这样一句话的。水壶里开始咕嘟冒泡，在灶头上轻微地晃动。她父亲仍然看着她的眼睛，没有理会水壶，仿佛那只是远处的震颤。

"噢，就是平常的夫妻争吵。"她声音含混地说。她还能说什么呢？讲出整个庞杂的故事，从第0天到现在，大约——第-500天？

他靠在她对面的台子上。这间厨房还是老样子，20世纪80年代的风格，接近白色的胶木，人造的橡木。这种破旧的质感也提供了一种舒适感。橱柜里摆着他已经不再使用的水晶玻璃杯。一只花朵图案的塑料茶盘，每天晚上装着一顿现成的饭菜。

"凯利一直在对我撒谎。"她说。

"什么谎？"

"他跟某些见不得光的事有关联，可能一直都有。"

她父亲等了片刻，然后发出"哈"的一声，与其说是一个词，不如说是一声噪声。他把一只手举到嘴边。老年斑。珍觉得很欣慰，因为她看见了它们，她还在这里，在这相对意义上的现在。"哪种事？"

"我不知道。我认为，他在跟一个犯罪分子见面。"她说。

她父亲的目光变得深沉了。"凯利是一个好人。"他用坚定的口吻说。

"我知道。可你们俩从来都不——你知道。"

"什么？"

"我不觉得你们俩——你们俩真的喜欢对方吗？"

"他对你很好。"她父亲说，回避了她的问题。

珍哀伤地笑了。"我知道。"

她又想到了那栋房子和那张照片。她搞不清楚，也不知道该怎么搞清楚。那对她来说是一个上了锁的谜团。

"还记得他第一次到事务所来的那天吗?"

"当然。"珍马上回答,但这也是她唯一想说的了。三月属于她和凯利,即便现在记忆已经受到了侵蚀。那对他们俩来说意义非凡,所以他在几个月后把这个日期文在了自己身上。他没有事先告诉她,他要去刺青。他中午忽然消失,回家时也什么都没说,直到她脱掉了他的衣服才发现它。那是他们两人共同的遗产。

"还记得咱们当年做的那些零零碎碎的工作吗?"

事务所刚成立不久,她父亲就把珍招进来当了实习生——如果说存在什么功能障碍的原因的话,这就是了。他是在伦敦金融城里的一家叫作魔法环的事务所实习的,但他想开自己的事务所,于是搬到了利物浦,满脑子都是兼并、收购和雄心。在珍的母亲死后——她于20世纪90年代死于癌症——他成立了"伊格尔斯"[①]。他为什么没管它叫"法律界的伊格尔斯",她一直没想明白。

在早期的那些日子里,他们什么工作都接,为了避免拖欠房租而竭尽所能。他们既办理法律授权书,也处理住宅产权交易,还代理人身伤害索赔。"起草附录的时候把教科书放在办公桌下面、自己腿上。"他大笑着说。

珍哀伤地微笑着。"你还记得我们代理过分时度假屋的产权吗?"她又问,她很高兴回忆这些。

"那是什么?"她父亲说,但他的语调有些奇怪。里面有表演的成分,仿佛有别人正在旁观。

"我们曾经做过的——记得吗? 咱们代理过分时度假屋的产权,

---

① Eagles:既是父亲的姓氏伊格尔斯,也有雄鹰的意思。下文"法律界的伊格尔斯"同样。

然后不得不保管那张可怕的清单，写着哪个时间段属于谁。"

"有吗？"

"当然有啊！"说着，珍有片刻感到困惑。回忆从前发生过的事时，她父亲有一种卓绝的能力。她一定是误会了，记忆跟她原先以为的不大一样。

"我认为没有。无论如何，那些日子不就是那样的吗？"他说，"在办公室吃比萨……"

珍点点头。"是啊。"她说，尽管这是个谎言。

"后来，一切就像是反转了，不是吗？"

"是啊。"她记得她遇见凯利的那个春天。事务所终于开始赚钱了，有几个大客户赢了官司，他们聘用了一名秘书，还有负责会计事务的帕特丽夏。再看看现在吧——一百名雇员。

"留下来吃晚饭吗？"他一边问她，一边倒了两杯茶。

她犹豫地望着他。现在是四点钟，他还剩下三到九个小时的寿命。他们的眼神相遇了。

她一言不发地从他手里接过冒着热气的茶杯，喝了一小口，为自己争取着时间。她知道不该这么做，不要去改变其他的事，坚持只做你该做的事，不要玩彩票，不要杀死希特勒，不要偏离轨道。

但是她的嘴巴不由自主地开口回答了。"非常愿意。"她用非常轻的声音说。她希望这句话的音量低到不会被宇宙听到，只说给他听，没有人见证，仅仅是女儿与父亲的私下交流。她想要不再孤身一人，哪怕只有一小会儿。她想要停止思考所有那些难以理解的线索，从不前进，只是后退、后退、后退，像一场只有蛇的蛇梯游戏[①]。

[①] 蛇梯游戏是一种古老的桌游，简单来说，遇到梯子就可以爬到顶端，遇到蛇头就要退回到蛇尾。

"咱们吃什么？"她又问。

她父亲耸耸肩，那是个开心的耸肩。"什么都行，"他说，"多一个人就能让生活多一些仪式感，不是吗？就算我们只吃面包片和豆子。"

珍非常明白他在说什么。

现在是七点五分。珍和她父亲把一只"天知道已经放了多久"的冷冻鱼肉馅饼放进了烤箱。她该走了，她该走了，她一直在想这个。她大脑的理性部分一直用一种恐慌的讲道理的方式恳求着自己，但她父亲的双脚——穿着拖鞋——在脚踝处交叉着，并开始播放《超级星期天》。他距离死亡已经很近了，她没有办法离开他，她做不到，她做不到。

"应该再往烤箱里多放一个蒜蓉面包的，"她父亲说，"这几年我吃了好多蒜蓉面包。你知道，你母亲讨厌大蒜。她说，她怀孕的时候吃得太多了。"

"是吗？"珍边说边站起来，"我去放。"

"天哪，我讨厌《超级星期天》。太空洞了。"他开始换台。

"咱们看《法律与秩序》吧，然后批判里面的程序。"珍扭头说。

"既然你这么说了。"她父亲一边说一边开始在天空电视台的菜单中搜索，"也给我拿一瓶啤酒吧。"他又说："再来些花生，消磨等待的时间。"

珍颈后的汗毛竖了起来，一根接着一根，就像一个个小哨兵。

"当然。"她说。她走进安静的厨房，把蒜蓉面包放进了烤箱，烤箱内部的灯光照亮了她穿着袜子的双脚。

啤酒已经在冰箱门上冰好了。

"你想吃什么自己拿吧。"他的喊声传来。

珍在储藏柜里找到了花生,那里似乎包罗万象——橙汁、两个牛油果、巧克力葡萄干、茶包、薄荷俱乐部牌的饼干——她把它们拿给了他。

"我以前都不知道妈妈在怀孕时爱吃大蒜。"

"哦是啊,成吨地吃,有时甚至生吃。她会把几颗蒜瓣儿放进烤鸡,然后一颗接一颗地吃。"她父亲说。珍只能去想象。一个她过早失去的女人,在厨房台子上吃大蒜瓣儿,手指头油腻腻的,而珍就在她体内,托德在珍的体内。或者说,那里孕育着诞生托德的可能。

"她说她做得太过火了。我们总是说——"他用一只手从她手里接过啤酒和花生,那是个敏捷熟练的动作,天哪,他是那么健康,"如果我们再生一个孩子,她就不会再在怀孕期间吃她最爱的那些食物了,那么就不会变得反感大蒜了。"

他向前探身,点着了火。原先他被发现时屋里并没有点火,烤箱里也没有蒜蓉面包和鱼肉馅饼,这些都是珍制造的改变。火很轻易就被点着了,从左向右逐渐燃起,就像文字逐个出现在正在打字的页面上。房间里马上就充满了柔和而温热的煤气味。

珍坐在旁边一只凳子上,那凳子面上有她母亲的刺绣,又被她父亲保留了下来。她没有拿零食或者饮料,仅仅是看着他。等待着。

如果你知道你即将对某人说的话就是你对他说的最后几句话了,那么会说什么呢?你只会……你不会,你不会掉头离开的,对吗?焦虑像他父亲刚刚点燃的火苗那样冲击着珍,让她整个人发烫。她绝对不会离开。她怎么可能留下他独自一个人?

而且万一这能让怪事停止呢?不管是出于什么原因。

"但是你们没有再生一个孩子。"她对她父亲说,她没有打断谈话，没有离开，也没有找个方式跟他告别，无论现在还是永远。

"总是没有合适的时机，后来就太晚了。"他简单地回答。他打开了那瓶啤酒，发出呲的一声，"法律——它太费心力了，不是吗？你给它一英寸……我一向觉得凯利的想法是对的，他从来不让工作占据过多时间。"

"谁知道凯利的想法到底是什么呢？"珍语气紧绷地说，她父亲的样子有些尴尬。

"他的想法是对的。"他柔声说。一种奇怪的、有所预知的感觉笼罩了珍。几乎就像是……几乎就像是，如果她父亲知道自己就要死了，他可能会告诉她一些事。一个关键、拼图中的一块、一段对她有用的临终遗言、棱镜尚未见光的那一面。

他们陷入了沉默，唯一的声音是煤气在燃烧，那是一种急速流动的声音，仿佛远处正在下雨。它散发出如此强烈的热量，使得它上方的空气都在微微闪光。她可以永远待在这儿，在她父亲古色古香的旧起居室里，烤箱里还烤着一个蒜蓉面包。

正在这时，死亡的袭击发生了。珍眼睁睁地看着它像酝酿着风暴的阴云一样掠过她父亲。花生和啤酒就在他身旁，就跟他们说的一样。第一个迹象是汗水，他的前额布满了密密麻麻的汗珠，就像在户外遇见了一场小雨那样。"噢，哇哦。"说着，他鼓起脸颊呼气，"珍？"

珍慌得整个人都在发烫。她没想到会是这样的情形，她以为会发生得很突然。

他把一只手放在肚子上，畏缩着，眼睛望着她。"珍——我身体不舒服。"他用焦虑的声音说，就像托德小时候跌倒时一样，他会先注意珍的反应来判断自己到底感觉如何。母性就是他的镜子。而现在她在这里，在她父亲生命的尾声，他们的亲子角色颠倒过来了。

"爸爸。"她说。她已经有几十年没说过这个词了。

"珍——请你打999，好吗？"他说。他的双眼是棕色的，跟她的一模一样，现在正用眼神恳求她。她拿出了手机。没有任何疑问。绝对没有任何的疑问。关于如何选择的犹豫只是幻觉，其实她别无选择。

第 -783 天,早上 8:00

珍来到了九月,前一年的九月。她一边让自己适应,一边想着昨晚的事,想着她父亲,想着他在医院病床上望着她的样子。他身体温暖,仍然健在。而现在又回到更早的时候了,他现在也一样活得好好的,但并不是因为她救了他。她好奇如果——通过某种方法——她的人生从现在继续向前发展,她是不是还会救他,而他在未来仍然健在,活得好好的。

他们卧室的角落里有一堆用蓝白条纹纸包装的礼物。哦,今天一定是托德的生日,十六岁生日。在他生日这一天,会隐藏着导致他将来犯罪的什么原因呢?她想到安迪说过的话,他说可能问题不在于阻止,而在于理解。

她注视着那堆在"昨天晚上"被包装好的礼物。那个"昨天晚上"属于过去时空的某一处,她很可能不会再到达那里了。那些礼物包括 PlayStation 游戏卡和一只苹果手表。太贵了,但她当时就是想要给他买那只手表,而且等不及要看他的表情。他们会出去吃晚饭,Wagamama 连锁餐厅,不是什么特别的地方。天气很冷。那一年季节转换得很快,几乎是一夜入秋。

她手膝并用趴在地上，开始整理托德的礼物。这两件软趴趴的是袜子，这个长方形的是那只苹果手表……她把其他礼物都摊开摆在木地板上，有些茫然地看着它们。那个圆形的、小小的东西，看起来像是润唇膏——它当然不是。她猜不出来。她不记得了。

无论如何，她都希望他喜欢它们。

她把那些礼物堆好抱起来，下楼去敲托德的房门。"呃，请进？"他用困惑的声音说。对了。当然。她是从去年才开始进他房间先敲门的，应该说是"明年"。随便吧。

"生日快乐！"她用那堆礼物轻轻地顶了顶门把手。

"等一下，等一下，等等我。"说着，凯利也从楼下冲了上来。他还端着一个托盘，上面放着两杯咖啡和一杯果汁。从他身后的景观窗望出去，天空美极了，秋高气爽，碧空如洗。仿佛没有发生任何麻烦事，也不会发生任何麻烦事。

当她走进托德的卧室时，只见他穿着浅绿色的睡衣坐在床上，头发乱蓬蓬的，就跟凯利一模一样。珍停在门口，凝视着他。十六岁。他还是个孩子，真的，不过只是个孩子。如此纯粹的天真无邪，看着他就让她觉得心疼。

尽管是生日，托德还是得去上学；在他做准备的时候，珍发现自己今天有一场庭审。在一名离婚律师的日程表上，一场全规模庭审是很罕见的安排。是阿登布罗克斯诉阿登布罗克斯的案子，占据了她过去那一年的生活。两夫妻结婚已经超过了四十年，至今仍然会为对方讲的笑话发笑，但妻子无法忍受丈夫（珍的客户）的不忠。丈夫的名字叫安德鲁，他非常后悔，痛苦万分。如果他处于珍的位置，那将会是他回到过去后要改变的第一件事、唯一的事。

她走下楼,家里再次空荡荡的,她心想自己没办法去出席一场庭审。这无关紧要,反正她也不会在明天醒来,又会有什么影响呢?

正当她这样想的时候,手机响了。是安德鲁。

"你在路上吗?"他对她说。她胸口一阵刺痛。按照安迪的理论,她现在的生活并非不会留下任何后果,只是她不会亲眼见证自己的行为带来了哪些影响。起码今天不会。

"我……"她开口说话。她无法承受自己这样对待他。

"是——我是说,就是今天啊?"他说。并不是说如果她错过了今天,她就会在未来的某一天被解雇。也不是因为她已经知道结果——安德鲁输了,而是因为珍知道他会心碎,而且他的声音听起来那么平淡而忧伤,就跟她的每一位客户一样,就跟她自己一样。所以珍对他说,她十分钟之内就到——这话她曾对一千位客户说过一千遍。

利物浦郡法院看起来像市级法院,但是仍然很气派。珍很少到这儿来——跟大多数诉讼律师一样,她总是尽力促成双方早日和解,而且常常成功,这样就避免了恶语相向和庭审费用的发生。但是安德鲁和他妻子不愿意。他们俩争执的焦点是一笔数额庞大的养老基金,它即将于第二年到期。珍记得自己当时为安德鲁不肯放弃而感到惊讶,但是大多数背叛了别人或遭到别人背叛的人都是不理智的。这是她在职业生涯中学到的重要一课。

她先是问候了出庭律师——感谢老天,主持听证会的是一个还记得这件案子的人;然后她告诉安德鲁:"听我说,我们会输。"

她很少说这样的话。太冒失,也太悲观了,但他们的确会输。当然,这她已经知道了。"如果我是法官,我也会判你妻子胜诉。"她对他说。

"哦，是吗，好极了，真高兴你现在告诉我你是站在我这边的。"安德鲁讽刺地说。他快要六十五岁了，看上去仍然比实际年龄年轻；他每周打三次壁球，不打壁球的日子就在晚上去打网球。他肯定很孤独，自从那件事发生以来就没再见过那个女人，而且事后他向妻子多萝西坦白了一切。珍有时会想，如果她是多萝西，她会不会原谅安德鲁。可能会，但这事珍说起来容易，因为她对客户的现状了如指掌：他的心碎、他的功能障碍，还有他是如何把多萝西的照片贴得家里到处都是。

她带着安德鲁走进通往法庭的走廊旁边的一间会议室。那里布满灰尘，而且很冷，像是已经好几个星期没被人打开过。她开灯时，灯嗡嗡响。"我觉得你应该拿出些东西来。"她对安德鲁说。

他费了一番口舌，最终，在珍坚决而冷静地论证说，他要支付给出庭律师的费用比他想要节省的钱还要多之后，他提议让出那笔养老基金的75%。珍把这项提议拿到了会议室，多萝西正坐在那儿。珍认为那样就够了。

多萝西跟她的律师们在一起。她是个身形娇小的女人，体态漂亮，妆容更漂亮。她的体格让人想到一种纤长而紧致的强壮，是那种在公共假日步行十英里[①]的六十五岁老人才会有的强壮。

"英杰华[②]那笔钱的75%。"她对对方的诉讼律师说。那个男人名叫雅各布，从前跟珍是法学院的同学。当年他每天都吃同样的午餐——炸鸡肉块和薯条——而且在婚姻家庭法考试中得了一百分满分中的四十九分。珍可不想让他做自己的律师，她突然意识到，大多数

[①] 约16千米。——编者注
[②] 即Aviva，成立于1696年，总部设在伦敦。英国最大的保险集团。——编者注

行业中都充斥着这样的人。

雅各布朝着多萝西扬起眉毛。事实证明，他们已经就一个可接受的协议开端达成了一致，因为多萝西双手紧紧握在一起点了点头。她在珍认真草拟的同意书上签了字，她很高兴自己让这一天变得对每个人来说都轻松了许多。当珍拿着同意书回到他们那边的会议室时，时间还不到上午十点；她发现多萝西在她自己的签名旁边还写下了一条短小的批注。安德鲁看着它，那张纸的抖动暴露出他拿着它的手在颤抖。珍尽力不让人发觉自己也在看，她的确在看。批注只有短短的一句：

谢谢你　亲亲

走回办公室的路上，珍心里在好奇这究竟能否在将来对她和他们俩有所帮助，这个由她做出的小小的改变。可能不会——既然她下次醒来时会是在这件事发生之前，它又怎么可能会提供帮助呢？

她刚一坐在自己的办公桌前，手机就响了一声，是凯利发来的短消息。"庭审怎么样？"她读了，但是没有回复。接下来是一张照片：《一个人的咖啡》。随照片发来的短消息说：照片中是他的手拿着一个星巴克外带杯，手腕上的刺青也被拍了进去。但是在模糊的背景中——她认出来了。那是一栋住宅中的小角落，正是他每逢圣灵降临节就去拜访的那间废弃的住宅。车道上的鹅卵石和砖墙都一样。现在，他又去那儿了。太厚颜无耻了：他以为她不会注意到的，他以为她从没去过那儿。

所以她在这里，她收到这条短消息时，人在办公室而不在法庭。这其中一定是有原因的。

最终，她没穿鞋子、只穿着丝袜就精神恍惚地走进了拉凯什的房间，这样的事情她以前也做过一百遍。他的样子看起来更年轻了，身上仍旧带着香烟的气味。

她对着他朗读了一遍那个地址。"这栋叫作'檀香木'的住宅，现在已经成了无主财物。"她说。产权已经上交给了国家。"我们有没有什么办法可以查到在那之前它的主人是谁？"

"哦——无主财物，你现在是在考我啊。"说着，他微微一笑。他的牙齿更白了。

"我认为你可以看一看无主财物的所有权凭证摘要——稍等。"拉凯什一边说一边飞速点击着鼠标。珍很高兴自己在这儿，身边有他，待在他过去的办公室里。在法学理论方面，他一向比她优秀得多。她早就应该问他了。

"看样子，他们正在查该把它传给谁，因为原先的受益人已经死了，"拉凯什说，"海尔斯。拼写是 H-I-L-E-S。"

珍的胸口仿佛发生了一次爆炸。海尔斯，瑞恩·海尔斯，一定是他——那名警察、那名死掉的警察。他已经死了，即便是现在，她已经向前倒退了这么长时间的现在。这意味着什么？她疯狂思索着这三者之间可能存在怎样的关联：托德、一名死掉的警察和杀死约瑟夫·琼斯。或许是约瑟夫杀死了那名警察，而托德是为他复仇。或许那就是为他辩护的理由：寻求正义。这些听起来都很疯狂，即便在珍看来也是。她现在已经向前倒退了这么久。

"但是……我最近查了，却找不到。他的死亡没有登记在出生、婚姻和死亡的总册里。"

拉凯什飞快地打字，他的眼睛在扫描着屏幕。"是的，没有。但他绝对死了。土地登记处坚决要求出具死亡证明。"

"他是什么时候死的？"她问。她的大脑中盘旋着各种疯狂的理论。

"没说。你可以花三英镑购买那份死亡证明——我要不要买它？我该把它归入哪个文件夹？"

"不用麻烦了，"珍疲惫地说，"那要花费好长时间。"

"只需要两天时间啊。"

"我是说真的，不用了。"

她从拉凯什的办公室离开时，路过了她父亲的办公室。他正在打电话，办公室的门半开着。她探头进去，他朝她举起一只手挥了挥。他穿着白衬衫和灰马甲，一点儿也不像只剩下六个月寿命的人。她上一次看见他的时候，他在医院里。现在她忍不住一直看着他，他一副健康的、被晒黑的样子。她听见他对着电话说："对不起，我们的账户是从 2005 年才开始的。当年我们遭遇过一场洪水。"

天哪，对。2005 年的洪水。当时珍在休产假，甚至没能来帮帮他。想到这儿，她的眼睛蒙上了一层雾气。她的手指在门框上多停留了一秒钟，他不耐烦地挥手赶她走开。这太像他的风格了，她忍不住发出了一声含泪的、苦乐参半的笑声。

托德正在吃撒了蒜蓉和椒盐的煮毛豆。他灵巧地剥开豆荚，把豆子迅速丢进嘴里，还边吃边说话。凯利坐着，靠在椅背上听他说。

"问题是，"托德吞下了一粒豆子，又接着说，"特朗普事实上已经疯了——而不是说，他仅仅是个共和党人。"

珍的心感到既充实又轻盈，就像胸口盘旋着一朵粉色棉花糖。她注视着她儿子。她知道他会长成一个怎样的男人——起码是到那起凶杀发生之前——她能在这里看到那个男人的雏形。在这个生日之后的两年里，他对美国政治有了更多的了解，完全超越了她对这方面的理解。接下来那一年，他们一起看了《白宫风云》剧集。他会暂停播放，为她讲解美国的选举程序；而她会暂停播放，为他讲解情节中的爱情关系。这件事也被她完全忘记了。往日如尘烟一般消失于天际，但她来到了这儿，可以再活一遍，再把往日仔细审视一遍。

"很明显，他会连任，"说着，他又往嘴巴里塞了一粒豆子，"全是因为假新闻那一套，不是吗？任何关于特朗普的负面消息，现在都成了假新闻。真是个天才，从某种角度来说。"他把手伸到桌子底下去摆弄自己的鞋带——荧光绿色的鞋带。这就是装在那个小圆盒子里的东西。珍当时跟他一样惊讶。

"他不是天才，他是头猪，"凯利不带情绪地说，"但是我同意，他会得到第二个任期的。"

珍藏住自己的微笑。"我赌一百英镑，他赢不了，"她说，"那个拜登会赢。"

"拜登？乔·拜登？"托德眨眨眼，"那个老家伙？"

"对啊。赌吗？"珍说。

托德哈哈大笑。他的头发落在了脸上。"当然了，赌。"他说。

"那么，"她对她儿子说，"等蛋糕端出来的时候，你要许什么愿？"

他把头埋进两只手里，透过指缝看着她。她想起了当他还是个小宝宝的时候她给他剪指甲。他被指甲剪吓坏了。于是她先剪自己的指甲，让他知道这没什么大不了的，尽管她的指甲并不需要修剪。"不，不要蛋糕，不要仪式。"他红着脸说，同时他也很开心，她能看得出来，仿佛他的情绪就是她自己的一样。他们俩，母与子，就像一条拉链，随着岁月匆匆流逝而渐行渐远。所以回到了这里，他们俩比2022年时更亲密些。

"只要你告诉我们你的愿望就行。"她说。

"你不能把生日愿望告诉任何人。"他不假思索地说。天哪，看他的皮肤。他脸上还没有一丁点胡须。他的情绪还会像气泡一样立刻浮于表面：那个脸红，那份尴尬，开心的傻笑，关于许愿的迷信。此刻他还没有学会掩饰一切，没有学会那种男子气概。

"怎么了？"他看着她，好奇地问。

"没什么——只不过，你现在的样子好老啊。"她说出了跟内心真实情绪完全相反的话。

托德挥了挥手，但他看起来开心而满足。珍的眼睛湿润了。

"哦，你可别哭哦。"他随意地说。

"这儿的气氛可真奇怪。"凯利说，他一向是个避实就虚的外交家。珍看着他的眼睛，那双深蓝色的眼睛。它们是那么与众不同。但是照片里那个人……可能他们没有，两人的眼睛并不是一模一样；可能珍搞错了。凯利向后一靠，摊开了双手。"这气氛像是……我也不知道，像学校大礼堂。为什么我们跟每个人都离得这么近？"

他们的主菜来了。珍的那份是炸鸡配咖喱饭，这是菜单上她唯一喜欢的一道菜。"希望你能把你的愿望告诉我。"她对托德说。

"要是你能保证告诉你之后愿望还是能实现，我就告诉你。"托德边说边用筷子戳破一只饺子。她现在想起来了，他一直坚持使用筷子。在这一天过去那个重复的版本中，珍曾经嘲笑过他。但是她今天没有那么做，她想到了那天晚上他在餐桌边对她说的关于科学的那些话，那些对他来说重要的事。

"我保证。"她说。

"没什么——我只希望一切顺利，"托德简单地回答，"拿到毕业

- 259 -

证书^①，一直好好用功，将来有所成就。"

"什么样的成就？"她柔声说，在刺眼的灯光下保持着跟他眼神的交流。他看起来有些苍白。空气里有大蒜在热锅里被激发出的香味，于是珍立刻想到了她的父亲和烤箱里的蒜蓉面包。

他耸了耸肩，他的模样就是一个沐浴着父母关爱的光辉的小孩，满足于让双亲见证自己的思考、梦想与愿望。"科学，"他说，"关于科学的。未来我想要拯救地球，你知道吗？我想要改变世界。"

"我知道。"珍轻声说。她从前怎么能对此报以嘲笑呢？

"我觉得值得赞赏，"凯利说，"真的很酷。"

"我可不是要装酷。"托德说。

"我想说的只是这个词的原意。"

"当然。"托德轻轻哼了一声，凯利随意地笑了笑。当他抬头去看他们身后吸引了他注意力的东西时，他的表情完全变了。

"哦，对不起，我必须接这个电话。"说着，凯利一下跳了起来。他把手机举到耳边，他的T恤弹了起来，露出他细细的腰。他走到了餐厅的另外一边，这样他们就听不见他说话了。她凝视着他手里的手机，凝视着他对着手机说话的表情。她确定刚才那部手机没有响，也没有亮。

她看向自己身后。

妮可拉·威廉姆斯就坐在他们后面两排远的地方。珍确定就是她，尽管她的样子完全变了，头发披散着，身穿一件迷人的上衣。她正跟一个男人分享一碗面，同时哈哈笑着。

一股热流在珍的后背窜上窜下。这就对了，这就对了。凯利离开

---

① 即 GCSEs，英国普通中等教育证书。

- 260 -

了，他离开了生日聚餐现场。他说是工作上有急事。她的目光再次落在他身上，他刚刚结束了那个只花了十秒钟的电话，正朝他们的桌子走回来。"是工作。"他说。他弓着背，没怎么看他们。当然，也没有看妮可拉。"真是抱歉——有个客户提前回来了，想要跟我讨论一下工作……你介不介意我……？"

"不，不。"托德说。他一向通情达理，一向善解人意，直到有一天他杀了人。他挥着手，忽然又有了男人的样子，他正处于童年与成年之间的腹地。"当然不介意。去吧。我会把你那份吃了。"

"今天是他生日啊！"珍大声叫道，拖延着时间。

"我不介意的。"托德立刻补充。

"等你拿到诺贝尔奖的时候，记得我。"凯利这样对托德说，然后朝他们俩举起手，做出告别的姿势。

珍跳了起来，她得做些什么。

"妮可拉！"她大声说。妮可拉没有看她，也没有任何反应，仍然在喂那个男人吃面条。"妮可拉？"珍对着她的桌子又喊了一遍。凯利已经停下了脚步，正在原地缓慢地转过身来，看着珍。

妮可拉满脸困惑地向下撇着嘴角，摇了摇头。"你认识我丈夫吗？"珍指着凯利提示她。

妮可拉和凯利的视线相遇了，却没有任何可疑之处，没有丝毫认出对方的表情。要么他们俩都是撒谎高手，要么他们俩还没有结识，要么这个女人不是妮可拉。珍向她走近了一些。天哪，她不是。她只透过斯诺克俱乐部的门看见过她。而现在，看着眼前这个女人，她很确定这不是她。她的打扮精致得多，发型不一样，妆容和衣着也都更加整洁。

"对不起——对不起。我认错人了。"珍尴尬地说。

凯利回到了他们的桌边。"这是怎么回事儿?"他把手掌平放在桌面上,压低声音问。他的反应中有一种不该有的武断。他的态度一下变成带有胁迫感的大怒。

"对不起——我原以为你以前认识她。"她说,尽管其实她从来没有见过凯利的任何一个朋友。

"我不认识啊。"说完,他等着她继续说下去。当她不再说话,他走了。珍一定是搞错了。妮可拉一定不是他现在要离开的原因。

"他走了,你难过吗?"她问托德。

托德耸了耸肩,但并不轻蔑。她觉得他只是真心觉得无所谓。"不啊。"他说。

"很好。"

"通常中途离开的那个人是你。"他轻飘飘地说。珍惊讶地猛然抬起头,或许她来到这里根本不是为了观察凯利的一举一动。

她仔细地看着托德。他正盯着桌子。她开始思考安迪说过的那些关于潜意识的话,以及线索并不总是存在于那些最明显的事物中。

她的脑海中忽然出现了他们俩关于托德的科学课题的那场对话。他对她说了什么来着?你一向不怎么感兴趣。她想到了那天晚上的两个快餐盒,其中一个是空的,以及她是如何离开他身边。可能这一切比有组织的犯罪、撒谎的丈夫和凶杀案都要更加、更加、更加深刻,或许凯利是个混淆视听的诱饵。她在这里,来到托德生日这一天,是因为她总是缺席。是什么让人去犯罪?这个,可能跟她养育他的方式有关。毕竟,孩子表现出的每一个举动不都是由母亲开始的吗?

珍和托德又在桌边度过了两个小时,这显然惹得餐厅里的工作人员不高兴了,所以一直问他们是否需要些什么。外面,太阳已经落山了,天空呈现出深紫红色。托德已经吃了两份布丁,吃完一个又点了一个。"除了生日,你还有什么时候能这么做呢?"他满怀希望地说,于是珍答应了。

"你在长身体。"她又无缝衔接地变回了一个更年幼的孩子的母亲。这是出于本能的,大家都这么说。它一直住在她体内,只是她从来没想到过。她花了好长时间去适应。生孩子的过程太混乱了,孩子还小的那几年压力太大了,太忙了,让珍觉得自己身处旋涡之中,总有事情等着她去做。那些陈词滥调都是真的:家里到处都有没喝完的茶,忽略了朋友,搅乱了事业。

珍埋葬了它,埋葬了那份羞愧。她的宝宝像一只已经被引爆的手榴弹一样来到了她的生活里,而她并没有为他神魂颠倒。她感到无法胜任,但又只能与这种感觉共存,习惯于它。在几年之后,她仍然能感到那份羞愧;不过,她同时也能感觉到那份爱。

她记得有一次,托德五六岁的时候,她在他的小教室外面等他出来,感觉自己晕乎乎的像刚喝下一杯香槟,兴奋得冒泡,只因为……就要见到他了,那个小小的他。

那份爱,真正的爱,本来应该渐渐遮蔽住羞愧感却又从来没有,是因为为人父母要遭遇太多的评判。羞愧感太容易发作了,在学校大门口,在医生诊所,在该死的妈妈群里。她放不下,她也不应该放下。"你一向不怎么感兴趣。"天哪,托德这样说。

"咱们走吧?"现在他说。他用大拇指指了指门口的方向,示意离开。

"我很抱歉你爸爸提前走了。"她对他说。

他皱了皱眉,就像一朵云遮住了太阳。"不——我说了没关系。"

他真的感到困惑，但他没有起身。

"我也很抱歉我没有……你明白，成为你梦想中的妈妈。"

"哦，求你了，妈妈。"他用手轻轻拍着桌子，这是个漫不经心的手势。十六岁的他已经学会转移话题了。

"咱们就这么说吧……"她停了下来，不知道该怎么措辞。

"什么？"托德的表情变得柔和，又有些低落。

"我做了个梦……"珍说。要讲述眼前混乱的状况，做梦是最容易的说法，"是关于未来的。"

"嗯。"托德的语气并不像往常那样充满讽刺。他看起来很好奇，也可能是关心。他摆弄着正用来吃巧克力布丁的叉子。

"你想来杯茶吗？"

他耸了耸肩，说："当然。"

他们向一个恼火的女服务员点了茶，她很快就把茶给他们端来了，茶包还在水面上下晃动呢。托德用一根小木棒戳着自己杯子里的茶包。

"在我那个梦里，"她小心翼翼地说，"你比现在长大了一些，我们之间疏远了。"

"嗯。"说着，托德的一只手在桌面上缓慢移向她的手，像从前那样，是的，是的，是的，就像这样，当他还是个半大孩子的时候。

"你犯了罪，"她说，"于是我就在想……"

"我永远都不会做那种事！"他说，一边用他那种青少年特有的方式胡乱哈哈笑着，一边做了一个非常猛烈的动作。

"我知道。但是——事情都会变啊。所以这有点儿让我想问……有没有什么是你想改变的——在咱们俩的关系里？"

"没有啊！"托德用他特有的方式把脸皱了起来。他第一次做出这个表情是在他八个月大、吃草莓的时候。珍当时就发自内心地知道,这个表情来自她自己。她原先不知道自己也会做这样的表情,直到看见他做。那是我的脸啊!她惊讶地想到。她曾经在不经意中被拍下的照片里见过自己这个表情,直到他做出同样的表情,她才真正认了出来。他是她的镜像。

由于某些感应器的作用,天花板上的灯开始熄灭,只留下一束灯光打在他们这张长凳的正中央,仿佛他们俩正在演一出戏。只有他们俩,在一家商场的地下,为他的生日外出就餐。他后来的行为一定始于这里:始于她——他的母亲。

"没有吗?"

"你是个人类。"他说得那么轻巧,让珍觉得自己体内仿佛有什么东西翻了个个儿;这种感觉就跟她在他还没出生时的那种感觉一模一样,她的宝宝被包裹在她的身体里,像一只小酒桶一样翻滚,温暖、安全而又快乐。

"我并不想要你变成别的样子,妈妈。"他说。他把双手放在桌子上,示意要离开。对话结束了。珍仔细看着他,心想:这不是因为他想要结束这场讨论,而是因为他并不认为发生过什么有意义的讨论。

他们走到车边,珍几乎忍不住要告诉他了。告诉他那不是一场梦,告诉他那是真的,那是未来,而她正在竭尽全力设法救他,救她的宝贝儿子,让他摆脱那种灰暗的命运、那次犯罪、那把刀、那些血、那项凶杀指控。但是他不会相信她的话,没有人会相信的。她只是看着他。他的脸颊冻得红扑扑的,嘴唇周围沾了一圈巧克力的痕迹,就跟他还很小的时候一样。那时,她想尽一切方法给他断母乳,最常用的还是他和她的最爱:巧克力夹心饼干。他们吃过好多那种饼干啊。

她几乎要希望自己能回到那个时候去,或者更久之前。或许这并不是直接关于凯利,而是关于托德对于他父亲做的事有什么样的反应。

"真不可思议,我过去居然能抱得动你,瞧瞧现在吧。"她抬头望着他说。

"我打赌我现在能抱得动你。"

"我打赌你可以。"他的手臂仍然搭在她肩膀上,而她的手臂环在他腰上。当他们走向她的车时,她突然意识到,这可能是他们最后一次拥抱彼此了。她相当确定,过了这个年纪之后,托德就不再这么做了。他变得太酷了,不会再做这些事。当她第一次经历今晚的时候,她跟他在他生日这天一起走着,她还不知道,她还不知道这可能就是最后一次了。

楼下有说话声。珍几乎已经睡着了但——很明显——还没完全睡着。她悄无声息地走过那扇景观窗,往下走,往下走,往下走,走到屋子。凯利在走廊旁边的书房里,珍停下了脚步,听着。

他在打电话。

"嗯,好的,"他说,"明早你一联系到乔就告诉他我打过电话,好吗?"

乔。

但是电话另一端不可能是监狱。听起来他不像是在给某个机构打电话。而且时间太晚了。对方一定是某一类跟他彼此认识的熟人。

"是啊,没错,"他说,"我不想让他觉得我不在乎。"他说话时非常小心,结结巴巴地慢慢说出每一个词,就像一个业余爱好者在弹吉他那样,"我可不想毁掉二十年的生意伙伴关系。"

珍坐在了最下面那级台阶上。二十年。

这三个字有双重意义。既是背叛,也是预言:预言了她有可能要倒退回去多久。

第 -1095 天，早上 6∶55

珍有一部 iPhone XR，她心想。拿在手里像一块长方形的大砖头。她感到震惊，低头注视着躺在羽绒被上的手机。她把它给更新换代了——她记得是那么清楚——因为它无法再连接她车上的蓝牙，那样她就不能在下班回家路上联系那些最需要帮助的客户了。

现在她查看了日期。2019 年 10 月 30 日，星期三。三年前。几乎是整整三年前。

她下楼泡了一杯茶，家里冷清清、空荡荡的。托德还没起床。凯利不在，尽管时间还这么早。

他们家后院的橡树已经完全换上秋天的色彩，熠熠生辉。树下冒出了三朵蘑菇。她打开门，大地弥漫着那种潮湿的烟味，冬季的引擎正在缓缓发动。

她小口喝着茶，光着冰凉的脚站在中庭里，心里想着不知她还能不能再看见 2022 年的十一月。蒸汽袅袅上升，模糊了她的视野。

珍觉得生气，现在她脑中挥之不去的是，她究竟会在她丈夫和她儿子身上揭开什么样的谜团。

凯利自然而然地胜任了父亲的角色。凯利能自然而然地胜任一切，他从来不会被多余的念头、怨恨的情绪或内疚感所困扰。他爱他们制造出来的婴儿，就这么简单。珍当初饶有兴致地观察了他的转变。"他的笑脸让这一切都变得值得。"凯利曾经这样说过，当时是早上四点，月亮还在天上，世界上只有猫头鹰和婴儿们还醒着。

对于男人和女人来说，牺牲是一个不同的概念。具体来说，让什么变得值得了呢？凯利没有经历身体的变化，他的乳头没有像一对摔碎的盘子那样从正中间裂开。现在的珍同意，这一切都是值得的。她有时会想，这是不是因为她当初失去的一些东西现在已经回来了，比如睡眠、时间。

她觉得，如果她以某种方式导致托德内心发生了什么——她确定就是这样——那么这可能正是损伤所在之处。珍从来都不是一个自信的家长，她内心深处确信，一定发生了什么。或许发生在托德还很小的时候。托德四岁的时候，她曾经完全忘记了去幼儿园接他，还以为凯利已经去了。当时托德和负责照看他的老师在上了锁的幼儿园外面等。一想到这件事她就抽搐了一下，即便已经到了现在，她站在这个发了霉的秋天里。会不会就是这类事情导致的，在很久很久之后，他认为他必须解决他父亲被卷入的任何事件？问题可能不在于凯利，而在于托德对事件的反应。

"希望你已经准备好了！"托德的叫声从楼上传来，他的嗓声有些颤抖，还有些破音，"终于到了！"

珍的胃里感到一股焦虑在灼烧。她根本不知道今天是什么日子，也不知道她儿子今天会是什么样子。他应该是十五岁。老天爷啊。

他来了，珍的厨房里多出一个陌生人、一个幽灵。是过去，是她的曾经。托德是个孩子，看起来不过刚满十岁的样子。他发育得晚，她都忘记了。她曾经因此忧心忡忡，状况一旦自然好转，那份担心马上就消失在九霄云外了。做父母时每件事都让你感觉没完没了，直到它忽然停止。快到十六岁的时候，他忽然开始长高，似乎是睡觉时都在长个儿。荷尔蒙，身体快速生长而导致的疼痛，破裂的噪声，手臂还没来得及长肌肉就先长得细长而纤弱。眼前呢，他又变回了这一切发生之前的模样。她的小托德。

"今天终于到了。"说着，她的大脑像齿轮一样飞速旋转。十月、十月、十月。她完全想不出来。不是他的生日。不是任何一种意义上的重要的日子。显然，今天很重要。对他来说。

"那就快换衣服吧，"他高高兴兴地说，"我也去换。"珍知道自己不能开口问他们要去哪儿：不能暴露出她已经忘记了这件事。

他转向她，就像他过去常做的那样。在走廊里，珍用手臂搂住他瘦骨嶙峋的肩膀；希望正沿着她的脊柱一路向下燃烧，就像有人点燃了一根火柴。就是这个。一定是这个。与儿子的一次重要外出，这就是她被指引的方向。

托德生日那天，那个凉爽的秋夜，跟他一起留在餐厅里是正确的。爱一个孩子，再多也不嫌多。因此，珍真的正在获得她一直以来最想要的：重新再做一次母亲。

"你觉得我应该穿什么？"她这样问他，希望得到些提示。

"绝对应该穿休闲正装。"托德说话的样子像一个儿童演员。她跟着他上楼。他走起路来也不一样，那是个还没完全适应自己身体的孩子才会有的蹒跚的步伐。

"休闲正装，好的。"她回应。

托德跟着她进了她的卧室，然后自然地走过去用他们套间里的淋浴室。哦对了，没错，有一段时间他更喜欢用这间浴室，而且没有什么理由。只是家庭生活的节奏而已，就像亨利八世会在家里找到一个最喜欢的地点去睡觉,然后每隔几个月又会更换。托德十五岁的时候还不太注重隐私。在青春期的自我意识觉醒方面,他也发育得比较晚。她记得自己曾经因为浴室打开的门感到困扰,但又不知道该怎么解决。很快,他自己就解决了,就跟其他很多事情一样。他开始使用家里的主浴室,而且把门锁得紧紧的。

"用一下这条毛巾。"托德高声说。

"好啊,"珍温柔地高声回答他,"没问题。"

她走了出去,来到楼梯平台,希望找到凯利;可是,没有任何迹象显示他在家。车道上没有他的车。他的运动鞋也不在。时间太早了。他是去上班了——还是……?今天早上,她还没醒他就已经走了,所以她没有机会打开他手机的追踪功能。

珍用手指拂过她卧室墙上的油漆。它现在还是木兰花那样的乳白色,后来他们把这里重新刷成了灰色,然后又买了新地毯;她回到了他们重新装修之前的生活。

她的手机里没有给今天标注任何信息。她搜索了自己的电子邮件,可还是什么也没找到。她正要去看看冰箱上有没有用磁铁固定着的门票之类的东西,托德开口说:

"不过,国家会展中心的场地非常大,所以可能应该穿运动鞋?"他高声说话的声音被淋浴的水声减弱了。

对了。在国家会展中心举办的科学展,一次愉快的外出。在高速路上吃甜食,欢声笑语,回家路上喝热巧克力。珍对科学感到厌烦,但她希望她遮掩得够好。显然没有。

"真的,这完全在意料之中。"托德边说边冷静地看着一支冒烟的试管。他一双大脚,一头乱发,脸上暗藏着微笑。他假装没那么乐在其中，其实兴奋得很。"他们还期待固体二氧化碳会变成什么呢。"

"哦，这在我看来就像是魔法！"珍说。

托德耸耸肩。他们穿过铺着蓝色地毯的大厅，浏览着各个摊位。这里人群拥挤，高高的天花板也不能抵消掉幽闭恐惧症、人造的热量和人们之间的分裂——想来的人不可避免地跟不想来的人结伴而来，那些不想来的是纵容他们的人、爱他们的人。

珍的后腰很疼，跟她第一次经历这一天时一样。当时她想要去商店、去咖啡厅，她还花了太多时间去看手机，而不是看科学展和她儿子。今天，她决心不再去看任何别的东西。

"那个看起来不错。"现在托德正一边说一边指着什么。那是一个沿着展览馆的墙边搭建的小遮阳棚，配备了一名身穿荧绿色夹克、官员模样的男性工作人员。透过缓慢移动的人群——人们不时地停下来摆弄些什么，在不同的摊位买可乐——珍可以看见它的名称："我们周围世界的科学"。

托德率先大步向前走，她跟在后面。他走向了一个关于太空的展览，珍走向一个叫作"好玩的东西"的展区。

"请问你对哪一样感兴趣呢？"一名穿着蓝色T恤、站在表面光滑的白色柜台后面的女人问。她面前的桌面上散落着各式各样的科学小玩意儿。有一个看起来像水晶球的东西，标注的名称是辐射测量仪，还有牛顿的摇篮，还有一座巨大的时钟，上面有世界上所有的时区。

珍觉得很热，她手上的血管感觉肿胀。这里人太多了，在这个什么都是白色的空间里。她感觉自己像迈克·蒂维[1]，她环视周围，寻找

---

[1] 电影《查理和巧克力工厂》中的一个角色，性情暴躁、自以为是。

托德。他还戴着一副耳机,正在哈哈大笑,笑得肩膀都在抖动。他肩膀上挎着一个手提袋,里面装着各种各样的小册子和赠品。很快,他又会拿一些免费的薄荷糖。后来,他们用了几个月才吃完那些糖。

"不,谢谢。"她对那个女人说完,就从那些奇奇怪怪的科学玩具旁边走开了。

她缓慢地在原地转了个圈,看着周围的各种展览。无疑、无疑、无疑,她一定可以从这里学到些什么。

正在这时,她看见了他。在一个叫作"错乱时空"[①]的繁忙摊位上的安迪。那是安迪,更年轻时的安迪,看起来活泼而且——这很有意思——面带更多笑意。他正在散发一些纸质资料。"这是我关于记忆的一部分研究。"他正对一位带着双胞胎儿子的女人说。

珍拿了一张。当他跟她的眼神相遇时,什么异样也没有,连一丝动摇也没有。当然不会有。

"记忆?"她说。

"是的——尤其是,记忆的存储。在那些记忆力很好的人的大脑里,记忆的存储是多么有条理。"

"你研究潜意识记忆吗?"她问。她完全不知道他从前的研究是这样的。他从没说过。她从没问过。"或者,"她指了指摊位名称,"——时间?"

"它们是同一样东西,不是吗?"他微笑着说,"过去的时间就是记忆,不是吗?"

忽然,珍独自站在人群中、站在过去的时空中,她觉得自己几乎到达了终点。她本能地感到,这是她最后一次见到安迪了。令人战栗

---

① 原文是 Wrong Place, Wrong Time,与本书原文书名相同。

的过去正朝她奔袭而来。

她拿了一张他的问卷,然后把一只手肘靠在安迪面前的柜台上。"我们见过。"她说。

他脸上闪过一丝疑惑。"不好意思——我……"

"我们是在未来见过。"她说。随后,其实她立刻意识到这很可能不是事实。到她找到答案那一天,无论结果如何,安迪似乎都认为一切会从那个起点重新开始,同时抹去一切,抹去所有这些倒退过程中发生的事,而这些确实是对过去的研究,不是吗?所以,更接近事实的说法是他们从未见过。多可笑啊。在倒退几年之后,在国家会展中心这里,他们俩的"事实"是同一个事实。

她伸出一只手去安抚他。"我总是问你一些同样的问题,但我希望有时你会给我不同的答案。"

他看着她眨眨眼,然后从她手中慢慢地抽走了那张纸。他还在看着她。她眼前的他,胡须颜色更深一些,也更加浓密些;身材更苗条些;没有戴结婚戒指。珍思索着所有她能告诉他的事;关于他未来的人生,她知之甚少,更不了解细节。或许他不会再继续研究时间循环了,或许她将会完全改变他的未来,尽管她无法让那些改变保留下去。

就在此时,她抛出了自己的王牌。

"你曾经告诉我——在将来……你让我告诉你,你想象中的朋友名叫乔治。"

她还没说完,他就猛吸一口气打断了她。"乔治,"他的声音里充满惊奇,"那是我告诉——"

"时间旅行者们的,我知道。"她轻声说,手臂上的汗毛竖了起来。魔法,这是魔法。

"我能帮什么忙?"

珍又给他讲了一遍。她已经记不清她把这个故事讲过几遍了。安迪专注地听着,他脸上的皱纹少了,举止也没那么暴躁了。

等她说完之后,他温柔地说:"有时当我们第一次体验某段经历,会被情绪蒙蔽,导致无法看清事实,不是吗?"他摸了摸自己下巴上的胡子,"如果我能回到过去——只想站在那里,真实地、充分地见证我人生中发生过的那些事,如果我知道它们将来会怎么发展……"

珍注视着安迪,这是一个更年轻的、不那么疲惫的、更感性的他。

"或许是这样……"她说。保持警醒,保持距离,以某种方式见证她的人生,以及生活中的点点滴滴。

那或许就是她所需要了解的一切。

"不过,我还是很好奇,"他说,"你是怎么创造出足够让你进入时间循环的力的呢?那得是——"

"我知道,"她快速地回答,"类似超人的力量强度。那至今还是个谜。"

她对他举起一只手,然后转身走回她儿子身边,两人一起走在路上。在这里,在这么远的过去,她觉得自己几乎准备好了。

托德拿掉了耳机,招手示意她过去,给了她一颗薄荷糖。"$C_{10}H_{20}O$,"他边说边嘎吱嘎吱嚼着一颗糖,"这是薄荷醇的化学式。"

"你怎么会知道这个?"她说。天哪,她好爱他。她用一只手臂搂住他的肩膀。他惊讶地瞥了她一眼。哦,就让他们留在这儿吧,留在他的童年里,两人一起,没有其他。

"我就是知道啊。我的意思是——它跟癸酸的差别只在癸酸有两个氧分子。"他开心地说,仿佛这样就可以解释清楚了。

这就是珍从前会嘲笑的那种话。"多谢您的澄清。"换作以前,她会这样说。她原本可能会这样说,但是今天没有。玩笑话可以掩盖最恶劣的罪过。有些人用大笑来掩饰羞愧,他们用笑声来代替"我感到尴尬而渺小"这句话。她忽然想到了凯利。还有他们俩之间常有的那种轻松幽默。但是,凯利什么时候告诉过她他的感受呢?如果她冷静地观察他,她会看到什么呢?

无论如何,即便她对托德的这些了解、这种共情并不会阻止他犯罪,珍无论如何还是很高兴她有这些收获。她也很高兴那天晚上在厨房,她儿子对她袒露心声,说他关心天体物理学。

"你对时间旅行有哪些看法?"她问他。

"那完全是可能的。"他说。

"是吗?"

"他们说时间是因为因果关系才呈现出线性的。"

"你可能需要把讲解难度降低一两级……"

"我们的一种思维方式——嗯……"说着,他瞟了一眼她的脸。他朝着一个甜甜圈摊位扬了扬眉毛。她点点头,于是他们俩去那儿排队。"算了,没关系。"他说。

"不要停啊,怎么了?"

"你会觉得这很无聊的。我看得出来。你的眼神开始发呆了。"

"我不会,"她急忙说,"我永远不会对你的话感觉无聊。你总能解释得很好。"

他又恢复了活力。"那好吧。时间只是一种思维方式,我们认为自己是自由人,认为我们的行为都有原因和结果。这种想法就让我们认为,时间是向一个方向流动的,像一条河那样。"

"但它不是吗?"

托德耸耸肩，看着她。"没人知道啊。"他说。而珍呢，她立刻觉得为过去的珍感到遗憾，同时为过去的托德感到更多遗憾。因为那个珍觉得——那个珍断定——她跟她儿子之间不可能达到这样的关系，这种需要智力的关系。然而现在呢，这种关系一经建立，她就比任何人都更了解非线性时间了。

买完甜甜圈之后，他又接着说："就像先见之明的悖论，每个人都认为自己事先已经知道将会发生什么。他们说：我早就知道！事实上，不管结果是什么，他们都会这样说。因为我们的大脑非常善于设想各种可能性。任何时间将要发生任何事情的时候，我们都已经事先知道了。"

珍思考着他的话。努力消化它。托德应该有能力在五秒钟之内妥善解决自己的犯罪问题。他真的好聪明。而他就在眼前，他还是个孩子，他的思维还没有被传统思维所侵染。要找人谈论这个话题，他才是整个世界上最完美的那个对象。而这可能性又有多大呢？

最终，她决定只说这样一句话："你真的好聪明啊，托蒂[①]。"

他们路过一个医疗主题的摊位，那里有糖尿病测试、心电图，一个关于腹腔主动脉扫描重要性的摊位。"你想让人扫描一下你的主动脉吗？"他开玩笑说，但是她知道他听见了自己的话，知道他接受了自己的赞美。果然，他又说："等我发现某种新的化合物时，你就会说：我早就知道！"

珍哈哈大笑。"可能吧。"

托德打开了甜甜圈。"你想要一整个，还是一小口？"他问她。

不知道为什么，珍清楚地记得眼下这个场景。她当初说了不要。

---

① 托德昵称。——编者注

她当时在减肥。没错。然而，老天哪，她穿着混账的 12 码的牛仔裤，不是她在 2022 年穿的那种衣服。

"给我一口吧。"她说。她和儿子一起，站在国家会展中心人流拥挤的走廊上，儿子把一块加了糖的甜甜圈递给她。人们经过他们身边时气呼呼的，非常不满，但他们不在乎。她像动物那样用嘴从他的指尖接下甜甜圈，他哈哈直乐，扬着眉毛，笑容满面，定格在那里，定格在她凝视的目光里。

瑞恩

又过了好几个星期,瑞恩给以斯拉送去了第三辆车。正值夜深人静,时间在凌晨三点到四点之间。他已经完全筋疲力尽。他一直没能躺下过,所以他几乎没睡过觉。他的四肢感觉沉甸甸的,而且很冷,身体在发抖。

"非常感谢。"以斯拉对他说。

他正要离开,同事安吉拉来了。"啊哈!"以斯拉说。

安吉拉对瑞恩微笑了一下。那是个小心谨慎的微笑,意思是彼此熟悉,但并不是同伙。她穿着运动裤,没有化妆,头发在脑后扎成马尾,露出花白的发根。"我给你送来了一辆梅赛德斯-奔驰,"她对以斯拉说,"费了点儿事儿,因为钥匙够不着,所以我不得不进去一下。我用锤子打碎了马桶上面的一扇小窗户。"

以斯拉揉搓着自己下巴上的胡须。"好吧,好吧。但是主人都不在家,对吧?"他提出这个问题时像一位友好的办公室经理,而不是一名犯罪分子。然后,他又尽职尽责地在写字板上划掉了那辆车。"车牌换了吗?"

"换了,"安吉拉说,"没有警报。"

这是个寒冷的夜晚。到了三月，仍然有霜冻，空气冷得跟溜冰场里一样。瑞恩的双眼感觉进了沙子。他渐渐明白了，做卧底跟其他大多数工作一样，有时乏味，有时令人恼火，而且非常累人。

"是啊，真令人吃惊，究竟多少人出门去度假的时候没有打开警报器呢。"他说。由于他句尾是降调，这话就显得有些阴险，还有些讽刺，仿佛他是在跟自己讲一句私下的玩笑话。

安吉拉不是个白痴，所以她转了话锋，尽管瑞恩很想逼问他这个问题：那么，你是怎么知道他们不在家的？"不管怎么说——这辆应该很不错，"她说，"还很新呢。"

"中东人喜欢梅赛德斯-奔驰。"以斯拉说。他这人话不多，瑞恩欣赏的正是这种类型。从前凯利也跟他相似，总把自己手里的牌护在胸口。他的解释足够可信，因此不会再引出其他提问，但又绝不会泄露任何不必要的信息。你甚至都不知道大多数时候他在躲避着你，没得到答案你就走开了，还常常边走边笑，然后你心里才想到：等一下，不对劲。你能从他身上学到很多。

"你收到关于明天的短消息了吗？"以斯拉说。这是关于做卧底的另一件事：工作与娱乐之间的界限是如此难以区分。明天本来不该瑞恩当班干活，但他又能说什么呢？"对不起——我不去？"

"嗯。"

"好孩子，你们俩都是。"以斯拉说。而瑞恩心想，这多可笑啊。从本质上说，这句话完全正确，只不过跟以斯拉以为的"好孩子"意义不太一样。

"我爱死了，"瑞恩说，"这是我赚过的最轻松的钱。想象一下，要是找个该死的普通工作，一半的钱都得拿去交税。"

以斯拉发出了一声介于呼噜声和笑声之间的声音。"是啊，打卡上下班，缴国民保险，买不起马贝拉①的房。"他说。

马贝拉。更多的情报。他们可以尝试追踪他用来购买那套房产的资金。

"一点儿不错。"

"反正这些讨厌的有钱佬也不需要第二辆车。"以斯拉又说。瑞恩用脚摩擦着地面。在他当警察的这段时间，他已经学到了沉默的力量，而现在是他第一次运用这种力量。他看得出来，以斯拉就要说出某些非常重要的话了。"但是有了个婴儿，真他妈像个马戏团。"

瑞恩脸上保持绝对的面无表情，而他的身体已经开始满怀希望地歌唱。

"太对了，"安吉拉用微妙的语气说，"都是些坏透的蛋，不是吗？"

"哈，蛋。"以斯拉说，"你有时候说话可真够怪的。真的。"

瑞恩抽搐了一下，他希望基本没有被以斯拉察觉到。

"两个该死的'异教徒'。"

"异教徒"。这个词被黑帮用来指代不忠的喽啰。这些信息都能让瑞恩一点点接近黑帮老大。更重要的是，能让他找到那个婴儿——起码对瑞恩来说，这件事更重要。如果能找到那个婴儿而要放过黑帮，他也愿意。他一想到那孩子就睡不着觉。她孤身一人，担惊受怕。天知道她受到谁的监护。她一定想念着自己的妈妈。他做不到，他没办法去想这件事。

他们开始朝那几辆车走去，好让以斯拉登记它们。前院到处散落着碎玻璃和烟头。瑞恩再次懒洋洋地想到自己承担的风险。想到自己

---

① Marbella，西班牙地中海沿岸的旅游胜地。——编者注

同意接受了这种风险。他忽然没来由地开始好奇卧底警察的死亡率，他们身份被人撞破的概率，他们在寻求情报时越界的概率。

"话说回来，他们怎么会没看见车上有个婴儿呢？"他说。安吉拉挠了挠鼻子，这是他们商量好的暗号，意思是要他悬崖勒马；但瑞恩没有理会。

"真他妈蠢，对吧？"以斯拉变得兴奋起来，"我觉得他们就是不在乎。"说着，他高举双手。"而且我也不在乎什么该死的婴儿。但是，我非常在乎我们会不会被重案组的那些浑蛋给盯上。"

安吉拉的鼻子八成是真的很痒，但瑞恩还在继续提问。他停不下来。"这么说，那个婴儿最后也上船了？"

现在，他们来到了那几辆汽车旁边，以斯拉把一只手撑在引擎盖上。他转过头，正视着瑞恩，那个转头的动作缓慢而充满兽性。最终，他们的视线相遇了。瑞恩看见他强硬的眼神，心想：完蛋了。

但是并没有。

"开玩笑呢！"以斯拉说，"我当然没让他们把那个婴儿放到船上去。"

瑞恩停顿了一下，屏住呼吸。此刻他们正摇摇欲坠，仿佛在悬崖边缘。他正要开口再问，安吉拉伸出了一只手。这意思是"除非你懂，否则你绝不懂"。

"是啊，我是说——说得好。"瑞恩说。这一次，他的本能跟安吉拉意见一致。先瞧瞧他的本能把他带到了哪里吧。他可以告诉他的联络人，他的联络人就能再告诉刑警方面：那个婴儿还在国内，没有随船被运往中东。谢天谢地。

事实证明，停止提问是正确的决定，因为以斯拉说："明天晚上我要去见老板。"

"幕后首脑。"瑞恩说。甚至他说话的方式都开始有所不同。他渐渐改掉了从他父亲那里继承来的威尔士口音。在这样一种生活中,人是多么容易永远地迷失自我啊。用另一种身份——实实在在的另一种身份——生活了太久,最终你可能就变成了那个人。

以斯拉指着瑞恩。天气太冷了,他的下巴在颤抖;空气干燥,弥漫着粉笔末似的雪。

"你应该来,"说完他看着安吉拉,然后用她做卧底的化名说,"还有你,妮可拉。"

第 -1672 天，晚上 21:25

托德十三岁。

他是一个身高五英尺①的十三岁男孩，身上洋溢着饼干的气味和大量户外运动的气息。他现在坐在他们家从前那辆汽车的后排，几年后他们会换一辆更好的车。他在踢珍的座椅，珍从前很讨厌他这样，现在却觉得怀念。多多少少有些怀念吧。

今天是四月一日。珍早上刚一醒来，就看见阳光在走廊地板上映出一片金灿灿的池塘般的暖光，她发觉自己记得这一天，这个周末。今天是复活节、星期天。

现在他们参加完一个村庄里的庆祝活动，又吃完了晚饭，正在回家路上。都是些简单的事、家里的事。在这一天里，珍有时已经忘记了自己，被她儿子的玩笑话和她丈夫飞快的点评逗得笑个不停。

这是一个完美的周末，跟第一次经历这天时一样。天气使然。他们几乎一整天都在户外，跟朋友们在一起，举办了一场小型聚会，享用烧烤。还有一个场景在珍的记忆中栩栩如生，就在星期天这一趟车

---

① 约 1.52 米。

程中，凯利看着她说："明天我们还有一整天的公共假期呢。"

她真的很好奇自己为什么会把这句话记得那么清楚。她的推测是，有些日子就是比其他的日子更明快，更值得记住。还有些日子，即便是重要的日子，例如他们婚礼那一天，也会渐渐成为褪色的历史。

而现在，他们再次来到了这一天。珍记得在这趟车程中，有一段时间，她一直在担心自己星期四晚上在办公室是因为某件案子的指导听证会惹恼了父亲。她真希望她能把一只手臂伸回到过去，摇一摇当时那个珍。人生如此短暂，匆匆流逝。她会告诉她，有一天他会死的。但是她不能。今天，珍就是当时那个珍。

车里光线昏暗而又安静，收音机的声音很小，暖气开得很大，这正是她喜欢的方式。她感觉皮肤被伸展开了。她忘了上次经历这一天时他俩都被晒伤了，于是今天他们又犯了完全一样的错。英国春天的太阳令人迷惑，空气冰冷，阳光却很炽烈。

五分钟之前，太阳落山了。沿路望去，天空是玫瑰水一般的粉红色。

他们一直在讨论英国脱欧。"现在他们只需要继续进行。"托德补充说。过一会儿，他会收回这一观点。他会说，当港口都开始排起长队的时候，他们本来应该考虑得更周全的。

今天是在阳光下度过的最愉快的一天，珍完全想不明白自己为什么会来到今天。在其他的每一天，她都能找到些什么，比如一条小小的、令人迷惑的线索，或是某件需要改变的事。整个谜团的一小部分。但是今天过得跟上一次完全一样，分毫不差。

去他妈的。她把太阳穴靠在副驾驶位旁边的车窗上，闭上了双眼。凯利在开车。现在他开车开得少了，她忘记了过去他几乎总是负

- 285 -

责开车的。他的左手随意地放在她膝盖上。

她打算简单地享受今天剩下的时光。或许她一旦停止尝试从中发现什么,就会有事自然发生。

"到家以后我能不能不睡觉?"后排的托德问。

珍睁开眼睛看了看手表。刚过七点半。她已经不记得托德十三岁时通常几点上床睡觉了。那个缓慢迈向成年的过程变得模糊不清。她扬起眉毛,看着旁边的凯利。

他耸了耸肩,说:"行啊,有何不可?"

"咱们能玩会儿《古墓丽影》吗?"

"没问题。"

托德笑了,像一声快乐的叹息。凯利看着珍。她低声对他说:"你就喜欢劳拉·克劳馥。"

"哦没错,你知道我有多爱二次元奶头。"

"什么?"托德在后排大声说。

凯利冲着她咧嘴一笑。"我刚才说,明天我们还有一整天的公共假期呢。"

在昏暗的车里,珍也用微笑回应他,这时他刚好走上了匝道。"太对了。"她轻声说,希望他听不出她声音里的怀旧与悲伤。还有些别的,他们之间的这种玩笑……或许它起到了超过玩笑本身的作用。也许它在某种程度上规避了更深层次的问题。珍有时会想,凯利总是在忙着大笑,其他什么事也没做,例如,表达他的感受。玩笑话底部的基石是什么?他们的家庭中总是充满迷人的魅力,这正是她在经历过压抑的成长过程之后一心想要的。但是,幽默不也是另外一种压抑吗?

后视镜里映出了几盏灯,闪着蓝色的光晕。凯利匆匆扫了它们一眼，他的双眼被照亮了，深蓝色的眼睛有一秒钟变成了蓝宝石。对了……珍想起了什么。出什么事了？是发生了事故还是……不，不……他们被命令靠边停车。对了。其实结果没什么大不了，这她知道；这也正是这件事在过去的回忆中轻易消失的原因。她还记得当时她很慌乱。可现在呢，你看，正如安迪说过的那样，她可以观察它。

她的视线转向仪表盘上的车速表，凯利正在匝道上以三十英里①的时速行驶。他从不超速、从不交税、从不旅行、从不参加聚会、从不去结识任何人，在晚宴上安静地坐着。

"是警察叔叔！"坐在后排的托德边笑边喊，他还是那么天真无邪。珍感觉后背不太舒服，仿佛正被人满怀敌意地盯着。她转过身去看托德，他在四年半之后将因为一起凶杀案而被捕，而且表现得满不在乎，在被人戴上手铐时，他的眼神疲惫、沧桑而失焦。她伸手抓住他的膝盖，他的膝盖握在她手中大小正合适。

警察关掉车灯，随后又把它打开。珍看着后视镜。驾驶位上一名身穿黑色马甲的警官正在往左边指，非常明显。

"得靠边停车吧，我猜？"她对凯利说。

警察开始示意。蓝色与橙色的灯光交相辉映。

"对，他们要我们停车。"凯利说，但是他的声音……珍的目光朝他的眼睛望过去。他正咬紧牙关，看着后视镜。他的手从她膝盖上抽走了。他的语调怒不可遏，那不是在为一张超速罚单之类的事生气，而是为别的事，为了某些更重大的事。上一次她从未注意到，因为当时她也很紧张。由于现在她很冷静，她注意到了他丈夫的愤怒，那种有时会在机智而毒舌的表面下静静酝酿的愤怒。

---

① 约 48.28 千米。

在匝道路口，凯利扳了一下方向盘。他朝着服务站向左一转，把车停在了路肩上，两只轮子在上，两只轮子在下，把车停成了一个带有敌意的角度，仿佛一个闹别扭的青少年。

一名男性警官出现在驾驶位旁边。他有一颗圆滚滚、光秃秃的头，在服务站匝道的灯光下闪闪发亮。它的对称性给人带来某种愉悦感，就像一只足球。他脖子上戴着一条粗大的链子，就像斗牛犬戴的那种。凯利摇下车窗时，说了声："好的。"春日的空气飘了进来。

"我们只是在公共假日随机抽查一下呼吸测试。你乐意参与一下吗？"他脸上挂着期待的笑容，但他的话并不是问句。

凯利的目光看向仪表盘，又看向前挡风玻璃，然后看向那名警察。珍观察着他做的每一个动作。"当然。"他边说边解开自己的安全带下车。其间，珍观察到他把自己的钱包从牛仔裤后袋里拿出来丢开，一个非常流畅的动作。钱包像一只甲虫那样落下了，趴在了座椅上，在昏暗的车里无人注意到。除了她。

"那么，你是要把我抓起来了？"凯利说，同时珍也不耐烦地想到他会说这句。

那名警察履行职责，凯利往酒精测试仪吹气。他站在路边，双手叉腰，身边有车辆呼啸而过。他开车时从不喝酒，连一品脱都不喝。这是珍当初没有担心的原因。这也是珍后来不记得这段插曲的原因。但是你看：她现在来到了这儿。这一定是有原因的。一切再次指向了她的丈夫。

"他们为什么要随机让人做呼吸测试啊？"托德问。

"哦，因为有些白痴就喜欢在公共假期喝酒，然后开车上路。"

凯利回到车里，摇上了车窗。他肯定坐在了钱包上，肯定不舒服。但他脸上没有显露出一分一毫，绝对没有。

他用轻松的表情飞速瞥了珍一下。"老天，他知不知道这不是洛杉矶警察局啊①？"

"是不是有点儿吓人，被命令靠边停车？"她问，"我总害怕自己是不是做错了什么。"

"一点儿也不吓人。"凯利温和地说。

珍坐在汽车前排，咬着嘴唇，审视着自己的婚姻。凯利最后一次对她讲起他的烦恼是什么时候的事了？他讲过吗？坐在车里，她忽然觉得浑身发烫。什么事会让这个男人夜不能寐？什么事会让他气到发疯？什么事会让他在临终前后悔？坐在她曾发誓要永远相爱的男人身边的副驾驶位上，她忽然发现，这些问题，她一个也回答不上来。

珍穿着睡衣，盘腿坐在家里那张天鹅绒沙发上。一盏旧灯亮着，几年后它就会被他们扔掉。今天晚上，珍很高兴回到这儿来，回到过去，回到这个她曾经并不清楚自己已经错过的舒适环境里。

凯利的钱包在她手里。是个棕色的皮夹子，边边角角磨损严重，仿佛一本卷了边的小说。钱包里有他们夫妻联名账户的银行卡。就这一张——没有信用卡，没有他自己的借记卡。里面还有一些硬币，健身房储物柜的专用代币，还有他的驾驶执照。

她把它们摊开在自己的大腿上，盯着瞧。这些东西完全正常。她还能指望发现些什么呢？况且，又有谁会把非法物品保存在钱包里呢？

她眯着眼睛细看身份证件。这张全息照片……她不太确定。她从沙发上跳起来，去拿自己的驾驶执照，把它们并排放在一起。全息照

---

① 原文是 LAPD，这里也有可能指的是一款射击游戏《未来战警 LAPD》。

片是一样的吗？她把它们举起来，对着灯光。不。它们并不完全一样。他的那张更……没有那么立体。

她在自己手机上用谷歌搜索"伪造驾驶执照"。

"最佳鉴别方式，"有一篇文章写道，"是观察全息照片。它是无法被成功复制的。"文章附有两张照片：一张真的驾驶执照，还有一张假的。

那张假的全息照片看起来跟凯利那张一模一样。

她承受不住了。一再地发现、发现、发现她希望自己能忘记的东西。她关了灯，坐在一片黑暗的起居室里，坐在他们家舒适的旧沙发上，手里拿着她丈夫伪造的身份证件。

第 -5426 天，早上 7:00

珍躺在另一张床上。这她知道，就像她知道现在的时间大约是早上七点，就像她在即将走进一个房间时知道里面有人在议论她，或是她知道一辆车即将停在她面前，这些都是通过类似的方式感知到的。"微情绪"，人们是这么称呼它的吗？人类拥有的察觉细微变化的那些能力。你没办法解释，你就是知道。她猜想，托德会管它叫"后见之明的悖论"。

光线看起来不太一样。这是第一个提示。飘窗上没有挂百叶窗。取而代之的是窗帘，房间笼罩在被窗帘过滤后的光线中，灰暗而模糊。

季节一定是冬天。旁边不远处的散热器开着，她能闻见那种加热后的金属的气息，能感觉到人造的热气与寒冷的空气混合在一起，笼罩在床上。

床垫也感觉不太一样。陈旧，凹凸不平，是他们过去钱比较少的时候用的。多可笑，人很容易习惯有钱的感觉，那样的日子似乎很轻松。你忘记了没钱的生活是什么样的，忘记了睡在破床垫上、省钱叫外卖是什么感觉。

她身边没有人。她在灰暗的光线中躺着，只是眨了眨眼，长出一口气，她害怕去看。

她在被子里用一只手沿着身体一侧摸下去。是的，突出的髋骨。她变得年轻很多。

好的。她让自己振作起来，然后下了床。这块地毯。她立刻就认出来了，这块地毯直接帮她确认了自己身在何处。她在她最爱的那个家里。那间孤零零地坐落在山谷中央的小房子。她被这吓了一跳。她要跟一个伪造身份的男人单独相处。

她伸手向下寻找手机，好在起码还有一部手机静静等着她。她吸了口气，然后查看日期。现在是十五年前——2007年，12月21日。珍感觉自己要吐了。这太混账，这实在是真够混账的了。她儿子现在三岁，她自己二十八岁。一次巨大的倒退，儿子从十三岁回到了三岁？

珍忽然因为这种事发生在自己身上而感到非常生气。她大步走到窗前，想把它用力向上拉开，想对着乡下的空气大声尖叫，想做些什么，什么都可以，然后——哦，她看见了。她最爱最爱的景色。这个时期，他们还在跟着凯利过着不触网的流浪生活，托德尚不需要在一所学校里安定下来。在这栋山谷里的小房子里，像住在"大富翁"游戏的旅馆里似的，他们从来不见任何人。

或许这就是原因？或许这段生活对托德有负面影响——过于孤立。她没有对着窗外尖叫，而是把头靠在了窗户上。该死，她怎么会明白呢？根本就没有任何线索。她愤怒的呼吸给窗户蒙上了一层雾。给我个提示吧，她盯着那片水汽，心想。水汽消散了，她向外眺望。荒凉的景色另有一种美感，冬日的荒野一片棕黑。群山显得沧桑而凋敝。无人照料的、真正原始的乡下，到处是一片片高高的金色野草。

她曾经深爱这里，现在她回来了。

她在格子呢睡衣外面又裹上一件睡袍，这套睡衣她都已经不记得自己拥有过了。她能听见托德和凯利在起居室里。他们在大声聊天。她还没准备好去见到他们。

她的身体还记得这栋平房的布局。在走过去见他们之前，她先向右进了洗手间。她需要先看看她自己。她需要先了解预期。

她看着镜子上方的微型条状灯。她的手本能地抬起来，用力去拉它的开关。她知道会拉不动，需要用很大力气，还知道它后来就完全断掉了。叮的一声，她被照亮了。

眼前是一个来自照片里的珍，是一个来自她婚礼那一天的珍。珍时常回望这一个珍，伤感地心想，她当时不知道自己看起来有多棒。她曾经专注于纠结自己鼻子太大、头发蓬乱，但是，你瞧：明亮、洁净的皮肤，苹果肌，青春。这些是你无法伪造的。表情平静的时候，脸上连一根皱纹也没有。她用手抚摸自己的肌肤，皮肤像面团一样柔软而富有弹性，充满胶原蛋白，跟她到了四十岁时像薄煎饼一样的肌肤完全不同。

珍走向门口。她仍然能听见他们的声音。她知道，她会在起居室发现他们正沐浴在十二月半明半暗的阳光里。

"珍？"凯利大声叫她。

"我在。"她说。她的声音也比2022年时声调更高、更清亮。

"他要找你！"凯利大声说。他的声音充满了一种她还记得很清楚的烦躁的语气。当年，他们俩全身心都被养育一个小孩时所遭遇的种种强烈需求所占据。现在的珍已经记不清那为什么如此困难，回忆不起具体的那些细节。只记得当初的确很难。只记得当时自己半夜躺在床上时小腿酸痛的感觉。只有这项证据还残留着：面包片还在烤箱里没吃，在一片混乱中被遗忘了。洗完的衣服半夜还挂在外面，因为在洗衣机里待了太久而散发着霉味儿。为了让生活变得容易些，他们做过一些奇奇怪怪的凑合之举：有一次，他们用一个婴儿围栏围住电视机，以阻止托德不断地跑去关掉电视……类似这样，明知有些疯狂，可他们还是那样做了。他们做那些事只为了好歹把日子混下去。

"我来了。"说着，她关掉了洗手间的灯，来到了走廊上。

他们在那儿。珍的目光追随着托德，那是她记忆中的那个托德。她的儿子，三岁，还不到三英尺半[①]高，长着珍的脸、凯利的眼睛，他正把肥嘟嘟的双手伸向她。"淘弟托德[②]，"他的绰号那样轻易地就从她舌尖滚落下来，"你起床了！"

"他五点就起床了。"凯利边说边把头发从发际线往后捋了捋。他冲她扬起眉毛。她震惊了，因为2022年的他发际线后退了那么多。她的震惊还有别的原因：他的脸显得孩子气。她发觉他在二十几岁时不如在四十几岁时迷人，这个发现让她非常惊讶。眼前的他更胖一些。当年他们吃很多外卖，不运动。任何属于他们自己的时间都是辛苦赢得的，太宝贵了，以至于他们宁可用来坐在那儿，幸福地享受安静与沉默。

"如果你想回床上躺着，那就去吧。"她好心建议。她沿着走廊走到门口。寒意从门底下的缝隙渗进来，形成一股冰冷的逆流。她想好好看看外面的景色。她的双手——那么年轻、那么光滑——还记得开门的诀窍：打开耶鲁牌门锁的同时按下门把手；于是她拉开了门，然后——啊！——她看到了她的山谷。

---

① 约1.05米。——编者注
② 原文玩的是谐音哏：Tod the Toddler，意思是"学步者托德"，译文根据中文习惯重新发挥。

"今天是你睡懒觉的日子。"凯利在她身后不假思索地说。是的,他说得对。他们俩当时近乎虔诚地认真执行轮流睡懒觉的制度。

"没关系。"她挥了挥手说,她心里的关切是因为她只能在这里待一天啊:一个看孩子的人,一个保姆,一个可以把孩子送回去的人。

外面下了霜。他们家门上有一个花环,她心不在焉地用手指抚摸着它。屋外有长筒雨靴、石头门廊、牛奶瓶——有一位过去的那种牛奶工给他们送牛奶。还有,这片山谷。两座小山呈X状交叉,它们在寒冷天气里显得灰蒙蒙的,像是蒙了一层糖霜。这里户外的气息非常怡人。烟气、松树和寒霜,薄荷醇,仿佛空气本身被净化过一样。

心里感到踏实之后,她关上门转身面对托德,他正朝她走过来。等他走到跟前,她弯下腰,他就把脸放在了她肩膀上;这一连串无缝连接的动作就像一段被长久遗忘的舞蹈。她的身体记得他、她的宝宝,无论他的外表是什么样,三岁、十五岁、十七岁或是一名罪犯。她全都爱。"回床上去吧。"她看着凯利说。

凯利冲她露出温暖的、只有一边嘴角上扬的微笑。"我感觉自己是被从加农炮射出来的,而不是醒来的。"他边说边打着哈欠、伸着懒腰。

但他没有走开。就跟在做家长的大多数事情上一样,他想要的是得到支持和理解,而不是交给她来接手。他整个陷在沙发上。

她又回头面对着儿子。对于这个人,今天,在2007年白昼最短的这一天,她必须要修正他身上的问题;那么等时钟回到2022年,他就不会杀人了。

房间里到处散落着她已经不记得的玩具。小小的黄色冰激凌车、费雪牌多层停车场(这是从她父母那儿继承来的),角落里有一棵圣诞树在一闪一闪——不是天然的,现在可能还在他们克罗斯比那个家的阁楼里。起居室暗沉沉的，仅有的光线来自圣诞树上的灯串。

"现在……"说着，珍从托德身边往后退了退，看着身穿小工装裤的他。他无言地回望着她，用他从前那种深情的方式。深蓝色的眼睛，扁扁的鼻子，粉色的脸蛋儿，勤奋的表情。她拿起一块积木，他非常认真地从她手里接了过去，然后丢在了地板上。"——我们把它们堆起来好不好？"珍说。

托德用非常非常慢的速度伸出手去。

"这气氛就跟营救人质的谈判一样紧张。"凯利说。

"他们是怎么说的来着——如果不要小孩子玩，难道要他们去上班？"

"哈，是啊。"

"我小时候对积木特别着迷。"

"哦，"凯利又靠在沙发上，一只胳膊垫在双腿下。他闭上双眼，"我原来还以为你是——我不确定——对闪卡着迷。你明白吗？我以为你是那种总是在学习的小孩。"

"真不是，"珍回答，"我长到好几岁才识字。"

"这话我可不信。你们这些话痨律师……你们都一样。"他慢吞吞地说，而珍露出了惊讶的微笑。他从前说话更刻薄些，就像这样。尽管到了2022年，他依然常常表现出冷幽默，但是眼前这个凯利，完全是一副好斗的样子。她原本忘记了。他过去曾经是多么爱抱怨工作，总是冒出各种各样的创业点子，然后又一一放弃。他似乎想要成就一番事业，后来又退缩了。

"那这些闪卡上都有什么呢？"她说。

"法学的定义，给初学者那种……最晚两岁就应该全部记住。"

"当然。所以定义是什么呢，凯利。你今年……"珍犹豫了，

"二十八岁?"

"你英文很好,但是数学一般,"凯利飞快地说,"二十九。这就已经不记得我的年纪了?"

"你是了解我的。"

托德忽然莫名其妙地大笑起来,还对着凯利拍手。"是的,是的。"他对他说。

"你的呢?"珍一边问他,一边回想起了他们被命令靠边停车时她跟他坐在后排的感受;她想尝试去触碰或许她从未触碰过的那部分他。

"我的什么?"

"最喜欢的玩具。"

"不记得了。"凯利在沙发挪动了一下,他眼睛仍然闭着。

"小时候的你长大了想做什么?"

凯利用一只手肘撑住身体起身,用讥讽的眼神看着她,脸上显露出拒绝表达情绪的表情。珍以前怎么会错过这一点呢?"为什么这么问?"

"就是好奇啊,我从来都不了解。而且我们离你长大成人的地方那么远……你知道,我觉得你从来不跟那些从前认识你的人见面。"

"他们都离得很远。我妈妈过去一直想要我当个经理人,"说着,他转换了话题,"是不是很可笑?"

"哪种经理人?"珍正在托德面前堆积木,把它们越堆越高,而托德双手交叉,期待地看着;实际上,她心里在想凯利是多么不坦率,顾左右而言他。

"其实什么都行。那就是她想要的。在我们的爸爸遁了——消失了之后,"他瞟了托德一眼,换了个说法,"她只想要我们做到稳定。

对她来说，那意味着一份无聊的白领工作，一年休一次假，按揭买个小房子。"

"而你做的刚好相反。"珍说。但她心里想的是："我们的爸爸。"我们的爸爸——照片里那个眼睛跟凯利一模一样的男人。她就知道，他们的相似之处不是她的想象。她眨眨眼，非常震惊。

他回避着她的视线。"是啊。"

"你刚才说'我们的爸爸'？"

"没有啊——是'我的'吧？"

"你说了，'我们的'。"

"我没有。"

珍叹了口气。如果她继续追问，他一定会坚固地防守。她得尝试些别的。"我真希望他能见见你妈妈，"她柔声对他说，"还有我妈妈。"

"哦，我也一样。"

"她去世的时候，你是几岁来着？"珍问。她不知道自己为什么感觉这样的对话很危险，充满紧张气氛。老天爷，这个男人可是她的丈夫啊。

"二十。"

"而你最后一次见到你爸爸是……"

"天知道。三岁？五岁？"

"那感觉一定很……身为独生子，后来又没了父母。"

"是啊。"

"你觉得她会喜欢我——还有托德吗？"

"当然。你看，我打算接受你的建议，"他说，"床在召唤我。"他俯下身吻了她，他们的嘴唇完全贴在一起，这是 2007 年与 2022 年

— 298 —

相比唯一没有改变的事。接着，他就懒散地走开去睡觉了，留下珍和托德独处。

某些因素让珍把托德留在起居室里玩积木，而她跟在凯利身后，穿过铺着棕色地毯的、单调的走廊。

她来到了他们的卧室，一边留意着托德的动静，一边在门口停了下来。

凯利不在卧室里，反正她没看见他在里面。在半明半暗的光线中，她缓慢地打开了门，蹑手蹑脚走了进去。没有人。

好吧，那么，他在哪儿？

她向前走，穿过了房间。洗手间里的条形灯亮着。是她忘了关吗？正当她站在那里不知道该做什么的时候，她听见一个声响。一个轻微而又极度痛苦的声音，似乎有人正在努力压抑着什么。

他在那里面。她朝洗手间的门走过去，朝里面张望。里面是跟她结婚会一直持续到二十年后的丈夫，坐在马桶盖上，双手抱头，正在啜泣。这是珍唯一一次看见他哭。

"凯利？"她说。

他跳了起来，急急忙忙地用拳头抹着自己的眼睛。他的手背湿了。他哭起来的样子太像托德了：下嘴唇的表情，以及所有。当珍看见他试图掩盖的时候，她感觉自己整个身体又沉重又悲哀。

"我好像感冒了，所以眼睛才会流泪。"这是个荒谬的谎言。珍好奇他究竟说过多少荒谬的谎言，以及，为什么？

她悲哀地想，看看他现在的样子吧。这是同一副表情。这跟十五年后他们的儿子杀了人时他看着她的表情一样。这是心碎的表情。

"这是怎么了？"

"不，没什么，我说真的，就是该死的感冒。我希望圣诞节之前我能好起来。"

"是不是跟你妈妈有关？"珍压低声音说。

"托德没事吗？他是不是……"

"他在起居室，他很好。"珍穿过狭窄的洗手间走向凯利。他待在原地，还坐在马桶盖上。珍沿着他身边走进去，把手放在他后背上，引导他靠向自己。令她惊讶的是，他顺从了，他用一只手臂抱住了她的腿，头靠在她胸前。

"没关系，"她用她对待托德的方式，温柔地对他说，"你可以心情不好，这没关系。"

"只是因为——"

"你的圣诞节感冒，我懂。"珍说，让他保留他的谎言吧，无论谎言是什么。让他相信它吧。她回想起了他在2022年说过的一些话，是关于一对离婚夫妻的。对有些人来说，避免痛苦是至为重要的。

过了几分钟，凯利放开了她。当珍起身离开去看托德的时候，他望着她，对她说了一句简单的话："我只是很想她——我妈妈。"这句话似乎花费了他很大气力，说出来的时候，他整个人都在抽搐。

珍快速点点头。出现了。她丈夫——出于某些原因——从未向她展示过的一面。

"我明白。"她说。她真的明白，因为她自己也自幼丧母，"谢谢你告诉我。"

凯利给了她一个带泪的微笑。他的黑头发乱糟糟的，眼睛显得格外蓝。在这过去的时空里，他们俩之间在传递着一些东西、一些比从前的交流都更实质性的东西、一些珍甚至叫不出名字的东西，但它在某种程度上点燃了珍心里的一些希望：凯利跟她所怀疑过的不一样。但愿这是真的啊。

珍走回起居室，来到托德身边。起居室是老式的。破旧的绿色地毯，深色木制家具。这里有一种独特的气味。一种令人舒适的、家常的气息：肉桂糖、曲奇饼、某处被吹灭的蜡烛。珍猜想，昨晚在某一个地方，另一个版本的她做了烘焙。当时这些事情显得么重要，这多可笑啊。去看圣诞节灯展，烤制并组装姜饼屋。然后——嘭！它们消失在历史中，带来的只有压力，不会留下任何痕迹，就跟沙滩上很快会被冲刷掉的脚印一样。在她的整个人生中，她都太过在乎一切看起来如何。做齐表面功夫，什么都要，家里摆着雕刻的南瓜，让大家知道该做的他们都会做。然而，这一切都是为了什么呢？

托德玩了一小会儿玩具汽车，然后蹒跚地走到了房间的另一边。

"不，托德，不要碰那个。"正说着，只见托德一头扎进了垃圾桶。他没有理会她，从那里掏出两个锡纸团成的球，可能原来是巧克力威化饼干的包装纸。珍对自己很失望，只不过跟托德在一起一天，她的火气就这么容易烧上来。

"我的。"托德说。他用受伤的小眼神隔着房间凝视着她。"还要。"他又说。他又转身去翻垃圾桶。

他几乎在倒立，头探到垃圾桶底部，脚差点儿离开地板。

"对不起，托德，到这儿来，"她说，"来妈妈这儿。"

托德刚听她说出第一个音节就立刻朝她转身，就像花朵迎向太阳那样，然后他看着她。忽然，就这样，像一盏灯亮起，她明白了。她发自内心地明白了，深深地明白了。

她明白，是因为看到他的眼睛反射着冬日清晨蓝色的光。

不是她的错。

不是他的错。

她明白了她做他的母亲做得足够好，她明白是因为看到他的眼睛。它们充满了爱，充满了对她的爱。她坐在沙发上，就此消了气。

她已经尽了最大努力。即便有时她未尽全力，她为此感到的内疚也是最好的证明：她想要为他倾尽全力，为她的宝贝儿子。

这个人在十年之后教给了她后见之明的悖论：她以为她知道将会发生什么，并感到自责。她以为他杀人是出于他跟她之间糟糕的亲子关系，但并不是。那只是一种幻觉。因为，就在这一时刻，珍意识到了，这完全不是源于托德的童年。

"来吧，托蒂。"她说。他立刻就扔下了从垃圾桶里捡来的锡纸球，然后走向她——他的母亲。

第五部
>> Part Five
回到那一天

  她看着他,她年轻的眼睛遇上了他的眼睛,她发觉自己不得不掩饰住一种想哭的冲动。她想要说:"我们做到了。有一次,在某一个宇宙里,我们一起顺利地生活到了 2022 年,而且仍然做爱,仍然约会。我们有一个出色的、有趣的、有些书呆子气的孩子,名叫托德。

  "但是,首先,你对我撒了谎。"

瑞恩

瑞恩终于就要见到他了，那个负责运作一切的人。黑帮老大。他有数百名手下、同伙，进行多种经营。偷盗车辆，贩卖毒品，还有被偷走的婴儿——这些都只是一小部分。

瑞恩不知道为什么被他当作目标的房子总是空置的，而且还不知道失踪婴儿小伊芙下落如何，但他正在努力解决这一切：你看。眼下，冒着严寒走向别根海特港的一座仓库的他，正一路向高层渗透。

安吉拉和瑞恩得到以斯拉的指令，今晚八点约在这里跟他见面。等你见过老板之后，你就会被分配到更好的工作、分量更重的工作。更重要的是，能得到更可靠的情报。瑞恩第一次带了窃听器，他心里怀着微弱的希望暗自祈祷，不会被大老板搜身。利奥说他不会的，因为如果你不被信任就见不到老板。"如果他哪怕只是暗示要搜身，"利奥在电话里说，"你也得表现出受到冒犯，快他妈气疯了，吓得他发抖。"

"太对了。"当时瑞恩说，这不是他常常会说的那种话。有时候，他感觉自己就快变成他在假装的那个人了，更阴险、更易怒。

瑞恩和安吉拉又在沉默中走了几分钟，看着车辆被装卸到船上，人们来来往往。当他们走进那座仓库时，他们的身体语言改变了。安吉拉变成了妮可拉，瑞恩眼睁睁看着这在眼前发生：她走路的姿势变得大摇大摆，她的举止也改变了。

瑞恩不知道自己的身体语言是如何改变的，只知道的确变了。

那座仓库上没有任何标志。它已经被关闭了，正是进行这类交易的完美场所。瑞恩希望里面的音响效果足够好，可供正在监听的警员小组收集证据用来定罪。

根据指令，瑞恩在墨绿色的卷帘门上敲了两下，然后等着。安吉拉在发抖，她并不像她最初表现出来的那么沉稳自信。瑞恩觉得她跟自己一样，怕得简直快要屁滚尿流了。当然了，他也想到这可能是个圈套。他们可能被看穿，可能会完蛋。不知为什么，瑞恩并不在乎。而且，每当他感到自己害怕时，他就想想她——小伊芙：她孤身一人、不知所措，即便不是漂在海上，处境也相差不大。

"进来。"门内侧不远处传来一个声音。瑞恩和安吉拉沿着这栋建筑物移动，找到了一扇被打开并撑住的门，外面的安全照明穿过这扇门，向仓库里打下了一束光。

除此之外，里面都是空的，一排又一排从地板直通天花板的货架上空无一物。在这个巨大的房间里，有一名高个子的男人站在宽阔的空地上，他看起来比瑞恩预想的更年轻。他一动不动，只是站在那儿，双臂交叉抱胸，一身黑衣。他长着深色头发，留着山羊胡。

"两个火枪手。"他说。他丢下一个烟头，烟头在他脚边又燃烧了几秒钟，随后咝的一声熄灭了。"我有个工作交给你们——需要你们去拿一张空置房的清单。我这就给你们发地址。"

话音刚落，瑞恩的简易手机几乎同时响起，他收到了一条短消息，来自——太棒了！——一个真实的号码。是一个位于利物浦某条商业街上的地址。

就是这个。这个掌控一切的男人对他们的信任,就是告诉他们,他是如何得到该偷哪辆车的情报的。

"你们等待下一步指令。"他对他们说。

"没问题,谢谢,哥们儿。"瑞恩说话时改变了他自然的声音语调。

那个男人向后仰着头。"你从哪儿来?"

"曼彻斯特。"

他做了个不耐烦的手势。"在那之前。"

"我一直住曼彻斯特,但有个威尔士老爸。"他说,这是事实。他们先前已经断定,他应该坚持这一点,而不是模仿另一种口音。

"你呢?"那个男人问安吉拉。

"啊,就这附近。"她用完美无瑕的利物浦口音说,其实她来自曼彻斯特地区。卧底警察通常不是本地人,不然被人认出来、被人拆穿的概率太大。

那个男人穿过仓库朝他们走来,黑色的靴子踩着地板上的沙粒和污垢,发出嘎吱嘎吱的声音。"我叫约瑟夫。"说着,他向瑞恩伸出一只手,随后又伸向安吉拉。

"妮可拉。"她说。

约瑟夫举起双手,说:"这是我的标准警告。如果你出卖我,如果你告发我,如果你是DS,如果你出差错,我会去坐牢。然后——我他妈就会去杀了你。明白吗?"

"我要说的也差不多。"瑞恩说。

"那我们就握手为誓吧。"约瑟夫说。

"我是凯利,"瑞恩一边紧握住约瑟夫的手一边说,"很高兴跟你见面。"

凯利。瑞恩不得不为自己选择的化名。"得是你听见会有反应的名字,"利奥建议说,"你熟悉的名字。这是他们考验你是不是警察的第一项测试。在酒吧里喊你的名字,看你的头会不会转过来。"

"我听见我哥哥的名字总会有反应。"当时瑞恩低声回答说,他心里想的是那一夜。那一夜,他哥哥已经陷得太深,欠了太多钱和太多人情。那一夜,他哥哥给自己打了个死结。人们发现他的时候已经太晚了,晚了大约半小时——这是后来验尸官说的。他是在阁楼上自杀的,他不想被人发觉。

第 -6998 天，早上 8:00

珍在一栋上下层各有两个房间的排屋里。她和凯利在这里租住过一年。他们对这个家完全没有情感上的联结，珍几乎不记得它了。直到现在，她望着因为湿气而变得斑驳的天花板，这才想起他们曾经住在这里。

珍还没有怀孕，所以托德还没有出生。这样一来，就只剩下一个人可能跟整个谜团有关了。

"洛佩兹？"凯利朝楼上高声叫。情感在她体内涌动，她都已经忘了他曾经有一段时间是这样称呼她的。珍变成了珍妮，又在那首歌流行后变成了"还是从前的珍妮"[1]，然后变成了洛佩兹。

"凯利？"她说。

"你醒了！"

"是的。"

"听我说，"他用他特有的那种权威而又审慎的语气说，"今天我有点儿事。"

---

[1] *Jenny from the Block*，詹妮弗·洛佩兹（Jennifer Lopez）的歌曲，即"洛佩兹"这个称呼的出处。

"什么事？"

"开一整天研讨会。"

有些模糊不清的事在珍的脑海中盘旋。什么样的粉刷匠／装修工人需要临时去参加研讨会？一个她信任的人，她猜想。

"当然。"她说。当她从床上起身时，感觉脚下的地面很不安稳，就像站在流沙上。

"你一整天都不在？"

"是啊。"凯利心烦意乱地说。

"好吧。"

"你看上去就跟见了鬼一样。"凯利的眼睛还是那双眼睛，其他就不大一样了。他好瘦。几乎可以用"精致"来形容。

"我没事，"珍抬头望着他，虚弱地说，"别担心——你去吧。"

"你确定？"

"确定、一定以及肯定。"

珍毫不犹豫地开始跟踪凯利。她看得出，他们现在正朝着真相大白的那一刻冲刺。

她现在坐在一辆出租车的后排座位。回到这么久远的过去，叫出租车变得困难许多。她有一部手机，但它是一块"老砖头"，手机上的数字亮着荧绿色的光，一按下去还会唱歌。简直是个孩子们的手机玩具。

"可以在这儿停车吗？"珍说。

凯利在利物浦的市中心违章停车，正停在双黄线上。他的车牌是Y打头的①。珍还从来没有意识到，汽车发生了多大的改变。他的车四四方方，看起来大得过分。她忍不住一直看它，也忍不住一直看他。她觉得自己像个外星人。

凯利左右张望了一番，才从驾驶位里伸出他的长腿。他检查周围环境似乎是习惯性的，就像一阵痉挛。那双蓝眼睛扫视着街道。

她继续留在她乘坐的那辆黑色出租车里。躲在后排座位，再隔着脏兮兮的窗玻璃，凯利就几乎看不见她了。

"我必须马上往前开了。"出租车司机说。

"只要——只要五分钟，拜托了，我只需要再看一下。"她说。

出租车司机没有回答她，而是直截了当地拿出了一本小说来看。约翰·格里森姆②，书页向下弯折。他没有关闭引擎。哦，人们用读小说来打发时间的时代。

"对不起，不会太久的。"她补充了一句，同时想着自己能告诉眼前这个男人哪些未来的事。英国脱欧、疫情肆虐……没有人会相信她的话。太令人惊叹了，整整二十年的时间跟着他们两人被同时塞进了一辆出租车里。

凯利绕到了他的车尾。他扫视了一下地平线，至今他都时常会那样做。如果不是被迫以这种方式观察她的丈夫，她从来就不会对这一点思考太多。他的头发精心地打了发胶，前面部分还做了发型。

有一名司机冲着他们鸣笛，开车经过时还对着出租车指指点点。他摇下车窗，大声吼叫："赶紧开走！"

---

① 由于英国在2001年9月变更了车辆登记号码格式，所以Y打头的车牌很可能意味着这是一辆在2001年9月之前登记的汽车。

② John Grisham，出生于1955年，英国悬疑小说作家。国内已经引进出版了其多部作品。——编者注

珍的司机给车挂了挡。"再给我一秒,拜托,拜托。"她说。如果她现在下车,凯利就会看见她,一切就都白费了。

凯利用单手打开后备厢,拖出了一样东西。很大,酒红色,像叠起来的布料——可能是窗帘?珍把额头抵在出租车肮脏的车窗上,眯着眼仔细看。那是一个西服收纳袋,她根据几年前的印象认出了它。他极偶尔才会穿一次西服。参加葬礼,或参加婚礼。它被挂在他们衣柜最里面的一个钩子上。

"都听你吩咐,亲爱的。"出租车司机说,但珍只是点了点头。

凯利在一条小路上消失了,他的步伐显得很随意,珍知道那是装出来的。她就要把他跟丢了。"我得下车了。"她说。

她拿起自己的手袋和钱包,同时努力不让他离开自己的视野。当她正数着她从厨房抽屉拿出来的钱——不同的抽屉、不同的厨房、不同的纸币——又有一辆车冲着他们鸣笛。

"等一下。"出租车司机说。

"我要下车了,我必须下车。"

"咱们现在挡住公交车专用线路了。"

"我必须出去!"珍大吼。在汽车的鸣笛声中,她不断摆弄着门把手,同时好奇她要是不付车钱就匆匆跑掉会发生什么事。只不过是一辆出租车。这算不上是犯罪行为。

她往那个里面沾着烟灰的银色托盘里猛塞了好多纸币——天哪!对,过去人们随时随地都在抽烟!——然后跳下了车。

她冲到了那条小路上。凯利几乎已经走到了路尽头。对她来说,他在人群中非常显眼,就跟托德一样,就跟她自己的名字在一张名单里一样,她能一眼认出来。

他突然左转,走进了一家名叫"太阳之舞"的酒吧。他仍然拿着他的西服收纳袋，挂在手臂上。于是珍决定两面下注，站在附近的人行道上等。

她站在伍尔沃斯超市门外，它家红白两色的标志看在她眼里是那么亲切。它在短短五年之内就破产了——就在不久前的过去，但现在还感觉不到。看看里面：塑封地板、各种文具。她能在这儿待上一辈子，单单只是透过窗户往里看，惊叹逝去的时光，那些圣诞节买来玩的游戏和猜谜图片，单单只是凝视着在过去二十年里席卷世界的那些变化，失去与获得。她举起一只手，把手掌贴在玻璃上，就像这一切开头的那一晚一样，等待着。

她通过玻璃中的倒影看见，在自己身后，凯利在酒吧里出现了。他现在穿上了那套西服，收纳袋挎在手臂上。头发刚刚打过发胶，还穿着锃亮的黑皮鞋。

一名女子不知从哪里冒了出来，也许是从另一家酒吧里，也许是从一条小巷里。珍看着她朝凯利走近。她眯起眼睛。那是妮可拉。

"怎么样了？"凯利对她说。

"啊，还好吧。真顽固——他们想要知道所有的方法。"

凯利大笑着说："那些我们可不能说。"

"我知道。我也这么跟他们说了。法官不怎么高兴。听我说——祝你好运。还有，给我打电话，懂吗？如果……将来吧。只要你想回来。"

妮可拉没再说别的，就从凯利身边走开了，把他留在了大街上。

珍紧紧盯着他，现在他在人群中消失了；她想到了他二十年来发给妮可拉的那些向她求助的短消息，想到她也向他提出了某项要求作为交换。

珍隔着一段距离跟着凯利，她庆幸这里是利物浦而不是克罗斯比。她为这个年代的时尚惊叹——喇叭腿牛仔裤、波希米亚式上衣,人们将皮肤袒露在九月这最后的夏日阳光里——还有老式的汽车和商店,一个加了复古滤镜的世界。珍觉得凯利走得并不是漫无目的,也并不轻松愉快。他昂着头,既像一头被追赶的鹿,又像一头追赶猎物的狮子,她不确定更像哪一个。

他们走过一条鹅卵石铺成的街道,经过许多品牌的商店,它们有的存续到了二十年后,有的没有:比如德本汉姆[①]、百视达[②]。他们走进一家灯火辉煌、各式珠宝琳琅满目的购物中心,又从另一边走出来。左转、右转,又走过一条路边摆满商用大垃圾箱的小路。珍离前面的凯利落得更远了。

在一片仅限行人进入的宽阔的灰色石板地,他放慢了脚步。他周围全都是高层建筑。他的身体完全转向其中一栋,然后他走上前去,拉开门,消失在门后。

珍不需要去看任何地图、读任何标志。身为一名律师,她非常熟悉这栋建筑。她怎么可能不认识这儿?这儿是利物浦郡法院。

门外有几座老式的街灯,那些球形灯泡是白色的,像珍珠。这栋建筑物在2003年时跟现在没有两样。一个庞大的20世纪70年代风格建筑,几个立方体杂乱地堆在一起,深棕色外包层,有色玻璃窗。前门上方有法院的浮雕纹章。司法系统总是一成不变:僵化、古老、陈旧,而这一次她总算可以为此感到高兴。

她在阳光下等了几分钟,然后像凯利刚才那样,拉开玻璃双开门,走进了法院。

---

① Debenhams,连锁百货商店品牌,2020年正式宣布倒闭。
② Blockbuster,影视租赁连锁店品牌,2010年正式宣布破产。

她径直走向展示清单的地方,并为自己拥有的法律知识暗自高兴。它们被钉在门厅里的一张软木板上,四张颤巍巍的纸叠在一起,固定住它们的那枚图钉可能直到今天还在被使用吧。

她知道自己在找什么,她知道自己会找到什么。

那些日期都是一致的。当她在时间中不断倒退时,起初她没有意识到:已经归档的新闻故事、对他的指控清单。

找到了。她几乎不用再向下浏览。

皇家检察官(R)起诉约瑟夫·琼斯。一号法庭。

这就是逆向的生活。事情发生了,而珍一无所知。它们像汽车驶过一样经过她身边,毫无妨害。

她走进一号法庭,坐在公共旁听席上。这里的空气中混合着久置的茶壶、陈年的书籍以及灰尘和指甲油的气味。这里很繁忙。一场当时备受瞩目而她一无所知的审判。当时她怎么可能知道呢?

她找不到凯利了。她不知道他是以什么身份出席这场审判的。作为约瑟夫·琼斯的一名朋友——她惴惴不安地认为——也就是一名共犯。

公共旁听席区域的长凳像教堂长椅那样摆放着。"全体起立。"一名工作人员说。他的鼻尖上架着一副老花眼镜,身穿长袍,长得拖到了铺着廉价地毯的地面上。珍一生都在为司法系统工作,而她为它的装腔作势感到尴尬。法官到场时,她起身站好,本能地低头行礼。

被告人戴着手铐,被一名单侧耳朵上戴着精致耳环的警卫人员带进来,送进了被告席。

约瑟夫·琼斯。年轻的、大约三十岁的约瑟夫。她看着他,而且知道他——按照现状来看——将在哪一天死去,珍心想:这感觉太奇怪了。她看着他那双独特的精灵耳,他的山羊胡,还有他此时更窄的、几乎像个小男孩一样的肩膀。他可以是任何人的儿子，他可以是托德。

法官向整个法庭讲话，他简单地陈述道："先前我们已经听取了控方第二名证人——证人 A 的证言。现在，我们传唤第三名证人。"

法院已经开庭了。珍在脑子里想了一遍。所以，凯利临时要参加的"研讨会"一定就是证人传唤。在审判中，他们从来都不知道自己会在哪一天需要自己的证人出庭，直到前一名证人的出庭结束。

"谢谢您，法官大人。"一名出庭律师说。那是个戴着复古式样的厚眼镜的女人。她的假发刚好遮住了浅色的眼镜腿。珍本来已经忘记了这是在过去，直到她看见那副树脂镜框的眼镜。它在如今看来像是孩子们戴的眼镜：时尚的发展真是好笑。"昨天，我们已经听取了汇丰银行职员格蕾丝·伊林考特的证言，她证实约瑟夫·琼斯曾频繁地在一个公司账户上操作大额款项的存入和提取，"她用锐利的目光看着陪审团说，"先前我们还听取了证人 A 的证言，说他也会频繁地指示他的手下去偷盗车辆。为了进一步证实这一点，控方现在要传唤下一位证人出庭，为此，我们不得不再次请求陪审团和旁听人员暂时离场。"

珍的大脑飞速运转。旁听人员和陪审团只有在少数情况下才会退场：证据问题、法律与程序要求、关于证据可采性的讨论。

还有匿名证人的出庭。

除律师们之外，所有人都离开了。珍漫无目的地闲逛，看人们喝着自动售货机里买来的咖啡，聊着天，这些人想必跟她一样关注这件事。这跟他们往常在法院里的情形一样。跟现代唯一的不同是，这里少了很多手机。

她快步走到门外，站在法院门前的台阶上，想要看看这个世界在

2003 年的大致模样。她看着汽车,它们看起来崭新却又过时,N 打头的车牌,P 打头的车牌。一名律师站在不远处,一边抽烟一边想事情。建筑物都还是一样。一样的天空,一样的太阳。她在前不久的三月才遇见凯利,他们俩交往还不满六个月。

她慢慢地在原地转了一圈。你不会知道、你不会知道、这个世界也不知道,它改变了多少。

"请回到一号法庭。"一名法庭庭警在门厅里说,于是珍往里面走,同时她的目光在城市的地平线上徘徊了一秒钟。她就要查明某些真相了,某些她再也不会忘记的事。

在法庭里,由于从九月耀眼的阳光下回到了室内,她的眼睛花了一秒钟去适应,但她很快就看到了她所期待的场景:证人席变样了,被一块黑帘子挡住了。

"证人 B,"那名女律师用天然泉水的潺潺流动那样清脆的声音说,"是一名现役的卧底警官。他不表明身份,"她对陪审团说,"是为了保护他和警方的工作方法、工作安排,以及他自身的安全。那么,现在,证人 B,你不需要说出自己的姓名供记录,你想要如何宣誓?"

帘子后面的人什么也没有说。律师等了一会儿,等到法庭沉寂了太长时间之后,她走向那幅帘子。珍屏住了呼吸。当然、当然、当然,这不是她的丈夫。

一秒钟后,律师又出现了,并走向法官席。随后,珍听到了一阵低声的讨论。律师在说:"他不想公开自己的声音,他说话有口音。我们的确已经就此提交过正式申请。"

珍听不到所有的对话,只能听到一些片段。只因为她是一名律师,她才能听得明白。

"但是法官大人,为了公开公平的正义……"另一名律师在说。他们的辩论持续着,含混不清,平淡乏味,而珍在努力听着。

"在公开的法庭上直接听取你的证词是非常重要的。"又过了几分钟,法官这样宣布。

"证人 B,怎么宣誓?"那名律师提示说,等等……这名证人是控方证人,不是辩方证人。所以……

珍听到一声叹息,一声非常非常独特的、生气的叹息。接着是一个词:"非宗教(Secular)。"

三个音节,就是它。珍也许早就知道了:凯利就是证人 B。

她全都想错了:凯利并没有参与犯罪,他一直在努力阻止犯罪。

第 -6998 天，上午 11：00

"我曾跟他一起工作，是的，"凯利的声音说，"在去年，有好几个月。"他修饰了自己的威尔士口音，像刨木头一样让它变得平滑。珍很确定只有自己知道那是他，只有二十年的婚姻生活才能让你识别出那些言语中暗藏的标记。

"那么，你扮演什么样的角色？"提问在继续，尽管珍还在努力处理这些信息。这桩事实像地震后的余波那样反复冲击着她。他是个警察。他曾经是个警察？

她抬眼望着法庭屋顶的那些小窗子。

他从没告诉过她。他从没告诉过她，他从没告诉过她，他从没告诉过她。她的人生是一场谎言。

各种想法包围着她，仿佛一群不断提问的记者。他怎么能向她隐瞒这件事呢？凯利？她无忧无虑、值得信赖的丈夫，凯利？这几乎什么都解释不了。为什么他们在二十年后才看到了这场谎言的后果？为什么托德被卷了进来？

他从没告诉过她。他从没告诉过她。

珍把额头埋进双手里。

但是，这个真相难道不比另一个更容易接受吗？也许吧，无论如何，两边都是地狱，她仍然感觉糟透了。

"我被派去打入被告人所经营的有组织的犯罪黑帮。"凯利语气平淡地说。天哪，太疯狂了、太疯狂了！

"那么，你是何时被派去的？"

凯利清了清喉咙。"那个婴儿被偷走的时候。"

"法官大人，"辩方出庭律师立刻起身说话，那是一名年长的男性，"请不要偏离我们正在讨论的问题。"

"作为被告人供应链的一环，他的两名手下在干活的时候偷走了一个婴儿。"凯利语气尖刻地澄清了一遍。

"法官大人……"那名律师又说。

"证人 B，我们恭敬地请求您不要偏离我们正在讨论的问题，这不是一场关于儿童绑架案的审判。"

"我们一直没有查出当时行凶的罪犯，"凯利说，"但是被告人知道。"

"法官大人……"

"证人 B！"这次，法官明显已经发怒了。

"好吧。"凯利说。珍知道，此刻他用力咬紧了牙，颧骨下方出现了凹陷。他停顿了一下，而她又知道，他此刻正抬起一只手捋自己的头发。即便这是一个她已经二十年没有见过的凯利，即便这是一个她截至目前才刚刚爱了六个月的凯利。这个凯利，从第一天开始就在撒谎：从十六岁起就是粉刷匠 / 装修工人；父母双亡；从没上过大学，拿到普通中等教育证书之后就不上学了。到底哪句话是真的？他怎么会是警察？他为什么没有告诉她？

她本来可以理解他的。当过卧底警官，这不能算作犯罪。

她在旁听席上不自在地挪动着身体，心里真希望自己也能跟出庭律师们一起上前盘问。

"我得到的命令是查明被告人的身份，"凯利说，"我通过从最底层进入他的黑帮来完成这项任务。为了不暴露我自己是谁，我无法进一步解释我所扮演的角色。"

"你为被告人从事过哪些工作？"

"为了不暴露我自己是谁，我无法进一步解释我所扮演的角色。"

"你曾亲眼见过被告人——直接地——做了什么？"

"为了不——"

律师叹了口气，显然被激怒了。她摘掉自己的眼镜，戏剧化地用长袍袖口擦拭着，随后又重新戴好。究竟为了谁的利益，珍也不确定。

"我可以告诉你我没做什么。"凯利的语气让珍一听就知道他接下来要说的话没什么用。

"请讲？"律师说。

"我没有查到得到约瑟夫的指令——那些最终导致小伊芙被绑架的指令，去实施犯罪的人。"

"好了。"辩方律师跳了起来。法官挥手示意他们过去，同时看了一眼那道制造麻烦的黑帘子。"陪审团退场。"他说。

他们又陆续回到了门厅。十分钟后，一名法庭庭警向他们证实，案件的进一步审理将延期至明天继续。珍站在原地，张大了嘴。"什么？"她说。

"明天再继续审理。"一名庭警对她说，示意她离开。珍站在门厅里，人们从她身旁鱼贯而过。

她没有明天啊，她绝望地想。"明天"不会到来了。

凯利看见珍站在他的车旁边时，他的脸色变得煞白。

他的脸垮了下来，嘴唇发白，眼睛左顾右盼了一会儿，然后他对她微笑。他在努力掩饰。珍望着他，这个将会成为她丈夫的男人在对她撒谎。他的西服已经弄皱了，上衣搭在他手臂上。他的模样病弱、苍白、年轻，几乎像个孩子一样，非常非常像托德。

"我看了你出庭做证，"她简单直接地说，"当时我在旁听席。"她的身体立刻感觉想要大哭，想要得到这个她爱了半生的男人的抚慰。他是她一直依赖的人啊。

"我……"他抬头望了望商业街，看了看太阳，然后指了指自己的车。

"是这样吗？"她对他说。在他思考要说出哪些事实、隐瞒哪些事实的这一段停顿中，珍努力在自己的大脑中挪动那些事件，让它们按时间排列成顺序而非倒序。然而她无法思考，她的大脑中充斥着各种迥然相异的事实。或许到这里就结束了，她心想。她可以跟凯利分手，但还有那么多疑问没有得到解答。不知为什么，也许多亏了安迪吧，她知道现在还不是时候。

他们俩上了车。外面的空气浑浊，温暖的座椅紧贴着他们的大腿。他发动引擎，驾车飞快地驶出了利物浦。他还没有开口说话。

"凯利？"她说。她不得不催促他，她不喜欢这样。"我想说的是……"她努力记起他们才刚刚交往了六个月。记起他并不知道未来会发生什么，不知道他们俩成功地在一起了。他们成功度过了二十年幸福的日子，而且还在继续。某种程度上是这样。他不知道他正在玩弄的事有多重要，眼下的危机有多重要。

凯利没有说话。他驶向一个单行交叉口，眼睛不断瞟向后视镜。

"你是卧底警察。"

他点了点头,只点了一下,头向下一摆。"是。"

"你是……你遇见我的时候,是在做卧底吗?"

"是的。"

"你的名字是凯利吗?"

他停顿了一下。"不是。"他吞了一口口水,喉结上下滑动。

"这是怎么回事——你怎么能这样?"珍的思绪在不断旋转、旋转、旋转,在太空中旋转,在黑暗中旋转。她连一句完整的话都组织不好。

"你对我撒了谎……"珍慢慢地说。

"这是机密。"

珍有太多问题想问,她不知道从何问起。她在尝试把两样完全不匹配的东西组装到一起。

凯利看起来像是快要哭了,眼圈通红,目光凝视着地平线。她了解他,当他不开心的时候,她能发现。"我真正的名字是瑞恩,"他平静地说,"凯利是……一个我过去认识的人。"

瑞恩。事情开始步入正轨了。"怎么……"珍努力用正确的措辞去表述,"你打算怎么——以凯利的身份活下去?"

他很不自在地动了动,说:"我——我不知道。"

"彻底抹杀瑞恩?伪造他的死亡?"

他吃惊地转头看着她:"不,什么?我不知道……不知道这件事要怎么做。"

珍的目光从他身上转开,看向窗外。典型的、闪烁其词的凯利。无视问题的存在。然后——等问题突然出现时……控制它的负面影响。那栋废弃的住宅、檀香木,现在对她来说更说得通了。吉娜认为瑞恩·海尔斯死了，是因为那栋住宅的产权已经上交给国家，拉凯什查到的也是这样。但是并没有其他记录显示瑞恩·海尔斯的死亡。现在似乎很明显了。买来一张伪造的死亡证明，单单是为了向土地登记处出示，确保那份不动产不会转移到他的名下，以免他会被追踪到、进而暴露身份。但他没有做其他任何事，没有以任何方式登记自己的死亡，那可能会引起审查，需要更多文件和他无法提供的东西：例如，一具尸体。这是一块膏药，贴在一处巨大的伤口上。

他的母亲一定是最近刚刚过世，檀香木也刚刚开始陷入无人维护的处境。珍推测，当托德三岁时，他在洗手间里哭，他母亲当时可能还活着，他很想她。

他看着她。"我从警队辞职了，"他说，"去年。我保持凯利的身份是因为……"

"因为什么？"他说。

"因为我遇见了你。"

"但你本来可以……难道你不能告诉我吗？或是再选一个新名字？"

"约瑟夫·琼斯相信我是一个名叫凯利的犯罪分子，"他平静地说，声音轻到她必须专心去听才听得见，"如果我做出任何改变，或是我告诉任何人——他就会知道，我从来就不是什么凯利。那就会成为最明显的线索，告诉他我是个卧底。所以我——我保留了这个身份。"

"你保留了犯罪分子的身份？"

"他是这么认为的，但我不是什么犯罪分子，我现在什么坏事也没有做。我断定我最好是藏在众目睽睽之下，等他被判刑了，情况就会好转。"他悲切地说。可是珍知道，情况并不会好转。每个刑期都有结束的那一天,到了那时,一切就太晚了。瑞恩已经真的变成了凯利。

"要是警方知道了,他们会怎么办?"

"很可能会逮捕我,因为我的所作所为未经他们授权。以虚假陈述的欺诈罪名。可能还会告我,说我冒充警察,以公职人员渎职罪起诉我。"

珍感到自己在发热、发狂。这比她原先预想的重大得太多太多。她闭上双眼。他们逮捕他的理由不光是欺诈罪,还有他在 2022 年为了掩盖身份而犯下的那些罪行。他不会在那些罪行上得到赦免,他会被当成一名罪犯。

"我们去旅行的时候,你当时不想回来。你想留在那个乡间别墅——留在没有人烟的地方。是因为他吗?"

"是的。他已经知道——他已经知道有两名手下告发了他,一男一女。"

妮可拉。

"你为什么从没告诉过我?"她问。

凯利的目光躲开了她。"这是机密。"他低声说。"但……我曾经的确想说。"他又追加了一句。

她说不出她想要说的话。保密规定也适用于情侣之间吗?为什么他会认为这件事他可以长久地对她保密?因为他还没有跟她一起生活那么久。

"你想过要告诉我吗?"她说。

"当然想过,"凯利说,"我现在也是这么打算的。"珍为他们所用的不同时态感到惊奇。她的过去;他的未来。

但这是句谎话。她已经经历过了。

最后一块拼图现在终于归位，按照正确的顺序，从前到后，就像它原本该有的样子。珍在脑海中凝视着它。"我能不能问一下……"她边说边想着刚才凯利说的关于约瑟夫的话。

"嗯？"

"等约瑟夫出狱的时候，要是他发现你就是那个把他送进了监狱的警察，你觉得他会怎么做？"

"他不会发现的。那道帘子……他们伪装了我的声音。我们有很多人——很多人为他工作。它的规模……"

"假如——不知道为什么……他就是发现了。那会怎么样？"

凯利停顿了一下，然后开口说："他会来杀了我。"

第 -6998 天，晚上 11:00

很晚了，珍在浴缸里。她迫不及待地想要睡着，然后明天在另一个地方醒来。

她的胃里会集着滚烫而混乱的感觉。

卧底。卧底——这个词丑陋而巨大，在她的肋骨下面像心跳一样搏动着。不接受发薪水时扣除所得税的工作，不使用社交媒体，不参加聚会。这就是原因。

凯利用一个假身份生活了二十年。

但是他为什么从来没有告诉她呢？

她认为她已经把这幅拼图按照正确的顺序拼好了。她希望她能问问安迪，但是现在他甚至还没有拿到自己的学位。现在连他都帮不了她。

她凝视着结了雾的窗户，思索着整件事。

凯利做了卧底。他的证据把约瑟夫送进了监狱。二十年后，约瑟夫刑满释放，来律师事务所找凯利，想要找回所有老伙计，重新开始经营他的犯罪团伙。如果凯利拒绝服从约瑟夫，约瑟夫就会怀疑他就是那个卧底警察；如果他服从，他就正式变成了罪犯。凯利没有胜算。而且，由于约瑟夫的二十年刑期是因为他和他的许多同伙一起犯下的那些罪行，因此他就可以控制他们所有人。如果不服从，他就检举他们。只是，他对凯利的控制力更大，大到原先他自己都不知道。如果他检举凯利过去犯下的罪行，警察就会来调查，然后发现凯利仍然在用他的假身份生活。这是违法的。更糟糕的情况是，他正在未经警方授权的情况下作案。

因此，有人把那个装着被盗车辆钥匙的包裹交给凯利，凯利被迫服从。他们重逢时，托德在场，克丽奥也是，托德和克丽奥相爱了。凯利让托德不要告诉珍他认识约瑟夫的事，后来又让托德跟克丽奥分手。那天晚上在花园里，他一定坦白了一切，把自己的真实身份告诉了托德。这是托德遇见过的最他妈混乱的事，他当时这样说。他一定给他看了自己过去的警徽、那张海报。珍现在只能想象那场发生在托德房间里的谈话。托德藏起了警徽、手机和海报，隐瞒了她。

凯利又开始为约瑟夫工作，但是他一察觉约瑟夫可能已经知道了他就是当年送自己进监狱的警察，就立刻在绝望中向妮可拉求助。事实表明，妮可拉并不是一名犯罪分子，而是一名当年的卧底，一名警察。他一定感到进退两难。出于对生命安全的担忧，向妮可拉坦白一定是他面临的所有糟糕的选项中，最好的那一个了。

作为对妮可拉保持沉默的回报，同时也是因为存在约瑟夫查明他们身份的风险，凯利答应帮她一个忙。这个忙一定就是要凯利向警方传递约瑟夫正在从事的犯罪行为的情报。或许她安排了对凯利的保护，所以珍才会看到警车在周围巡逻。或许正因为这样，那天晚上，他们才会那么快到达现场，比救护车快得多。他们在等着出手干涉，但还是太晚了、太晚了。

在托德实施犯罪的两天前，妮可拉一定是被约瑟夫加害的。就

- 328 -

是珍在警察局偷听到的那一起适用于刑法第 18 条的故意伤人案件。约瑟夫一定是把她查出来了。出狱之后，他一定会仔细观察自己的每一个联系人，寻找能表明他们身份有假的蛛丝马迹。既然妮可拉从未离开警队，那么查到她是警察就更容易一些。这就是妮可拉在 Wagamama 连锁餐厅那一晚看起来大变样的原因：她当时不是在使用卧底身份。

而查出了妮可拉，就会引起约瑟夫对凯利的怀疑。

于是约瑟夫发现了，并在十月最后一天的深夜来找凯利。他当时没有带武器吗？难道他没有把手伸进口袋去拿武器吗？

在凶杀发生后，警方几乎立刻就出现了。他们很可能已经事先知道，某些事正在酝酿。

然后，他们背叛了凯利：他们逮捕了托德。即便凯利曾经事先向妮可拉求助。难怪他在警察局会表现得怒不可遏。

那么，托德是怎么回事？现在，当珍已经知晓真相，这个问题似乎就很简单了。他想要保护他父亲。所以，在听说妮可拉遇袭的事情之后，他买了一把刀。回家的路上，他认出了约瑟夫，看见他带着武器，于是陷入惊恐。接着，他做了他唯一能做的事：保护他父亲，不惜一切代价。

瑞恩

维尔贝克街718号。

这就是约瑟夫给瑞恩和安吉拉的那个地址。他们准备要去了。安吉拉在外面放哨,瑞恩进去。在那之后,其他小组成员将会逮捕约瑟夫,因为现在安吉拉和瑞恩可以指认他了。他已经开始信任瑞恩和安吉拉,因此就有足够的证据将他定罪。那条短消息,还有瑞恩和安吉拉掌握的证据……这些已经足以表明他在经营一个犯罪团伙,足以把他送进监狱关上几十年。

唯一缺失的就是那个婴儿,还没找到她。

他们正往那儿走,来了另一条短消息。

到上一条短消息提到的地址去,说你是来做粉刷/装修的。等你进了那儿老板的办公室,说是我派你来的。JJ。

瑞恩对安吉拉说:"就是这个,这就是他得到那些空置房地址的方法了。这个办公室。我们找到他了,该死的,我们找到他了。"

"我知道,"安吉拉边兴奋地加快脚步边说,"我知道。"

瑞恩和安吉拉沿着三月里下着雨的街道走着,瑞恩想到了他哥哥,还想到了老桑迪。他想到自己如何稍微改变了这个世界。只有那么一点点,用他自己那微不足道的方式。

瑞恩眨眨眼,忍住了某种他说不出的情绪。他们到达了那个地址。妮可拉从他身边走远,完美贴合她自己的角色设定,让瑞恩一个人进了那栋楼。显然,那是一家律师事务所。看样子挺有钱。

前台坐着一个女人。她很漂亮,浓密的深色头发,一双大眼睛。

"需要粉刷或是装修吗?"说这话时,他脸上堆着满怀希望的僵硬笑容。

"什么,就这么——说装修就装修吗?"她边说边发出干巴巴的笑声。他听见这笑声,胃里一阵翻腾。他没料到会这样。他原以为这件事她也有份,原以为她会听懂暗号。

"呃,是啊?"

"当然,那我们这就把所有家具从墙边移走,好吗?你一边刷墙,我们一边处理案子?"

"好的,如果你愿意尝试,我也很愿意。"他随意地说。

"我们不需要,谢了,"她说,"如果我们想做些计划外的装修——一定找你。"

她不再理他,把视线转回了电脑屏幕。

"我能不能再问问老板的意思?"他问。

"你怎么知道我不是老板?"

"好吧,那你是老板吗?"

"……不是。"

他们相互对视了一会儿,然后忽然爆发出一阵大笑。"好吧,很高兴见到你,不是老板的这位女士。"他说。

"一样，找上门来的装修工。"

她朝他微笑，仿佛他们已经认识了，然后又扭头向里面喊："爸爸，有人找你。"当瑞恩朝她爸爸的办公室走去时，她瞥了他一眼，说："我是珍。"

"凯利。"

第 -7157 天，上午 11：00

珍睁开双眼。真希望今天是 2022 年，但她知道不是。

髋骨，旧手机，一张非常非常旧的床——老天，这是那张有木头包边的矮床。她猛呼出一口气，事情还没结束。

她坐起来揉揉眼睛。是的，这里是她的公寓，她的第一间公寓。她刚工作时买下的那一间。她付了三千英镑的订金，这在 2022 年看来有些可笑。

这间公寓有一间卧室。她站起来，顺着一块破破烂烂的棕色地毯来到走廊，然后走进起居室。这里被她用软装装饰成了波希米亚风格：一幅廉价的布帘把客厅与厨房隔开，几个紫色抱枕排列在深飘窗上，以掩饰湿气。现在，她好奇地注视着这里。她几乎已经把它忘光了。

清晨的阳光透过脏兮兮的窗玻璃照进来。

她查看了手机，但上面并没有显示日期。她打开电视机，转台到新闻节目，又转到图文资讯。真混账啊，这就是他们以前用来查日期的方法吗？今天是 2003 年 3 月 26 日，上午十一点。

又倒退了六个月，而且这是她第一次见到凯利之后的那一天。今天是他们第一次正式约会的日子。

她看着她此刻的手机,尽管她已经几乎不会用它了。它可以用来发短消息、打电话,还能用来玩贪食蛇。她调出短消息记录。凯利的最近一条短消息就在这里,她在通讯录里把他标注为"性感粉刷匠/装修工"。当初她还不知道,这个男人会成为她的丈夫。"塔科咖啡馆,下午5:30?下班就来?"他写。短消息以粗大而老式的字体显示,手机屏幕闪着计算器那种荧绿色光。

她的回复一定在另一个文件夹里,这些短消息不是线性排列的。真是古早。

她打开已发送文件夹。里面她说:"当然。"对随意语言的研究。她不记得自己曾经为此着迷,但她确信自己应该会的。

时间挺晚了。她过去习惯放纵地饮酒、放肆地睡大觉。她觉得自己宿醉未醒。她不记得第一次见到凯利的那天晚上都做了什么,不过她可以断定自己一定喝了酒。她用一根手指拂过厨房的台面——是人造大理石的——然后凝视着自己的东西:许多法律方面的书籍,但也有许多封面上是穿高跟鞋的女人的平装书;罐装的蜡烛,还有插在葡萄酒瓶口的蜡烛;两条西服裤子堆在地板上,里面还隐约看得见内裤和丝袜。

她花很长时间洗了个淋浴,其间为瓷砖之间的污垢感到惊奇不已。我们就是这样慢慢习惯的,真有意思。她很确定自己当初住在这儿的时候,对这件事的注意力不会多于一个闪念。那时,她不得不忍受飘窗上的霉斑、外面不断传来的噪声,因为她要为每一分钱精打细算。

等到洗完澡出来,她裹着浴巾走向自己的台式电脑。刚才在带着香气的热蒸汽中,她忽然冒出一个想法,现在想要调查一下。

她按下那台机器前方软绵绵的按钮,然后等它启动。她坐在那里,洗澡水顺着她的鼻尖滴下来,落在地毯上。

她望着屏幕亮起,陷入思考。当她还是一名实习生时,她最好的朋友名叫艾莉森。珍好奇,几个星期前,她那么轻易地就把这个名字当作化名说出了口,或许这就是原因了?艾莉森在附近的一家公司工作。过去她们每到午休时间就会见面,在轻食店买一份午餐。艾莉森会滔滔不绝地激烈批判法律。后来,艾莉森跳槽去做了一名公司秘书,而珍留在原地,跟要离婚的夫妻们打交道,再后来她们就失去了联系,这就跟其他一些仅仅因为某项共同利益而产生的友谊一样。

她的感觉太奇怪了:她又来到这里,她知道她可以给艾莉森打电话邀她小聚。人生是多么分裂。它可以被轻易地按照一段段友谊、一个个住址和一个个生活阶段来分割,那些友谊、住址和生活阶段看似都永不完结,其实各个都不长久。穿着西服,拖着换洗衣服到处走,坠入爱河。

Windows XP 在她眼前加载,她眨了眨眼。老天爷啊,这画面就像出自某一部古早的黑客电影。她艰难地找到了网页浏览器。她用的是拨号上网,必须手动连接。终于,她打开 Ask Jeeves 搜索引擎,输入了这行字:失踪婴儿、利物浦。

找到了——伊芙·格林,数月前随着一辆失窃车辆被人带走。这就是私人侦探找不到她的原因:她是在二十年前失踪的。凯利参与抓捕了偷走她的犯罪团伙,但他们从未找到这个婴儿。凯利一直保留着那张海报。当他向托德坦白的时候,一定也给托德看过。所以,那部简易手机、那张海报还有那个警徽最终到了托德的房间。而且,凯利跟妮可拉讨论过这个:她一直没被找到。

珍的胃里一阵翻腾。一名失踪婴儿,失踪了二十年。

她凝望着窗外的利物浦，它在冬季清晨尚未升高的太阳照耀下一片朦胧。她在尝试理解这一切，她父亲还活着；她最好的朋友是艾莉森；将来，她与凯利结婚，而今晚是她和他的第一次约会；他们会有一个孩子，名叫托德。

她想着那个失踪婴儿、托德、凯利、由坏人组成的犯罪集团，还有那些亦正亦邪的卧底。还有，比起这些，她想得最多的还是：如何停止这一切。

拼图还没有完成。显然，事情还没有结束。她还在这里，在很久之前的过去，她还有事要去做、去解决、去理解。

为了得到些许放松，珍走向镜子，松开浴巾，忍不住看着自己二十四岁的身体。该死，她心想，太晚了，晚了二十年。当年，她明明是 10 分满分！但是跟其他每个人一样，等她懂得欣赏时，为时已晚。

五点四十分，凯利到了咖啡馆，迟到得恰到好处。珍看得出他在紧张，因为现在的她已经认识他二十年了。他上身和下身都穿了牛仔，分别是浅色和深色，酷得毫不费力；按照他一贯的风格，前额的头发向上卷起。但他的目光像头鹿一样不安，而且走过来之前还在牛仔裤上擦了擦手。

她站起来跟他打招呼。她的身体那么苗条，而且轻盈得仿佛她先前一直潜在水下、如今刚刚出水。她更少撞到东西。她就是……整个体积减小了许多。而且她是那么灵活柔韧、那么活力无限，宿醉的感觉在咖啡和阳光的治愈下，几分钟就消散了。

凯利弯腰过来吻她的脸颊。他身上有树木汁液的气味。那个气味、那个气味、那个气味。她本来忘记了。从前的须后水、除臭剂、洗衣粉——某一样东西。她本来已经忘记了他的气味，突然，她来到了这里，2003年，跟这个与她相爱的男人一起，在一家咖啡馆里。

她看着他，她年轻的眼睛遇上了他的眼睛，她发觉自己不得不掩饰住一种想哭的冲动。她想要说："我们做到了。有一次，在某一个宇宙里，我们一起顺利地生活到了2022年，而且仍然做爱，仍然约会。我们有一个出色的、有趣的、有些书呆子气的孩子，名叫托德。

"但是，首先，你对我撒了谎。"

凯利没有对她说任何问候的话，正是他一贯的风格。现在，她明白了他需要时刻防备。因为他是个骗子。无论如何，他的眼睛快速地上下打量着她，她的胃里感到一阵翻滚。

"咖啡？"

"当然。"

她把一些糖包打翻在桌子上了，是粉色包装的"甜蜜低糖"。菜单上有咖啡、茶、薄荷茶和橙汁。没有2022年的玛奇朵那类饮料。虽然已经是三月底了，但前窗还装饰着灯串，其余都很平凡。胶木桌子，铺着地漆布的地板。空气中弥漫着油炸食品和香烟的气味，收银台的铃声不时响起。人们用银行卡买单，然后在收据上签名。2003年缺乏2022年的风采。除了那些灯串，没有一样东西仅仅是为了美好而存在的。墙上没有装饰画或是悬挂的植物，只有这些桌子、白墙，还有他。

他在排队，重心放在一侧的髋骨上，身形瘦削，神秘莫测，像一个谜团。

"不好意思久等了。"他边说边端来了两套老式的茶杯和茶碟。他坐在她对面，然后，她未来的丈夫，就那样冒冒失失地把膝盖挨着她的膝盖，仿佛是偶然碰到的，随后就保持这样的状态了。这一举动第二次发生，却对她产生了跟第一次完全一样的效果，尽管她已经预先知道所有细节：吻他的感觉、爱他的感觉、跟他做爱的感觉、和他生孩子的感觉。凯利总能点燃她的欲望。

"那么，"他对她说的这句话像一把枪装满弹药，"珍是什么样的人？"他的膝盖挨着她，感觉温热；他优雅的双手正拨弄挑拣着她刚刚打翻过的那些糖包。他总是这样对她，她在他身边无法清晰地思考。

她低头盯着桌子。他是卧底，他的名字不是凯利。为什么他从来没有告诉过她，在二十年时间里都没有告诉过她？这是她想不明白的问题。答案一定就在那儿，在那些善良的灯串之外某个地方，但她尚无法找到。她想知道等她找到的时候，时间循环会结束吗？如果没有，到底要怎样才能停止它。

"没什么好说的。"说着，她仍然望着外面的街道，望着2003年的世界。同时，她也在思索那个非常刺眼而她一直努力回避的事实：除非珍和凯利相爱，否则托德根本不存在。

"凯利是什么样的人？"她反问。不知道为什么，她忽然想到了他是如何给她买了那只南瓜，就因为她想要。还有他送她的贝尔法斯特水槽。在将来，他对整个世界都不大在乎，既励志又有点危险。他令她兴奋。他们在一起非常和谐。他们在一起非常和谐。但根基是这个：谎言。悬崖边缘，摇摇欲坠。

他看着她，咬着下唇，脸上慢慢绽放出一个微笑。"凯利是个相当无聊的家伙，正跟一个相当性感的女人约会。"

"只是相当性感而已吗？"

"我在努力装酷。"

"你失败了。"

他举高双手大笑。"没错。我把我的酷劲儿忘在律所地板上了。"

"所以所谓的装修——只是你的诡计了?"

一阵阴暗的情绪闪过他的脸。"不是……不过,我现在也不在乎你爸爸那家事务所的装修了。"

"那你又是怎么进了那一行的?"

"你要知道,我就是不想进入主流的生活。"他说。而珍还记得这句话和它对自己的影响,她自己正是个"主流"的人。当初,她觉得这话惊险刺激。现在,她对它感到厌倦、迷惑。她不明白,哪个部分是瑞恩、哪个部分是凯利。她爱上的到底是不是真正的他?

"你做的是哪部分法律?"

"我是个实习生——所以什么都做。打杂的。"

凯利点点头,只点了一下。"复印?"

"复印、泡茶、填表。"

他又呷了一口咖啡,而眼神与她接触更多。"你喜欢吗?"

"我喜欢人,想要帮助人。"

听了这话,他眼睛一亮。"我也是。"他轻声说。他们两人之间似乎发生了什么变化。"我也喜欢,"他又说,"你跟事务所的运营关系密切还是……?"

"几乎任何事。"珍还记得当初自己因为这些问题、因为他肯坐着倾听而感到受宠若惊,这在年轻男人身上并不常见,但是今天,她对此感受不同了。

凯利把双腿在脚踝处交叉,他的膝盖离开了她。她因此觉得有些冷,且不论别的。"很好。"他平静地说。

她望着他。许多小火花在他们两人之间飞舞,仿佛是一团燃烧的火焰不断喷吐出来的,但那团火只有他们俩才看得见。

"我从来不想要什么了不起的工作、大房子,那种东西我都不想要。"他补充道。

她微笑着垂眼看了一下桌子。这话太有凯利的个人风格了,那种态度,那份自信,还有他的锋芒,她发觉自己心情复杂。还有,在他们婚后的很长时间里,他们都过得贫穷而快乐。

"给我讲讲你经手过的最有意思的案件吧。"他说。这话她也记得。当时她向他吐露了某一件离婚案,他听了那么久,应该是真心很感兴趣。当时她是这么认为的。

"哦,我不会用那些无聊的事烦你的。"

"好吧——那给我讲讲十年后你想在什么地方?"

她望着他,被他催眠了。在你身边,她只想着,那个年长的你。

但是,难道他不是一直——天哪,她在想什么?——但是,他对她来说一直都是个好丈夫,难道不是吗?忠诚、直率、性感、有趣、体贴。他做得很好。

他的膝盖又回来了。他收回他的脚,把膝盖贴上她的膝盖。珍的胃里立刻燃起一团火,仿佛一根火柴,在火柴盒上轻轻一擦就着了。

外面,傍晚的天色越来越暗,雨越来越大,咖啡馆里越来越雾气蒙蒙,而他们俩则无话不谈。他们聊到媒体;他们简单谈及了凯利的童年——"独生子,父母双亡,家里只有我和我的油漆刷。"还聊到珍住在哪儿;他们谈论了自己最喜欢的动物——他最喜欢水獭。还有他们是否相信婚姻。

他们聊到了政治、宗教、猫和狗,还说起他是个早起的人,而她像猫头鹰一样喜欢熬夜。"最好的事儿都是在夜里发生的。"她说。

"最好的事儿是早上六点的一杯咖啡。不接受任何争议。"

"早上六点是午夜啊。"

"那就别睡了。跟我一起。"

他们两人挨得越来越近,近到隔着那张桌子所能达到的最大限度。她告诉他,她想要一只名叫亨利八世的肥猫,而凯利不知道他们的确养了一只,他笑得太厉害,带得桌子都在震动。"那它的子嗣叫什么?亨利九世吗?"

他们聊到他们最喜欢的度假经历——他最喜欢的那次是在康沃尔郡,因为他讨厌坐飞机——还讨论了他们要选什么死囚餐——他们都想来一份中餐外卖。

"哦,好吧,"大约十点钟的时候,他说,"我猜是因为我自己的成长经历不大顺吧,我想给我的孩子更好的。"

"孩子?"出现了。珍知道,凯利的这一面是真实的。

"我的意思是——对啊?"他说,"我也不知道——就是关于养育下一代的想法,奇怪吗?想要把我们的父母没教过我们的那些事教给他们……"

"好吧,很高兴我们跳过了琐碎的闲聊。"

"我喜欢直奔主题。"

"昨天你进来只是——为了碰碰运气吗?看能不能找个工作?"她问。她想要完完整整地彻底了解他们两人起初的故事。他当时进去问了她爸爸,接着五分钟后就出来了。

"不。你知道吗,"说这话时,他脸上露出期待的表情,似乎想要她回应些什么,"你爸爸和我有一个共同的熟人——约瑟夫·琼斯?说不定你也见过他吧。"

平地一声惊雷,起码这话带给她的感受就是这样的。爸爸认识该死的约瑟夫·琼斯?对珍来说,整个世界仿佛有一瞬间静止了。

"不,我没见过,"她的声音几乎像是耳语,"我爸爸跟每个人都打交道。"

　　仿佛她戳破了一个气球一样,凯利的肩膀垂了下来,可能是松了口气。他伸手过来握住了她的手,她自然而然地接受了,可她的大脑正嗡嗡作响。她父亲认识约瑟夫·琼斯?所以——什么?她父亲是……是什么?如果真是个卡通中的人物,她的头顶一定已经浮现出了一大堆问号。

　　凯利的手指在她的手腕上弹着钢琴。"咱们走吧。"他说。

　　他们离开了咖啡馆,站在外面三月的雨里。大街小巷都被雨水洗刷过,倒映着商业街上的霓虹灯,人行道呈现出湿漉漉的金色。就在咖啡馆门外,他把她拉向自己,一手扶在她后腰,嘴唇靠近了她的嘴唇。

　　这一次,她没有亲吻凯利。她没有邀请他回自己的住处,他们本来会在那里躺在床上彻夜交谈。

　　相反,她给自己找了些借口。他失望地垂下了眉毛。

　　他沿着街走远,边走边在脑后挥手,因为他知道她还在看着。

　　珍站在大街上,孤身一人,就像这一切发生之后的许多次那样。她用双臂抱住自己,思考着该怎么救儿子,也想到没有人会来救她,没人能救她,连她父亲也不能,更不要说她的丈夫。

瑞恩

他陷得太深了。

瑞恩正站在珍的卧室里。现在是清晨。她还在睡觉,她的头发在枕头上铺开,就像一条美人鱼。这是他连续第二天跟她一起过夜了;前天,自从他在咖啡馆见过她之后,他还没回过自己的那间小公寓。

而且,他一直不想离开。

这才是问题所在。

约瑟夫今天给他发了短消息,问他进展如何。他跟珍一起回家的事会传到约瑟夫那里去的。瑞恩的脑子转个不停,他在努力思考该怎么办。控制负面影响,这是他所集中关注的事。

"你说过你是一只早起的鸟儿,还真不是开玩笑的。"珍一边口齿不清地嘟哝,一边翻了个身。她没有穿衣服。她的两只乳房随着翻身的动作滚在一起,她用羽绒被把它们盖住了。

"对不起。"他用嘶哑的声音说。他正在调查她父亲。她以为他名叫凯利。这绝对绝对行不通。

她轻巧地睁开了双眼,与他四目相接。她在床上撑起自己的身体,然后冲着他微笑,那是个缓慢的、幸福的微笑,仿佛她无法相信他在这儿。"不要走。"她大胆地隔着房间对他说。她赤身裸体,他穿戴整齐。

"我……"

这绝对绝对行不通。

"留在这儿,跟我在一起。"她翻起羽绒被的一角,邀请他回到床上去。

这必须行得通。

"我该走了……"

"凯利。"她说。而他好爱她用那个名字呼唤他的声音。旧与新,都一起混合在里面,"若只想着工作,人生未免太长啊。"

人生未免太长。这句话好聪明。他把头埋进双手中,站起身,就像个精神失常的人。他爱她。该死!他就是爱她。

若只想着工作,人生未免太长。

她说得对。

她说得无可救药的对。他脱掉了衣服,接着不到一分钟就又回到了床上,和她在一起。"现在你喜欢早晨了吗?"他说。

"有你在我就喜欢。"

第三夜,瑞恩彻夜未眠。他终于回到了家,也就是他的那间小公寓。今天快到午夜的时候,两人仍然难舍难分,他假装很累的样子,把自己从她身边生生拽走,回到了这里。随后他整夜都待在厨房里,坐在中密度纤维板材质的桌子旁边煮咖啡,一杯又一杯、一杯又一杯。

他满脑子想的都是珍。珍——以及该怎么对待珍。约瑟夫先前发短信息给他说:听说你跟敌人睡在一起了?粗糙、简化的文本,删除

- 344 -

了核心意义,听起来似乎说的只是性事。瑞恩还没回复,他盯着那条短消息,思索着该怎么办。

今天夜里00:59,他做了决定。他忘记了时钟要往前调一个小时。01:00变成了02:00,而他下了决心。

退出警队,或失去她。

在这间屎一样简陋的小公寓里,桌子上放着一份伪造身份证件;最终,他认为自己别无选择。

他等在十字街街角的路灯下,一边蹀步,一边告诉自己别无选择,一点儿选择余地都没有。他冷得要死,他的手由于大量肾上腺素的作用正在发抖。

瑞恩恋爱了。

瑞恩不再想要改变世界了。瑞恩想跟珍在一起。珍,她的父亲服务于他正在调查的有组织的犯罪团伙。

珍,她认为他名叫凯利,父母双亡,十六岁就不再上学了。

珍,她的眼睛那么明亮,仿佛她正在含着泪大笑。

珍,她在他们两人的第一次约会时对他说,她还以为水獭都是坏蛋,说她也想要孩子,说她只想要帮助人。她的身体那么适合他,仿佛她一直都在他怀里,仿佛她是他的一部分。珍,她说她常常吃得太多,她亲吻他的感觉就像她生来只为了亲吻他。

她那该死的父亲。她父亲一直在向约瑟夫·琼斯提供空置房清单,被后者用来指派手下前去偷车。他代理过分时度假屋的产权转让事宜,并保留有一份度假屋的使用时间在各家之间如何分配的记录。这就解释了他是怎么知道人们在什么时间可能外出度假,使他们平日常住的家空置。多么简单的犯罪,它源起于律师们每天都能接触到的信息。

而现在，瑞恩用两只手一起向后捋了捋头发，抬头望着天。他想要大喊大叫，但他不能。

那个男人出现了，同伙的同伙的同伙。他希望这人跟约瑟夫的关系隔得够远，但谁知道呢。

这个陌生人健壮、矮小、秃顶。"袋子给我。"他说。瑞恩可能会回到十字街，但他这次来这儿有另一个原因。他递给那个陌生人一袋子现金。

那个男人数了数钱，冲他露出豺狼般的微笑，然后从自己牛仔裤的后袋掏出一个皱巴巴的小信封递给了他。瑞恩惊慌不已，接过来就走。他一次也没有回头看。

瑞恩知道珍不在后，就走进了那家律师事务所。肯尼斯在，他在他的办公室里。瑞恩进去时，他抬起头，吓了一跳。

"我需要告诉你一些话，而且需要你好好听着。"

肯尼斯吞了一口口水。他长得跟珍很像，有健康优美的骨骼结构。

"这话绝不能传出这个房间。"瑞恩说。

"好的。"肯尼斯用颤抖的手丢下了他原本正在读的合同，把注意力完全集中在了瑞恩身上。他探过身，隔着办公桌跟肯尼斯握手。他的手坚定而干燥。

"我是警察。现在约瑟夫随时可能被逮捕，他是一个范围相当大的有组织的犯罪团伙的成员，其实是整个团伙的首脑，我相信这你已经知道了。"

"不——我……"

"如果你去给他通风报信,我就把你狠狠揍一顿。"瑞恩以前从不像这样说话,但他现在必须这样,必须尽一切努力来让自己解脱出来。

肯尼斯看着他。"你想要怎么样?"

"告诉我,你是怎么参与进去的。"

"凯利,我——我从来没有……这一切的开端非常简单。"

"具体呢?"瑞恩把手臂叠在胸前。

"我付不起账单了,"肯尼斯平静地说,"实在付不起了。我们就快要倒闭了。多年前,我曾经在一起诈骗案的民事诉讼中为约瑟夫做过辩护律师。他来结律师费,看见了那些过期未缴的账单,他说他能帮忙。我们一起做的。我为客户代理过分时度假屋的买卖,保留有一张谁拥有哪个星期的清单。我就在日历表上注明这些不同的业主什么时候会去分时度假屋度假,也就是说他们不在自己家。这几乎一直都行得通。他们大都有两辆车,所以会留下一辆。通常被留下的是昂贵而不太实用的跑车。只有极少情况,他们会放弃自己享有度假屋的时段,或是把它转赠给别人。每当他们这样做的时候,我们就离开。我得到汽车售价的百分之十。"

"你的行为导致一名婴儿被人偷走了。"

"我没有——我不知道他们还会去邻居家碰运气。"他结结巴巴地说。

"你高高兴兴地收取了犯罪所得。"

"为了付账单。"

"珍知道吗?"

"老天,不,她不知道。"肯尼斯说,凯利认为他说的是实话。

"她永远也不能知道,"瑞恩说,"她永远也不能知道你做的这些事。"

"是。我同意。"肯尼斯干脆地说。

"也不能知道我的事。我想要——我想要跟她在一起。"

肯尼斯惊讶地眨眨眼,而瑞恩一言不发,等着他的回答。他有一张王牌。"只要你听话,我就帮你洗清罪名。"

"好的,"肯尼斯轻声说,"好的。我要怎么……"

"处理掉你的账户。烧了它们,沉到水里……随你怎么做。"

"我……好的。"

"多说一个字——你就死定了。"

"好的。"

"很好。"

"在你跟我女儿在一起之前,"肯尼斯也举起了自己那张显而易见的王牌,"跟我说说你:真实的你,还有你为什么想要跟她在一起。因为,如果你不说,我宁可自首,付出代价:为我做过的事,也为了她。"

"这就是不适合我。"瑞恩在利奥的办公室里说。他只见过这间办公室几次,他总是待在自己的储物间里。事实表明,利奥的办公室大得吓人,足够两个人在这里办公。

"你知道吗,"他接着说,"谎言、欺骗、整个警方。我讨厌应答呼叫,我也讨厌这个。"说到最后一个词时,他的声音哑了,因为这话根本不是事实。自从他对珍撒谎说他叫凯利之后,这句是他撒的最大的谎。他的名字和他的事业,还那么崭新,但已经让人感觉捆绑在一起了。他跟自己完整的、真实的自我,吻别了。他想过,如果要跟利奥说实话,他会怎么说。但他不能冒这个险。他们不会允许他以凯利的身份活下去的。这是他们的身份,是由他们创造的,为了让瑞恩打入犯罪组织。目的一旦达到,这些伪造的身份将被立即销毁。保留它们就等同于让警方随时面临法律诉讼、刑事指控和来自犯罪分子的报复。

他们会让他全盘招供。这对他、对珍来说都很危险,见鬼。

他别无选择。他只能从警队辞职。他必须在她发觉之前辞职。她已经变得比他自己更重要。瑞恩猜想,那就是爱。他一直都知道,总有一天他会狠狠地陷入爱情——他就是那种人,不是吗?他只是从没想过爱情会像这样发生。他不得不保留凯利的身份。

他看着他的导师与朋友,心里为自己正在撒的谎感到畏缩。

"我不得不说,我太失望了。"利奥真诚地说。

"我知道。谢谢你。"瑞恩说。他犹豫了一下,只有一秒钟,他想知道自己做的是否正确。要么是警察,要么是她。他坚定的信念像硬化的黏土一样结了晶。没有任何争议。

"好吧,你知道……"利奥停顿了一下,瑞恩以为他打算详细说明。但他也许改变了主意,因为他只是看着瑞恩说:"好了,我明白了。立即生效——卧底只能这样。"

"我知道。"

"我很遗憾这不太成功,瑞恩。"

"我也是。"

"想过你要去哪儿干什么吗?"

瑞恩凝视着利奥那张一尘不染的办公桌。这个问题足以让他露出讽刺的微笑。他心想:他将不得不去做一个粉刷匠/装修工人,就像他先前自称的那样。

"没有呢,我猜我会想到办法的。"

"你还能来做证吗？你所做的工作——是无价的。"

瑞恩瞟了利奥一眼。他能感觉到他的目光很冷淡。"我知道，"利奥说，"我知道我们没找到伊芙。"

"是啊。"瑞恩说。这话让他伤心欲绝。或许，如果他没有遇见珍，事情就不会这样了。或许他能再多留一段时间。但他不会这样选择。现在他已经遇见了她，他已经无可救药，永远如此。而他甘之如饴。

"那个女儿——律师事务所那个，"他快速地说，"我相当确定她不知道。而那个爸爸——老实说，他只是个小地方来的白痴。"

"他？是吗？"

"把注意力集中到约瑟夫身上吧。我甚至不确定那个爸爸知不知道交出那些地址意味着什么。"瑞恩在撒谎。

"你的证据会非常有用……"

"我会来做证的——只要你不再调查那个爸爸。只有约瑟夫，还有其他喽啰。"

"我会跟上面的人说的。"利奥放慢语速说，他似乎明白了瑞恩是在讨价还价，尽管他并不明白为什么。

"好的。"

解决掉一个问题了。他可以从这里脱身了。现在唯一需要他做的，就是变成另一个人。

"但是，嘿——我们会抓住主犯，知道吗？他会被判二十年。"

"是啊。好吧，"瑞恩站在利奥办公桌前，伤心地说，"不知怎的，好像有些不值得，因为没找到那个婴儿。"

"我明白你的心情。"利奥态度和蔼地说。这种事一定时有发生，尤其是在卧底工作中。他伸出一只手，瑞恩把那个传说中的人物啪地拍在他手掌上。由警方发行的护照和驾驶执照,上面都是凯利这个名字。都不在了。

"是啊。你要知道,瑞,如果再给我一次机会,我觉得我不会那样做。"利奥一边接过那些证件一边说。

这句话让瑞恩停了下来。"真的吗?"他说。

"是啊,我的意思是——那样没办法活下去。说真的,伪装成犯罪分子和变成犯罪分子,这两者之间真的有什么区别吗?"

瑞恩没有回答这个反问句,他只是看着利奥;几秒钟后,利奥把他送出了门。"再见了。"当他离开时,利奥轻声说。过去瑞恩一直想要改变世界,但现在那已经无所谓了。或许是他的情绪太激烈,突然,瑞恩感觉自己被一个系统给吞噬了,而他当初参与其中时甚至没有仔细考虑过。瑞恩发誓,从现在开始,他再也不会在乎任何人对自己的看法:社会、雇主——任何人。他不会允许任何人来了解自己,只会允许一个人接近:她。

他走到他的储物间。他把他在警察局的大部分物品都留在了这里。他带走的一些东西是他实在无法割舍的几样护身符、他的警徽,还有那张印着那个婴儿的失踪人口海报。它们太宝贵了,他不能失去。

他要永远保存它们,无论他是谁。

当他离开时,他想到了他的汽车副驾驶座位下面那个防撞包裹袋,里面装着一份新的伪造身份证件,是昨晚从一个犯罪分子手里买来的。他别无选择,只能变成凯利,其他的做法都会泄密。约瑟夫知道他喜欢珍,他不能变成另一个人再跟她在一起。没有回头路了:他已经进入了凯利这个身份,一名职业罪犯。现在,他只能继续这样活下去。

凯利·布拉泽胡德：那个姓氏是他选择用凯利这个名字变身罪犯去做卧底的时候取的。

布拉泽胡德[①]。为了纪念真正的凯利。

他想起了利奥说过的那些关于有组织的犯罪黑帮首脑们的话。关于他们是如何保持低调、躲避雷达的。不旅行，不交税。

所以他不会出国，不会去经过机场的扫描仪器，不要被命令靠边停车。但是他可以生活，可以爱，可以结婚。

他含着泪告诉了他母亲。然后他告诉约瑟夫的几个同伙，等他想回来继续干的时候会给他们打电话，既然约瑟夫被抓了，他要低调地躲一阵子。等这些事都做完之后，他去做了一个刺青。他的皮肤又痒又烫，很热，刺青针在他的皮肤上留下了永久的疤痕。他的手腕上伤痕累累，铭刻着他的决定。那是他在午夜时分、时钟向前调整时匆忙做出的，但他知道他永远都不会后悔。那个日期是他爱上她的那一天，也是他成为自己的那一天。

[①] 原文为 Brotherhood，意为"兄弟情"。

第 -7158 天，中午 12:00

今天是珍遇见凯利的日子。她一直都记得这个日期，那个帅气的陌生人在这一天走进了律师事务所。但是今天，她坐在办公桌前，用 2003 年这种巨大的台式电脑工作，同时等待着跟他的第一次见面。

她有那种三月的感觉。阳光下的欢乐，跟他一起开怀大笑。她永远都会有那种感觉——无论发生什么，无论他是谁，无论是什么原因导致了他的背叛、秘密与谎言。

她从来都不喜欢在她父亲这家事务所的前台接待处工作——人们总会以为她是个秘书——但是今天，她喜欢这个有利的位置：平板玻璃窗，外面三月里阴冷的商业街。接待处一片静默，复古、含义丰富且属于她。

"珍。"她父亲走进门厅说。她把视线转向他。此时的他四十五岁，身材魁伟。高大、快乐、健康。她觉得无法忍受：他的年轻和他的背叛，他与约瑟夫的关系。当她在 2021 年去看望他、跟他一起吃蒜蓉面包的时候——他一定已经知道……他一定已经知道凯利曾经做过的那些事。想必是这样的吧？

"我们需要在四点之前把第八部分归档。"他说。

"好的，当然。"她虽然这样回答，其实根本不明白他在说什么。

她假装打字，在那台该死的又大又老的电脑上敲出噼噼啪啪的声音。这时，她注意到外面有动静。

他来了——是凯利——他努力不引人注目，由于她认识他，所以她看到了他。他很醒目。

而且他在看她，又努力装作没有在看。他穿着一件套头衫，还有跟明天他们俩约会时一样的牛仔夹克。他的头发……

"珍？"她父亲说，"第八部分？"

但是凯利要进来了。一个脑袋从撑开的门外探了进来，一阵三月的风呼啸而来。他们从来不喜欢关着门，不想要让顾客打消走进来的念头。

"你们好啊。"凯利说。那是她的丈夫，他还不知道她的名字，而她还不知道他的动机。"我只是想来问问，你们需要做些粉刷或装修吗？"

他们在那家酒吧吃完午饭，正往回走，共撑一把伞。凯利的肩膀好几次蹭到了她的肩膀。

"回来太晚了。"她大笑着说。

"是我带来的坏影响。"

接待处很安静，只有她的电脑在呼呼作响，大楼深处，传来她父亲正在打电话的声音。"喝茶吗？"她对凯利说。

他眨眨眼，似乎有些出乎意料，但还是点点头。"好啊。"

她离开接待处，消失在小厨房里，但这次她等在那里观察着他。就在这时，他动手了：她现在知道他会那样做，但他真的动手时还是让她很伤心。他开始慢慢地在她的办公桌上翻找——他很擅长这个。

他低着头,双手几乎不动,手指在极其缓慢地挪动、筛查。除非你盯着他的手看,否则你根本觉察不到。

珍眼看着他继续。她一边观察着,一边慢慢泡茶。他一点一点地拉开了一个抽屉——天哪。在这么多年之前,他竟然做过这样的事。她的心脏在怦怦狂跳。

他从她的抽屉里抽出一张纸,看完后又轻轻送了回去。

正当珍觉得自己泡茶花了太久时间的时候,她父亲从办公室里走了出来。他对凯利点了点头,珍停住脚步,没有去加入他们,只是静静听着。

"谢谢你先前给我的清单,"凯利压低了声音对她父亲说,"我想知道这个分时——这个数字,这是 8 还是 6?"

"啊。"她父亲表现得礼貌周全,不显得惊讶。他徒劳地拍打着自己的西服去找眼镜,"是 6。"

"好的,谢谢。"凯利说。他在快速浏览那张纸。

珍吞了一口口水。她父亲曾经假装他不记得代理过分时度假屋的产权交易。她父亲,在为有组织的犯罪提供帮助;她丈夫,在做调查。

她父亲才是邪恶那一方。世界仿佛在倾斜、在旋转。她父亲,一名不正派的律师。

而凯利是在调查他。他们两人第一次约会时他提的那么多问题,他的热情,是他们两人起初的故事的一部分,是让他们相爱的一个理由。

但事实并非如此。

"那是关于什么的?"珍必须把一些文件送去另一家律师事务所,

好让自己冷静一下,把事情想想清楚。现在她回来了,而且她准备要趁自己还办得到的时候问问她父亲。

"没什么。"

"不,你刚才正在看的那张纸上是什么?是不是地址?"

她父亲躲避着她的视线。"空置房的地址?"她进一步提示说。

"这只是个小项目。"他的眼睛望向一边,但他不是白痴。他看得出即将发生什么,于是走到窗边,关上了百叶窗,然后又从她身边走过去关门。

"什么样的项目?销售数据吗?给——犯罪分子的?不要撒谎,"她对他说,"如果你不告诉我,我就去问凯利。"

她父亲不再低头检查档案柜,而是转过身来看着她,"我……"他开始说话了。"我怀疑凯利会不会告诉你。"最终,他说出这样一句话。

珍在房间角落的一把椅子上坐了下来。

"我们交不起房租了,"她父亲结结巴巴地说,"我原来以为——只不过是一些信息。就像那些卖颈椎伤索赔权的人。"

"但这不是颈椎伤索赔权。"

"对。"

"我原来以为你是个百分百正直的人。"

"过去我是。"

"但是——到了……"

"钱,珍,"这句话的力量使他在椅子上急转了一下,不过幅度很小,"那是个很坏的决定。但是,等你跟那样的人一起共事的时候……你没办法从中脱身。我每天都在为此后悔。"

"你活该。"

她父亲快速瞥了她一眼，这场谈话对他来说像一场酷刑般令人痛苦。或许在回到过去的经历中，最古怪的事是人们自身经历的那些变化。凯利由 2022 年的阴沉变回 2003 年的轻盈与天真，她父亲则由坦率开明变回紧张压抑。

"你还记得你还没来这儿工作之前，我们付不起房租的日子吗？我们安排了一个更长的付款窗口期。当时你还在上大学，是你起草了那份合同。"

她的第一份合同，她当然记得。"记得。"

"哦，在那之后，来了一位老主顾。而——珍，他提出了一个我无法拒绝的建议。交出那些姓名和地址，就够我们周转好几年。这笔钱支付了你的法律硕士学费，而且现在还在支付你的实习费用。"

"人们在遭受抢劫。"

"你是怎么发现的？"

"那都无所谓。"她说。她望着她父亲，想到自己再也忘不了这些事了，她几乎希望自己从没发现过这一切。当她察觉凯利发现了这个藏在她原生家庭核心的黑暗的秘密，并且从没告诉过她……这是一种仁慈。凯利对她隐瞒了他的身份、他的转变。

因为他爱她。因为他在 2003 年的某一天走进了这家律师事务所，神魂颠倒地爱上了她，并且再也不想回头。

第 -7230 天，早上 8:00

珍醒来时回到了她的公寓。她眨眨眼，望着推拉窗和下面的那些紫色抱枕。她把一只手臂猛地盖在眼睛上。

她在这儿。

她在她的单人床上翻了个身。她还在过去。

他那样做是因为他爱她。

他对她撒谎撒了二十年。

不然，他还能怎么做呢？

他不是他自己所说的那个人。

他放弃了自己的一切，为了她。

他从没告诉过她，她父亲不是个正派人。

她为什么在这儿？她轻手轻脚地走出卧室，来到小厨房。这里洒满了一月清晨的阳光。她还没有遇见凯利，她的手机里还没有他的电话号码。

他是个卧底，他在调查她父亲。这就是他为什么从没告诉过她。

这就是为什么他在未来警告她，不要去调查。

这就是为什么约瑟夫到律师事务所来，来找凯利，为了东山再起——也为了找出他过去那些同伙中谁的身份可能是假的。这就是为什么在2022年凯利说她有危险，说她应该停止调查：约瑟夫认为她知道她父亲在做些什么。他们在监狱见面时，他也是这么说的。

她走到推拉窗边向下看，拥挤的街道上已经满是穿着西服去上班的人流。将要成为她丈夫的那个人也在其中某个地方，正在做他警察的工作，还没遇见她，还不认识她。

她从阳光下走开了。一月十二日。

这是她冲完淋浴后在新闻里看到的日期。

今天是伊芙失踪的日子。

就在今晚，那孩子将被人偷走。

珍搭乘公交车前往位于别根海特港的默西塞德郡警察局。

从外面看。这里跟克罗斯比警察局太像了。一栋20世纪60年代风格的建筑。她穿过一道旋转门，进入一间明亮的门厅。比克罗斯比的大，但同样破旧，同样的一排排椅子被螺栓固定在一起。她想起来第一天晚上他们坐在那些椅子上的情形，凯利因为愤怒而颤抖着。那是在几个星期之前，但又是在未来许多年之后。

她以为要消失是很容易的。从警方辞职，跟你爱的女人一起开着露营车去旅行；重新在利物浦郊外定居；不再旅行；用一份谁也不会去检查的假护照结婚……一定有成千上万的人这么做过，他们的理由要么比凯利更体面，要么没有。珍在克罗斯比从没偶遇过跟她一起长大的人。她好奇凯利有没有过侥幸脱险的经历。世界很大。

一名接待员正在一台四四方方的电脑上打字，她眉毛修长，画着2003年流行的那种眼线。

"我需要跟一名警官谈谈，"珍说，"他使用的名字应该是瑞恩或是凯利。"

"为什么?""我来举报。跟他以后卧底调查的犯罪团伙的活动有关。"珍说。她刚说完,一个男人推开了门。他上了年纪,或许有五十来岁,两鬓斑白。

他的脸上露出惊讶的表情。"凯利?"他对她说。

"我有话需要对凯利说。我知道他将来会是个卧底。"

"你先进来吧,"他对她说,并伸出手来同她握手,"我是利奥。"

在一间小会议室里,凯利坐在珍的对面,他不知道她是谁。这非常错乱,但这是真的。对他来说,他们从未见过。

"你们听我说,"珍耐心地解释道,"我不能说我是怎么知道的。但他们今晚打算去偷的那一家……他们打算偷走两辆车。"她忠实地给出了她在新闻中看到的伊芙·格林家的地址,利奥和凯利记了下来。

那跟她父亲那张纸上的某一个地址一样——只有一位数字不同。格林伍德大道 125 号。

"谢谢。"凯利以专业的态度对她说。他那双蓝色的眼睛凝视着她的眼睛。"关于情报来源,一点儿也不能透露吗?"

珍与他四目相接。"对不起,我不能说。"

"没问题,好的。那么,"说着,他像对待一个陌生人那样示意她离开,"我们保证会去查看的。"他脸上挂着一个僵硬的、谨慎的微笑。

她看着他,好奇他——这个瑞恩跟她的凯利关联何在。他是有朝一日变成了后者,还是他内心深处始终就是凯利。忽然,在这个警察局里,看着面前这个她爱了二十年的男人,她好奇这究竟是否重要。

有人在乎我们是怎么样或为什么被塑造成了现在的模样吗？阴沉、戒备、有趣。随便怎么形容吧。又或者，重要的只是我们现在的模样？

"你们会调查吗？"

"会——当然了，"他轻快地说，"有线索不去追，人生未免太长啊。"

珍等在那条路上，今晚一切都将在这里上演。她坐在一辆破破烂烂的旧车里，心里在好奇她父亲怎么会那样做：向犯罪分子提供情报，向她隐瞒，让她嫁给一个卧底……

开始下雨了，春天的雨水不规则地敲打在她的汽车顶棚上。她还想起了她父亲在临死那天晚上说过的话。他说凯利是一个好人。要是他不相信凯利是个好人，他为什么会说那种话呢？也许他早就知道。也许凯利告诉过他。

她的脑海中忽然冒出一样东西，仿佛毫无来由。那是她在国家会展中心看见过的一个标志，她当时并没有意识到它的重要意义。腹腔主动脉扫描。可以通过扫描发现害死她父亲的那种疾病。她好奇那项技术现在是否已经问世了。如果是，她就可以打电话给他，现在马上，叫他去做一次扫描。今晚，她可以拯救不止一条生命。

她把手肘撑在车窗上，脸靠在自己的掌心。内心最深处知道，那不是她该做的事。

她想起他让她加热那个蒜蓉面包。他那么容易就满足了，和他对其他任何事一样。她也想起了母亲，早于父亲很久之前就过世了。也许当时就是到了他该告别的时刻。你不能拯救所有人。你就是做不到啊。

她在他临死那天醒来，这一定是为了让她去跟他谈话，并了解到一些关于分时度假屋的事。这一定才是那一天的意义所在。不是别的,而是某些仍然让珍觉得悬而未决的事。

警方已经用不带标志的车辆包围了格林伍德大道 123 号。

终于,到了十一点半左右,他们来了。是两名十几岁的青少年,都还只是孩子,很可能没有托德年纪大。他们下了车,一身黑衣,身体像蜘蛛一样;她眼看着他们走了进去。

她知道事情即将发生,但当它真的发生时仍然令人感到敬畏。她,四十三岁的珍,现在还留在这个年轻了许多的珍的身体里,亲眼看着她早已知晓的事情在眼前依次发生。尽管她从不相信自己能解决这一切,但她真的解决了,她做到了。

她眼看着他们把车钥匙从信箱里钓出来。她知道一切即将了结。她知道今天将会是最后一天,无论结局如何。

像设定好了时间一样,一个神情疲惫的女人此时从 125 号隔壁的住宅里走了出来,怀里抱着一个婴儿。她把那个啼哭不止的婴儿放进了汽车安全座椅,然后停下来,拍打着自己的口袋。她犹豫了一下,打量着空无一人的街道。她没有看见那辆停得歪歪斜斜的车。没有看见发生在隔壁家信箱的那起小心翼翼的犯罪,没有看见那两个一身黑衣的男孩藏身于房子的阴影中。

正在这时:蓝色。一片蓝色的光骤然闪现,蓝得仿佛饱和度被调高了一样。

到处都是警察,他们从车里、从灌木丛里、从建筑物背后一涌而出,逮捕了那两名青少年。

她听见有人念出那句警告词。她想到了凯利,他为了保护自身安全,没有参与这场行动。他还没有做过任何要求他作为卧底出庭做证的事。他还没有变成证人 B,更没有变成证人 B 之后的其他身份。他还没有遇见珍,尽管他已经认识她了。

那个抱着孩子的女人还没有离开她家的车道,她眼睁睁地看着眼前发生的一切,怀里抱着伊芙,丝毫没有察觉自己刚刚躲过了一劫;要不是……我们只会想到实际发生的那些坏事,而不会想到那些侥幸跟我们擦身而过的坏事。

珍闭上双眼,把头靠在方向盘上想要睡觉。她差不多准备好了。有一份深刻的认知藏在所有事的最底层,就像安迪说过的那样。她活过一次,却错过了一切,可是她智慧的头脑、她的潜意识,它知晓一切。

她差不多准备好了。

快到夜里一点的时候,警方人马撤回了默西塞德郡警察局,珍正等在那里。凯利也一样等在那里。正如珍期望的那样。

月亮出来了,天空开阔而晴朗,珍快要离开了。这她知道。

凯利和利奥从一辆没有标记的车上下来。利奥立即走向他自己的车,凯利却在原地徘徊。他慢慢走向警察局,他的呼吸在冬天寒冷的空气中形成一阵阵白雾。他掏出手机,大概是要叫一辆出租车回家。

她赶在他拨号之前下了车。他们只见过一次面,就在今天早些时候。他的表情显示他有些不大确定,困惑中混杂着开心:他跟托德一模一样。

"嗨,我们之前见过。"说着,珍急急忙忙地走向她结婚二十年的丈夫。

"对,"凯利皱紧了眉头,"你还好吗?"

"我很好。"她上气不接下气地说。她现在回到了这么遥远的过去,就像一支瞄准未来的箭:只要出现一点儿最细微的偏差,她就会无法命中。"我只是想要知道——那些贼——我的举报——你们抓到他们了吗？"

"抓到了。"他态度谨慎地说。他把手机放回了口袋里，但他苗条的身体转向了远离她的方向。

那种疏离让她止步不前，她站在一月的细雨中，感觉它跟十月的雾并无不同。她望着他，心想：他不知道啊。眼前这个男人，她爱过他，跟他一起开怀大笑，因他而怀孕，与他交换过誓言，和他分享一张床。他不知道，他不认识她。她眼前的是一个戒备的凯利，这就是他对待陌生人的方式。现在，在过去，其实他没有什么可戒备的，但他仍然这样。他仍然是他。她是对的。他还是他自己。她爱的那个男人。

"真高兴你们抓到了他们。"

好奇在他心里占了上风。"你是怎么知道的？"

"我绝对不能透露我的消息来源。"她说。这正是他喜欢的那种玩笑。

他的表情放松下来，咧嘴一笑。"你当时来找的是我，你说你要跟瑞恩或是凯利谈谈。"

"对啊。我知道。"

"应该没有人知道这两个名字之间的关联。我是说——我几乎都不知道……"

珍耸耸肩，向两边张开双手。"我说过了，不能透露消息来源。"在冰冷的细雨中，她渐渐被淋湿了。

"哈，好吧。你知道吗，我们介入得太早了。主犯逃走了，我们认为。我们逮捕了他的手下，这让他得到了风声。"

约瑟夫。约瑟夫逃脱了。珍的身体颤抖着，不光是因为寒冷。难道她不该警惕一件事吗：意料之外的后果？但是，只要条件允许，她都做了正确的事，不是吗？她没有玩彩票。她甚至没有救她的父亲，起码这次没有，尽管其实她有机会救他。她没有去干预那些事。她把外套裹得更紧了一些，又靠近凯利一些；她希望一切顺利。

"我认为你们做得对。"她的声音轻柔而又悲伤。她心里想着小婴儿伊芙，想着我们总是看不见与我们擦身而过的那些事，它们只是没有命中我们，就像一支支利箭仅仅擦过了我们的皮肤。

他还没有叫出租车，他的视线停留在她身上。而她知道，她知道，她认得那个眼神。

他扬起一边的眉毛。接着，他说出了那句话，而那句话改变了一切："我知道这是句见鬼的陈词滥调，但是——我认识你吗？在今天之前？"

珍忍不住大笑。"并没有。"她说。她与她丈夫之间的玩笑像以往一样轻松自如。

在停车场里，她与他四目相对。他深深地爱上了她，以至于为她放弃了他的人生：他的姓名、他的母亲、他的身份。她并不认为他在他们的婚姻生活中一直在伪装自己。她觉得他在努力不要伪装。

"那好吧，我是瑞恩，你呢？"

"我是珍。"

就是这个时刻。珍知道。她准备好了。她闭上双眼，仿佛陷入了睡梦中。她离开了。一切都被抹去，正如她事先所猜想的那样。

第 0 天

01:59 变成了 01:00。珍·海尔斯正站在楼梯中间的平台上。

那只南瓜灯在,一切都在。她的皮肤仍然留有那个一月夜晚的细雨落在身上的感觉,也仍然留有她丈夫的目光落在身上的感觉。

她丈夫从卧室里走了出来。"没事儿吧?"他说。

"给我讲讲我们相遇的那一天。"说着,她走向他温暖的怀抱。

"啊?"他的声音里满是倦意。

"给我讲讲。"她带着危急关头的那种紧迫感说。

"呃,你来到警察局……"珍难以置信地张大了嘴巴。她做到了。这二十年来,她一直跟他、跟瑞恩生活在一起。

"我是个律师吗?"她问他。

"呃,是吧?我得睡了。我明天当班。"

他是一名警察。珍愉快地闭上双眼。他会更快乐,不再那么郁郁不得志,不再感觉有所欠缺。

"都他妈这么晚了。"他咕哝着抱怨。

但他还是他。

"我爸爸还活着吗?"她说。

"你这是怎么了？"

"拜托——你就告诉我吧。"

"……不。"他说，于是珍明白了。她手上那个切口，她救了她父亲的事。这些一个也没有留下来。安迪说得对：从大约二十年前的那个一月的雨夜开始，一连串的事件依次上演，抹去了她回到过去时一路上做出的其他那些改变。她做出那些改变，只因为那会让她得到有用的信息，好回到正确的地点、正确的时间，并把问题解决掉。

"哈喽！"托德高声喊。

珍的心里仿佛升起了一轮红日，黎明降临到了他们的人生中。是托德，他回家了。他回到家，朝着楼梯上高声喊，而不是走在街上，手里拿着刀。

"你们还没睡啊？"托德高声说，"你们站在窗前就像一幅下流得要死的画！"

凯利笑得很大声。

"嘿——瑞恩？"珍说。"嗯？"他若无其事地说。对她而言，他的名字证实了一切。珍凝视着他：同样一双深蓝色的眼睛，同样一副苗条的身材。他的刺青只写着珍。

这么说，约瑟夫没有被逮捕，但是那个婴儿也从没被人偷走。珍站在景观窗前深思着这一点，仅仅一秒钟。好吧，你赢得了一些，也失去了一些。犯罪分子总会买卖毒品、军火、情报。他们总会偷盗、撒谎。你不能把每一个都抓起来，但你可以解救无辜的人。反正，二十年的牢狱生活难道教会了约瑟夫什么吗？

她看着她丈夫和她儿子，两人正一起往楼上走来。难道那不是一个值得付出的代价吗？

有件事隐约萦绕在她的脑海中。关于她要如何解释这件事，这段奇怪的人生经历，她把人生重新经历了一遍啊。

"你还好吗？"托德的话打断了她的思绪。

"你去哪儿了——跟克丽奥出去了吗？"

"克丽奥是谁啊？"他低头盯着自己的手机，说。

当然了。约瑟夫从来也没有来找过凯利，所以托德从来也没有见过克丽奥。珍注视着自己的儿子。她剥夺了他的初恋，这也是一个值得付出的代价吗？

"我做了个梦，梦见你认识了一个叫克丽奥的人。"她想要再确认一下。

"伊芙听了可不会高兴的，不是吗？"托德说。

"伊芙？"珍急切地大声说，"谁？"

"我的……"托德的目光朝凯利瞟了一下，凯利耸耸肩，"女朋友。"

"她姓什么？"

"格林。"

那个婴儿，那个没有失踪的失踪婴儿。珍正站在龙卷风的边缘，她感到它的微风开始吹拂自己的发际线。

"能给我看张照片吗？"

托德像看十足的白痴一样看着她，然后开始在自己手机的相册里翻找。找到了。那是克丽奥，那是他妈的克丽奥，克丽奥就是那个被偷走的婴儿。难怪她看到那个婴儿的照片时觉得自己认识她。珍在神思恍惚中伸手把托德的手机抓在了自己手里。他轻松地任由她这样做了，这里没有秘密，这算不上什么秘密。"哇哦。"说着，珍放大了照片中她的脸。

"以前从没见过女人吗？"托德评论道。

"让我安静地看一看。"珍一边说一边思索。

那么，现在看来，小伊芙没有被人偷走。珍阻止了那件事发生。当年的小婴儿留在了母亲身边，作为伊芙·格林长大。珍阻止了他们两人以一种方式相遇，但是，你瞧，他们以另一种方式相遇了。在2022年，她跟他儿子相爱了，就像克丽奥当初那样——当她被人偷走并送到约瑟夫的亲戚家之后，她就会作为克丽奥长大。命运啊。

珍抬头望着她丈夫，又望着她儿子。克丽奥、瑞恩、伊芙、凯利。这些人的名字变了，但他们的爱并未随之改变。

珍向他伸出一只手臂，托德走进了他们的怀抱。他们站在那儿，站在景观窗前，就只有他们三人。珍的呼吸渐渐放慢了。

几分钟后她下楼去，只是为了检查一下，只是为了看一看。她的手搭在门把手上。

一种奇怪的感觉笼罩了她，就像一团精美的薄雾。似曾相识的感觉。那是什么？她晃了晃头。被偷走的婴儿……还有黑帮？她眨眨眼，那种感觉消失了。多奇怪啊。她从来没有过似曾相识的感觉。

而且，是在这样一个平常的夜晚。

第1天

珍醒了。今天是十月三十日,而珍不知出于什么原因——她也不确定为什么——感到自己未来的人生还很长。

"没事吧?"她正在穿睡袍,托德站在楼梯平台上问她,"你还好吗?"

"当然了!"珍说。她有些头疼,但仅此而已。她能闻见楼下飘来做饭的气味。瑞恩一定已经开始做早餐了。

"昨晚你说了些奇奇怪怪的鬼话,说你以为我有过一个叫克丽奥的女朋友。"

"克丽奥是谁?"珍说。

尾声：第-1天

意料之外的后果。

在刚醒来之后的那几分钟，波琳忘记了。

随后她记起来了。与此同时，恐惧降临，于是她像放烟花一样从床上跳了起来。康纳。

她在几个月之前就知道会发生这种事。他一直表现得神神秘秘、粗鲁无礼、闷闷不乐。她一直不睡觉等他，一等就是几个小时。他身上出现了一系列不断升级的行为。现在出了这种事。

最初是似曾相识的感觉，昨晚。接着，就在那种感觉出现之后，康纳被逮捕了。警方说他犯下了各种罪行：毒品、盗窃以及全部。他是最近参与进去的，就在过去这几年，跟一个叫约瑟夫的人。他本来有大好人生在等着他，但是现在呢，他正在毁掉它。

她需要打电话请一名律师，她需要解决它。她需要去做好多。她需要去刨根问底，弄清楚他为什么这样做。

她走到楼梯口，准备打开电脑找一名律师。但是他出现了，她儿子，就站在楼梯口。"咦，"她对他说，"他们放你走了吗？"

"谁？"

"警察啊?"

"什么警察?"他大笑着说。正在这时,波琳看见了。是日期,出现在他房间里大声播放的BBC新闻里。今天是十月三十日。昨天不是十月三十日吗?她非常确定。

歇斯底里的力量

歇斯底里的力量是人类表现出的一种超乎寻常力量，它超出我们所相信的正常范围，通常发生在生死攸关的情况下，特别是牵涉到母亲的时候。坊间有报道称，一些女性为了解救新生儿而抬起了汽车，有时还创造出巨大的能量力场。事实上，我们还注意到更多关于超自然现象的报道，例如时间循环，尽管到目前为止尚未有一例得到证实。患者经常声称，他们在爆发出歇斯底里的力量的同时，伴有似曾相识的感觉。

附录:
另一个失踪者

（节选自作者即将出版的新书）

这不可能是真的，但它就是真的：奥莉薇娅进了那条小巷并且没有再离开。没有其他人走进过那里。那两只垃圾桶也没有出来或进去过。凌晨两点钟，有一只狐狸进去又出来了。就这些。没有车，没有人，什么也没有。

序

通过贾尔关门的方式，茱莉亚知道出事了。一记匆忙而混乱的撞击。她在床上坐直了身体，心怦怦直跳。她全神贯注地侧耳倾听，能感觉到四肢里有一股气血在迅速流动，自己就像一只身处野外的动物。

然后，她就听到了：一声吸气。茱莉亚所有的直觉都训练有素，就为了这个，为了他。

紧接着传来一个声音：是高声的呼救。

"妈妈，"他朝着楼梯上高声呼喊，"妈妈，出事了。"

失踪第一天

I

茱莉亚

身为一名警察，茱莉亚向来有些心肠太软。想到这个的时候，她穿着外套站在警察局的拘留室里，显然准备要下班。实际上，她正注视着坐在长凳上那个人，那是她来往挺久的一个线人。

七点了。Whatsapp 的家族群里不断冒出关于晚饭吃什么的消息。茱莉亚瞥见了她女儿发出的一条信息，说的是"同意去'南多之家'。但你们要知道，其实我觉得那儿很土"。茱莉亚因为自家傲慢刻薄的老大微笑了一下，然后又看着那个线人普莱斯。她还是抗拒不了内心想要问他为什么在这儿的冲动，尽管她知道，这样做会让自己去不成"南多之家"。她忍不住，因为好奇。好奇心强得无法抑止。这也是为什么她要来这里再次确认一名拘留人员的情况，她没料到会见到普莱斯。

他的双腿在脚踝处交叉，一只手臂向后搭在椅背上，表面上很随意，但茱莉亚知道他在害怕。他怕到要用情报来做交易——而那正是最危险的商品。

她对他扬起了眉毛。他刚刚张开嘴巴,拘留室的看守员说话了。"总侦缉督察戴督察紧急呼叫你。"他说。

茱莉亚看着普莱斯,想想热闹而温暖的餐厅和她风趣幽默的孩子们,然后她叹了口气。"我回去接电话。"她说。

"这是工作。"这句话已经变成了她的口头禅——很有必要,因为她在警察局工作了二十年,再加上所有与之相关的林林总总。她一耸肩脱掉了外套,搭在手上。那名看守员转接了电话,然后起身去了茶水间。茱莉亚又瞥了普莱斯一眼,普莱斯也不自觉地跟她对视了一下。"你是为什么进来的?"在空荡荡的门厅里,她站在他对面问他。

"就那些杂七杂八的事嘛。"他说。他抬头对她微笑,那是个夸张的、虚张声势的少年人的微笑。

"也就是说?"她问。普莱斯很少接受审讯。他聪明、狡猾,也很风趣,但从来没被逮捕过。茱莉亚跟他之间的所有交易几乎都是公开的,在警察局之外进行的。

"生意啊。"他与她四目相接,他微笑中包含的紧张感让他的下巴抖了一下,就一下。茱莉亚马上注意到了。

"谁抓的你?"

"普尔。"

"因为什么?"

"老天爷,我这是已经进了审讯室吗?毒品交易。"他说。说到最后一个词的时候,下巴的紧张感让他的声音也抖了一下。

茱莉亚吞了一口口水。他的下嘴唇——那个表情跟她自己孩子们的表情一模一样,他们多年来对她做过成百上千次,每次都能让她不知所措。

看守员端着一杯警察局的咖啡回来了,那是给他自己的。茱莉亚看了那杯子一眼，然后又看着普莱斯。她再次叹了口气，边叹气边走回自己的办公室，但在茶水间停下了脚步。她泡了一杯茶，加三包糖、很多牛奶。杯子温暖了她的手指。她很想一口气喝掉它——她已经一天没喝东西了——但她没有。

当她端着那杯茶走回去的时候，普莱斯已经伸长一只手在等着她了。"哦，女士。"他开心地对她说。他喝了一小口。"还加了很多糖。我欠你一份小费，免费的10%是多少钱来着①？"

她露出微笑，回避了那名看守员的目光。被一名同事指摘她过于亲切随便，总好过今晚躺着睡不着，一直惦记普莱斯以及他今天到底有没有喝到一杯热乎乎的饮料。茱莉亚最擅长的事情莫过于半夜还在为某人某事牵肠挂肚。事实上，她大白天也会那样。

"祝你好运，好吗？"她对他说。他朝着她举了举那只杯子，无声地致意。

她把他留在接待处，回到自己的办公室去接电话。

过后，她环顾四周，花了几秒钟去消化它。她给孩子们发了一条消息，说她会晚点儿到。回复很典型：萨斯基亚发送了一个点到为止的"FFS（For Fuck's Sake）"，意思是"看在他妈上帝的分儿上"；贾尔引用了萨斯基亚的消息，并接着说："我们不需要她也能过得很开心，小萨斯克（Sask）。"

茱莉亚告诉他们要乖。刚才的电话是一件新案子：一名女子失踪了，没有精神病史。女子最后一次被目击到是在昨晚的监控录像中，她的室友报案说她下落不明。这些是所有已知事实。

茱莉亚静静坐着，温热的电话话筒还拿在她手里。她心想：撇开

---

① 英国付小费的习惯，消费额的10%。——编者注

已知事实不谈,她对这名二十二岁的失踪女子有种不太好的感觉。这件事有些地方已经开始让她不安了,那是在证据之外的东西。某些不祥的事实正在阴影中暗暗等待着,希望它不要被揭开。

茱莉亚把奥莉薇娅的拍立得照片贴在了简报室的公告板上。这是个破旧的老房间:摇摇欲坠的天花板、糟糕的地毯。出于某些原因,他们的清洁工对待这里不像对待其他办公室那样经常用吸尘器吸尘,而且这里存放着用过的旧咖啡杯、波蒂斯黑德常年潮湿的气味,还有过往案件调查的文件碎片。百叶窗遮住了夜空,而茱莉亚看着它的时候在想,不知道自己在警察局里见过的夜晚更多,还是清晨更多。这里不是她跟孩子们欢聚一堂的"南多之家",可笑的是,这里几乎比那更有说服力:对茱莉亚来说,这里其实是她的家。

茱莉亚抬头凝视着奥莉薇娅的照片心想,其实没有人真的失踪,对他们本人来说他们并没有失踪。只有对那些被抛下的人来说是这样。她不知道奥莉薇娅的命运如何,但她已经知道了她自己的命运:失眠,在家谈论过多的保密性细节。萨斯基亚——她已经跟茱莉亚过于相似了——开始执迷于此。阿尔特会觉得厌烦。当茱莉亚想到这些,一丝微笑浮现在她脸上。这么说实在是不合适,但一项新的调查带来的兴奋——真的是无与伦比。

其他队员鱼贯而入,看样子很疲惫。他们有的人还没下班,有的人是被从晚餐、约会或家长会上叫回来的。这里没有固定的重案调查组。一旦案件被认定为高风险,他们就会匆忙组建一支。茱莉亚扫视着人群,希望其中包含几位好手。

两名分析员正在讨论一名昨晚被逮捕的男子。"那是佛像。"乔纳森正在对布莱恩说。

"佛像……"

"他当时正把它们放进……"

"好了。"茱莉亚强忍住笑容说。她了解那次抓捕的所有细节。

她又转身面对那张照片。奥莉薇娅身材高挑，金发碧眼，一只大鼻子使她变得格外引人注目。茱莉亚伸手把那张照片摆正。这是一张在河口的自拍，那里距离奥莉薇娅的家只有一步之遥。照片中有香草冰激凌的小招牌，有蓝灰色的塞文河。奥莉薇娅不在画面中心。她满面笑容，露出不整齐的牙。完美的不完美，正是年轻人才会拥有的闪亮品质。

最让茱莉亚不安的是她发给室友的那条短消息。只有一条，发送于夜里一点。"请你快来。"茱莉亚认为那条短消息是一种女性特有的战斗指令，发送它只有一个目的：为了被人搭救。有些事情，你懂得它们不仅仅因为你是警察，你懂得是因为：你是女人。

简报室里冷得要死。现在是四月末，但天气仍然很冷，跟一月一样冷。内森·贝斯特是她最喜欢的刑侦警长之一，他察觉到她正往外看，说："明天还要下雪呢。真他妈荒唐。"

"雪是绝佳的防腐剂。"乔纳森冲他说。

"咱们先不要讨论什么防腐剂，"茱莉亚大声说，"来讨论一下寻找活人吧。"

"这个案子是不是跟去年那个类似？说老实话，我可没办法再来一遍。"贝斯特说，他说话时的动作太猛烈，手里的茶都溅到了地板上。那块茶渍永远也不会被人清除掉，很有可能会一直留在那里。

普尔走进了房间。"抱歉，"他说，"为了这个案子，我刚刚放走了一个毒贩，所以这最好是个好案子。"

茱莉亚想到了普莱斯，想到他走了，还有免费茶水和电话，她在

- 382 -

心里微微一笑。

"跟去年那个有相似之处,"茱莉亚说,"是个年轻女子。"茱莉亚至今仍然时常想起那个失踪的十九岁女孩。她一直没被找到,尽管茱莉亚已经想尽各种办法、尽了最大努力,结果那件案子不光招致那名失踪女子的父亲控告警方办案不力,还招致茱莉亚的丈夫控诉她忽视婚姻生活。

她抓起一支红色马克笔,在公告板上拦腰画了一个箭头。画的时候,马克笔发出吱吱尖叫声,房间安静了下来,仿佛她刚才敲了敲玻璃杯示意似的。

她开始发言:"以下是我们已知的情况。奥莉薇娅,二十二岁,从事市场营销工作。四月二十九日,她签了一份合租合同。四月三十日,也就是昨天,她搬进了波蒂斯黑德的那座住宅。一个叫作约翰逊的搬家公司帮她搬了东西。"说到这里,她瞥了一眼她最喜欢的分析员乔纳森。他跟茱莉亚本人一样顽强有毅力,而且他似乎几秒钟内就能像变戏法一样变出情报。他坚持不懈地询问:电话公司、航空公司、任何人。他只是简单地重复自己的请求,然后一遍又一遍地打电话。他打电话的经典台词是"我可以等"。

"那天晚上她待在自己的房间里,稍微收拾了一下搬家行李,然后在第二天早上离开家去布里斯托尔市中心的一家叫'回响'的市场营销公司参加面试。后来她给自己的室友发了一条短消息,大约在夜里一点,写着:'请你快来。亲亲。'今天早上,这名室友报案说她失踪了。这份报告花了些时间才转到我们手上,同时当事人的父亲接受了电话询问,他的话很有帮助。"

她开始分派任务,普尔却在她还没真正开始之前打断了她。"为什么她是高风险?"他说。他属于相反的类型,是在适当环境中甚至会质疑自己存在的那种人。

"据我们目前所知,没有既往精神病史,一名有魅力的女性深夜独自走在街上,发短消息让室友来找她。很有可能值得深入调查,不是吗?"茱莉亚语气尖锐地说。

"好吧,"说着,他举高双手,"没必要冲着我发疯。"

茱莉亚说服了他,开始指挥大家分头去做监控录像采集,电话记录分析,正式向那位父亲问话,询问她的室友,实施彻底搜查。茱莉亚的策略是对人口失踪案尽早地投入尽可能多的时间——还有预算。她不明白别人为什么会采取不同的处理方法。对茱莉亚来说,情报就是王道,他们需要大量的情报;她将会尽情地利用它。它会告诉他们奥莉薇娅是藏起来了,还是死了:没有其他结果。

茱莉亚回到办公室,开始做她自己的一系列任务,同时内疚地想起家里的孩子们正在吃"南多之家"外卖。他们俩都是十几岁的青少年,只比奥莉薇娅小几岁而已。

茱莉亚喜欢她的队员一对一地跟她汇报,而且她也喜欢看他们带来给她看的东西。读一封电子邮件,你是无法获得什么感觉的,而通过一份情报被传达的方式,你能辨别出许多信息。不论是面对分析员们,还是自己家的两个青少年,都是如此。

她坐在自己办公室里,集中注意力听乔纳森讲。时间刚过晚上十点。他摘掉了他那副黑色边框的大眼镜,正在揉眼睛。当他伸手去拿眼镜重新戴上时,结婚戒指碰到了办公桌。

他妻子几个月前刚生了宝宝。当时茱莉亚不得不强迫他去休假。后来,他提前好几天就又回来上班了。他两眼放光,生机勃勃,因为人生的瞬间改变而收获了许多乐趣。他爱那个宝宝,更爱他的工作。

茱莉亚也非常清楚地记得，当初自己怀抱着香香暖暖的宝宝，跟丈夫交换了若干次假装出来的悲伤眼神。她迅速地请了个奶妈然后回来上班，就是回到现在这个警察局。如今回首，她有时真希望自己当初没有那样做。

"好了，照片墙社交软件。"乔纳森说。他坐在茱莉亚的空椅子上，那把椅子的用途正是这个，昵称"盘问椅"——大家都这么叫它。

"现在已经失踪二十四小时了。"乔纳森用低沉的声音说。

"我知道。"

茱莉亚看着奥莉薇娅的照片墙里面那些色彩斑斓、加了滤镜的方块。自拍照、花朵、成堆的书，配以诙谐的文字。"你能把它们都打印出来给我吗？"她问，"我已经大致看了一遍，但能再给我一份吗？还有其他任何东西：她的电子邮件、推特发文，什么都可以。"

"我已经做好了，"说着，他举起一个文件夹给她看里面的复印件，"事先料到你会这么说。"

茱莉亚咧开一边嘴角微微一笑，说："谢谢。"

"不谢。那么，对。她的主页上发布的最后一张照片——显然是昨天在波蒂斯黑德的星巴克拍的，对吧？同样的窗户。她加了 VCSO 这款软件的滤镜，并通过一部苹果手机上传。"乔纳森是名人到中年的分析员，多亏了他的工作，他现在已经成了 Z 世代年轻人网络生活的专家，熟知里面的种种诡计。

"没错。"

他把照片放大。照片中有一件别致的柠檬黄色外套叠放在凳子上，窗边有一台笔记本电脑，还有一杯咖啡。配文：假装过夏天。

"我们查到了一名身穿类似外套的女性出现在监控录像里。"他说。

监控录像。茱莉亚眨眨眼。自从去年夏天以来，监控录像总会让她想起贾尔。说得更具体些，是让她想起贾尔做过的那些事。

"穿制服的警员们已经调阅了星巴克昨天所有的监控录像。他们找到了这个，从房产中介外面。黄色外套，对吧？正朝小巷入口走来。"

那是从上方拍摄的颗粒状的模糊影像，不过是彩色的，那明显就是奥莉薇娅——起码在茱莉亚看来就是。同样独特的漂亮头发，天生的金发，没有深色发根。还有跟照片里一样的外套。茱莉亚努力忘记贾尔，就一秒钟；她跟以往一样，由于看到失踪者最后一次被目击到的影像而感到深受触动。她按下暂停，把画面放大。当时她知道吗？这是她所希望的吗——她自己希望消失？还是被人抓走的？

"我同意。这就是。"她说。

"好，昨晚九点三十分，她进了小巷。接下来就是古怪的地方了。"乔纳森再次按下播放。

奥莉薇娅右转，离开商业街进了一条小巷。他让录像继续播放了五分钟，画面中人来人往——夜间购物的人、零星几个下班的人，还有几个晚上喝酒的人。跟通常的做法一样，他让证据自己说话，让沉默呼吸。

"好了吗？"茱莉亚说。

他打开自己手机里的谷歌地图——他用的是自己的私人手机，这个做法一直让茱莉亚欣赏。"这就是那条小巷，"他说，"叫盲人巷。"

那是波蒂斯黑德的商业街附近。乔纳森把手机放在她办公桌上，把谷歌街景的角度调整到对准那条小巷。她正看着，手机里跳出一条他妻子发来的消息，是一个照片图标和一条文字：该睡觉了。茱莉亚推测，那说的是他们的宝宝。

"它是被堵住的，"说着，他把照片滑走，"死胡同。"

"死胡同？"

"她没有出来。我已经看了五个小时的录像。"

"那条小巷现在也被堵着吗？谷歌地图符合最新现状吗？"

"五名穿制服的警员已经确认过了。而且我自己也去过了——它就在——"他伸出大拇指，"那边不远。"

"没有梯子？没有防火门？通往地下室的竖井呢？"茱莉亚一边问，一边放大了谷歌地图。

"没有，没有，没有。"乔纳森说。他关闭谷歌地图，打开了他妻子发来的短消息。那的确是一张她的照片，还有他们的宝宝，现在大约四个月大。茱莉亚的内心散发出一种面团般柔软的东西，释放着对遥远往日的怀念之情。既是对婚姻，也是对小宝宝们。小宝宝们长成了青少年，而婚姻……

"我需要去看看这条小巷。"她对乔纳森说。他做了个动作，就像他常常做的那样——经济实用——示意着门，就像在说"请便"。

*

沿着路走四分之一英里[①]就到了那条小巷。茱莉亚曾经成千上万次路过这里，但是到现在为止，她还从未仔细地打量过它。她快步往那儿走，路上大脑一直兴奋着，她总是这样。"内心的独白从未停止。"阿尔特，她的丈夫——严格来说，他还是她丈夫吗？——曾经这样对她说过；出于某种原因，这些年来她一直记得这句话。

外面冻得要死，空气像干冰一样冷，街上很安静。波蒂斯黑德的夜生活还没从疫情中恢复过来，茱莉亚心想，或许人人都还没恢复过

---

① 约等于400米。

来。前方寂静的街道上飘着雾，脚下的人行道给她触觉上的感受。她放慢了脚步。在这一行工作了这么久之后，她已经学会了利用小块的时间放松。没有人比她更喜欢花两分钟步行去办些事。

她一到达那条正确的小巷，就发现它非常显眼：被警方拉起的警戒带封锁着，还有两名警察社区支援员在照看现场。奥莉薇娅的家一定也是这样。一切都是犯罪现场，直到事实证明它不是。茱莉亚很惊讶他们能找来两个人。波蒂斯黑德很小，预算资金不足，一切都不足，设施也不齐全；每逢需要团队协作来侦破的大案，都得从布里斯托尔、埃文和萨默塞特拼凑人手。

她站在那儿看着那条小巷。两名支援员扬了扬眉毛向她打招呼，除此并没有别的表示。他们不会因为她突然出现在这里而感到惊讶。警队里没有人会。

小巷真的是被堵住的。完全地、绝对地堵死了。左边有一家房产中介。古老的石头被水侵蚀出岁月的痕迹。右边是一家酒吧，红砖建造，稍微新一点，但很可能也已经有四十年历史了。

这完全是个死胡同。小巷尽头被砖墙堵住。茱莉亚慢慢地绕了一圈，直到她看明白。在这条小巷的尽头建起了一栋新的公寓楼，挡在了房产中介和酒吧的后面。

茱莉亚回到小巷入口，穿上防护服——有些警官对这类事不大苛求，但茱莉亚跟他们不一样。照章办事、照章办事、照章办事。这是她的另一条口头禅。有罪的人绝不会因为茱莉亚的过错而逍遥法外。也不会有任何无辜的人被定罪。

她进入小巷，在警戒带下弯腰，用一只戴着手套的手摸索小巷尽头的那面墙。建筑物之间的接缝，完美无缺。没有任何方法从这里出去，没有窗户通往这里。公寓楼一层的窗户也在起码 20 英尺[①]高的地方。茱莉亚四处打量，思绪不停地转动。

什么也没有。没有架过梯子的痕迹。没有井盖。没有下水道。什么也没有。奥莉薇娅当时什么也没有带，没有车辆进入过这条小巷。

小巷里仅有的东西是两个蓝色的商用垃圾桶。茱莉亚记得几年前新闻报道过一个案件，苏格兰警方由于没有检查垃圾桶而导致了灾难性后果。垃圾桶里装着一个醉了酒失去意识的小伙子，被带到了垃圾场。他被发现时已经晚了两天。

"这两个垃圾桶已经倒空了吗？"她对支援员们高声说。

"自从我们找到那段监控录像之后，还没有人被允许在这里出入过。"其中一人回答。他叫艾德，很年轻，可能还不到二十岁，沉迷于健身房。他爱喝加了蛋白粉的茶，茱莉亚也非常喜欢。

"不要，"她说，"不要让任何人出入。"

她用一只戴着手套的手拉了拉其中一只垃圾桶，它很轻松地就被移动了。她把两只垃圾桶都打开，然后往里看。什么也没有。有一只是崭新的，看起来从没用过，闻起来也没有清洁剂的气味。另一只里面只有一个卡林酒的罐子，但是里面流出来的液体留下的污渍已经很旧了，成了一片深棕色的绒毛。

她把这暗暗记入大脑中的清单：对垃圾桶进行彻底搜查并请法医检验。这项技术现在已经是活生生的东西了。一项任务在优先级列表上的方式。一种神秘但又有条理的筛选，较大的物体自然地浮上表面，而较小的颗粒则沉到底部。大多数时候她都做对了，但这还不够。

[①] 约 6 米。

她用目光检视了一遍地面。有嚼过的口香糖。她在寻找血迹、武器、挣扎留下的痕迹，可是什么也没有。

"好吧。"说着，她在离开之前又看了一眼。她冷得要死。有太多事需要去做，而这里已经无事可做了。她拿出手机。"我需要小巷上的每一帧监控录像。"她对乔纳森说。

"不可思议，是不是？"

"完全、绝对的不可思议。"茱莉亚一边说一边还在看周围的墙，寻找微小的孔洞。会不会有人用了一架梯子，然后把它从墙上取走了？她又扫视了一遍，只看见清清白白的砖头和水泥，什么也没有。

"也许那不是她。"乔纳森说。

"如果不是，那不管录像里是谁，他也还是进了这条小巷后就再也没出来。"茱莉亚回答。

"是啊，"他慢吞吞地说，"是啊。我会发给你的，但我已经看过了。我保证，她没有走出来。"

午夜已过，茱莉亚睁着一双酸涩的眼睛离开了警察局。她刚才在她的监视器上同时查看四份录像，看完又看了另外四份。她已经看完了每一个镜头拍下的每一分钟。她甚至连眼睛都没怎么眨。

这不可能是真的，但它就是真的：奥莉薇娅进了那条小巷并且没有再离开。没有其他人走进过那里。那两只垃圾桶也没有出来或进去过。凌晨两点钟，有一只狐狸进去又出来了。就这些。没有车，没有人。什么也没有。她已经给那家房产中介和那家酒吧都打过了电话，他们都确认那两个垃圾桶没有用过。"那它们为什么会放在那儿？"茱莉亚问，但两家都没有给出令人满意的回答。它们在茱莉亚的清单上，位置不上不下，像夏天里两只讨厌的苍蝇一样困扰着她。好好想

- 390 -

想吧，她恳求自己，跳出条条框框去好好想想。

现在她正走向自己的车。她把车停在了半英里①之外，因为警用停车位不足。更年轻的小伙子们占用了它们，他们来得越来越早，而她也就随他们去了。她揉搓着自己的前额。今天早上仿佛已经是一百年前的事了。又是一天过去了，而她又没能见到自己的孩子们。或许阿尔特说得对。

出于内疚，她查看了萨斯基亚最后一次上线的记录，是两分钟之前。"还没睡吗？"她发消息说。

萨斯基亚立刻打来了电话，这正是茱莉亚想要的。"随时。"她说。她遗传了茱莉亚的失眠症。

"我也一样。"茱莉亚微笑着说。这是多么奇妙啊，萨斯基亚，那个路还走不稳就会摆出姿势拍照的宝贝，一度热爱戴墨镜、表情变化无常，现在已经是个能在深夜跟她聊电话的成年人了。

"结果，我们自己做了晚饭，"萨斯基亚说，"把'南多之家'留到了明天。犯罪分子们怎么样了？"

"其实，我们手上有个人口失踪案，失踪的人比你大不了多少。"

"哦，勾起了我的好奇。贾尔也还没睡，"萨斯基亚说，"要不要叫他来接电话？"

"当然。"茱莉亚的声音高昂而轻快。她两个孩子的声音混在一起，通过电话传到她耳边，她闭上了双眼。很好。他们都很好。她也很好。

"萨斯基亚正在临时抱佛脚死记硬背呢。"贾尔用他低沉而饱含笑意的声音，慢吞吞地对她说。茱莉亚的两个孩子是截然相反的类型。

---

① 约等于 800 米。

萨斯基亚或许有些毒舌，但她是个循规蹈矩的人。她很乐意用功读书，然后找一个好工作，也觉得生活很轻松。贾尔则是个偏激的人，很难对付，情绪化，激烈。

在寒冷的四月空气中，茱莉亚走路时呼出的热气形成一片片卷云。她抄近路穿过一个公园，铁门在她身后唱出吱呀的声音，远处天空的颜色像成熟的蓝莓一样。周围没有人，只有她，只有他们。

"我只是随便翻看一下。"萨斯基亚说。

"你在哪儿呢？"贾尔问。茱莉亚很高兴他在家。健健康康，十五岁，跟他年长的手足在一起。她闭上双眼。她不后悔。

"差不多走到车旁边了。"她说。

"有意思吗？"萨斯基亚问，"那个失踪案？"

"非常。"

"哦，怎么说？"

"她消失在了一条小巷里——可那是条死胡同，无处可逃。帮我猜猜这个谜吧。"茱莉亚说。

"哇哦，"萨斯基亚说，"那可太古怪了。你需要抖音神探们帮你探案。"

茱莉亚不由得笑了起来，说："说不定我真的需要。"

"那句话怎么说来着？你无法藏匿一具尸体，但你可以藏匿一具碎成一百片的尸体？"

"我的天哪，萨斯基亚！"

"我知道，"茱莉亚说，"好了，我十点到家。爱你们。"她挂了电话。从这里开车用不了十分钟就能到家，新的家，好吧。在与阿尔特之间发生了那么多事之后，他们搬家，尽管这样做似乎是错的。他们仍然作为一个家庭一起搬家，而她和阿尔特睡在不同的卧室里，各自反思（说这话时，茱莉亚只能代表她自己）。

现在，他们拥有了一套新的半独立式住宅，为此付了一大笔钱：从那里可以俯瞰波蒂斯黑德的海滩。在冬季的暴风天，沙子会打在窗户上，吹进裂缝里来。茱莉亚发现到处都是沙子，那是一种难以想象的浪漫。

她走出了公园。公园是被黑色的铁栏杆围起来的，它们在天黑后就跟黑暗融为一体了。

有脚步声。

茱莉亚没有做出反应，她已经把自己训练得不做反应。她总是感觉自己似乎全副武装，即便她事实上手无寸铁。警察所拥有的权力：可以逮捕对方，可以亮出警徽。茱莉亚感觉自己不可侵犯，即便身处黄昏时分空旷的公园里。

她保持着匀速的步伐，让手机亮着。如果他们想要抢劫她，她就随他们去，并把目标变得明亮而又显眼。她随意地转过头往后看去——一个穿连帽衫的男人。其实是个孩子，可能十六七岁。他有母亲，在某个地方。她仔细看了看。她不认识他，从没逮捕过他，于是她马上放松了下来。

他所有的肢体语言都在传达他对这个世界的不满。走路时双臂摆动，在身前和身后帅气地交叉。连帽衫的帽子拉得很低，完全遮住了他的脸。步速很慢，仿佛他有的是时间。茱莉亚见过很多像他这样的男人。她逮捕过他们，为获得情报而审讯过他们。她还帮他们记录过受害者影响声明。见过他们的父母，也见过他们的儿子。

她快速左转，只为了看看他会怎么做。他咧着一边嘴角笑了笑，然后继续往前走，超过了她。茱莉亚看着他往前走。她希望他有家可回，希望家里有人足够关心他行走的步态，以及那可能意味着什么。

茱莉亚拿出了自己的车钥匙,并在尽可能贴近车门后才打开了它。上车时她不由得叹了口气,车里有孩子们吃麦当劳的气味。萨斯基亚一边吃巨无霸一边用膝盖驾驶,这让茱莉亚觉得羞愧不已。有一次她说:"哦是吗,所以你要因为这事儿逮捕我吗?你会吗?"茱莉亚打着哈欠心想,嗯,可能我会?

座位上的布料贴着茱莉亚,让她的皮肤感到一阵寒意。她让自己的心跳慢下来,心里想着奥莉薇娅以及她可能会在哪儿。她一定感受到了女性独有的那种恐惧,所以才给她的室友发消息。如果茱莉亚遇上真正的麻烦,她也会发那样的消息吗?

她启动引擎,打开车灯,然后又打开暖气。她的手机在杯座里振动,但她没有理会。她知道是萨斯基亚,她一定是又想到了另一个问题,然后按照她的方式把问题抛了出来。

手机刚一停止振动,她就感觉到了。某种存在感,或者,更确切地说,是缺少身边没人的感觉。

她跟自己说,每当处理人口失踪案的时候,她都会这样;这是因为一名年轻而有魅力的女性消失了;这是因为时间很晚了,还因为与季节不符的异常寒冷天气;这是因为阿尔特既在家又不在家,等着她。

随后她的后颈开始颤抖,这绝不仅仅是出于焦虑,而是她大脑深处的某个边缘部位向夜空燃放了示意警告的信号弹。她不是孤身一人。她数到三,然后抬眼去看后视镜。

后排座位上有一名头戴巴拉克拉法帽的蒙面男子。他只说了两个字:"开车。"